Sommaire

Interstyles

Carnets de bord

BIFROST

n°106 - trimestriel, avril 2022

Editorial

« Métal Hurlant *est une aventure douloureuse et magnifique* », confiaient Gilles Poussin et Christian Marmonnier dans l'avant-propos de leur **Métal Hurlant 1975-1987, la machine à rêver** (Denoël Graphic - 2005), somme incontournable sur l'histoire du magazine de bande dessinée de science-fiction fondé par Dionnet, Mœbius, Druillet et Farkas au mitan des années 70, un périodique promis au culte et appelé à révolutionner tant la SF que la BD, ancrant à jamais cette dernière dans sa qualité d'art majeur (sans oublier de créer au passage une maison d'édition qui, elle aussi, marquerait l'histoire du genre : Les Humanoïdes Associés). « *Douloureuse et magnifique.* » Curieusement, c'est cette même impression duale qui pourrait bien traverser l'amateur d'aujourd'hui à l'examen du reboot dudit *Métal* (le 2e, après celui de 2002 - 2006 de peu d'intérêt), et ce, tant à la lecture du premier que du deuxième numéro de cette renaissance, quoique pour des raisons différentes. *Métal Hurlant*, le magazine qui refuse de mourir. Le premier opus de cette nouvelle nouvelle résurrection est exclusivement consacré à de la BD inédite et aux auteurs d'aujourd'hui. Si on en croit les annonces de présentation, le *Métal* version années 2020, trimestriel, dédiera deux numéros par an à la création, et deux numéros à la réédition d'un choix d'archives (manières de best-of, en somme). L'esprit *Métal*, c'était avant tout un esprit de liberté. Liberté de ton(s), de genre(s), d'aventure(s). Quelque chose d'éminemment transgressif. Tenter de renouer avec pareille liberté en 2022, à l'heure où le monde ne cesse de farter ses skis sur le toboggan de l'avidité, de la connerie et du n'importe quoi, relève d'une certaine inconscience bienvenue — nous sommes ici du côté du « magnifique », voire de l'utopique (on y reviendra), mais après tout, l'esprit punk n'est-il pas né en pleine guerre froide, dans un Royaume-Uni désuni écrasé sous les talons d'une dame Thatcher occupée à accoucher le néocapitalisme ? Inconscience, disions-nous, que les lourds remugles de la nostalgie d'antan, propres à l'époque, pondèrent toutefois bien vite. L'exceptionnel de *Métal* se nichait dans son caractère résolument nouveau et iconoclaste. Ressusciter le « culte » a un défaut majeur, il le réduit à une marque. Ça peut s'avérer financièrement profitable, mais question créativité et « punkitude », c'est rarement probant — et dit beaucoup d'un monde qui, culturellement, ne cesse de revisiter sa nostalgie (de Goldorak à *Fantask* en passant par *Lard-Frit*, pour ne citer qu'une poignée d'exemples récents) et sacralise tout ce qui, en son temps, était machine à désacraliser. Nous voilà du côté du « douloureux ». La lecture du premier opus du reboot reste hélas de ce même côté, un numéro lisse comme un cul de singe, sans aspérité, sans relief aucun. Un numéro Canada Dry : ça ressemble à de l'alcool, mais c'est surtout du sucre… Le numéro 2 « best of » est un pur bonheur. Bien entendu. Comparer les deux n'a aucun sens, outre mesurer le chantier qui attend l'équipe de la revue (qui a changé de rédac' chef entre les deux livraisons). Les noms en couverture suffisent à eux seuls au vertige : Druillet, Mœbius, Dionnet, Gal (exceptionnel !), Bilal, Mézières (qui vient de nous quitter), Schuiten. Les trouver ici réunis est une pure merveille ; les lire à l'enfilade, une plongée dans ce que la BD de SF a fait de mieux (mais pourquoi Caza et son splendide « Oiseau-poussière » ne figurent pas en couverture ???). Le paratexte introductif de chaque histoire, passionnant, contextualise ; l'article sur les origines de *Métal* par Claude Ecken narre l'épopée fondatrice avec brio (quand bien même les lecteurs du Poussin/ Marmonnier n'y apprendront pas grand-chose). Une livraison anthologique imparable, en somme, voire essentielle, y compris pour les connaisseurs (redécouvrir le magnifique travail de

Editorial

Michel Crespin, Jean-Claude Mézières sans Valérian, le « Agorn » de Philippe Druillet, ou les planches de Crumb sur Philip K. Dick et ses rêves mystiques, tout cela assemblé tels les joyaux d'un collier magique, est une véritable expérience — avec en fond sonore le *Machine Head* de Deep Purple, quoi d'autre ?). Et donc ? Que penser, *in fine*, de cette nouvelle renaissance ? « *Douloureuse et magnifique* », on l'a dit. « *Dionnet avait une vision pour* Métal Hurlant *: ça devait être le chaos.* » J'ai pour ma part une conviction : le monde d'aujourd'hui a un besoin crucial de science-fiction (dans sa capacité, sa vocation à le repenser), et la SF un besoin crucial, ontologique, de chaos. Le nouveau *Métal* saura-t-il prendre ce chemin, loin des contingences marketings et commerciales de l'époque ? Loin des nostalgies d'une histoire magnifique qui appartient désormais au passé ? Saura-t-il renverser la table et la kyrielle de convenances qu'elle supporte ? Retrouver le chemin de la critique rageuse et enthousiaste ? De la proposition outrancière et vibrante ? On peut légitimement en douter, certes, mais il est aussi permis d'espérer — et bien trop tôt pour trancher…

Si Joël Houssin collabora sur le tard à l'aventure *Métal Hurlant* (avec son compère Philippe Gauckler : l'adaptation de son roman *Blue*, qui sera réunie dans un album aux Humanoïdes Associés), l'auteur des *Vautours* et du *Temps du twist* est sans conteste l'un de ceux qui en incarna le plus l'esprit — le rock et la rage. Diminué par la maladie depuis de nombreuses années, Joël est définitivement parti chevaucher le dragon le 23 mars dernier, à l'âge de 68 ans. Dans le numéro 52 de *Bifrost*, en octobre 2008, il confiait : « *C'est toute la différence qu'il peut y avoir entre le plein emploi et trois millions et demi de chômeurs : il y a moins de place aujourd'hui pour l'utopie.* » Certes. Charge à nous, toutefois, de veiller à lui en laisser une, de place, et la plus large possible. On l'a dit, pour peu qu'on soit (très) optimiste, il n'est pas totalement interdit de considérer le retour de *Métal* comme tel : une magnifique utopie. Après tout, pourquoi pas ? Mais c'est à ce seul critère, cette énorme ambition, qu'un périodique peut prétendre au titre de *Métal Hurlant*…

Pour qui considère l'utopie comme une nécessité, et plus encore au regard du contexte actuel, aborder dans ce numéro 106 l'œuvre d'un auteur comme Kim Stanley Robinson prend une dimension toute particulière — un choix qui ne doit rien au hasard, bien entendu. Kim Stanley Robinson qui, de fait, sans aucun doute, aurait eu toute sa place dans les pages de *Métal Hurlant*. Et qui pour l'heure la prend dans celles de *Bifrost*…

Olivier Girard

Interstyles

Johan Heliot
Rich Larson
Kim Stanley Robinson
Tade Thompson

Kim Stanley ROBINSON

« Un chef-d'œuvre à côté duquel il ne faut pas passer. » *Tel est l'avis qu'exprimait ici même (*Bifrost *n°31) Claude Ecken à propos de l'immense* « **Trilogie Martienne** » *(trois romans auxquels il convient de rajouter le recueil* **Les Martiens**)*, œuvre phare à ce point référentielle qu'on en réduit souvent la production de Kim Stanley Robinson à ce seul cycle, aussi important soit-il. Or, entre utopie et alerte écologique, l'œuvre SF de Robinson, scientifiquement très charpentée et en prise avec les aléas du monde, c'est naturellement bien davantage — le présent dossier ne manquera pas de le démontrer.*

Né en 1952, dans l'Illinois, notre auteur n'a pas trente ans lorsque, en 1981, paraît « Venise engloutie »*. Il n'a pas encore publié le moindre roman, il ne s'agit que de sa sixième nouvelle, et les nombreux prix littéraires qui un jour auréoleront sa carrière (dont deux Hugo, trois Nebula et six Locus) sont encore loin. Ce texte, qui contient déjà beaucoup de l'œuvre en gestation (son message écologique, notamment) n'en acquerra pas moins une certaine valeur iconique, et sera réédité outre-Atlantique à de nombreuses reprises, y compris dans* **The Best of Kim Stanley Robinson** *(chez Night Shade Books), dont il fait l'ouverture.*

Venise engloutie

Kim Stanley Robinson

illustration Nicolas Fructus

QUAND CARLO TAFUR s'extirpa de la gangue du sommeil, le bébé braillait, la théière sifflait, l'odeur du fourneau emplissait l'air. Des vaguelettes giflaient les murs de l'étage inférieur ; l'aube poignait à peine. Il se résolut à s'extraire des draps, se leva, traversa à pas feutrés la seule autre pièce de son logis et, ignorant sa femme et son enfant, franchit la porte pour se retrouver sur le toit.

Venise avait meilleure allure à l'aube, pensa Carlo tout en pissant dans le canal. Dans cette lueur mauve, il devenait possible d'imaginer que la cité restait ce qu'elle avait été et que des hordes de touristes viendraient bientôt submerger le Grand Canal par ce beau matin d'été... Bien entendu, s'abandonner à cette illusion supposait d'ignorer les constructions disparates édifiées sur les toits du voisinage. Aux alentours de l'église — San Giacomo du Rialto —, les étages supérieurs de tous les immeubles avaient été engloutis. Sur les toits détuilés, à même les charpentes mises à nu, se dressaient des cabanes faites de matériaux récupérés sous le niveau des eaux ; du bois, de la brique, des lames de store, de la pierre, du métal, du verre. La maison de Carlo était l'une d'entre elles, folle combinaison de poutres en bois, de vitraux de San Giacometta et de tuyaux de drainage martelés. Il se retourna pour considérer la cahute et soupira. Mieux valait admirer le Rialto, où le soleil rouge brillait sur les dômes bulbeux de San Marco.

« Tu dois retrouver ces Japonais, aujourd'hui », lui dit Luisa, sa femme, depuis l'intérieur de la cabane.

« Je sais. » Il y avait encore des visiteurs pour venir voir Venise.

« Et évite de les injurier et les planter là sans te faire payer, comme avec ces Hongrois, poursuivit-elle d'une voix claire qui résonnait au-dehors. Ça n'a aucune importance qu'ils prennent des trucs sous l'eau. C'est le passé. Ces vieilleries ne profitent à personne, là où elles sont.

– Tais-toi, dit-il sèchement. Je sais.

– Il faut que j'achète du bois pour le fourneau, des légumes, du papier-toilette et des chaussons pour le bébé. Les Japonais sont tes meilleurs clients ; tu ferais bien de les traiter correctement. »

Carlo regagna la masure pour s'habiller dans la chambre. Il avait enfilé une de ses bottes quand il s'accorda une pause cigarette, la dernière de la maison. Tout en fumant, il considéra la pile de livres posée à même le sol, sa bibliothèque, comme Luisa, sardonique, qualifiait sa collection ; uniquement des ouvrages sur Venise. Déchirés, cornés, piqués, ils étaient si gauchis par l'humidité qu'aucun ne se fermait plus convenablement, et chaque page moisie se creusait de vagues telle la lagune un jour de vent. L'ensemble composait un tableau des plus misérable. Retournant dans l'autre pièce, Carlo, de sa botte froide, donna un petit coup au tas le plus proche.

« Je sors », dit-il en embrassant son bébé, puis Luisa. « Je rentrerai tard ; ils veulent aller à Torcello.

– Que peuvent-ils bien vouloir faire là-bas ? »

Carlo haussa les épaules. « Jeter un coup d'œil, j'imagine. » Il se baissa pour franchir la porte d'entrée.

En contrebas du toit, il y avait une petite place où l'on amarrait les embarcations du voisinage. Carlo se laissa glisser depuis les tuiles sur le dock flottant qu'il avait contribué à construire, traversant l'assemblage étroit pour gagner son bateau, un voilier ventru au pont de toile. Bientôt il larguait les amarres, poussant sur les rames pour passer de la placette au Grand Canal.

Là, il bascula ses rames hors de l'eau et laissa l'embarcation dériver au gré du courant. Ce Grand Canal avait toujours accueilli le cours naturel du chenal parmi les laisses de vase de la Lagune ; un temps apprivoisé, il était maintenant redevenu rivière, une rivière aux rives constituées de toits de tuile et de palais de pierre, gonflée des centaines d'affluents qui se fondaient en lui. Dans la lumière du petit matin, des hommes travaillaient à l'intérieur des bâtiments et sur les toits ; certains le saluaient, corde ou marteau en main, lui criaient bonjour tandis que Carlo agitait négligemment une rame avant que le courant l'entraîne plus avant. C'était folie que de construire aux abords d'un Grand Canal désormais assez puissant pour jeter bas les antiques structures, ce qui se produisait souvent, mais c'était leur affaire. D'une certaine manière, à Venise, la folie était partout.

Il aboutit dans le Bassin de San Marco, traversa la Piazzetta non loin du Palais des Doges imposant — même réduit à deux étages —, gagna la Piazza. La circulation était dense, comme toujours ; c'était le seul endroit de tout Venise à voir encore passer les foules d'antan, et Carlo l'appréciait d'autant, même s'il hurlait ses jurons aussi fort que quiconque lorsque des gondoles se bousculaient devant lui. Il godilla pour s'ouvrir un passage vers la fenêtre de la Basilica et y pénétra.

Sous les ors et les bleus éclatants des dômes bruissait une atmosphère soutenue. Un dock flottant recouvrait l'essentiel des eaux ayant envahi les salles ; après y avoir amarré son bateau, Carlo y hissa ses quatre bouteilles d'oxygène et grimpa à leur suite. Il en prit deux dans chaque main et traversa le dock sur lequel le marché aux poissons battait son plein. Les étals débordaient de filets de mulet, de requins des lagunes, de raies, de poissons plats et de petits poissons rouges serrés dans des piles de cageots, l'air consterné. Des praires s'entassaient sur des plateaux et leurs coques brillaient sous les rais du soleil déversés par la fenêtre est ; des hommes et des femmes extirpaient des crabes tout vifs de trous aménagés à même le dock, risquant leurs doigts dans les pièges grouillants ; les poulpes noircissaient leurs seaux d'eau et les éponges exsudaient leur écume ; plus loin, des plateaux où s'étalaient déchets de poisson, darnes, jointures, intestins, œufs luisants, têtes aux yeux en boutons de bottine, dessinaient une toile mouvante de rose mêlé de blanc, de jaune, de rouge, de bleu.

C'est au beau milieu du marché que Ludovico Salerno, un des meilleurs amis de Carlo, avait ses éventaires de matériel de plongée. Les deux clients japonais de Carlo s'y trouvaient déjà. Il les salua et tendit les bouteilles à Salerno qui s'empressa de les remplir à sa machine, les deux hommes devisant en un italien aussi rapide qu'argotique. Carlo régla son compagnon avant de mener les touristes à son bateau. Ils embarquèrent et rangèrent leurs sacs à dos sous le pont de toile ; Carlo les rejoignit, chargé du matériel de plongée.

« Nous sommes parés pour aller jusqu'à Torcello ? » demanda l'un d'eux. L'autre sourit et répéta la question. Ils s'appelaient Hamada et Taku ; ils avaient lancé quelques plaisanteries sur la similitude du nom de ce dernier avec celui de Carlo, mais comme Taku parlait moins bien italien, les boutades n'avaient guère duré. Ils l'avaient engagé quatre jours auparavant, à l'étal de Salerno.

« Oui », dit Carlo. Il prit les rames, quitta la Piazza et remonta les canaux jusqu'à Campo San Maria Formosa, qui se révéla presque aussi encombré que la Piazza. Au-delà, les canaux étaient déserts ; seules de rares maisons sur toit troublaient cette vision de déluge apaisé.

« Cette partie de cité Venise pas beaucoup de gens, observa Hamada. Pas de maisons sur maisons.

– C'est vrai… » Comme ils dépassaient San Zanipolo, puis l'hôpital, Carlo précisa : « C'est trop près de l'hôpital, ici, il y avait beaucoup de contagions. Des maladies, vous savez.

– Ah, l'hôpital. » Hamada et Taku acquiescèrent. « Nous avons nagé l'hôpital dans notre voyage à Venise avant celui-ci même. Récupéré beaucoup de belles statues dans les étages en bas.

– Des lions de pierre, ajouta Taku. Beaucoup de lions de pierre avec ailes dans pièce au-dessous niveau d'eau Vingt-quarante.

– Vraiment ? » demanda Carlo. Des lions de pierre, songea-t-il, disposés dans l'entrée de la coûteuse demeure d'un homme d'affaires japonais, quelque part à l'autre bout du monde… Il tâcha de se changer les idées en observant les visages brillants de santé, pareils à des masques, de ses deux passagers qui souriaient à l'évocation de leurs souvenirs.

Puis ils se retrouvèrent à l'aplomb de Fondamente Nuova, la limite septentrionale de la cité, et enfin, sur la Lagune. Une houle légère arrivait du nord. Carlo continua de ramer un moment avant de hisser la voile unique du bateau. Le vent soufflait de l'est, aussi pourraient-ils faire une bonne moyenne d'ici Torcello, au nord. Derrière, magnifique, la Sérénissime apparaissait dans la lumière du matin, comme s'ils en étaient soudain distants de plusieurs kilomètres, et un horizon aqueux les empêchait de la contempler tout entière.

Les deux Japonais s'étaient tus et regardaient par-dessus le plat-bord. Ils voguaient à l'aplomb du cimetière de San Michele, réalisa Carlo. Au-dessous d'eux s'étendait l'île qui avait été le cimetière principal de la cité pendant des siècles, un champ de tombes, de mausolées, de pierres tombales et d'obélisques qui, à marée basse, pouvait s'avérer dangereux pour la navigation… On voyait tout juste assez de ces étranges blocs blancs pour se convaincre qu'ils résultaient d'une réflexion architecturale menée par les poissons. Carlo se signa avec ostentation pour impressionner ses clients, puis se rassit à la barre. Il tendit la voile et ils gîtèrent un peu, giflés par les vagues.

En guère plus de vingt minutes, ils étaient à l'est de Murano et longeaient ses abords. Cité posée sur une île sillonnée de canaux, à l'image de Venise, Murano avait été une bourgade pittoresque avant le déluge. Mais elle ne possédait pas autant de fières bâtisses que son imposante voisine, et l'on disait qu'une rivière sous-marine avait sapé l'assise de ses îles ; de toute manière, elle n'était plus que décombres. Les deux Japonais jacassaient avec exaltation.

« Pouvons-nous rendre visite cette cité ici, Carlo ? demanda Hamada.

– Trop dangereux, répondit-il. Les immeubles se sont effondrés dans les canaux. »

Ils hochèrent la tête, souriants. « Des gens vivre ici ? demanda Taku.

– Quelques-uns, oui. Ils habitent les plus hauts bâtiments, dans les étages encore émergés, et ils travaillent à Venise. Ainsi, ils évitent d'avoir à construire une maison sur toit en ville. »

Les visages de ses deux compagnons reflétèrent leur incompréhension.

« Ils évitent la crise du logement, dit Carlo. À Venise, comme vous l'avez peut-être remarqué, le marché n'est pas inondé de logements. »

Ses auditeurs saisirent l'astuce et éclatèrent de rire.

« Pourraient vivre dans étages dessous si possédant combinaison comme ça ici, dit Hamada en désignant l'équipement de Carlo.

– Sûr, répliqua-t-il, et on pourrait aussi se faire pousser des ouïes. » Il agita ses doigts sur son cou et écarquilla les yeux. Les Japonais adorèrent.

Passé Murano, la lagune s'éclaircit sur plusieurs kilomètres d'un bleu battu par le soleil et couvert de vagues clapoteuses. Le bateau piquait, se relevait ; le vent tirait fort sur la corde attachée à la voile que Carlo tenait dans sa main. Il commençait à apprécier la promenade. « La tempête arrive », dit-il spontanément aux deux autres avant de désigner la ligne noire qui, au nord, barrait l'horizon. Une vision banale ; les tempêtes, brèves, violentes, déferlaient par la passe Brenner, depuis les Alpes autrichiennes, éclataient sur la vallée du Pô et sur la Lagune avant de se dissiper dans l'Adriatique… et ce, une fois par semaine, voire davantage, même en été. C'était l'une des raisons pour lesquelles le marché aux poissons se tenait sous les dômes de San Marco ; le commerce sous la pluie avait peu d'adeptes.

Les Japonais acquiescèrent. « Beaucoup pluie tomber bientôt ici », dit Taku.

Hamada sourit avant d'ajouter : « Taku et Tafur prophètes météo, pas de doute, grosse société ! »

Ils rirent. « Ça arrive aussi au Japon ? demanda Carlo.

– Oui, en effet, sûrement. Au Japon pleut tous les jours… » Et Taku d'ajouter : « Il pleut demain sûrement. Prophète météo ! »

Une fois les rires retombés, Carlo demanda : « La pluie n'a-t-elle pas englouti quelques-unes de vos villes, là-bas aussi ?

– Comment ça ?

– Vous n'avez pas de Venise au Japon ? »

Ils refusaient manifestement d'aborder le sujet. « Je ne comprends pas… Non, pas de Venise au Japon », dit Hamada sur un ton détaché. Mais les deux Japonais ne riaient plus.

Ils voguèrent. Venise s'était perdue sous l'horizon, tout comme Murano. Bientôt, ils atteindraient Burano. Carlo guidait l'embarcation sur les vagues, écoutant ses deux compagnons deviser dans leur langue improbable, ou si bien mutiler l'italien qu'il avait tantôt envie d'éclater de rire, tantôt de mordre le plat-bord de frustration.

Peu à peu, Burano apparut sur l'horizon au gré des bonds du bateau : d'abord le campanile, puis la poignée d'immeubles encore émergés. Si Murano possédait encore une population, un tout petit marché, et même un festival d’été, Burano était désert. Son campanile se dressait avec un angle marqué, tel le mât d’un vaisseau chaviré. Avant 2040, ç’avait été une cité sur une île ; désormais des « canaux » serpentaient parmi ses toits. Carlo détestait l’endroit. Il s’en tint à distance respectueuse tandis que ses passagers devisaient avec entrain.

Un mille plus loin, il y avait Torcello, une autre ville fantôme oubliée sur son île. On distinguait son campanile depuis Burano ; blanc, haut, il se détachait sur les nuages noirs qui bouchaient l’horizon plein nord. Ils l’approchèrent en silence. Carlo réduisit la voile, installa Taku à la proue pour repérer les écueils et rama avec prudence vers les limites de la ville. Autour d’eux, les toits et les murs pointaient tels des récifs ou d’antiques fondations surgissant du sol. On avait rapporté tuiles et poutres en quantité à Venise pour fin de construction. Torcello avait déjà connu pareille situation ; pendant la Renaissance, la cité, forte d’une population de vingt mille âmes, représentait pour Venise une rivale en réduction, mais elle s’était vue totalement désertée aux XVIe et XVIIe siècles. Des entrepreneurs vénitiens avaient parcouru ses ruines, en quête de marbre ou d’un escalier aux dimensions voulues… Une population minuscule était revenue fabriquer de la dentelle et accueillir les touristes en mal de mélancolie, mais la montée des eaux avait achevé Torcello pour de bon. De sa rame, Carlo poussa au large un mur dont une importante section bascula et s’engloutit. Il fit mine de ne pas le remarquer.

Courbé sur ses rames, il les mena au carré d’eau dégagé qui avait été la Piazza. Autour d’eux s’élevaient quelques toits intacts, guère plus hauts que le mât de leur voilier, des murs ruinés en pierre ou en brique ronde ; la suggestion ombreuse d’autres murs ondoyait sous la surface. Il était difficile de dire à quoi aurait pu ressembler le plan des rues. Sur l’un des côtés de la Piazza se dressait néanmoins la cathédrale de Santa Maria Ascunta, qui tenait bon et soutenait le campanile toujours campé, solide, comme dominant une communauté de vivants.

« Ici est l’église que nous désirons plonger », dit Hamada.

Carlo hocha la tête. L’humeur enjouée du trajet appartenait au passé. Il fit le tour de la Piazza en quête d’un endroit plat où accoster et poser l’équipement. Les dépendances de l’église — un vaste édifice, encore aujourd’hui — étaient toutes sous l’eau. À un moment, la quille racla le faîte d’un toit. Ils longèrent la nef pareille à une étable et regardèrent par les fenêtres hautes ; des planchers d’eau. Ce n’était pas une surprise. L’une des petites fenêtres du campanile avait été élargie à coups de masse ; à peine franchie, un escalier de pierre s’élevait et, quelques marches plus haut, aboutissait à un sol dallé. Ils amarrèrent le bateau au mur et

portèrent leur équipement sur le dallage. Dans la lueur de la mi-journée, la pierre, à l'intérieur, paraissait criblée de trous d'ombre et prenait un air d'ébauche. Les citoyens de Torcello avaient bâti le campanile dans la fièvre, persuadés que le monde finirait avec le millénaire — l'an mil. Carlo sourit à la pensée du sursis dont ils avaient bénéficié. Ils gravirent les degrés de l'escalier jusqu'au soleil éclatant de la salle des cloches pour inspecter les environs, aperçurent Burano, Venise au loin… Vers le nord, les ombres de la Lagune et les côtes de l'Italie. Au-delà, la barre noire des nuages semblait un mur presque submergé sous l'horizon, un mur en mouvement ; la tempête arrivait.

Ils redescendirent, revêtirent l'équipement de plongée et se laissèrent choir dans l'eau dominée par le campanile. Ils se trouvaient au-dessus du complexe d'édifices religieux, et l'obscurité régnait ; Carlo ramena lentement les deux Japonais à la Piazza et plongea plus profond. Prudent, il évita de fouler le sol envasé. Ses ouailles aperçurent le grand siège de pierre au centre de la Piazza (Carlo se souvint d'un de ses livres moisis : le Trône d'Attila, un nom dont on avait perdu l'origine) et, échangeant de grands signes de la main, le gagnèrent à la nage. L'un d'eux fit de risibles tentatives pour se tenir à son faîte et l'arpenta de ses palmes ; il soulevait des nuages de vase. L'autre le rejoignit. Les deux plongeurs s'assirent tour à tour dans le fauteuil de pierre, des colonnes de bulles s'élevant au-dessus d'eux, et se photographièrent avec leurs appareils sous-marins. La vase gâchera les photos, se dit Carlo. Tandis qu'ils gambadaient, il se demanda avec amertume ce qu'ils comptaient prendre dans l'église.

Enfin, Hamada monta vers lui et désigna l'édifice. Derrière son masque, ses yeux brillaient, surexcités. Carlo battit des palmes, doucement, les guida jusqu'au tympan de la façade. Les portes avaient disparu. Ils pénétrèrent dans le sanctuaire en nageant.

À l'intérieur, il faisait sombre ; tous trois décrochèrent leurs grandes lampes-torches et les allumèrent. Les cônes d'eau boueuse se muèrent en cristal ; les rais lumineux balayèrent les alentours. L'intérieur de l'église était quelconque, le sol disparaissait sous une épaisse couche de boue. Carlo regarda vagabonder ses deux clients et laissa le rayon de sa torche errer sur les murs. Quelques-unes des fenêtres demeuraient intactes, un étrange tableau. Parfois, le rayon piégeait une colonne de bulles qu'il transmuait en argent.

Les Japonais ne tardèrent pas à aller voir l'image à l'extrémité ouest de la nef, une mosaïque. Taku (estima Carlo) essuya la vase qui maculait les carreaux, ravivant leurs couleurs. Ils étaient allés à la grande en premier,

celle qui dépeignait la Crucifixion, la Résurrection des Morts et le Jour du Jugement Dernier : une peinture murale chargée. Il s'en approcha à la nage pour jouir d'une meilleure vue, mais les Japonais n'avaient pas plus tôt frotté ce mur qu'ils se ruaient à l'autre bout de l'édifice où, au-dessus des stalles de l'abside, se trouvait une autre mosaïque. Carlo suivit ses clients.

Nettoyer celle-là ne prit pas longtemps ; et quand l'eau s'éclaircit, tous trois flottèrent là, les rayons de leurs torches convergeant sur l'image révélée.

Elle représentait la Teotoca Madonna, celle-qui-porte-Dieu. Debout devant un fond d'or terne, elle tenait l'Enfant dans ses bras et contemplait le monde d'un regard triste et sage. Carlo battit des jambes pour s'élever au-dessus des Japonais et pointa sa torche sur le visage de la Madonna. Elle paraissait capable de tout voir du futur, jusqu'à cet instant et au-delà, tout de la vie brève de son enfant, et toutes les terreurs et les calamités advenues depuis… Des larmes de mosaïque coulaient sur ses joues. À leur vue, Carlo put à peine retenir ses propres larmes de venir s'ajouter à l'eau qui baignait déjà son visage. Il se sentit soudain transporté dans une église au plus profond de l'océan ; la pression de ses sentiments menaçait de le faire imploser ; il les contenait tout juste. L'eau le glaçait, il tremblait, expédiant vers la surface une épaisse colonne de bulles presque ininterrompue… sous le regard de la Madonna. Il se détourna avant de s'éloigner d'un battement de jambes. Ses deux compagnons le suivirent, tels des poissons effarouchés. Carlo les mena hors de l'église, dans une lumière boueuse, puis vers la surface, au bateau et à la fenêtre.

Ses palmes retirées, Carlo s'assit sur l'escalier. Taku et Hamada franchirent la fenêtre, non sans mal, puis le rejoignirent. Les deux touristes discutèrent un moment en japonais, visiblement surexcités. Carlo les fixait d'un œil noir.

Hamada se tourna vers lui. « Celle-là ici est l'image que nous désirons, dit-il. La Madone avec l'enfant.

– Quoi ? » s'écria Carlo.

Hamada haussa les sourcils. « Nous désirons prendre chez nous cette image-ci. Au Japon.

– Mais c'est impossible ! L'image est faite de petits morceaux collés au mur — il n'y a pas moyen de les détacher !

– Gouvernement Italie permet », dit Taku.

D'un geste, Hamada le réduisit au silence. « Mosaïque, oui. Nous utilisons des instruments que nous prenons ici — une torche à eau. Méthode d'archéologie, vous comprenez. Couper des blocs de murs, briques, les numéroter… Construire sur nouvel endroit, au Japon. Audessus de l'eau. » Il afficha son sourire nacré.

« Vous ne pouvez pas faire ça », affirma Carlo, profondément offensé.

« Je ne comprends pas, dit Hamada en comprenant parfaitement. Gouvernement italien permet ça.

– Ici, ce n'est pas l'Italie », dit Carlo avant de se lever dans un mouvement de colère. Quel bien ferait une Madone au Japon, de toute façon ? Ils n'étaient même pas chrétiens. « L'Italie est là-bas », poursuivit-il. Dans son énervement, il désignait par erreur le sud-est, augmentant sans aucun doute la confusion de ses auditeurs. « Ici, ça n'a jamais été l'Italie ! Ici, c'est Venise ! La République !

– Je ne comprends pas. » Il avait toujours cette formule toute prête. « Le gouvernement italien nous a donné permis à nous.

– Bon Dieu ! » Carlo se tut un instant, en proie à la révolte. « Et combien de temps ça va prendre ?

– Temps ? Nous travaillons cet après-midi, demain ; plaçons les briques ici, allons louer barge Venise pour transporter briques à Venise…

– Passer la nuit ici ? Je ne passerai pas la nuit ici, bon Dieu !

– Nous amenons sac de couchage pour vous…

– Non ! » Carlo était furieux. « Je ne reste pas, foutues hyènes païennes… » Il retira son équipement de plongée.

« Je ne comprends pas. »

Carlo se sécha, s'habilla. « Je vous laisse vos bouteilles et je reviens vous chercher demain après-midi. Compris ?

– Oui », dit Hamada, l'observant d'un regard fixe, inexpressif. « Ramenez barge ?

– Quoi ? Oui, oui, je vous ramènerai votre barge, misérables poissons-chats bouffeurs de vase. Vautours… » Il poursuivit ainsi un moment, tout en sortant le bateau par la fenêtre.

« Orage approcher ! dit gaiement Taku en désignant le nord.

– Allez au diable ! jeta Carlo qui s'écarta de la fenêtre et se mit à ramer. *Compris ?* »

Il quitta Torcello et retrouva la Lagune. La tempête arrivait, en effet ; il lui fallait se hâter. Il hissa la voile et tira le pont de toile jusqu'à tout recouvrir, excepté le siège sur lequel il était assis. Désormais le vent soufflait du nord, fort mais capricieux, tendant la voile ; le bateau ruait sur les vagues clapoteuses, traînant derrière lui un sillage dont la blancheur tranchait sur le noir du ciel. Les nuages se refermaient sur celui-ci comme un rideau, en masquant déjà la moitié : moitié noire, moitié bleue sans éclat, avec une ligne de partage qui paraissait solide. Est-ce que la grande tempête de 2040 avait fait un truc pareil ? se demanda Carlo ; elle s'était abattue sur Venise comme une couverture de laine noire et avait déversé ses flots pendant quarante jours. Et dans le monde entier, rien n'avait plus jamais été pareil.

Il se trouvait maintenant à proximité des ruines de Burano. Il ne pouvait voir que le campanile pris de boisson détouré sur le ciel noir, et il réalisa soudain combien il haïssait cette ville abandonnée : vision de la Venise à venir, projection cruelle de son futur. Que l'eau s'élève de trois mètres, et Venise ne deviendrait rien d'autre qu'une grande Burano. Même si l'eau ne montait pas, de plus en plus de gens la quittaient chaque année… Un beau jour, elle serait déserte. De nouveau, la tristesse qu'il avait éprouvée devant la Teotoca l'envahit, tristesse vite muée en désespoir sans fond. « Sacré bon Dieu ! » jura-t-il, les yeux rivés au campanile boiteux ; mais ce ne fut pas suffisant. Il ne connaissait pas de mots qui le soient. « *Sacré* bon Dieu ! »

La bourrasque frappa peu après Burano. Elle manqua lui arracher son bout ; il dut se cramponner d'une poigne acharnée, attacher la voile à la poupe, assurer la barre et crapahuter sur le pont de toile qui tanguait pour réduire la voilure, le tout dans un concert de jurons. Il amena la voile jusqu'à son dernier ris, ce qui ne laissait guère qu'une surface de mouchoir de poche exposée au vent. Même alors, le bateau bondissait sur les vagues et le mât craquait, comme prêt à s'abattre… Les vagues clapoteuses étaient devenues moutons ; dans le hurlement du vent, leurs crêtes se déchiraient et s'envolaient dans les airs, blanche écume fondue au noir…

Alors que Carlo envisageait de gagner Murano en quête de refuge, la pluie commença. Plus froide que l'eau de la Lagune, elle tombait presque à l'horizontale. Le vent forcissait toujours ; sa voile mouchoir allait abattre le mât… *Seigneur !* Il s'aventura de nouveau sur le pont, glissa jusqu'au mât et serra la voile de ses doigts gourds, puis rampa jusqu'à son trou dans le pont, cramponné avec désespoir afin de résister aux embardées du bateau. Celui-ci se présentait presque par le travers aux lames, aussi pesa-t-il sur la barre juste à temps pour aborder une énorme vague par l'arrière dans un frisson de soulagement. Chacune semblait plus imposante que la précédente ; elles grossissaient vite, sur la Lagune. Bon, se dit-il, et maintenant ? Sortir les rames ? Ça ne servirait à rien ; il devait continuer à aborder les vagues par l'arrière, et ramer efficacement dans ces lames était impossible. Restait à les suivre, se dit-il, à s'abandonner au courant ; et si elles manquaient Murano et Venise, ça signifiait l'Adriatique.

Tandis que la houle le chahutait, il envisagea cette possibilité d'un esprit résolu. Son mât seul, par un vent de cette force, se comportait comme une voile ; et ce vent semblait souffler nord-ouest. Les vagues — les plus grosses qu'il ait vues sur la Lagune, peut-être les plus grosses *jamais* vues sur la Lagune — le poussaient à peu près dans la même direction que le vent, naturellement. Ce qui signifiait qu'il manquerait Venise située plein sud, voire sud-ouest. *Merde*. Tout ça pour s'être énervé après ces deux Japonais et la Teotoca ? Que lui importait le sort d'une mosaïque engloutie dans les entrailles de Torcello ? Il avait aidé des étrangers à retrouver et emporter le cheval de bronze tombé de San Marco… et plus d'un des lions de pierre de Venise, symboles de la Sérénissime… le Pont des Soupirs tout entier, pour l'amour de Dieu ! Qu'est-ce qui lui avait pris ? Pourquoi se préoccuper d'une mosaïque oubliée ?

Bon, c'était fait. Et voilà où ça l'avait mené : l'impasse. Chaque vague soulevait son voilier par l'arrière et glissait sous l'étrave jusqu'à ce qu'il puisse, si l'envie l'en prenait, plonger son regard dans le creux et voir son mât presque à l'horizontale, avant de s'élever sur une nouvelle crête brisée, écumeuse, semblant vouloir mettre en pièces son minuscule trou dans le pont et l'engloutir… L'espace d'une seconde, il se retrouvait suspendu entre ciel et mer, la barre libre, inutile, avant de s'écraser dans le creux suivant. Chaque fois, sur la crête, il pensait : celle-là va nous avoir. Et ainsi, bien que trempé, transi dans le vent et la pluie glacés, les incessantes montées d'adrénaline déclenchées par la peur et son épais manteau de laine lui tenaient chaud. Une centaine de vagues le convainquirent que la suivante glisserait sans doute sous lui sans plus de conséquences, et il se détendit quelque peu. Rien à faire, sinon tenir jusqu'au bout et tenir le bateau, de sorte que la houle le prenne toujours par l'arrière… et il s'en tirerait. Pour sûr, songea-t-il, il n'aurait qu'à chevaucher ces vagues et traverser l'Adriatique jusqu'à Trieste ou Rijeka, une des deux cités criardes qui avaient ravi à Venise son trône de Reine de l'Adriatique… Les princesses de l'Adriatique, plutôt, et deux belles petites salopes, aussi… À moins de sortir de l'ouragan, de le contourner pour refaire voile vers la cité, oui, c'était préférable…

D'un autre côté, le Lido, en nombre d'endroits, s'était mué en une sorte de récif ; de telles vagues s'y briseraient et ne manqueraient pas de faire chavirer son bateau. De plus, pour rester réaliste, le nord de l'Adriatique était vaste ; la moindre erreur au faîte d'une de ces lames (ce qui ne manquerait pas de se produire) et chaviré, laminé par les rouleaux, il irait rejoindre la cohorte de Vénitiens ayant fini au fond de cette mer. Et tout ça pour cette satanée Madone ! Carlo, tassé à la poupe, ajustait la barre aux caractéristiques de chaque vague, ignorant le reste du chaos hurlant, noir, dénué d'horizon, qu'étaient l'air et l'eau tout autour de lui, satisfait, à sa façon farouche, de voguer vers sa mort en faisant preuve d'une telle habileté dans ses manœuvres. Le Lido. Ne pas penser au Lido.

Et il voguait, oublieux du temps comme on l'est quand on se retrouve privé de tout référent spatial. Vague après vague après vague. Un peu d'eau s'accumulait au fond de son bateau, et avec elle le découragement ; en esprit, il sombrait déjà ; une triste façon de tirer sa révérence que de voir son bateau couler peu à peu sous lui…

Au hurlement aigu et désinvolte du vent se joignit bientôt une voix de basse mugissante. Jetant un coup d'œil par-dessus son épaule dans la direction où il était entraîné, il aperçut une ligne blanche qui s'étirait de la gauche vers la droite ; son cœur bondit. La peur explosa en lui : le Lido l'attendait, mué en barre de récif sur laquelle trébuchaient les vagues en rideaux d'écume laiteuse précipités vers le ciel et soufflés dans le néant. Une vision terrifiante. Sombrer en mer eut été tellement plus facile…

Mais là… parmi les blancs brisants, sur la droite… un doigt gris pointait vers la noirceur du…

Un campanile. Carlo dut reporter ses yeux sur la vague qui le surplombait et redresser le bateau, mais quand il regarda de nouveau dans son dos, il était toujours là. Un campanile, dressé comme un phare mort. « Nom de Dieu ! » dit-il à voix haute. Les lames paraissaient le pousser à deux cents mètres au nord de l'édifice. À chaque vague qui le soulevait, il y avait un instant où le bateau la dévalait aussi vite qu'elle se ruait sous lui ; pendant ces moments, il dévia un peu la barre et l'esquif tourna et glissa de côté sur la vague, vers le sud, jusqu'à ce qu'elle le soulève avec elle sur sa crête et qu'il doive redresser. Il répéta obstinément la délicate opération, manquant dans son impatience mettre son embarcation en pièces à plusieurs reprises. Contente-toi de ce que chaque vague voudra bien t'accorder, songea-t-il. Et prie pour que cela suffise.

Le Lido se rapprochait ; il estima être dans le vent par rapport au campanile. Était-ce celui de l'entrée du canal du Lido, ou celui de Pellestrina plus au sud ? Il n'avait aucun moyen de le savoir, et à vrai dire il s'en fichait, mais il se réjouissait que ses ancêtres aient jugé bon de bâtir d'aussi solides brise-lames. Entre plusieurs vagues, il étendit le bras sous le pont jusqu'à dénicher au toucher la gaffe et la longueur de corde qui ne le quittaient pas. Un problème se poserait lorsqu'il atteindrait le campanile — le frôler de quelques mètres, impuissant, ne lui serait d'aucune utilité ; d'un autre côté, il ne pouvait pas non plus se fracasser dessus et compter y survivre, pas dans cette houle. En fait, plus il y réfléchissait, plus il comprenait combien l'approche serait ardue, aussi cessa-t-il d'y songer pour se concentrer sur les vagues.

La dernière fut la plus grosse. Elle devenait plus abrupte comme le bateau la dévalait, jusqu'au moment où il lui sembla être emporté à jamais. Plus loin, le campanile se profilait, immense, ténébreux. Tout autour, la houle s'abattait et se brisait avec des hurlements aigus et mortels ; de derrière, Carlo pouvait voir l'eau aspirée sur les failles, formant comme de larges cascades. Le fracas était formidable. Au sommet de la vague, il estima qu'il pourrait sauter par une des fenêtres supérieures du campanile — il sortit la gaffe, déplaça la barre d'un poil, prit trois profondes inspirations. Dans un bruit incroyable, la vague l'entraîna un peu au-delà de la tour de pierre, sur laquelle elle s'écrasa dans un jaillissement d'écume ; il rabattit la barre d'un seul coup, l'embarcation ne fit qu'un bond dans le sillage du campanile — Carlo se dressa et balança sa gaffe par la croisée d'une fenêtre au-dessus de lui. L'outil se coinça, se cramponnant férocement.

Derrière la tour carrée, il était à l'abri ; les lames brisées s'élevaient, retombaient sous le bateau en soupirant mais sans violence. D'une main, il enroula un bout de sa corde autour du point d'écoute à la poupe et attacha l'autre extrémité à la gaffe. Celle-ci tenait bien ; il prit le risque de se pencher pour assurer la corde. Puis un autre risque : quand le bouillon trouble d'une nouvelle vague brisée souleva le bateau, il bondit de son siège et se rattrapa au rebord de pierre de la fenêtre. Ce dernier était trop large pour que ses mains puissent s'y refermer ; une seconde, il resta pendu par le bout des doigts. Avec l'énergie du désespoir, il se haussa, jeta une de ses mains en avant, trouva une prise sur l'appui et se hissa enfin à l'intérieur. Le sol dallé se trouvait à environ un mètre vingt sous la fenêtre. Il se hâta de tirer la gaffe, de la poser au sol et de tendre la corde.

Il regarda par l'ouverture. Son bateau s'élevait, retombait, s'élevait, retombait. Bon, peut-être coulerait-il. Mais quoiqu'il en soit, Carlo était sauf. Il poussa un cri libérateur. La manière dont il avait été projeté au-delà du flanc de la tour, le visage à deux mètres au plus de celle-ci, trempé par la vague qui avait giflé la façade… La vache, il s'en était tiré comme un chef ! Un vrai miracle ! Il lâcha des éclats de rire triomphants, brefs, aigus : « Ha ! Ha ! Ha ! Bon sang ! Ouaouh !

– Quiii eeest làà ? » La voix haut perchée et grinçante flottait dans l'escalier depuis l'étage. « Quiiii eeeest là ?… »

Carlo se figea. Il gagna le seuil des marches sur la pointe des pieds avant de risquer un coup d'œil ; dans l'ouverture de l'étage supérieur, presque imperceptible, une faible lueur vacillait. Plus surpris que terrifié, Carlo écarquilla les yeux.

« Quiiiii eeeeest làààààà ?… »

Il se hâta d'aller à la gaffe, dénoua la corde, tâtonna sur le sol humide jusqu'à trouver un bloc de pierre pour ancrer son bateau. Il regarda par la fenêtre : l'embarcation tenait bon ; de part et d'autre, les rouleaux blancs s'écrasaient sur le Lido. Emportant la gaffe, Carlo gravit les marches en silence ; il se sentait prêt à tailler en rubans n'importe quel fantôme éthéré.

C'était la bougie d'une lanterne qui vacillait dans l'air troublé… une salle remplie d'un fatras…

« Eèèk ! Eèèk !

– Merde !

– Démon ! Va-t'en, camarde ! »

Une petite forme noire se rua sur lui, brandissant des pointes de métal acérées.

« Merde », répéta Carlo. Il leva la gaffe. La silhouette s'immobilisa.

« Enfin, la mort vient me prendre », dit-elle. La femme chenue qui lui faisait face brandissait dans chaque main des aiguilles à dentelle.

« Pas du tout, répondit-il alors que son pouls s'apaisait. Je le jure devant Dieu, grand-mère. Je ne suis qu'un marin craché par la tempête. »

La vieille rejeta la capuche de sa cape sombre, révélant des cheveux blancs nattés, et loucha pour le considérer.

« Tu portes la faux », dit-elle, pas convaincue. Sur son visage, quelques rides s'effacèrent lorsqu'elle cessa de plisser les yeux.

« Non, une gaffe », corrigea Carlo en la lui tendant pour qu'elle l'inspecte. L'autre recula et brandit ses aiguilles d'un air menaçant. « Rien qu'une gaffe, je vous le jure au nom de Dieu. Au nom de Dieu, de Marie, de Jésus et de tous les saints, grand-mère. Je ne suis qu'un marin de Venise jeté ici par la tempête. » Quelque chose en lui avait envie de rire.

« Oui ? dit-elle. Oui, eh bien, dans ce cas, tu as trouvé un refuge. Je n'y vois plus guère, tu sais. Entre, assieds-toi, alors… » Elle fit demi-tour, le précédant dans la pièce. « Je m'apprêtais à faire un peu de dentelle, en pénitence, tu vois… bien qu'on manque de lumière. » Elle saisit un tambour sur lequel de la dentelle était épinglée. Carlo remarqua d'énormes trous dans le motif, comme dans une toile d'araignée abimée. « Un peu plus de lumière », dit-elle en prenant une bougie afin de l'allumer sur la première. Quand la mèche s'enflamma, la vieille femme fit le tour de la pièce et en alluma trois autres dans des lanternes posées sur des tables, des boites, une garde-robe. Elle fit signe à Carlo de s'asseoir sur une chaise massive près de sa table et il s'exécuta.

Tandis qu'elle s'installait en face de lui, il parcourut la pièce du regard. Un lit surchargé de couvertures empilées, des boîtes et des tables couvertes d'objets divers… les murs de pierre, et une nouvelle volée de marches menant à l'étage supérieur. Il y avait un courant d'air. « Ôte donc ton manteau… » La femme disposa le petit coussin sur le bras de son fauteuil, puis se mit à y enfiler et en retirer une aiguille, tirant lentement sur le fil.

Carlo se renfonça dans son siège et l'observa. « Vous vivez seule, ici ?

– Toujours seule, répondit-elle. Comme je l'ai choisi. » À la lueur de la bougie, elle lui évoquait une figure familière, presque maternelle ; après la tempête, la pièce était un havre de paix. La vieille femme se courba sur sa chaise, son visage juste au-dessus de l'ouvrage. Malgré tout son aiguille s'enfonçait loin du motif apparent de la dentelle, piquait ici et là, au hasard. Elle aurait tout aussi bien pu être aveugle. À intervalles réguliers, Carlo tremblait d'une joie nerveuse ; il lui était difficile de se croire hors de danger. Le silence s'installa, à peine troublé par quelques éclats de remarques éparses. Bientôt ils demeurèrent assis sous la lueur des chandelles, perdus dans leurs pensées, tels deux vieux amis.

« Comment vous procurez-vous votre nourriture ? demanda Carlo après un de ces silences prolongés. Ou les chandelles ?

– Je piège des homards. Et les pêcheurs m'échangent des choses contre de la dentelle. Ils ne sont pas volés, rassure-toi. Je n'ai jamais donné moins, malgré ce qu'il a dit… »

L'angoisse tordit son visage et elle se tut. Elle jouait de l'aiguille avec hargne, et Carlo détourna le regard. En dépit du courant d'air, il se réchauffait — d'ailleurs, il n'avait pas quitté son lourd manteau de laine, et il commençait à se sentir les paupières lourdes…

« C'était mon âme sœur, tu vois ? »

Carlo se redressa brusquement. La vieille femme fixait toujours son tambour à dentelle.

« Et… Et il m'a laissée ici, ici dans cette désolation quand les inondations ont commencé, avec des mots que je n'oublierai jamais, jamais, jamais… Jusqu'à la mort… J'aurais voulu que tu *sois* la mort ! gémit-elle. Je l'aurais voulu. »

Carlo la revit brandissant ses aiguilles. « Quel est cet endroit ? demanda-t-il avec douceur.

– Comment ?

– C'est Pellestrina ? San Lazzaro ?

– Ici, c'est Venise », répondit-elle.

Soudain traversé de frissons, Carlo se leva.

« Je suis la dernière, dit la femme. Les eaux montent, les cieux rugissent, les promesses d'amour se défont et mènent à la misère. Je… Je vis pour montrer ce qu'une personne peut endurer sans mourir. Je vivrai jusqu'à ce que le déluge engloutisse le monde comme il a englouti Venise, je vivrai jusqu'à ce que tout ce qui vit soit mort ; je vivrai… » Sa voix s'estompa ; elle leva sur Carlo un regard curieux. « Qui es-tu, en vérité ? Oh, je sais. Je sais. Un marin.

– Il y a d'autres étages au-dessus ? » demanda-t-il pour changer de sujet.

Elle le regarda du coin de l'œil. Enfin, elle reprit : « Les mots sont vains. Je pensais que jamais plus je ne parlerais, pas même à mon propre cœur, et me voilà qui recommence. Oui, au-dessus il y a un étage intact, et plus haut des ruines. La foudre a soufflé la salle des cloches, alors que je reposais dans ce lit. » Elle désigna sa couche, se mit debout. « Viens, je vais te montrer. » Sous sa cape, la vieille femme était minuscule.

Elle saisit la lanterne posée près d'elle et Carlo la suivit sur les marches, prudent parmi les ombres mobiles.

À l'étage, le vent tourbillonnait, et par la trouée de marches vers le sommet, des nuages noirs se devinaient. La femme posa la lanterne sur le sol et emprunta les degrés. « Viens », dit-elle.

La trouée franchie, ils se retrouvèrent dehors, en plein ciel, en plein vent. La pluie avait cessé. De gros blocs de pierre jonchaient le sol, et les murs accusaient des brisures inégales.

« J'ai bien cru que tout le campanile allait s'effondrer », hurla-t-elle pour couvrir le sifflement du vent. Carlo hocha la tête et alla au mur ouest, qui lui arrivait à hauteur de poitrine. Il pouvait voir les vagues approcher, s'élever, s'écraser sur la pierre et répandre leur écume comme pour essayer de l'atteindre, sentir leur choc dans ses pieds. Une force effrayante — dont il avait réchappé de façon incroyable. Il secoua vigoureusement la tête. À sa droite, à sa gauche, les lignes blanches des vagues froissées délimitaient le Lido de leur large andain qui se détachait dans le noir. La vieille femme parlait ; il retourna à ses côtés pour l'écouter.

« Les eaux montent encore, hurla-t-elle. Tu vois ? Et la foudre… On voit la foudre réduire les Alpes en poussière. C'est la fin, mon enfant.

Chaque île s'enfuit et on ne trouve plus les montagnes… Le deuxième ange vida sa fiole sur la mer, et elle devint comme le sang d'un homme mort : et toutes les choses vivantes de la mer moururent. »

Elle parla, parla encore, la voix mêlée au fracas du vent furieux et au rugissement des vagues, les surpassant à peine… jusqu'à ce que Carlo, las et transi, empli de pitié et d'une angoisse aussi noire que les nuages qui roulaient dans le ciel, passe son bras autour des épaules frêles et lui fasse faire demi-tour. Ils redescendirent à l'étage inférieur, ramassèrent la lanterne éteinte et gagnèrent la chambre toujours éclairée. Un chaud refuge. Il l'entendait parler encore. Il frissonnait sans discontinuer.

« Tu dois avoir froid », dit-elle d'un ton pragmatique. Elle retira quelques couvertures de son lit. « Tiens, prends. »

Il s'installa sur une grande et lourde chaise, drapa ses jambes dans les couvertures, s'adossa tête en arrière. Il était épuisé. La vieille femme se rassit sur sa chaise et enroula du fil sur une bobine. Après quelques minutes de silence, elle reprit la parole et, tandis que Carlo sommeillait et changeait de posture pour s'assoupir de nouveau, elle parla, et parla, des tempêtes, des noyades, de la fin du monde, de l'amour perdu…

Le matin, à son réveil, elle n'était plus là. Sa chambre se révélait dans la lueur de l'aurore : miteuse, le mobilier délabré, les couvertures élimées, les babioles en vilain verre de Venise, comme l'est toujours le verre de Venise… Mais tout était propre. Carlo se mit debout, étira ses muscles roides. Il monta sur le toit ; personne. La matinée était ensoleillée. Par-dessus le mur est, il vit que son bateau était toujours là, encore à flot. Il sourit — son premier sourire depuis plusieurs jours ; il le sentait à son visage.

La femme n'était pas dans les étages inférieurs non plus. La pièce au niveau de l'eau faisait office de hangar à bateaux : deux barques décrépites et quelques pièges à homards. Un espace était vacant ; sans doute la femme était-elle sortie relever ses nasses. Ou peut-être n'avait-elle pas souhaité lui parler à la lumière du jour.

Depuis le hangar, il put faire le tour du campanile pour gagner son embarcation ; l'eau ne lui arrivait qu'aux genoux. Il s'assit à la poupe, se remémora les événements de la veille et sourit à nouveau de se savoir vivant.

Il escamota le pont et, de son écope, vida l'eau accumulée, un œil aux aguets en quête de la vieille femme. Puis il se souvint de la gaffe et remonta la chercher. À son retour, il n'y avait toujours aucune trace de la recluse. Il haussa les épaules ; il repasserait lui dire au revoir une autre fois. Il empoigna les rames, contourna le campanile, s'éloigna du Lido, hissa la voile et mit le cap au nord-ouest — là où Venise était sensé se trouver.

Ce matin, la Lagune était plate comme une mare, le ciel sans nuage pareil au dôme bleu d'une grande basilique. C'était stupéfiant, mais cela ne surprit pas Carlo. Le temps était ainsi, désormais. Le grain de la nuit précédente, toutefois, c'était autre chose. La plus grande de toutes les tempêtes… et ses vagues, les plus grosses jamais vues sur la Lagune, sans aucun doute. Il entreprit de répéter mentalement le récit qu'il ferait à sa femme et à ses amis.

Venise apparut à l'horizon sur la droite de sa proue, à l'endroit précis où il pensait qu'elle serait : d'abord l'immense campanile, puis San Marco et les autres flèches. Le campanile… Dieu merci, ses ancêtres avaient voulu s'élever si près de Dieu — ou si loin des flots — que ce désir ardent lui avait sauvé la vie. Dans l'atmosphère lavée par la pluie, l'approche par la mer était plus belle que jamais, et ça ne le dérangeait même pas, contrairement à l'habitude, que la cité semble reculer sur l'horizon à mesure qu'on s'en rapprochait. La Sérénissime. Il était heureux de la voir, tout simplement.

Il avait faim et se sentait encore épuisé. Quand, poussé par le vent, il parvint dans le Grand Canal et affala la voile, il découvrit qu'il ne pouvait ramer qu'à grand-peine. L'eau de pluie ruisselait jusque dans la Lagune, et le Grand Canal filait tel un torrent de montagne. Le trajet fut pénible. À la caserne des pompiers, où le canal s'incurvait, quelques-uns de ses amis qui travaillaient à une maison sur toit toute neuve le saluèrent de la main, surpris de le voir remonter le courant si tôt le matin. « Tu vas dans le mauvais sens », cria l'un d'eux.

Carlo agita sa rame d'un geste mesuré avant de la laisser retomber. « Comme si je ne le savais pas ! » répliqua-t-il.

Passer le Rialto, retrouver la petite cour de San Giacometta. Monter sur le solide dock bâti avec ses voisins, trébucher — attention, là, Carlo.

« Carlo ! pépia Luisa depuis les hauteurs. Carlo, Carlo, Carlo ! » Elle dévala l'échelle qui menait au toit.

Il se tenait sur le dock. Il était chez lui.

« Carlo, Carlo, Carlo ! pleurait sa femme en courant sur le dock.

– Bon sang, implora-t-il, tais-toi. » Et il l'attira dans une rude étreinte.

« Où étais-tu passé, j'étais si inquiète à cause de la tempête, tu disais que tu rentrerais hier, oh, Carlo, je suis si heureuse de te voir. » Elle essaya de l'aider à gravir l'échelle. Le bébé pleurait. Carlo s'assit sur la chaise de la cuisine et parcourut la petite pièce de fortune d'un regard satisfait. Tout en mâchonnant des bouchées de pain, il raconta son aventure à Luisa — les deux Japonais et leur vandalisme, la chevauchée sauvage à travers la Lagune, la folle du campanile. Quand il acheva son récit et la tranche de pain, il commençait à s'endormir.

« Mais Carlo, tu dois retourner récupérer ces Japonais.

– Qu'ils aillent au diable, dit-il d'une voix indistincte. Les sales petits bâtards... Ils mettent la Madonna en pièces, tu n'as pas compris ? Ils vont tout prender à Venise, les dernières peintures, les dernières statues, les dernières sculptures, les dernières mosaïques, tout... Je ne peux pas le supporter.

– Oh, Carlo... C'est normal. Ils emportent ces choses dans le monde entier, ils les exposent et ils disent : ceci vient de Venise, la plus grande cité du monde.

– Elles devraient être ici.

– Carlo, s'il te plaît... Viens t'allonger quelques heures. Je vais aller voir si Giuseppe peut t'accompagner à Torcello pour ramener ces briques. » Elle l'installa sur leur lit. « Laisse-les donc prendre ce qui se trouve sous l'eau, Carlo. Laisse-les prendre. »

Il s'endormit.

Il s'assit, luttant. Sa femme lui secouait le bras.

« Réveille-toi, il est tard. Tu dois aller à Torcello récupérer ces types. En plus, ils ont ton équipement de plongée. »

Carlo grommela.

« Mana dit que Giuseppe viendra avec toi ; il te retrouvera avec son bateau sur le Fondamente.

– Merde.

– Carlo, on a besoin de cet argent...

– D'accord, d'accord. » Le bébé braillait. Carlo retomba sur le lit. « Je vais m'en occuper ; ne me harcèle pas comme ça. »

Il se leva puis but la soupe qu'elle avait préparée. Il descendit l'échelle, tout ankylosé, ignora les au revoir et les mises en garde de Luisa, remonta à bord de son bateau. Il largua les amarres, poussa de sa rame et laissa l'embarcation dériver hors de la cour jusqu'au mur de San Giacometta. Ses yeux se rivèrent à la maçonnerie.

La fois où il avait endossé son équipement de plongée et nagé dans l'église lui revint en mémoire. Il s'était assis sur un des bancs de pierre devant l'autel, ajustant les poids à sa ceinture et son réservoir, s'efforçant de prier à travers son détendeur et son masque. Les bulles d'argent de son souffle s'étaient élevées dans l'eau, vers les cieux ; peut-être ses prières avaient-elles suivi le même chemin, il n'en avait aucune idée. Après un moment, se sentant un peu ridicule — juste un peu —, il avait franchi la porte d'entrée. Une inscription à son fronton avait attiré son regard. Il s'était approché, son masque à quelques centimètres de la pierre. *Qu'autour de ce Temple la Loi du Marchand Soit Juste. Son Poids Vrai, et Ses Conventions Exactes.* C'était une admonestation destinée aux vieux usuriers du Rialto, mais il s'était dit qu'il pouvait la faire sienne ; le vrai poids pouvait se rapporter aux ceintures de plongée, qui ne devaient pas surcharger ses clients et les envoyer par le fond…

Le souvenir s'effaça et il se retrouva en surface, avec un travail à accomplir. Il prit une profonde inspiration. La relâcha. Plaça les rames dans les dames de nage et pesa dessus.

Qu'ils prennent ce qu'il y avait sous l'eau. Ce qui vivait de Venise était toujours à flot.

Traduit de l'américain par Pierre-Paul Durastanti.
Parution originale in *Universe 11*, Doubleday, 1981.

Rich LARSON

*Né au Niger en 1992, de nationalité canadienne mais ayant vécu en Espagne, aux États-Unis, en Afrique du Sud ou encore en République Tchèque, notre jeune auteur a la bougeotte — quand bien même la pandémie covidienne l'a cloué pour un temps dans la maison familiale de Grande Prairie, au Canada (province de l'Alberta). Auteur précoce, il publie sa première nouvelle en 2011. Une grosse dizaine d'années plus tard, il en aligne près de deux cents au compteur, proposées dans tout ce que l'anglo-saxonnie connaît de supports ou presque, revues (*Asimov's, Clarkesworld, Apex, Interzone, Dark Matter Magazine, Analog, *etc.) et anthologies diverses, dont plusieurs* Year's Best. ***Annex****, son premier roman (destiné plutôt au lectorat adolescent), paraît en 2018.* ***Ymir****, son deuxième (résolument adulte, celui-ci, récit d'une quête brutale sur une planète de glace, manière d'hommage au poème épique* ***Beowulf****), est annoncé pour l'été chez Orbit (et en fin d'année au Bélial' pour sa traduction française — vivement !). Un premier recueil,* ***Tomorrow Factory****, sort en VO en 2018.* ***La Fabrique des lendemains****, sans équivalent en langue anglaise, paraît au Bélial' en 2020 dans la collection « Quarante-Deux », vingt-huit nouvelles traduites par Pierre-Paul Durastanti, un ensemble salué par le Grand Prix de l'Imaginaire 2021. Début 2022,* ***Rêves de drones et autres entropies****, recueil de treize nouvelles traduites par Émilie Laramée (dont cinq figurent au sommaire du premier cité) est publié au Canada par Triptyque. Aujourd'hui âgé de trente ans à peine, il est considéré par beaucoup comme le meilleur nouvelliste de sa génération, et l'un des auteurs de SF les plus stimulants du domaine.*

Déjà publié dans Bifrost *:*

- « Circuits » *in* Bifrost *100*
- « Demande d'extraction » *in* Bifrost *102*
- « Fantômes électriques » *in* Bifrost *104*

On est peut-être des Sims

Rich Larson

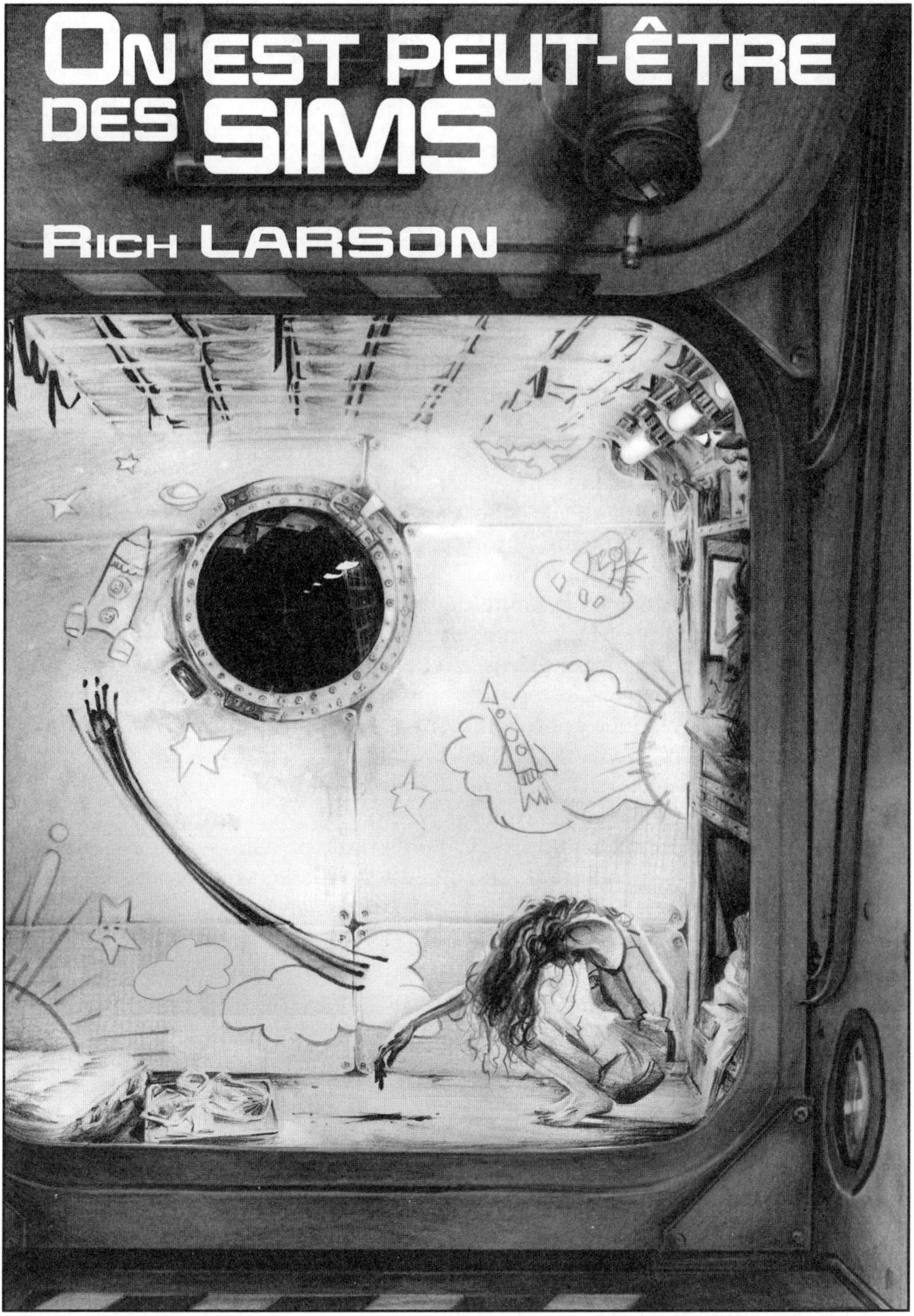

illustration Matthieu Ripoche

AU PREMIER ANNIVERSAIRE de la mission, Jasper, encore nu, encore fâché, décrète qu'ils sont piégés dans une simulation.

« Réfléchissez, débiles. » Du plat des mains, il pousse contre le plafond bas en métal, fléchissant ses bras d'os et de tendons. « Le lancement, c'était comme à l'écran, non ? L'énorme grondement, le compte à rebours interminable, l'inversion de gravité. Un véritable film. »

À deux mètres de là, Beatriz est sous perf. Un tuyau sinue jusque dans son poignet tout meurtri ; le cocktail chimique la cloue au matelas en mousse à mémoire de forme. Elle se rappelle le lancement. Un vigile qui kiffait ses tatouages de la Santa Muerte lui a refilé en douce un sandwich au salami, genre ceux qu'elle achetait à la supérette avec sa mère. Elle a vomi ce dernier dîner quand ils sont passés en apesanteur ; il flottait dans la cabine comme un ballon pourri.

Beatriz ne prend plus la peine de répondre à Jasper, sauf quand ils baisent. Elle sait que Mack s'en chargera, depuis l'angle de la cabine où il reste affalé, sa tête toute hérissée de cheveux blancs rejetée contre la paroi froide et incurvée. Il répond toujours ; il a peut-être besoin d'entendre sa voix claquer contre une autre, l'écholocation lui prouvant qu'il est toujours en vie.

« Jasper, tu n'as jamais pensé que la façon dont on lance les sondes dans les films se base sur la réalité ? » demande Mack qui pose le plateau de nourriture sur ses cuisses. Qu'il réponde ne dérange pas Beatriz. Elle lui trouve — sous perf, surtout — une belle voix profonde. Il aurait pu être acteur, ou au moins narrateur d'un webdoc, s'il n'avait pas choisi le crime.

Elle tourne son regard vers Jasper qui fronce les sourcils comme il sait si bien le faire. Il les a froncés à son procès et, de tout le pays, des minettes lui ont balancé des sexflashs et des nus. « Ce lancement, c'était un montage, vieux pédé. Du flan. Un milliard de candidats supplient d'aller sur Europe, et on y enverrait trois détenus ?

– C'est un test du vaisseau de colonisation, répond encore Mack tout en découpant son globe de pâte nutritive comme s'il pratiquait une division cellulaire. Un équipage réduit, un équipement de vie à l'avenant, et à peine le strict nécessaire pour surveiller les cryopods. Comme ça, les ingés voient dans quelle proportion raboter les marges. Rien de neuf sous le soleil ! Si ça foire et qu'on crève, tout le monde s'en foutra, pas vrai ? »

Beatriz espère qu'il laissera de la pâte et qu'elle pourra s'en servir pour la fresque qu'elle a étalée sur une cloison et demie — un nuage de gris et de brun, visages flous et pieds tordus, avec un arc rouge sombre de sang séché venu du soir où elle s'est réveillée pour voir Mack se graver le prénom de son fils dans la chair de l'avant-bras.

Elle ferme les yeux, écoute.

« Voilà, dit Jasper. Les marges. Qu'est-ce qui coûterait moins cher que nous entasser dans un bunker pour tester l'équipement de vie sur Terre ?

– Déjà, on ne vaut presque rien. On n'est qu'une boîte de conserve pleine de détritus humains.

– Quoi ?

– Des détritus.

– C'est quoi ce…

– On est de la merde à forme humaine. »

Un long silence s'ensuit, puis elle entend Jasper taper des phalanges contre le hublot. « Il fait tout noir dehors. Si on était vraiment dans l'espace, il y aurait des étoiles.

– Si c'était faux, il en y aurait. Demande à Beatriz. Même elle devrait le savoir.

– Ferme-la, Mack, dit Jasper avec une sourde colère dans la voix. Il devrait y avoir des étoiles. Bea. Bea, réveille-toi, petite conne assoupie.

– Elle déteste que tu l'appelles comme ça. »

Beatriz sent Jasper s'approcher, s'accroupir, tâter un bleu familier sur son biceps. « Beatriz, petite conne, réveille-toi. Il devrait y avoir des étoiles ou pas ? »

Elle ouvre les yeux. « Va te faire, Jasper. Pareil, Mack. »

Le miel chaud de la perf achève de goutter. Elle a épuisé sa part quotidienne. Regarder le hublot noir d'encre suffit à la glacer de plus belle. Jasper et Mack, penchés, attendent sa réponse : dans la capsule, la réalité se définit par un résultat de deux sur trois.

« On s'attendrait à ce qu'il y ait des étoiles, dit-elle enfin. Ouais. »

Dégoûté, Mack lève ses bras veineux au ciel.

« Ha ! lance Jasper. Il devrait y avoir des étoiles. »

Mack se traîne vers les transmissions, mais, d'abord, il pousse son plateau vers la couche de Beatriz qui étire les commissures de ses lèvres en guise de sourire de gratitude. Il pense que la fresque l'aide à rester saine d'esprit. Elle se juge déjà folle.

« Allez, Mack, vérifie l'ordi, se gausse Jasper. Je suis sûr qu'après six mois de silence absolu, ils vont nous envoyer à chacun une carte de vœux. Zou, vieille tante. »

L'autre pointe son majeur vers le plafond bas, puis il met ses écouteurs et se détourne. Jasper regarde Beatriz avec un sourire narquois. Il a perdu de sa masse corporelle, mais ses joues creuses et ses membres décharnés restent sexy dans le genre réduisons-les-marges.

Maintenant que l'effet de la perf se dissipe, elle empoigne la cuisse de son compagnon pour obtenir une compensation. « Il a ses écouteurs.

– Vu. » Jasper fait rouler sa queue entre ses paumes. « On y va. »

Beatriz déplace le matelas de mousse vers l'angle où ils baisent. Jasper se foutait que Mack les mate, voire se branle. Pour paraître à son avantage, il serrait même les fesses plus que nécessaire.

Beatriz se dézippe, parvient à mouiller en imaginant une personne qui ne ressemble pas du tout à Jasper, puis le guide en elle. Elle se rappelle qu'au début, il posait des questions pendant qu'ils baisaient, genre : *T'aimes ça ?*

Et elle répondait : *Quoi ?*

Rouge, maussade : *T'aimes que je te touche les tétons ?*

Je le sens à peine.

Se le rappeler aussi nerveux et excité qu'un gamin, c'est mignon. À présent il la remplit comme un seau à glace, et il devient parfois tout mou en elle, mais c'est mieux que rien, pas vrai ? Et il n'y a personne qui les mate.

« Je crois pas que Mack soit un vrai bonhomme, murmure Jasper contre son cou en sueur.

– Tu pousses quand même l'homophobie un peu loin, grogne-t-elle.

– Non, je veux dire que c'est quelqu'un d'autre. »

Elle le sent qui se désengorge et se dégage. Changeant de position, elle se crispe sur lui. Décidément, elle préfèrerait un bon vibro.

« C'est une taupe qui fait partie de l'expérience, halète l'autre. Il devrait y avoir des étoiles, Bea.

– Concentre-toi, Jasper. »

Il ferme les yeux et conclut tant bien que mal ; un vague orgasme la picote — une jonchée d'étincelles sur le noir de l'espace. Est-ce qu'on devrait voir les étoiles au cours d'un trajet subluminique vers Europe ? Elle ne s'en souvient pas. Son unique cours d'astronomie empiétait sur le repas de midi et elle a préféré rouler des clopes sur le parking.

« Peut-être même qu'on dort. » Sa queue qui rétrécit est toute irritée, violette. Il la dorlote comme si elle risquait de se dissoudre. « Qu'on a le cerveau branché sur un virtuel. »

Elle réfléchit. « On est peut-être des sims, tu veux dire. Quelqu'un dans les cintres tire nos ficelles et nous regarde nous pisser dessus. »

C'est le pompon, songe-t-elle. Si tout est faux, et depuis des années, elle n'a jamais trouvé derrière le Blinx l'airgun avec lequel elle a détroussé le vendeur de téléphones. Elle n'a pas laissé le vieux M. Rocio se noyer dans sa baignoire glissante pendant qu'elle gisait sur le canapé, une seringue dans le bras, trop partie pour bouger même si elle entendait ses petits cris rauques.

« J'ai le moyen de tout arrêter. » Jasper jette un regard en coin vers Mack toujours installé face à l'écran. Il y a en tout 2039 morceaux de musique sur l'ordinateur. Au vu de ses omoplates relâchées, il doit écouter ses instrumentaux finnois préférés.

« Comment ? demande-t-elle, sachant bien que la réponse ne lui plaira pas.

– Je vais ouvrir l'écoutille. » Il a un sourire cadavérique. « J'ai compris comment contourner la sécurité. Il faut nos empreintes palmaires à tous les trois. On devra choper Mack pendant qu'il roupille. »

Elle roule du matelas, saisit le plateau délaissé, recueille la pâte dans sa main et cherche où appliquer du gris clair à la fresque. Peut-être un os dans le squelette démantibulé qui émerge sur la gauche. Jasper essaie de lui parler un instant, puis, avec un hochement de tête avisé, se pose un doigt sur les lèvres, va devant l'autre paroi et se met en poirier pour entamer des pompes renversées qui font crisser et craquer l'articulation de son épaule.

Du temps où il était bien monté et gaulé, il lui a parlé du jeune qu'il a tué. Un an et une tête de moins que lui, l'autre avait dit ce qu'il ne fallait pas et Jasper s'était cru obligé de le sortir d'une boîte de nuit et de lui taper dessus jusqu'à le faire taire. Dans son vague souvenir, ça concernait une fille dont il avait oublié le prénom, et il était en train de perdre quand on lui avait fourré un parpaing dans la main, sur quoi le jeune lui avait lancé *tu te fous de moi ?* avant de manger un coup qui lui avait aplati le crâne comme un bol pliable.

Beatriz voit deux résultats possibles au plan de Jasper. Le premier : tout le monde meurt. Le vaisseau lui semble très réel. Parfois, le bourdonnement incessant de l'équipement de vie la met encore sur les nerfs. Les parois incurvées, froides au toucher, paraissent solides et elle hume les badigeons de vieille nourriture, de gel isolant, de fluides corporels. Donc ils vont ouvrir l'écoutille, jaillir dans l'espace, et mourir leur semblera très réel, aussi.

Le second est plus imprévisible. Il arrive à Jasper d'avoir raison, comme quand il a soutenu à Mack durant des heures que la première victime de la Seconde Guerre mondiale était un fermier polonais. L'ordinateur l'a confirmé ensuite. Et il ne se trompait qu'à moitié en soutenant que Noah Webster avait publié une Bible et non un dictionnaire. Qu'il doive y avoir des étoiles pourrait donc s'avérer. Dans ce cas, ouvrir l'écoutille bannira le noir de l'espace et des savants penauds leur jetteront des regards gênés de derrière un écran vert.

Et peut-être qu'il y aura un lancer de confettis et que les scientifiques porteront des chapeaux pointus. *Futés que vous êtes, mon garçon, ma fille, mon vieux, vous avez deviné !* diront-ils. Tout le monde pourra rentrer à la maison : Jasper retrouvera ses parents fortunés, Mack son fils qui le déteste. Beatriz ? Elle a une ex qui, en apprenant qu'elle avait choisi de faire commuer sa condamnation à vie en voyage spatial, a déclaré qu'Europe n'était pas assez loin. Elle a une mère qui a pleuré comme La Llorona tout en étant ravie de voir sa fille excisée aussi efficacement — une verrue ôtée par une navette subluminique. Plus de visites aux urgences pour un lavage d'estomac après la dernière overdose de pilules, plus d'argent déversé dans le trou noir des désintox au rabais.

Mais on ne les renverra jamais chez eux. S'il s'agit d'un virtuel et qu'ils sont des sims, la corpo se bornera à effacer leurs souvenirs des six derniers mois et relancer le projet. Qui sait si ça ne s'est pas déjà produit ?

En tout cas, elle estime que Mack a le droit de connaître les deux options. Quand il va chier en poussant ses soupirs et ses plaintes de vieux bonhomme, Beatriz s'approche de l'unité de traitement des déchets pour dire à leur compagnon que Jasper compte ouvrir l'écoutille durant le sommeil de ce dernier.

« Quel gros con, dit Mack.

– Il en est vraiment sûr. Qu'on est dans un virtuel. » Elle s'interrompt et jette un regard vers la paroi devant laquelle Jasper fait toujours ses pompes renversées. Il la couve d'un regard attentif. « Il est, heu, prisonnier de sa certitude. »

Mack lâche un rire bref. « Il n'y pensera plus dans un jour ou deux. » Il tartine de gel hydroalcoolique ses mains et son cul osseux. « D'ici là, il ne risque pas de l'ouvrir sans qu'on s'en rende compte. Et qu'on l'en empêche.

– On devrait peut-être s'abstenir », bafouille-t-elle.

Mack tourne la tête comme un hibou. Voilà ce qu'il est : un vieux hibou. Jasper est un faucon affamé. Quel oiseau est Beatriz ? Elle aime les corbeaux, parce qu'ils mangent dans les poubelles sans honte et ont toujours quelqu'un qui veille sur eux, deux trucs qu'elle n'a jamais réussi à maîtriser.

« On est coincés ici depuis un an, Mack, murmure-t-elle. Quand on atteindra Europe, ce sera une nouvelle cellule qui nous attendra. Et un boulot de fou.

– Je sais bien, mais tu n'es pas finie, bordel. Moi, je suis vieux. Jasper et toi, il vous reste du temps. Même si vous ne changez pas du tout au tout, vous pourrez infléchir le cours de votre vie. Lui redonner de la valeur.

– Tu as une belle voix, lui balance Beatriz. On croirait un narrateur de docu. Parfois, je fais comme si on était dans une websérie. Jasper aussi, je crois. » Elle laisse son regard glisser vers le hublot noir. « Tu es sûr qu'on n'y est pas ?

– Si on a vécu une simulation, c'était avant. Quand on croyait s'en tirer en toute impunité. Ça, non, ce n'était pas réaliste. Du tout. »

Beatriz se rappelle que Mack était dans une Famille avant d'avoir sa famille. Après qu'il a arrêté de tuer pour la mafia, qu'il s'est trouvé un mari et qu'ils ont eu un fils, il a essayé de simuler une vie où il n'aurait jamais exécuté une femme et le mec de celle-ci sur un bas-côté d'autoroute. Une sim à l'intérieur d'une sim à l'intérieur d'une sim, quoi.

« La réalité, c'est ce qui fait le plus mal », dit-il, et elle le voit gratter, une seule fois, le tissu cicatriciel sur son bras, là où il a réussi à graver quatre lettres du prénom de son fils. Elle a davantage de jugeote : la réalité, c'est deux sur trois.

« J'ai pensé que tu devais savoir, dit-elle. Que Jasper veut ouvrir l'écoutille. »

Puis elle retourne au matelas dans le coin et s'allonge en sentant tous ses os s'enfoncer dans la mousse à mémoire de forme. Chacun d'eux se languit de la perf. Il serait simple de rester étendue tandis que la lumière s'atténue pour faciliter le sommeil, et d'attendre que sa part se renouvelle. Beatriz se demande parfois si sa mère et son ex connaissent la vraie raison pour laquelle elle a choisi d'aller sur Europe : l'étude sur la dépendance aux narcotiques fait partie de l'expérience et le produit administré vaut largement la morphine — et presque l'héroïne.

Elle reste là. Tant pis s'ils se retrouvent à flotter dans le vide et à mourir asphyxiés. Elle refuse de prendre parti.

L'habitacle s'obscurcit. Elle baisse les paupières. Jasper vient lui reprocher d'avoir prévenu Mack. Elle ne répond pas. Il se penche, si près que son souffle lui brûle la joue, et murmure qu'il pourrait le tuer, l'autre, s'il le souhaitait. L'empreinte palmaire fonctionnera qu'il soit mort ou vivant. Beatriz se raidit, sans rouvrir les yeux. Il s'éloigne, puis il reprend la parole :

« Tu participes à l'expérience. T'en es, hein, Mack ? Tu m'étudies comme un insecte, hein, Mack ?

– Calme-toi, Jasper.

– Dis-leur d'arrêter. Dis-le-leur, tout de suite.

– Lâche-moi, petit con. »

Elle entend le premier coup de poing, qui n'a rien de ces gifles contre un quartier de viande que les films utilisent. Il s'agit d'une petite tape, presque étouffée par le grognement surpris de Jasper. Une pause, puis il racle le sol des deux pieds et plonge. Elle imagine ses lèvres retroussées sur des dents parfaites. Les corps roulant à terre soulèvent des échos dans toute la capsule. Beatriz tremble au même rythme.

Elle se bouche les oreilles. Jasper ne va pas tuer Mack. Ils étaient amis le mois dernier. Elle se concentre sur l'afflux du sang à ses oreilles pour éviter d'entendre les halètements et les grognements. Bientôt, toutefois, il n'y a plus qu'un bruit : Mack qui étouffe.

Beatriz se retrouve assise sur le divan à l'autre bout du couloir menant à la salle de bains. Elle entend le remous de l'eau baratée par les bras du vieillard. Les râles.

Ouvrant les yeux, elle voit Jasper à califourchon sur Mack, ses genoux lui clouant les épaules au sol, ses mains autour de son cou. La réalité, c'est deux sur trois. Elle se lève du matelas. La peau glacée, elle frissonne des pieds à la tête.

« Arrête ça, Jasper. Lâche-le.

– Je te l'avais dit, grogne-t-il. Je t'avais dit que c'était une taupe. »

Elle tente de lui faire lâcher prise, mais il se dégage d'un coup d'épaule. Quand elle revient à la charge, elle encaisse un revers en pleine figure. Ses tympans bourdonnent ; une tache noire envahit sa vision. Quand l'obscurité se dissipe, elle voit les traits convulsés de Mack. C'est pire. Son regard désespéré l'écœure. Elle pivote pour aller vers la perf.

Les talons de Mack crissent sur le sol de la capsule. Elle évite de tourner la tête. Elle atteint le tuyau en tire-bouchon qui fait disparaître les choses. Des traces de produit adhèrent à l'intérieur. Elle tend la main, tire.

Elle tire, tire, jusqu'à ce que son épaule la taraude. Enfin, le tuyau s'arrache à la cloison, répandant son contenu à la ronde. Une goutte atterrit sur sa lèvre qui la pique. Dans un frisson, elle revient vers les deux autres sans savoir s'il y aura moyen de réparer la perf. L'ignorance la crispe de peur et d'un sentiment qu'elle peine à définir.

Beatriz se campe derrière Jasper, les pieds bien écartés, lui passe le tuyau autour du cou et serre, fort. Il s'étrangle.

« Lâche-le, répète-t-elle. Mack n'est pas une taupe. Il est des nôtres. D'accord ? »

Il se secoue comme un chien mouillé, mais elle tient bon. Elle tire si fort sur le tuyau que ses phalanges blanchissent. Une image atroce lui vient. Jasper tue Mack, elle tue Jasper, et elle reste dans l'espace avec deux cadavres, sans perf.

Le temps passe à son rythme dans la capsule. Elle ignore combien dure ce tableau vivant qui les fige tous les trois, les muscles tendus, le souffle rauque, mais enfin, *enfin*, Jasper desserre sa prise sur le cou de Mack. La veine sur sa tempe saille tel un gros lombric. Comme Beatriz n'a plus de force dans les bras, elle lâche le tuyau.

Mack roule sur lui-même en toussant à fendre l'âme.

Jasper tombe à genoux, puis à plat-ventre, posant le front contre le parquet glacial.

La montée d'adrénaline reflue. Beatriz, épuisée, se laisse aller au sol la dernière. Elle s'allonge sur le dos, avise le hublot tout noir, la fresque éclairée par les veilleuses bleues. Les éclaboussures de la perf ont séché en points brillants sur la cloison ; ils clignotent dans la pénombre.

« Regardez, dit-elle. Les étoiles. »

Elle respire. Mack respire. Jasper respire. Tous les trois, ils respirent et, là tout de suite, l'air vicié leur semble assez réel.

« *We Might Be Sims* » © Rich Larson 2015.
Reproduit avec l'autorisation de l'auteur.
© le Bélial' pour la présente traduction.
Traduit de l'anglais (Canada) par Pierre-Paul Durastanti.
Parution originale in *Interzone* n° 261, novembre-décembre 2015.

Johan HELIOT

Johan Heliot est un faiseur. Au sens noble du terme. Le genre d'auteurs qui, s'il était né une décennie plus tôt, aurait sans doute déployé une bonne part de sa production dans le giron du Fleuve Noir. Le genre d'auteur dont les prétendus mauvais genres — SF, fantasy, *fantastique mais aussi polar — accouchaient en masse il y a encore quelques dizaines d'années. Le genre d'auteur qui, à vrai dire, se raréfie furieusement. De fait, le camarade Johan publie beaucoup. Trop, diront certains — près de quatre-vingts romans, une cinquantaine de nouvelles. Dans tous les registres. Pour tous les âges, et chez tous les éditeurs ou presque. Un auteur professionnel, en somme, à savoir qui vit de ce qu'il publie ; dans le domaine de la littérature de genres d'expression française, c'est devenu une rareté.* **La Lune seule le sait** *(prix Rosny Aîné) est sans doute son roman le plus connu, un texte qui fit beaucoup pour la diffusion du* steampunk *par chez nous (il lui donna deux suites, toutes chez Mnémos). On citera aussi* **Bloodsilver**, *bien entendu, coécrit avec Xavier Mauméjean sous le pseudonyme de Wayne Barrow, et qui rafla le Grand Prix de l'Imaginaire en 2006. Enfin, au registre de ses récentes et très chouettes réussites, on ne saurait faire l'impasse sur la trilogie du «* **Grand Siècle** *», toujours chez Mnémos, une uchronie SF prenant pour cadre le royaume de France au XVIIe siècle tout ce qu'il y a de passionnante — Greg Keyes et ses* **Démons du Roi-Soleil** *n'ont qu'à bien se tenir. L'éditeur a fait paraître une belle intégrale de ladite trilogie en fin d'année 2021 ; un joli cadeau.*

Son actualité est à l'image de ce que l'on vient d'esquisser, foisonnante et assez orientée jeunesse : deux volumes de la série « **Dragonland** *» chez Fleurus (*fantasy *riche de dragons et d'humour pour les 9-13 ans) ; une série fantastique en cours d'écriture avec Alain Grousset pour les plus petits chez Auzou, «* **Le Passeur de fantômes** *» (5 titres parus) ; un thriller un brin uchronique,* **Les Enfants de la Terreur**, *tout chaud sorti des fours de L'Atalante ; et enfin, chez Critic, au printemps prochain, on surveillera la sortie de* **La Fureur des siècles**, *une uchronie (a-t-on précisé que notre homme était prof d'histoire dans une vie précédente ?) autour de Léonard de Vinci, François Ier et Bayard… Ouf !*

« Résonnance lointaine », *une nouvelle toute d'humanité aux échos SF un brin vintage, signe le retour de Johan Heliot dans nos pages après une éclipse d'une dizaine d'années.*

Déjà publié dans Bifrost *:*

- « Trouver son cœur et tuer la bête » *in* Bifrost 25
- « Faërie boots » *in* Bifrost 30
- « La Nuit du grand duc » *in* Bifrost 34
- « La Véritable toute première affaire » *in* Bifrost 38
- « Toute la force de leur amour » *in* Bifrost 42

Johan Heliot

RESONANCE LOINTAINE

illustration Franck Goon

QUAND LAURA EST TOMBÉE dans le coma, nous étions séparés depuis un an et demi, déjà. Pourtant j'ai accouru à l'hôpital, le cœur dévasté, la cervelle en bouillie. Ses parents m'ont accueilli comme si je faisais toujours partie de la famille. Nous nous sommes étreints et nous avons pleuré ensemble. Puis le professeur Mercier nous a reçus dans son bureau.

Immédiatement, Alain, le père de Laura, a posé la question que nous avions tous en tête :

« C'est bien le SRN ?

– Tout le laisse en effet supposer, n'a pas caché le médecin. Mais nous allons procéder aux examens requis avant de tirer des conclusions définitives. »

Si le protocole sanitaire le lui imposait, il était clair qu'il considérait cette obligation comme une perte de temps.

« Nous entamerons la première phase de traitement dès que possible », a-t-il ajouté.

Ce qui, au lieu de la rassurer, a achevé de paniquer la mère de mon ex-femme. Comme moi, Viviane connaissait les statistiques diffusées par les médias — même s'il s'agissait surtout de la presse de caniveau, qui avait trouvé depuis l'apparition du SRN un sujet en or pour doper des ventes en chute libre face à la concurrence du Net ; la plus grande épidémie de l'histoire de l'Humanité ne stimulait pas que l'industrie pharmaceutique, loin s'en fallait.

Quatre-vingt-treize pour cent des sujets infectés par le SRN décédaient dans les six mois suivants leur plongée dans le coma.

Quant aux autres…

« Nous ne sommes plus aussi démunis qu'à l'époque de l'apparition des premiers cas », a expliqué Mercier.

J'ai eu l'impression qu'il évoquait une ère de la préhistoire, un territoire aussi lointain et mystérieux que pouvait l'être le crétacé. Difficile à croire, mais cela faisait seulement deux ans que le Syndrome était apparu. Une paire d'années qui avaient suffi à changer la face du monde.

« Aujourd'hui, nous avons identifié les séquences du génome impliquées dans la reconfiguration neuronale des personnes infectées… », poursuivait le toubib lorsqu'Alain a explosé, abattant un poing massif sur le bureau :

« Gardez ce discours pour les conférences de presse ! C'est de ma fille qu'il s'agit ! Notre seule enfant », a-t-il ajouté avec un geste en direction de Viviane, décomposée. « Dites-nous qu'elle va s'en tirer. Qu'elle fera partie des Sept Pour Cent. »

Après un temps d'hésitation, Mercier a repris la parole sans paraître troublé par l'éclat de mon ex beau-père — côtoyer les proches des victimes l'avait sans doute habitué à ce genre de réaction.

« Nous ferons tout, absolument tout pour lui éviter le pire. Mais vous devez comprendre… »

Il regardait surtout Viviane.

« … qu'alors votre fille ne sera plus celle que vous avez élevée, aimée. Vous ne la reconnaîtrez plus. Elle, de son côté… »

Il a eu un léger haussement de sourcils.

« Mon bébé », a alors bredouillé Viviane, les larmes aux yeux. « Ce sera toujours mon bébé. »

Le toubib a acquiescé mollement.

« Laissez-moi vous détailler les conditions de sa prise en charge… »

Notre mariage battait sérieusement de l'aile quand ce type en blouse blanche — personne n'a retenu son nom — est apparu sur les écrans et a prononcé pour la première fois l'expression « Syndrome de Reconfiguration Neuronale » pour désigner ce que les journalistes préféraient jusque-là appeler « l'effet Einstein » — un raccourci aussi saisissant que racoleur toutefois assez justifié.

Laura et moi n'y avons pas prêté attention. On était trop occupés à se jeter nos états d'âme au visage. C'était même devenu notre activité conjugale favorite depuis qu'elle avait découvert ce stupide selfie sur mon portable, celui où je manifeste, outre mon ébriété, une attention des plus soutenues pour le décolleté d'une collègue aussi éméchée que je l'étais ce soir-là — le pot de départ en retraite de mon ancien patron.

Bref.

On savait vaguement, comme tout le monde, que certains pays d'Asie se coltinaient un nouveau virus, une saleté de plus sur la longue liste des abominations infectieuses qui sévissent par là-bas depuis la grippe aviaire, le coronavirus et leurs nombreux dérivés. Pas de quoi faire les gros titres des flux d'information, pas encore, du moins. Des gens tombaient dans

le coma, des gens mouraient, beaucoup de gens, mais ils habitaient de l'autre côté de la planète, alors pour ce qui nous concernait...

Un détail, cependant, retenait l'attention de nos médias : ceux qui finissaient par se réveiller après quelques semaines se plongeaient aussitôt dans la lecture de bouquins et de sites consacrés à toutes sortes de sujets hyper pointus. Personne n'y échappait parmi les miraculés, du plus modeste paysan à l'ouvrier de sweatshop, du gamin à peine en âge de pisser debout à la centenaire plusieurs fois arrière-arrière-grand-mère.

Une curiosité, presque une attraction, vite baptisée « l'effet Einstein », donc, et destinée à nourrir les réseaux en portraits amusants durant l'été, guère plus.

Sauf que les cas se sont multipliés, ont fini par dépasser les frontières de l'Orient, frapper des touristes en provenance de chaque continent. Le monde a bientôt cessé de rigoler.

Je n'avais pas l'esprit à ça, de toute façon. Ce fameux soir, pour la première fois, j'ai découché.

J'ai traîné dans un bar miteux de l'autre côté de la ville jusqu'à l'heure de la fermeture. La plupart des conversations tournaient autour de l'interview du type en blouse blanche. Le mot Syndrome (avec la majuscule nettement identifiable, même à l'oral) sautait de bouche en bouche. Je me suis rendu compte, écoutant malgré moi mes voisins de comptoir, que chacun connaissait au moins un cas — un parent, un ami, un collègue...

Je pensais que ma peine suffisait à me tenir à l'écart de cette étrange fatalité. Il fallait être stupide mais j'avais une excuse : j'étais malheureux.

Et je ne risquais pas de retrouver ma joie de vivre au regard de ce qui m'attendait.

On a établi un roulement pour les visites, avec les parents de Laura, de telle sorte que l'un d'entre nous veille en permanence sur elle. Eux étaient à la retraite, ils avaient tout leur temps. Et moi, j'avais arrêté de bosser depuis notre séparation. Je suivais tranquillement la pente descendante qui conduit à *Lose City*, survivant des maigres allocations que je pouvais encore grappiller. Mais ça ne durerait plus très longtemps. Je ne faisais aucun effort pour satisfaire mon conseiller ; sans même parler de recherche d'emploi ! De toute façon, qui avait besoin d'un rédacteur technique dépressif, semi alcoolique et à tendance suicidaire ?

J'ai rapidement pris mes habitudes dans cette chambre anonyme de la clinique privée où mes ex beaux-parents avaient fait transférer leur fille adorée, sans hésiter à se saigner aux quatre veines. Je passais près de douze heures chaque jour au chevet de Laura, à lui raconter ce qu'était devenue ma vie depuis son départ et combien je regrettais mes erreurs.

Il n'y avait pas eu qu'un selfie ambigu, à la vérité. J'ignore comment Laura l'avait appris ; je n'avais jamais eu le courage de lui avouer mes infidélités. Mais je me rattrapais durant sa période de coma en lui déballant tout, sans dissimuler aucun détail, jusqu'aux plus glauques, incapable de retenir mes larmes, profitant de notre intimité forcée.

Ces séances de confession m'ont fait du bien. J'en ai eu un peu honte, mais j'ai ignoré tout sentiment de culpabilité car l'état de Laura demeurait stationnaire. Autrement dit, plus le temps passait et plus s'éloignait l'espoir de la voir rejoindre les rangs des Sept Pour Cent.

Jusqu'à ce matin de juillet, cinq mois et demi après qu'elle avait effectué le grand saut dans l'inconnu.

Je somnolais dans le fauteuil installé près de son lit, devant la batterie de moniteurs où s'affichaient ses constantes, quand j'ai perçu le son de sa voix — lointaine, étouffée, pâteuse mais reconnaissable entre toutes :

« Matthis, qu'est-ce que tu fais là ? »

Les SPC sont immédiatement devenus l'objet de toutes les spéculations, ainsi que de l'intérêt de la caste scientifique mondiale. Chacun y allait de sa théorie à leur sujet. À entendre les sommités internationales débattre sur les plateaux de télé, s'engueuler parfois copieusement, on se rendait surtout compte de leur ignorance — et de la nôtre encore davantage. Personne n'était capable d'expliquer pourquoi ceux-là s'en étaient tirés et pas les quatre-vingt-treize autres pour cent.

Les Églises de toute obédience ont bien sûr crié au miracle, mais face à la grogne et la désespérance des parents des victimes, elles ont fini par faire profil bas. En revanche, l'étude des SPC a vite démontré l'incroyable : une reconfiguration du schéma neuronal — scanners et IRM ne mentent pas, *eux* — redessinant les zones actives du cerveau selon un modèle totalement inédit. En gros, le partage des tâches entre hémisphères gauche et droit ne s'effectuait plus ; les différentes aires cartographiées jusque-là, impliquées dans les divers processus mentaux, ne correspondaient plus à rien de connu. Aussi incroyable que cela paraisse, les signaux émis par les SPC durant les phases d'analyse de leurs nouvelles capacités semblaient démontrer une stimulation électrique globale de l'ensemble du cerveau.

Une stimulation globale *et* permanente. Autrement dit, les super grosses-têtes (comme n'ont pas tardé à les désigner les tabloïds et la *vox populi*) cogitaient 24/24, mobilisant l'ensemble de leurs facultés. Même pendant les phases de sommeil — des micro-phases, en réalité, car on s'est vite aperçu qu'ils pratiquaient des pauses ne dépassant pas le centième de seconde, plusieurs milliers de fois dans la journée.

Et ils continuaient de dévorer les connaissances, insatiables, connectés aux sites des plus grandes bibliothèques en ligne, des plus prestigieuses universités, assimilant sans relâche, se gavant de savoir du matin au soir et du soir au matin.

Les comiques s'en sont donnés à cœur joie. Tous ont intégré un personnage de super grosse-tête à leur répertoire. Il y a même eu quelques séries, plusieurs films, sans oublier une flopée de bouquins plus ou moins sérieux consacrés au phénomène.

Seulement, personne n'était capable de répondre à une question toute bête : pourquoi les SPC agissaient-ils ainsi ?

« Oh, Laura… Je me suis fait tellement de souci… »

Elle n'a pas eu le temps de répliquer quoi que ce soit. Le ballet des infirmières rappliquées dare-dare m'a chassé de la chambre. J'ai appelé les parents de mon ex-femme, qui n'ont pas tardé à débouler accompagnés du professeur Mercier. Ce dernier tirait une drôle de gueule. Comme s'il était déçu, ou plutôt contrarié, que Laura se réveille après tout.

Il a d'abord tenté de nous mettre à l'écart pour procéder à des examens, mais Alain a vite refroidi ses prétentions, n'hésitant pas à menacer de lui démolir le portrait.

« Laisse cet homme faire son travail, papa. Ne te montre donc pas si obtus. »

La voix de Laura n'exprimait aucune émotion particulière. J'aurais bien voulu mettre ça sur le compte du choc consécutif à son retour à la vie, mais je savais que ce n'était pas le cas.

« Ma pauvre petite… a commencé Viviane.

– Maman, inutile de sombrer dans le mélodrame, l'a interrompue sa fille. Sortez, à présent. Tous les trois. »

Elle m'a adressé un bref regard.

« Montrez-vous raisonnables. »

C'en était trop pour mon ex belle-mère. Viviane a éclaté en sanglot, se jetant dans les bras de son mari.

Mercier nous a gratifiés d'un regard qui disait : *je vous avais prévenus.*

Nous sommes sortis. Tandis que les parents de Laura tentaient de se consoler l'un l'autre, je suis allé fumer dehors, résistant à l'envie de me précipiter dans le premier bar venu pour me saouler à mort.

À mon retour, Mercier discutait avec Alain et Viviane devant la porte de la chambre.

« Je suis désolé, répétait-il avec un air qui disait le contraire. Mais je dois respecter la volonté de ma patiente.

– C'est ma fille, bordel ! s'est écrié Alain.

– Désolé », a répété Mercier.

Viviane reniflait en se tamponnant les yeux avec son mouchoir, vaincue, anéantie.

« Qu'est-ce qui se passe ? j'ai demandé.

– Elle ne veut plus nous voir, a lâché ma belle-mère d'une voix brisée. Elle dit que ce n'est plus la peine. Qu'on doit l'oublier et la laisser tranquille à compter d'aujourd'hui. »

L'isolement dans lequel les SPC exigeaient d'être maintenus n'affectait pas que leurs proches, le monde entier devenait dingue.

Rien, ou presque, ne filtrait des instituts spécialisés où on a fini par les regrouper — à leur demande. Les règles du protocole de prise en charge se sont encore durcies à partir du moment où la plupart des gouvernements ont décidé que leur cas relevait de la sécurité nationale.

Les théories les plus délirantes circulaient sur le Net et dans les journaux. On évoquait toutes sortes d'expériences autour des super grosses têtes. Quantité de vieux fantasmes ont fait un retour fracassant sur le devant de la scène : télékinésie, exécution par la pensée — les images de cerveau explosant au ralenti, filmées par David Cronenberg dans *Scanners,* n'ont jamais été si populaires — et autres foutaises tout aussi improbables.

Personne ne comprenait rien de ce qui se passait réellement et n'en était vraiment dupe. Les émissions consacrées aux SPC ont été peu à peu reléguées en deuxième, puis en troisième partie de soirée. D'autant

que les cas de coma étaient de moins en moins nombreux. Le virus responsable de cette saloperie avait muté, ou s'était carrément évanoui dans la nature, rendormi pour quelques nouveaux millions d'années, enfin il avait décidé de nous lâcher un peu la grappe.

Pour bonne qu'elle soit, cette nouvelle n'avait pas suffi à me rapprocher de mon ex. Nous vivions désormais complètement séparés, à tous les niveaux, dans l'attente du jugement de divorce. Seul dans mon coin, je continuais de décliner, souhaitant presque que les ultimes traces du virus s'attaquent à mon système immunitaire, histoire que je puisse tirer ma révérence sans mettre à l'épreuve mon courage en appuyant sur une détente.

J'étais prêt à abdiquer toute dignité pour retrouver Laura après l'avoir déjà perdue. Je savais que mes beaux-parents se battaient légalement pour tenter d'obtenir un droit de visite, qu'ils avaient rejoint la partie civile dans le procès que les familles des SPC intentaient à l'État pour l'obliger à agir, mais je me foutais de ces conneries qui n'aboutiraient jamais, pas avant des années en tout cas.

Je refusais d'attendre aussi longtemps. Et j'emmerdais la loi, n'ayant plus rien à perdre — ni travail, ni amis, ni même un toit car mon proprio, las de mes impayés, avait fini par se résoudre à me virer et je squattais désormais ma bagnole.

J'avais accumulé tout ce qui s'était publié au sujet des SPC, traqué la moindre info en ligne tant que je disposais d'une connexion valide. J'en savais plus qu'il ne m'en fallait pour passer à l'action et tenter de récupérer ma femme. Un comportement aussi stupide que désespéré, j'en avais conscience, mais je m'en foutais royalement.

J'ai attendu qu'ils refassent surface, errant de gauche à droite, fréquentant les asiles et les soupes populaires, loque parmi les loques, avec chevillée au cœur la certitude que ma patience serait récompensée.

Aussi, quand la nouvelle a fini par tomber de la libération des SPC, j'étais prêt — du moins je le croyais.

Pister la caravane des médias qui collaient aux basques de mon ex et de ses nouveaux amis n'a posé aucune difficulté. Plusieurs milliers de proches et de parents délaissés avaient rejoint l'étrange convoi, mus par un espoir insidieux. Comme moi, la plupart donnaient l'impression

d'avoir touché le fond du fond. Dire qu'on faisait peine à voir relevait de l'euphémisme — une vraie horde de zombies attirés par les cerveaux des super grosses têtes !

Dans un premier temps, un reste de pudeur nous tenait à l'écart les uns des autres, chacun replié sur sa propre douleur. On ne pouvait cependant pas continuer à s'ignorer indéfiniment, d'autant qu'on se partageait le peu de ressources concédées par les associations caritatives, émues par notre sort. À force de patienter dans la même file d'attente, gamelle en main, des liens finissent par se tisser. C'est comme ça que j'ai fait la connaissance d'Amber.

Elle avait perdu un fils par la faute du SRN et son mariage n'avait pas résisté à l'épreuve. Je lui ai laissé croire que ça s'était déroulé de la même façon pour moi, préférant passer sous silence l'affaire du selfie — et plus encore mes écarts. Autant éviter d'être jugé comme un parfait salaud en plus de tout le reste.

Amber était marquée par de profondes stigmates, comme nous tous, mais on devinait l'ancienne reine de beauté sous le masque aux traits défaits. Et pour ce qui me concernait, malgré les coups endurés — ou peut-être à cause d'eux —, je devais encore faire illusion.

Ça s'est produit un soir de plus grande déprime que les autres, dans la relative intimité de l'habitacle de ma voiture transformée en véritable petit nid d'amour. Les confessions larmoyantes s'étaient succédé, le mauvais alcool avait coulé à flot, et nous avons fini par chercher la consolation dans la chair. Que nous n'avons évidemment pas trouvée.

N'empêche, on s'est ensuite senti plus forts, bien qu'un peu dégueulasses. Nous n'étions plus à une contradiction près.

« Pourquoi tu fais ça ? ai-je osé lui demander une fois la glace rompue. Je veux dire, ton fils n'est pas un SPC…

– Alors pourquoi je m'obstine à leur courir après, puisqu'il est mort ? »

Elle m'a souri si tristement que je me suis senti encore plus minable que je ne l'étais en réalité.

« Si quelqu'un peut m'expliquer pour quelle raison j'ai perdu Dorian, c'est bien eux, tu ne penses pas ? »

J'ai acquiescé en silence ; je n'avais jamais considéré les choses sous cet angle. Encouragée par mon mutisme, Amber a continué :

« Ils doivent avoir les réponses à toutes nos questions. Sinon, à quoi servirait ce qu'ils font ? Il faut bien que ça ait un sens. Je veux juste comprendre ce qui est arrivé à mon gamin. J'aurais pu chercher la consola-

tion devant un autel, dans les paroles d'un prêtre, mais je n'ai pas envie d'entendre les conneries habituelles. J'ai besoin qu'*eux* me confirment que Dorian n'a pas été sacrifié en vain. Que sa mort et toutes les autres font partie d'un plan. »

J'ai pris conscience de l'espoir d'Amber, sans doute partagé par beaucoup d'autres « suiveurs » — comme on a commencé à nous appeler plus ou moins officiellement, d'abord sur les réseaux, puis, très vite, sur les plateaux des chaînes d'info en continu.

Je ne savais pas trop quoi en penser. Pour ma part, je n'attendais aucune réponse, je voulais juste récupérer Laura d'une façon ou d'une autre. Mais les paroles d'Amber, prononcées ce soir-là, m'ont longtemps trotté dans la tête.

Les SPC ont d'abord paru errer sans but à travers le pays, puis le continent, au mieux confrontés à l'indifférence des populations, au pire à une franche hostilité. Dans leur sillage, les suiveurs subissaient les retombées de la haine accumulée, principalement dans les coins les plus paumés ravagés par les crises successives.

Nous avons essuyé plusieurs expéditions punitives sur le campement mobile, soldées surtout par des dégâts matériels. Mais la situation ne pouvait pas s'éterniser. Un jour il y aurait des victimes — des morts —, chacun le redoutait.

On s'est alors organisés tant bien que mal pour assurer notre propre protection, et par extension celle des SPC. Eux ne donnaient pas l'impression de redouter quoi que ce soit, ou bien ils s'en foutaient, déjà trop loin du monde, libérés de ses contingences.

Ils continuaient d'avancer, vaille que vaille, par tous les moyens à leur disposition, refoulés parfois aux frontières de gouvernements frileux, escortés d'autres fois par des détachements militaires locaux. Mais ils marchaient toujours, sans jamais donner l'impression de se lasser, ni prendre plus de repos qu'à leur habitude. La seule différence avec une horde de zombies se résumait à leur apparence, irréprochable — et aussi dans le fait qu'aucun, à ma connaissance, n'avalait de viande fraîche, encore moins humaine !

D'ailleurs, je n'ai jamais vu aucun d'eux se nourrir, du moins pas à la façon dont on l'entend normalement. Se désaltérer, en revanche, oui, à même l'eau des ruisseaux, comme des animaux. Surprenant, la première

fois, mais on s'y habitue. Ce n'était après tout pas le plus étrange dans leur comportement, ni le moins compréhensible, au contraire — même si, à l'instar des animaux, ils n'aimaient pas qu'on les dérange à cette occasion. Si un suiveur s'approchait un peu trop près, ils tournaient les talons, indifférents à la supplique de l'être aimé jadis, à présent ignoré. J'en ai fait l'expérience avec Laura, une seule fois, et ça m'a tellement remué, au moment où nos regards se sont croisés, que j'en ai eu des cauchemars la nuit suivante, me réveillant en sueur et tremblant entre les bras d'Amber.

J'en ai tiré la conclusion qui s'imposait pour ma santé mentale, et je me suis contenté de rester à distance. Plusieurs semaines ont passé, toutes semblables, durant lesquelles la tension est peu à peu retombée autour des SPC.

Puis leurs pérégrinations ont fini par cesser, sans qu'aucun événement préalable ne le laisse deviner. Un beau jour, ils se sont simplement arrêtés en pleine campagne, loin de toute concentration humaine. Au même moment, partout sur la planète, là où d'autres hordes erraient, le même phénomène se produisait sous l'objectif des drones qui survolaient les cirques ambulants des suivis et des suiveurs.

Chacun a retenu son souffle, persuadé que le moment de vérité était arrivé. Mais il n'y a eu aucune déclaration, pas le moindre effet d'annonce, rien qui donnait l'impression d'un événement particulier. Les SPC ne marchaient plus, voilà tout.

Pour autant, ils ne sont pas restés inactifs, loin s'en fallait !

Les observateurs du monde entier se sont vite accordés sur un point : impossible de comprendre le sens de l'agitation qui s'était soudain emparée des SPC.

Pourtant, par-delà l'apparente ineptie de leur comportement, s'imposait l'évidence d'une concertation entre les groupes dispersés sur chaque continent. Sans moyens de communication visibles — ou connus — ils opéraient en parfaite harmonie malgré la distance qui les séparait. Comme reliés aux fils d'une même toile, sensibles à leurs moindres frémissements, ils enchaînaient les figures, identiques, à la microseconde près, répétant des gestes chorégraphiés au millimètre.

Ces danses perturbantes ont duré plusieurs jours. Aucun programme de décryptage n'a été fichu de leur attribuer un semblant de signification. Si les SPC nous envoyaient un message, nous étions incapables d'en saisir

la portée. Les experts mandatés par les autorités s'arrachaient les cheveux en direct sur les plateaux télé.

Toutes sortes d'hypothèses ont été émises, jusqu'aux plus farfelues. Celle de la blague divine a tenu la corde un moment, suscitant plusieurs vagues de suicides collectifs dans les métropoles où tous se passionnaient pour le phénomène, âprement commenté devant les écrans géants déployés dans les parcs et sur les places publiques, nouveaux refuges des foules angoissées.

Pour les suiveurs, qui y assistaient aux premières loges, le spectacle n'était pas dénué de beauté. Une beauté dérangeante, d'un autre monde, ou plutôt d'une civilisation nouvelle, apparue brusquement, sans transition avec la précédente — la nôtre, incrédule, qui n'avait plus pour elle que l'avantage du nombre.

J'ai passé des heures à contempler cet absurde ballet, la main d'Amber serrée dans la mienne, tentant en vain de repérer Laura parmi les danseurs amaigris, quasi nus, tellement plus et moins qu'humains.

« Pourquoi dansent-ils, selon toi ? » m'a-t-elle demandé le soir du premier jour de cette chorégraphie dénuée de sens, quand on s'est enfin décidés à prendre du repos, emmitouflés dans la même couverture sur la banquette arrière.

« On ne le saura jamais et franchement, quelle importance ?

– Tu n'as plus envie de savoir ce qui arrive à Laura ?

– Si, ce n'est pas ça… Je ne serais pas là sinon. Mais je pense qu'ils ont le droit à leur part de mystère. À quoi bon chercher à tout prix à les comprendre ? On ne les ramènera jamais de notre côté, je crois que c'est maintenant évident. Et c'est peut-être mieux ainsi, finalement. Tu ne penses pas ? »

Amber n'a rien répondu. Je l'ai senti se raidir entre mes bras ; elle n'était pas encore prête à lâcher prise. Si elle m'en a en voulu, elle l'a gardé pour elle. Notre relation, déjà fragile, menaçait de rompre au moindre accroc, ce qu'elle n'aurait sans doute pas supporté. Moi non plus, d'ailleurs, même si je n'y pensais guère.

Et puis, un matin, les SPC ont cessé de danser.

On ne s'est pas tout de suite rendus compte que le monde avait changé. Il a fallu que l'effet de sidération se dissipe avant de constater que partout sur la planète un calme étrange régnait. Tout s'était arrêté tandis

que les SPC dansaient, les yeux de la vieille humanité braqués sur la nouvelle via les caméras des drones en suspension dans le ciel.

On attendait un signe, n'importe quoi qui aurait éclairé un tant soit peu leur comportement. Des émissaires se tenaient prêts à recevoir leur parole, officiellement — toutes sortes de diplomates ou de barbouzes, de représentants des plus grandes compagnies ou courants religieux, de la Silicon Valley au Vatican, en passant par une multitude d'improbables hurluberlus qui s'attendaient à jouer le rôle d'élus, de nouveau prophètes ou, à tout le moins, de disciples des SPC.

Ils ont tous été déçus. Partout sur la planète, la même scène s'est jouée au même moment : un SPC quittait le groupe pour annoncer, dans les langues employées à l'endroit où il se trouvait et ses environs, leur intention de s'émanciper du cours des événements. Nous étions priés d'accepter cette décision sans chercher à la discuter. En cas de contestation, voire d'une quelconque tentative de s'y opposer, nous étions avertis d'une inévitable déception. Aucune menace dans le ton, juste l'énoncé d'une certitude.

Suite à quoi chaque émissaire SPC a rejoint sa cohorte, indifférent aux réactions qu'il avait provoquées, aux milliers de questions posées par les journalistes connectés depuis leurs plateaux et par les pères, mères, maris, femmes, enfants désespérés dans les rangs des suiveurs. Parmi eux, j'avais repéré Alain et Viviane depuis quelque temps déjà. Ils me faisaient de la peine, avec leurs pancartes au cou, REVIENS, LAURA et ON T'AIME COMME TU ES. Ils n'étaient pas les seuls à brandir ce genre de slogans comme des signaux de leur propre détresse. Je n'ai jamais tenté de renouer le contact — à quoi bon ? En réalité, je craignais trop de leur ressembler, de me voir en eux tel que je serais bientôt si la situation devait s'éterniser. Mais ce ne fut pas le cas.

Avec Amber, on avait écouté le discours de la représentante des SPC depuis la banquette arrière de notre pathétique nid d'amour, cœurs cognant à l'unisson. Le mien semblait sur le point d'exploser, la sueur glaçait mon front ; je ne pouvais manquer de reconnaître la voix de Laura, même dénuée d'émotion.

« C'était elle ? » a demandé ma nouvelle compagne.

Je n'ai pas confirmé ce qu'elle avait deviné. Elle et moi nous savions que tout venait de prendre fin entre nous. Sans amertume, elle a lâché d'un ton las :

« Tu as fait de ton mieux avec moi, je suppose. Maintenant, je n'ai plus de raison de continuer. Dorian est parti pour de bon.

– Je suis désolé…

– Non, je ne crois pas. Merci quand même d'avoir été présent quand j'en avais besoin, Matthis. »

Elle est partie sans rien ajouter. Beaucoup d'autres suiveurs ont levé le camp, ce jour-là. Seuls sont restés les plus désespérés, les inconsolables — ou ceux qui, comme moi, avaient depuis longtemps conclu à la fin de leur existence dans le monde normal. Les parents de Laura étaient évidemment du nombre. Mais nous ne nous sommes pas rassemblés pour autant. Au contraire, chacun se méfiant de cet autre étrange dernier des Mohicans, nous nous évitions la plupart du temps. De toute façon, nous avions maintenant assez de place pour continuer à surveiller le manège des SPC sans nous déranger.

Plusieurs semaines se sont écoulées, moroses, inconsistantes, dans la proximité d'une agitation dont le sens n'est apparu que progressivement. À quoi rimait ce nouveau ballet, ces gestes aussi peu humains que fascinants ? Heure après heure, jour après jour, je restais assis à l'intérieur de ma voiture, ou bien sur son toit quand le soleil ne cognait pas trop fort, à observer l'évolution du chantier le plus extravagant qu'il était possible d'imaginer.

Les SPC creusaient la terre, amollie par l'humidité et une douceur bienvenue, à l'aide de leurs mains nues ou d'outils rudimentaires fabriqués à partir de branches, de pierres, de tout ce qu'ils pouvaient ramasser à proximité. Peu à peu, les fondations d'une improbable cité se dessinaient dans le périmètre dont ils avaient exclu le reste de l'humanité. D'autres, en tous points semblables, apparaissaient un peu partout sur Terre, là où chaque groupe avait choisi de s'implanter.

Je me demandais bien sûr de quelle façon ils allaient s'y prendre pour combler ces kilomètres de tranchées. J'arrivais au bout de mes rations de conserve et de bouffe déshydratée. Mais je craignais d'abandonner mon poste une seule journée pour réapprovisionner. Ma patience finirait par bientôt payer, j'en avais désormais la conviction. Je programmais des périodes de sommeil écourtées, jamais plus de vingt minutes d'affilée, histoire d'être sûr de ne rien manquer.

Ce qui ne m'a pas empêché de rater le dernier miracle des SPC.

Je m'étais endormi en bordure d'une plaine, sans rien pour arrêter le regard jusqu'à l'horizon. En rouvrant les yeux, moins d'une demi-heure

plus tard, j'ai découvert des tours d'une grâce inégalée dont les flèches de matière translucide, éthérée, s'élevaient jusqu'à donner l'impression d'embrocher le soleil.

L'émoi suscité par l'apparition (quel autre terme employer ?) des cités conçues par les SPC a provoqué une onde de choc dévastatrice pour la logique — toutes les logiques du monde entier.

Du coup, ils sont repassés en tête de liste des centres d'intérêt de la vieille humanité. Mais si de nouvelles questions se posaient, aucunes réponses satisfaisantes n'y ont jamais été apportées. Pour ce qui me concernait, je m'en foutais complètement. J'étais arrivé au point où la seule chose qui comptait pour moi tenait au mince espoir d'entendre encore la voix de Laura, de croiser son regard et d'y lire quelque chose, n'importe quoi, qui confirmerait le sens de ma quête.

Aussi, quand elle est réapparue aux limites de la cité (invisibles mais infranchissables pour tout autre qu'un SPC) et qu'elle m'a fait signe d'approcher, j'ai senti mon cœur cesser de battre un instant, persuadé d'être enfin récompensé pour ma ténacité. J'ai ignoré le dépit des autres suiveurs, leurs cris et leurs lamentations, la colère légitime de Viviane et Alain, le regard des centaines d'objectifs braqués sur moi depuis les hauteurs du ciel, et je me suis avancé avec reconnaissance, tremblant d'une émotion impossible à contenir.

Laura restait imperturbable en me voyant avancer. Elle était à la fois la même et totalement différente. Tellement lointaine, déjà, présente sur d'autres plans d'une réalité que nous avions appris à relativiser depuis l'apparition du Syndrome…

« N'avance pas plus loin », a-t-elle commandé alors qu'une dizaine de pas nous séparaient toujours.

La magnificence des tours et du décor m'importait peu. C'était Laura — et seulement elle — que je dévorais des yeux.

« D'accord », ai-je capitulé, luttant contre l'envie de me précipiter pour la prendre dans mes bras.

« Pourquoi n'abandonnes-tu pas ? »

Pris de court, j'ai balbutié :

« C'est… ce que tu exiges de moi ?

– Nous n'exigeons rien. Nous n'attendons plus rien ici. Notre œuvre est achevée. Mais ta détermination m'intrigue… »

Elle a paru marquer une hésitation, l'espace d'une seconde. J'ai alors reconnu l'expression de l'ancienne Laura et ça m'a fait plus mal que je l'aurais supposé.

« Je ne te dois rien, a-t-elle enchaîné, de nouveau inflexible. Aucun de nous ne doit rien à personne parmi ceux que vous appelez les suiveurs. Il faut que tu leur dises : ils patientent en vain. Il n'y aura pas d'adieux.

– Des adieux ? Vous allez… »

Je n'ai pas pu terminer.

« Partir, a-t-elle complété. Nous ne pouvons plus rester. Nous devons continuer, plus loin.

– Là où existent ces villes, où et quand que ce soit », ai-je compris, englobant d'un geste le panorama de la cité. « Mais comment les avez-vous trouvées ? Comment vous y prenez-vous pour les rejoindre ? »

Laura m'a parlé comme à un enfant aux capacités de compréhension forcément limitées ; au moins a-t-elle évité de soupirer et lever les yeux — une réaction trop humaine, sans doute.

« Il suffit de déplier le temps, puis de le replier. Ces endroits qui vous étonnent tant n'ont rien d'extraordinaire. Ils existeront dans plusieurs siècles, aussi existent-ils déjà pour qui est capable de voir.

– Alors c'est ça, l'explication… Vous *voyez* le futur ? Et vous le *repliez* ? Mais pour quoi faire, bon dieu ?

– Il faut bien qu'on vive quelque part. Et c'est l'endroit le plus adapté.

– Adapté », ai-je répété, stupide. « Tu veux dire aux SPC ? À votre super-intelligence…

– Appelle ça comme tu veux, m'a-t-elle coupé sans signe d'agacement. Ce n'est en réalité qu'une affaire de résonnance lointaine. Nous appartenons à cet autre temps, même si nous n'y sommes pas nés, du moins pas comme tu peux le concevoir.

– Emmène-moi avec toi, je t'en supplie…

– Cela suffit, Matthis. Nous devons nous quitter, maintenant. »

C'était la première fois qu'elle m'appelait par mon nom depuis son réveil du coma — la dernière, aussi.

J'ai esquissé un mouvement pour tenter de lui agripper le poignet. Mais quelque chose m'a empêché de la toucher, comme un de ces fameux champs de force des vieux récits de science-fiction.

Laura n'a pas cillé. Elle s'effaçait peu à peu, à l'image des tours miroitantes dans son dos. J'ai crié :

« Je pourrai être votre porte-parole ! Traduire en langage simple les messages que vous avez à adresser au monde. C'était mon boulot, avant, tu te rappelles ? Quand je rédigeais ces fichues notices à partir du jargon technique des fabricants de machine… »

Le fantôme de Laura m'a contraint au silence.

« Quels messages ? De quoi parles-tu ? »

Sa voix se réduisait à un murmure, guère plus qu'un souffle de vent.

« Vous… Ce que vous vous faites… Tout ça a bien un but ?

– Évidemment. »

C'est la seule confirmation à laquelle j'ai eu droit. Le dernier mot prononcé par le spectre qui avait été ma femme. Avant de complètement disparaître, elle n'a pas pris la peine de préciser que je n'aurais pas pu en comprendre davantage. Cela se lisait dans son regard, ainsi qu'un soupçon de commisération — du moins c'est ce que depuis je me suis efforcé de croire, comme un reste d'humanité.

La phase d'abattement généralisé qui a suivi l'exil des SPC a duré plusieurs mois, au cours desquels le monde a vécu avec l'impression d'une sévère gueule de bois. Les commentaires désabusés n'ont pas manqué, l'aigreur et la haine étaient les sentiments les mieux partagés sur Terre à l'égard de ceux qui nous avaient abandonnés.

Et puis il a bien fallu continuer sans eux, malgré eux, et la déconcertante parenthèse ouverte puis refermée dans le cours de nos existences. Le Syndrome de Reconfiguration Neuronale est peu à peu devenu de l'histoire ancienne, d'autres virus n'ont pas tardé à le remplacer, aux effets plus dévastateurs quoique moins spectaculaires. Les gens mouraient par centaines de milliers, parfois même par millions, mais dans d'acceptables limites de compréhension du phénomène.

J'ai erré un temps sans but, jusqu'à ce que ma bagnole finisse par me lâcher. Je sais que pas mal de suiveurs ont été comme moi incapables de reprendre leurs anciennes habitudes. Le nombre de zonards et de sdf était déjà si élevé qu'ils s'y sont ajoutés sans que cela bouleverse en quoi que ce soit l'équilibre de la misère. Je n'ai toutefois pas voulu descendre encore plus bas que là où je m'étais volontairement rendu. Je me suis souvenu qu'on m'attendait peut-être, quelque part. C'était peu, mais suffisant. Je n'en voulais désormais pas davantage.

Amber n'a pas été surprise de me trouver devant sa porte, ce soir-là.

« Tu as besoin d'un bon bain, m'a-t-elle accueilli en souriant.

– On ne m'a pas fait de meilleure proposition depuis longtemps. »

Nous n'avons plus jamais prononcé les noms de Laura ni de Dorian. Je n'ai pas pu reprendre une vie normale, mais Amber ne me le reproche jamais. Nous parvenons à faire semblant d'avancer au quotidien avec assez de conviction, elle et moi. Je l'envie si injustement de n'avoir rien à espérer, de pouvoir un jour fermer la parenthèse de son chagrin. Ça finira par lui arriver, je le sais bien. Je serai toujours à ses côtés à ce moment-là, je me le suis juré et je ne foirerai pas, cette fois.

Mais en secret j'attends qu'ils reviennent, je l'espère et je le crains tout autant. J'attends qu'*elle* me revienne, changée encore, méconnaissable sûrement. J'attends d'avoir la chance de refermer ma propre parenthèse, doutant de jamais y arriver, ne sachant pas comment m'y préparer.

À mesure que les années passent, que les souvenirs se fragmentent, qu'autour de moi — de nous — le monde s'effondre paisiblement (pas de grand cataclysme final, de glorieuse apocalypse, rien qu'un lent renoncement ponctué d'éclats de violence localisés), je me convaincs de nos retrouvailles dans cette cité du futur lointain après que j'aurai fermé les yeux définitivement.

C'est le mieux que je puisse faire. Pas grand-chose. Peut-être rien. Mais c'est ainsi que je tiens.

Tade THOMPSON

Si Tade Thompson est né à Londres, il grandit au Nigeria, d'où sa famille est originaire. Il y étudie la médecine et l'anthropologie avant de se spécialiser en psychiatrie, puis retourne en Grande-Bretagne en 1998, où il réside toujours (sur la côte Sud), exerçant la profession de médecin-psychiatre. Depuis son premier texte (en 2005), il a fait paraître une vingtaine de nouvelles et une grosse poignée de romans. Bien qu'encore relativement restreinte, son œuvre n'en est pas moins couverte de prix littéraires, et fait état d'une palette de nuances et de qualités allant bien au-delà de l'afro-futurisme dans lequel Tade Thompson a parfois été circonscrit. En France, on le connaît pour la trilogie « **Rosewater** *», chez J'ai Lu, dont l'opus initial et éponyme a été salué par les prix Arthur C. Clarke et Utopiales. Mais aussi (surtout) pour la série «* **Molly Southbourne** *», dans la collection « Une heure-Lumière », dont le premier volet,* **Les Meurtres de Molly Southbourne***, a raflé le Grand Prix de l'Imaginaire et le Prix Julia Verlanger la même année. L'ultime volet de ce triptyque, en cours d'adaptation pour Netflix (***L'Héritage de Molly Southbourne***), prévu en mai prochain outre-Manche, sortira quelques mois plus tard au Bélial' (toujours en « Une heure-lumière », bien entendu), dans une traduction signée Jean-Daniel Brèque. Entre-temps, on n'aura pas manqué de jeter plus qu'un œil à* **Loin de la lumière des cieux***,* space opera *tout juste paru chez J'ai Lu, dans la collection « Nouveaux millénaires ».*

Le texte qui suit est sa deuxième nouvelle publiée en France.

illustration Lucas Bardoux

AUJOURD'HUI, je décide d'aller dans un bar.

Je ne suis pas habillé pour. Mes vêtements sont déchirés par endroits et, si la crasse ne se voit pas sur mes jeans sombres, mon tee-shirt devrait tourner dans un lave-linge plutôt que me réchauffer la peau. Cela dit, personne ne le remarque. Ils n'ont pas pris la peine de baptiser ce troquet, mais il y a une enseigne au néon avec des symboles bizarres qui, pour ce que je peux en dire, ne signifient rien du tout. En dépit de la présence de poteaux, de cordons, d'un videur et d'une file d'attente, je fonce droit sur la porte et j'entre. Le videur, un type costaud chez qui la graisse l'emporte sur le muscle, avec une couleur de peau proche du noir, me sourit comme si j'étais une célébrité. Aucune des douze personnes qui font la queue ne m'insulte. Le monde d'après.

À l'intérieur, on passe du hip-hop des années 1990. *Ambitiona Az A Ridah.* J'écoutais ce morceau en boucle quand j'étais à la fac. On entend le murmure de conversations habituel. Des hommes et des femmes qui papotent, flirtent, picolent. Je dodeline de la tête, d'abord au hasard puis au rythme de la ligne de basse de la musique. Il y a un tabouret inoccupé et je me précipite avant qu'un autre s'en empare. Réflexe. Je n'aurais pas dû prendre cette peine ; personne ne bouge. Quand je m'insère dans l'espace disponible, mes épaules heurtent celles des consommateurs voisins, mais ils se contentent de sourire et reprennent leur bavardage.

Le barman accourt vers moi en quelques secondes.

« Du cidre, lui dis-je. Ce que vous avez à la pression. »

Il acquiesce, me sert, s'éloigne comme si c'était open-bar.

Il fait chaud, étouffant même. Je transpire, mais il n'y a que moi. Ça me fout en rogne. Ils ne transpirent pas, ils sont chics, ils sentent bon, et je déteste ça. Je sirote le cidre. Il a goût d'urine. Je le sais parce que j'ai déjà goûté ma propre urine. Je m'en veux de ne pas trouver les adjectifs qui vont bien pour décrire les saveurs aux étrangers. Tout ce que je peux faire, c'est répéter du baratin publicitaire. *Unique ! Corsé ! Revigorant ! Le cocktail parfait !* Ce qui ne veut rien dire.

La femme à ma gauche porte une robe rouge avec de minces lanières et je me demande comment l'ensemble tient en place. Elle a des taches de rousseur sur le dos. Je les examine, me demande si elles sont toutes identiques. À mon grand plaisir, il n'en est rien. Ses cheveux auburn descendent en cascades ondoyantes et ses boucles d'oreilles, de grands disques de platine, oscillent au rythme de ses paroles. Elle cause à un mec genre Tiger Woods et boit du chablis. Tiger Woods me jette un coup d'œil, peut-être pour enregistrer mon comportement comme anormal. Et puis merde. Je tapote l'épaule de la femme.

Elle se retourne sur son tabouret et me fixe du regard. Elle n'a pas l'air surprise et ça m'agace. Elle ne dit pas un mot. Ses gros seins me rappellent Lorna Blackmore. Une fille de ma connaissance qui enseignait le catéchisme. Inaccessible de toutes les façons possibles et imaginables.

De la voix la plus sonore dont je sois capable, je lui dis : « Allons donc faire l'amour, toi et moi.

– Oui », dit-elle en posant son verre sur le comptoir. Tiger, qui a tout entendu, ne daigne même pas réagir.

« Non, non, non. Ça ne va pas, dis-je.

– Vous n'êtes pas attiré par moi sexuellement ? » Son visage demeure inexpressif.

Si, mais là n'est pas la question. Je suis si furax que je quitte les lieux.

Je passe deux carrefours, et puis Nico m'intercepte.

« Salut, Storm, dit-il.

– Nico.

– Belle soirée. » Comme sur un signal, il contemple le ciel.

J'acquiesce. Temps chaud et sec, ciel dégagé, mais ça n'explique pas sa remarque. S'il l'a faite, c'est parce que la coutume veut qu'on parle de la pluie et du beau temps. C'est moi qui lui ai appris ça.

« Vous devriez faire demi-tour », dit Nico. Le mouvement de ses lèvres ne colle pas à son discours. Pas plus que son langage corporel. C'est l'hologramme d'une célébrité que les étrangers endossent afin de m'apaiser quand ils m'adressent la parole. Je crois que Nico est un individu, mais c'est difficile à dire. En général, mais pas toujours, son image est celle de Tom Jones millésime 1984. Du coup, nos conversations sont parfois surréalistes. Il est capable de me dire un truc sensé alors que son image se trémousse et chante dans un micro. Parler à Nico, c'est comme regarder un mauvais play-back.

« Je n'ai pas sommeil, dis-je.

– Cela n'a rien à voir, vous le savez. Vous devriez rentrer et prendre un peu de repos. Demain vous attend une journée de travail.

– Mais je suis déjà en train de travailler. Ce bar était hilarant. Au fait, il est censé s'appeler “*The Cock and Bull* (1)”.

– J'en prendrai note dès demain matin. Retournez au complexe, Storm. »

(1) Littéralement, « Le Coq et le Taureau » ; « a cock-and-bull story » signifie « une histoire à dormir debout ». *[NdT]*

Bien que la voix de Nico soit toujours égale, une instruction répétée sert en général de prélude à une mesure drastique, et comme je ne suis pas d'humeur, je change de direction.

Je traverse le Vauxhall Bridge. L'eau n'est pas encore finalisée, mais une étendue bleue sert de substitut au fleuve et le murmure des vagues sur les berges paraît incongru. Apparemment, ils ont des problèmes avec la flotte. Je tourne à droite sur la rive sud de la Tamise et me dirige vers Wandsworth Road. On trouve là d'impeccables rangées de maisons mitoyennes. La peinture est parfaite, pas la moindre trace d'usure ni de moisissure. Les vitres sont nickel, les haies taillées avec une précision chirurgicale et les trottoirs sont en ciment frais. Les réverbères brillent avec une vigueur biblique. Pas une seule irrégularité sur l'asphalte.

C'est l'œuvre de Katrina.

Il y a certains points sur lesquels Katrina et moi sommes en désaccord.

J'arrive au complexe bien avant minuit. Je franchis le portail et me fais contrôler par des drones moniteurs, des petits salopards sphériques dotés de propulseurs et de sources d'énergie impies. Je leur fais un doigt d'honneur. Le complexe est une petite résidence, quatre maisons pour les cinq humains survivants. Les règles stipulent que les étrangers n'y entrent pas et que nous respectons le couvre-feu. Je ne me souviens pas que Nico s'y soit jamais pointé. À l'extérieur du complexe, c'est la Reconstruction. C'est là que nous travaillons pour produire un modèle du monde tel qu'il était avant les étrangers. Officiellement, la Reconstruction nous est ouverte de neuf heures à dix-sept heures, mais il m'arrive souvent de travailler tard. Qu'ils aillent se faire foutre avec leur couvre-feu. Ils ne me tueront pas, je suis l'un des cinq derniers.

Je m'arrête sur le rond-point de notre cour commune. Mes bottes font crisser le gravier et le bruit s'envole et me revient, me confirmant que je suis vivant. Frênes et bouleaux se tendent vers le ciel à divers points de la clôture, que dissimule une haie touffue mais bien entretenue. Aucune brise ne fait bruire les feuilles, aucune faune nocturne ne fait entendre ses cris. Les bâtiments sont identiques, des maisons à un étage de style victorien. Elles n'ont rien de victorien, car chaque brique, chaque poutre, chaque clou est flambant neuf. Les plans sont sortis des souvenirs des Kelly et les étrangers les ont construites, comme il en va de toute la Reconstruction. Ça ne me dérange pas, je peux vivre n'importe où, et j'aime bien les Kelly même s'ils n'en fichent pas une rame. La maison de Katrina est plongée dans l'ombre, pas une seule lumière nulle part. Je lui parlerai de Wandsworth Road demain, mais elle n'est pas du genre accommodant et je n'ai guère espoir de trouver un compromis. La chambre de Terry est éclairée ; je le soupçonne de bouquiner.

« Bonne nuit, Terry ! » Je m'incline même s'il ne se montre pas. Il doit sans doute me maudire.

Je monte la petite volée de marches et je suis chez moi.

La nuit, pendant qu'on dort, les étrangers nous scrutent. Ils ne se manifestent pas physiquement, mais les drones d'observation sphériques et ovoïdes entrent chez nous et flottent dans l'air. Ils ne font pas un bruit, mais c'est paradoxalement plus sinistre. Je sens mes poils se hérisser chaque fois qu'ils se trouvent dans ma chambre. Ils ne manquent jamais de me réveiller et je ne fais pas semblant de dormir. Je les arrose d'invectives et tente de les frapper, sans succès car ces enfoirés sont agiles et faciles à manœuvrer.

Quand ils voient que je suis réveillé, ils s'en vont lentement. Fini la romance. *Je t'ai regardée quand tu dormais, mon amour.* Impossible de me rendormir après ça, alors je pense à Bea et à Chelsea.

Dans le monde d'avant, je rentre chez moi et trouve la maison silencieuse, un papier plié en deux sur la table du dîner. Rien qu'une feuille, pliée en son milieu, dressée comme un panneau d'affichage. D'un côté, mon nom écrit à l'encre noire. La table est propre. Elle n'est jamais propre. Quand je vois le papier, je n'ai pas besoin de le lire pour savoir ce qu'il dit. Pour la première fois, j'ai peur. Ma femme supporte tout de moi, tout le temps, et puis un jour elle arrête.

Il me faut quatre-vingt-dix-neuf jours pour la reconquérir. Je m'aplatis devant elle, je la supplie, je lui confesse ce qui a causé cette rupture, comme elle le sait et moi aussi : je ne suis pas quelqu'un de bien. Chelsea me manque, mais Bea me manque encore plus. Je l'aime. Je ne peux pas me permettre de merder. Bea représente la seule preuve ou presque du peu d'humanité que je possède, car ce peu elle le voit. Quelque part. Je ne sais pas où, car moi, je ne vois foutre rien.

Quand elle revient, je revis. Le monde a des couleurs à mes yeux. Le pardon m'est accordé. Bea me pardonne. Chelsea me regarde en gazouillant.

Un mois plus tard, les gens commencent à tomber malades.

L'Apocalypse dure un an. Les étrangers anéantissent l'humanité en trois cent soixante-dix jours. Je commence à peine à vivre, et voilà qu'ils me tuent.

Le lendemain.

J'interromps délibérément la routine matinale de Katrina. Elle va au gymnase chaque jour à 6 h 05 et elle aime bien commencer par le vélo elliptique. Ce jour-là, je ne la laisse pas faire. Je me tiens debout sur les pédales et je chante à tue-tête *The Boys are Back in Town*. Katrina se fige en me voyant.

« J'aimerais que vous sortiez, dit-elle.

– Je sais, et je vais le faire, mais d'abord j'ai quelque chose à vous dire.

– Que voulez-vous, Storm ? Faites vite. Vous empestez et vous me mettez en retard.

– Je n'empeste pas. »

Si, j'empeste. Je porte toujours les mêmes vêtements en dépit des tenues à base de cellulose fournies par les étrangers. Je porte encore les vêtements que j'avais sur moi quand j'ai émergé des décombres. Pour parler franchement, je ne sais pas de quand ça date. Soit ces fringues vont s'user à force d'avoir été lavées, soit je les porterai jusqu'à l'heure de ma mort.

Je parle des rues de Wandsworth à Katrina.

« Et alors ? Elles sont plus propres comme ça. » Elle ne va pas jusqu'à faire la moue, mais le ton de sa voix a le même effet.

« Mais ce n'est pas réaliste, Katrina. Le tarmac ne peut pas être parfait. Quand on roule dans une rue, ça tangue et ça remue. Les rues ne ressemblent pas à ça.

– C'est à ça qu'elles devraient ressembler. Personne ne s'est plaint de mon travail.

– Qui le ferait ? Eux ? Ils n'ont aucune foutue idée de ce qu'était Londres. Les Kelly ? Ils n'en ont rien à cirer.

– Merci pour cette critique constructive, Storm. Maintenant, descendez de là.

– Vous voulez bien ajouter quelques fissures ? Un peu de moisissure sur les murs ?

– Non. Pourquoi ça vous dérange ? De toute façon, c'est vous qui faites les gens.

– Pas les gens. Les simulants. Ce ne sont pas des gens.

– Pour moi, ils ressemblent parfaitement à des gens.

– C'est fait pour, et là est le problème. Mon problème. Ils ne peuvent pas être humains parce que ce sont des répliques parfaites. L'humanité est définie par ses imperfections. »

Katrina se met à trembler et je descends du vélo avant qu'elle ait une crise d'angoisse. Elle en a une chaque fois que les choses ne suivent pas le plan qu'elle a dressé, quel qu'il soit, et je suis quasiment sûr que le plan de ce jour ne contenait pas une altercation de bon matin avec moi.

Il m'arrive parfois de penser qu'une partie d'elle-même est enchantée de la disparition du monde d'avant.

« Et pourquoi pas quelques détritus ?

– Que voulez-vous dire ?

– Des emballages de barres chocolatées, des feuilles mortes, des mégots de cigarettes, les traces normales d'une occupation humaine.

– Les nouveaux arbres ne perdent pas leurs feuilles, les simulants ne fument pas, et personne n'a mangé de chocolat depuis… eh bien, depuis lors.

– Pouvez-vous au moins prier pour que les étrangers ajoutent un algorithme afin que les arbres perdent leurs feuilles au bout d'un temps ?

– Pour quoi faire ? Il faudra que quelqu'un les ramasse. »

Je la laisse dans la salle de gym. Entamer une dispute si tôt dans la matinée ne servait à rien.

J'utilise le point-prière de Shaftesbury Avenue, au croisement de Charing Cross, tout près de la steak-house. Avant, il y avait là une cabine téléphonique. Je n'ai jamais vu d'étranger et Nico ne compte pas. Pour raffiner nos constructions, on doit utiliser un point-prière, une espèce de nacelle, rappelant justement une cabine téléphonique mais dénuée d'angles comme d'équipement perceptible. Il y a une sorte de champ là-dedans. Grésillement ténu et soupçon d'ozone.

« À propos des simulants dans le bar : portier ou videur trop accommodant. Doit être poli mais avec un physique intimidant et pas trop serviable sauf si corrompu. Doit aussi apprendre intimidation psychologique, mais ça peut encore attendre. Service au comptoir trop rapide. Il devrait y avoir un délai, même bref, entre arrivée au comptoir et obtention du breuvage. Breuvages insatisfaisants. Je persiste à croire qu'il vaudrait mieux produire bière par fermentation. Plus de corps, plus de saveur. Bulles et mousse satisfaisantes. Consommateurs beaucoup trop accommodants. Sujet de discussion : jalousie. Sujet de discussion : rituels d'appariement chez humains hétérosexuels. »

Je me cogne à un simulant alors que je descends Monmouth Street, avant d'arriver à l'obélisque. Je l'écarte d'un geste agacé. Il ne s'arrête même pas pour me jeter un œil. Je me retourne et tire sur sa chemise.

« Bonjour », dit-il. Aimable, placide.

« Non. C'est pas ça. Dites : “trouduc”.

– Pardon ?

– Traitez-moi de trouduc parce que je vous ai heurté sans m'excuser.

– Je ne pense pas que ce soit approprié de...
– Oh, allez vous faire foutre. »
Il n'y a ni touristes ni étudiants assis au pied de l'obélisque de Seven Dials.
Il est facile d'être jaloux quand le désir est là. Je descends Mercer Street puis tourne à gauche pour gagner Long Acre et je m'arrête devant le fac-similé de la gare de Covent Garden. Je n'y entre pas. Il n'y a rien derrière cette porte hormis des esquisses de trains en 3D. Aucun de nous ne se souvient assez bien des trains et des détails de leur fonctionnement pour les répliquer. Les gares, les stations de métro et les arrêts d'autobus signifient quelque chose pour nous tous et sont en quelque sorte des repères dans le paysage. Il y a un point-prière et j'y entre.

« Il est facile d'être jaloux quand le désir est là, et tout ce qui est humain naît du désir. Dieu a désiré que la lumière soit. Satan a désiré être plus que ce qu'il était. Rama a désiré Sita. Vouloir quelque chose, c'est le vouloir en totalité, posséder une chose ou une personne, c'est la posséder exclusivement. C'est pour ça que nous nous marions. Enfin, la véritable raison du mariage est économique, mais passons là-dessus. Nous nous marions et mettons une bague... oh, pardon, allusion à une chanson... cette bague est un signe de propriété. Ceci est ma personne. Ceci est ma voiture. Je dis "prem's" parce que, même si une chose ne m'appartient pas encore, elle m'appartient conceptuellement parce que je l'ai vue. *La convoitise de la chair et la convoitise des yeux.* Ça vient de la Bible (2). Ou de Shakespeare. »

Je déblatère un bon moment, Nico m'ayant encouragé aux associations d'idées, car plus j'en dirai, plus les étrangers comprendront les nuances et les appliqueront aux simulants. Je continue de parler jusqu'à ce que j'entende une corne de brume.

Merde.

Je m'assois sur le trottoir, je ferme les yeux et je me bouche les oreilles. Les enfants de salauds, ils n'apprendront jamais.

NOUS SOMMES DÉSOLÉS D'AVOIR CONTRIBUÉ À LA DESTRUCTION DE L'ESPÈCE HUMAINE. CE N'ÉTAIT PAS NOTRE INTENTION MAIS CELA N'EXCUSE PAS NOS ACTES. NOUS EMPLOIERONS TOUTES NOS RESSOURCES AUX FINS DE RÉPARATION ET DE RESTITUTION. VEUILLEZ ACCEPTER NOS EXCUSES ET NOUS AIDER À REBÂTIR VOTRE MONDE SI DÉLICIEUX.

Cette annonce assourdissante, dont les vibrations secouent le complexe et la Reconstruction, est répétée durant une heure, et en plusieurs langages. Enfin, pas de vrais langages. Je ne parle que l'anglais, par exemple, mais

(2) 1 Jean 2.16, traduction œcuménique. *[NdT]*

je reconnais de l'allemand, du français, de l'espagnol et de l'italien. Les étrangers ont procédé à une reconstruction linguistique à partir de mes souvenirs. Si je pense que c'est de l'espagnol, est-ce vraiment de l'espagnol ? Et quelle importance ?

Et ne me lancez pas sur « délicieux ». Nico demande aux cinq derniers des synonymes de « bon », mais sans nous donner le contexte. Puis il pose quantité de questions à propos de l'expiation d'une faute, et je lui dis qu'excuses et restitution sont quasiment universelles. Si j'avais su.

Les étrangers émettent cette annonce chaque jour vers midi. J'essaie de dire à Nico que le volume est trop élevé et l'adjectif « délicieux » mal choisi, mais il me répond qu'il est impossible de modifier l'annonce. Elle a été approuvée par le monde-mère et ne peut être altérée, ni dans son contenu ni dans ses qualités auditives.

Alors ils s'excusent, jour après jour, en hurlant, et dans des langages probablement inventés.

Voici ce qui s'est passé.

Les premières incursions de leurs drones éclaireurs introduisent des bactéries exotiques dans l'atmosphère. Nico m'affirme qu'ils ignorent que la Terre est habitée. Nos communications sont trop simplistes pour leurs esprits, et nos signaux radio sont apparemment impossibles à distinguer du bruit de fond stellaire. Jour après jour, les bactéries tuent les humains par milliers. Même les personnes naturellement immunisées, soit 2,5% de la population, succombent aux pestilences locales. La société s'effondre en un rien de temps.

Lorsqu'arrivent les vaisseaux-mères gargantuesques, ils causent de telles disruptions dans l'atmosphère qu'ils achèvent les survivants à coups de températures extrêmes et de gaz délétères. Il leur faut trois mois pour comprendre que les humains sont des êtres conscients, près d'un an pour trouver un moyen de communiquer avec nous.

Notre conscience est primitive à leurs yeux.

Ma maison de West Ealing s'effondre sous les assauts d'un ouragan impie. Lorsque le toit s'envole, je découvre un ciel d'un vert fluorescent. J'ai attaché le bébé contre mon torse parce qu'il ne parvient pas à dormir. Je ne vois pas ce qui arrive à Bea, mais il y a une sorte de vide qui aspire l'air, je ne peux pas respirer et je m'évanouis. Je reviens à moi dans les ténèbres, le bébé pesant toujours sur ma poitrine, mais il est froid, il ne respire plus.

Oh, Chelsea.

Je replonge dans le noir, et je vois des machines qui creusent, qui ramassent, qui scannent. Mon voisin se fait écarteler parce que ces salauds ne comprennent pas la douleur.

Chelsea repose sur ma poitrine, morte, et Bea est introuvable.

Le temps qu'ils comprennent comment laisser vivre les humains, il ne reste plus que moi, Mr. et Mrs. Kelly, Katrina et Terry.

Pendant un temps, on entretient l'idée stupide de repeupler la Terre.

Impossible. Terry est gay. Les Kelly ont largement passé l'âge de la ménopause. Katrina est répugnante. Pas physiquement. Elle est d'une beauté à couper le souffle, en parfaite santé, l'âge idéal. C'est juste qu'on se déteste au premier coup d'œil, elle et moi.

On suggère à Terry de « devenir hétéro au nom de l'humanité », mais il rejette cette idée en reniflant de mépris. Il ne veut même pas qu'on récolte son sperme. Idem pour moi, et Mr. Kelly refuse sous prétexte qu'il est marié.

Nico ne comprend pas que nous n'agissions pas au mieux de nos intérêts. Je lui explique que l'humanité est définie par deux instincts contraires : la survie et l'autodestruction. Le sexe et le suicide. Libido et Thanatos.

« C'est très rock and roll », dis-je.

D'où les simulants.

Il nous arrive parfois de fouiller parmi les détritus du monde d'avant pour voir ce qu'on peut sauver en vue de la Reconstruction. Vêtus de combinaisons Hazmat, on trouve de vieux disques, des écrans à plasma sans utilité, des livres, des images pieuses, des poubelles à roulettes. Terry ne cherche que des livres et ne ramasse que ceux qu'il a envie de lire.

Katrina ne sélectionne pas. Elle récupère tout ce qu'elle aperçoit, en commençant par ce qui est le plus près. Quand ils voient un objet, les Kelly entrent dans une sorte de fugue proustienne où ils ne peuvent parler que des souvenirs que leur évoque cet objet.

Je me contente de les regarder faire. Je n'ai jamais rien trouvé que je désire et je considère ces excursions comme futiles, une occupation conçue pour faire passer le temps aux survivants que nous sommes histoire de donner bonne conscience aux Expiateurs. Je ne sais même pas pourquoi on porte cette tenue. Ce n'est pas comme si ces trucs étaient irradiés.

Je ramasse un revolver et tire à blanc sur les drones observateurs.

Clic, clic, clic.

*

« Faites attention. Vous devez mémoriser ce que je vais dire, d'accord ? Contentez-vous de stocker les mots. Je vous apprendrai plus tard quand les utiliser, mais pour l'instant souvenez-vous-en, c'est tout. Prêt ?

– Oui », dit le simulant. Nous sommes assis sur les fausses herbes de Green Park.

« Merde. Mes couilles. Baiser. Chatte. Salope. Enculé. Trouduc. Lopette. Branleur. Lèche-cul. Enfoiré. Foufoune. Petite bite. Bouche à pipes. Sac à merde. Tarlouze. Tête de nœud. Gode. Pisseuse. Soupeur. Bouffeur de merde. Et… et…

– “Et” fait-il partie des mots que vous voulez que…

– Non, espèce de papier-cul sur pattes. C'était ta première leçon. »

Nouvel essai. Je m'approche d'un groupe de simulants dans Tottenham Court Road, et pendant qu'ils font de leur mieux pour m'éviter, je les bouscule violemment.

« Lèche-cul !

– Bouche à pipes !

– Sac à merde ! »

Leur intonation est parfaite. Ils vont même jusqu'à me jeter des regards noirs.

Je m'éloigne, ravi.

Quand Bea en est à sa treizième semaine de grossesse, nous voyons Chelsea pour la première fois grâce à l'échographie. Dans la salle d'examen enténébrée, nous fixons l'écran comme au cinéma. Bea est allongée, le ventre à nu et luisant de gel, mais elle se tord le cou pour mieux voir l'humain à naître dans son utérus. Je la tiens par la main, assis sur une chaise en plastique inconfortable. Chelsea bouge. Elle agite les mains comme pour saluer, secoue ses jambes, se retourne. Les techniciens n'apprécient pas, car ils cherchent à déterminer la date précise de la conception et elle doit rester immobile pour leur permettre de mesurer la LCC — la longueur céphalo-caudale.

À un moment donné, ils obtiennent une bonne vue de profil et nous distinguons en même temps le cerveau, les orbites, la bouche, le crâne, le cœur et d'autres organes de Chelsea. Je la vois ouvrir la bouche et avaler du liquide amniotique. Je le vois descendre dans son gosier. C'est stupéfiant, et c'est alors, du fait de cet acte suprêmement humain, que je comprends qu'elle est vivante.

C'est à ce moment-là que je deviens parent.

*

Je me rends dans un point-prière et je dis : « J'ai besoin de trente simulants pour me suivre. »

Je n'attends pas qu'ils se pointent, je me contente d'aller voir Katrina bosser sur le Waterloo Bridge. Je l'observe depuis la rive nord de ce qui passe pour la Tamise. Elle ne comprend rien à l'architecture ni à l'ingénierie civile, et elle travaille en artiste. À coups de gestes amples, elle crée une ligne allant d'une rive à l'autre, puis complète les détails. Elle façonne des blocs de béton avec des petits mouvements verticaux des deux mains. La technologie des Expiateurs, quelle que soit sa nature, supervise ses mouvements et réplique la matière avec ce qu'ils utilisent pour ce simulacre. Katrina est totalement absorbée par sa tâche et, même si je ne le vois pas à cette distance, je l'imagine en train de transpirer. Elle prend vraiment ces conneries au sérieux.

Nico est à côté de moi.

« Quoi de neuf, pussycat ? lui demandé-je.

– Je suis curieux de vous voir observer Katrina en plein travail plutôt que de faire votre propre travail. » Il me sourit — Tom Jones années 1990. « Non que vous soyez *obligé* de travailler. Vous êtes tous volontaires.

– Mais je travaille. » Je lui désigne les trente simulants atones derrière moi. « Ceci est le Waterloo Bridge, mec. Monet l'a peint. On venait ici pour se suicider au dix-neuvième siècle, avant que les gens aient entendu parler du Golden Gate Bridge. Ce pont célèbre notre victoire sur un éphémère génie militaire français. La construction d'un tel monument n'a pas manqué d'attirer les foules. »

Nico semble dépassé.

« Les humains aiment observer les changements dans le paysage. J'apprends à vos simulants l'art d'observer les choses.

– Je vois. Quel est l'objectif d'une telle activité ?

– Avoir des histoires à raconter. Rendre la vie moins monotone. Nous distraire de l'entropie qui dégrade lentement notre corps. "Hé, Fred, je suis allé faire un tour au Waterloo Bridge ce matin. Quel fantastique ouvrage d'art. J'étais là pendant qu'on l'a construit." Ce genre de truc. »

À présent, Nico ressemble à Tom Jones dans *Mars Attacks !* Costume bleu, chemise noire, rasé de près, favoris discrets. Je le préfère avec le bouc qui est venu plus tard, mais qui suis-je pour juger ?

Pour la première fois, je vois les entrailles d'un simulant.

Je longe ce qui devrait être le stade de Wembley mais n'est qu'une masse homogène d'art conceptuel transparent. Il n'y a pas de circulation, alors je marche au centre de la route. Je ne vois que des véhicules spectraux, des substituts de voitures qui ne sont que des hologrammes dépourvus de masse. Nous nous comprenons, eux et moi. Ils me traversent et je les ignore.

J'aperçois un corps gisant au bord de la route, un mâle, il bouge un peu mais il n'est visiblement pas en état. Je m'approche. Une trace de pneu sur l'épaule droite. Vêtements déchirés et peau lacérée suivant un dessin irrégulier.

J'ignore à quoi je devais m'attendre. Les simulants sont des constructions et je les classe comme robots. Mais il y a du sang. Je le touche et, bien qu'il soit rouge, il ne me fait pas l'effet du sang, le goût et la saveur métalliques en sont absents. On voit saillir des os çà et là. Je les touche et ils sont faits d'une sorte de plastique renforcé. Les chairs déchiquetées frémissent lorsque le simulant essaie de bouger.

Je n'y comprends rien. Qui a attaqué cette chose — qui ou quoi ? Je pense aussitôt aux autres humains, et surtout à Katrina. Les simulants sont non-violents et Katrina m'en veut peut-être d'avoir interféré avec sa gym matinale. A-t-elle décidé de saboter mon travail parce que j'ai critiqué le sien ?

Non, ça ne colle pas.

Je plonge une main dans la plaie pour sentir les chairs plus que pour autre chose. C'est doux et malléable, comme de la vraie viande. Où sont les machines ? Où est la technologie ? Où est la source d'énergie ? J'enfonce plus profond. Le simulant ne réagit pas et je m'efforce de me rappeler ce que Nico et moi avons conclu sur la douleur. Jusqu'au niveau de son échine synthétique, pas un fil, pas un câble, rien qui ne soit de l'ersatz d'humain. Le simulant a des yeux bleu-vert. Ils sont rivés aux miens. Je retire ma main de sa plaie et lui donne une pichenette à l'œil gauche. Il cille. J'enfonce mon pouce dans l'orbite et j'insiste jusqu'à sentir quelque chose céder.

Puis j'ai honte, alors je me redresse et je pars en courant.

Comment les humains acquièrent-ils le langage ? Cela reste un mystère. Il y a une part de mimésis : l'enfant copie les sons qu'il entend. Chelsea commençait à passer des pleurs et des gazouillis aux mots chargés de sens proférés de façon quasi aléatoire. Le sens se développe à partir du contexte et de la répétition. Comment s'apprennent la grammaire et la syntaxe, c'est encore mal compris.

« Les simulants ne se développent pas sur le plan social. Ils n'ont pas bougé depuis la dernière fois que je leur ai parlé. Ils ne me surprennent pas. Il n'y a rien de nouveau dans leurs interactions. Si vous voulez que ça marche, si vous voulez faire d'eux vos humains de substitution, vous devez bricoler vos algorithmes, sans quoi ils ne seront rien de plus que des marionnettes. Apprendre à parler à un enfant, c'est autre chose. L'apprentissage n'a rien de passif. L'enfant apprend même quand on ne l'observe pas, en dehors des périodes d'"instruction". Les enfants font des expériences. Pas vos simulants. C'est à moi qu'ils font porter le fardeau de l'acquisition. »

Je vois quatorze autres simulants blessés avant de comprendre le problème. Ça me tombe dessus pendant l'annonce des Expiateurs.

Chaque fois qu'un groupe de simulants en croise un autre, ils se heurtent, se cognent et échangent des jurons. Chaque fois.

Pire encore, certains simulants sont plus forts que d'autres, et ils ne modulent pas la force de leur contact physique. Certains frappent comme des brutes, d'où les blessures.

NOUS SOMMES DÉSOLÉS D'AVOIR CONTRIBUÉ À LA DESTRUCTION DE L'ESPÈCE HUMAINE. CE N'ÉTAIT PAS NOTRE INTENTION MAIS CELA N'EXCUSE PAS NOS ACTES. NOUS EMPLOIERONS TOUTES NOS RESSOURCES AUX FINS DE RÉPARATION ET DE RESTITUTION. VEUILLEZ ACCEPTER NOS EXCUSES ET NOUS AIDER À REBÂTIR VOTRE MONDE SI DÉLICIEUX.

J'ai une migraine carabinée et, alors que je crois que mes yeux vont se mettre à saigner, les excuses s'arrêtent.

Nico apparaît. Il a une coiffure afro et une chemise ouverte jusqu'à la taille. Son torse est tout velu, le paillasson frisotté de Tom Jones années 1970.

« Je ne m'habituerai jamais à cette merde, dis-je en désignant le ciel comme si le bruit venait de là.

– Bien. Nous ne voulons pas que nos excuses aient l'air d'être pour la forme.

– Écoutez, vous devez reprogrammer les simulants…

– Allez dans un point-prière, dit-il. Votre requête parviendra au service approprié.

– Qu'est-ce que vous faites là, alors ?

– Il y a eu des… plaintes à votre sujet.

– Hein ? Je ne vais pas assez vite avec les simulants ?

– Non, tout va bien pour les simulants. Ce sont vos semblables terriens.

– Katrina, vous voulez dire. Elle m'a toujours détesté…

– Storm, ils se plaignent tous.

– Que voulez-vous dire ? Même les Kelly ?

– Les autres jugent à l'unanimité que vous exercez une influence disruptive. Oui, même les Kelly. »

Ça fait un peu mal. Les Kelly ne sont jamais fâchés contre quiconque.

« Ils mentent.

– Notre propre surveillance confirme ce qu'ils disent. Vous les irritez tous. Vous perturbez les rythmes de Katrina alors que vous savez qu'elle aime le prévisible. Vous chantez à tue-tête quand les autres se reposent. Vous harcelez délibérément Terry, qui pense d'ailleurs que vous êtes homophobe.

– Je ne suis pas homophobe. Je n'aime pas Terry, c'est tout.

– Je ne suis que le messager, Storm. Je devrai vous séparer des autres si vous continuez ainsi. Faites un effort ou faites vos bagages. »

« Douleur et dégoût. Les simulants doivent être autorisés à ressentir la douleur. Comme ça, ils se soucieront de leur corps, des blessures qu'ils pourraient lui infliger. S'ils doivent être vivants, ainsi qu'on définit ce terme, ils doivent éviter d'être blessés. Même une amibe évite les stimuli nuisibles. S'ils ressentent la douleur, cette confrontation ne conduira pas forcément à une blessure physique. On ne peut pas cogner sur quelqu'un sans avoir mal aux phalanges. Ils doivent considérer l'altercation comme un choix dans un menu. Une altercation peut conduire à une blessure, et par conséquent ils doivent réfléchir avant de se battre. » Je reprends mon souffle.

« Le dégoût. Le corps d'un simulant ne pourrit pas. C'est bizarre et ce n'est vraiment pas humain. Quoi qu'il en soit, quand un simulant voit un autre simulant blessé, il doit réagir, il doit essayer de l'aider et il doit éprouver de l'inquiétude. Le sang versé inquiète les humains parce qu'il signifie un danger proche susceptible de tuer l'observateur. C'est peut-être l'origine de l'empathie. Nous savons instinctivement que le rouge doit rester à l'intérieur du corps. C'est une protection. Mais nous sommes pris de dégoût en présence de la pourriture. Évacuez ces putains de corps de simulants blessés, s'il vous plaît, merci. »

Je vais déclencher une bagarre.

Hier, je ne suis pas retourné au complexe. Je suis planqué dans une alcôve, armé d'un tuyau de plomb et d'intentions malveillantes. J'ai trouvé ce tuyau lors d'une de nos excursions dans le monde d'avant — enfin quelque chose que je désirais vraiment.

Deux simulants passent devant moi, la main dans la main, simulant un couple. Ils s'adressent des sourires et ça me noue les tripes. Aucune variation. Deux humains afficheraient des variations, même en proie à un amour de gosses. Ils se regarderaient les yeux dans les yeux, puis tourneraient la tête pour repérer les obstacles, et peut-être sembleraient-ils empruntés à un moment donné. Ceux-là sont bloqués sur un réglage on/off.

Je surgis de ma cachette, atterrissant dans la rue trente centimètres derrière eux. Des humains auraient sursauté. Pas ces machines. Le premier coup frappe leurs mains jointes, déformant quelques doigts. Comme ils se font face, je les vois grimacer de douleur. Le deuxième coup frappe celui de gauche, en plein sur l'occiput. Je ressens le choc dans mon épaule. Le matériau que les Expiateurs utilisent pour le crâne cède. Cependant, il ne tombe pas. Son amante ne l'aide pas. Elle tient sa main blessée dans l'autre et s'écarte de moi, mais à part ça on dirait qu'elle observe les choses avec curiosité.

La résine rouge que recèlent les simulants coule sur le crâne du mâle, mais apparemment il continue de fonctionner. Je glisse une jambe derrière son genou et je le pousse, puis je le frappe à coups répétés jusqu'à ce qu'il cesse de bouger.

Je suis haletant et maculé de rouge.

Son amante contemple les dégâts et retrousse les lèvres, puis elle s'en va. Le voilà, mon dégoût. Je lance le tuyau vers elle, mais il la rate. Je suis trop essoufflé pour lui courir après, mais l'absence de naturel de cette scène me met en rage.

Je me traîne jusqu'à un point-prière.

« Ils ont besoin de services d'urgence, dis-je. Et de policiers, de pompiers et d'ambulanciers, même sous une forme rudimentaire. Sinon, ils n'ont aucun recours contre la violence et les blessures. Et sans doute leur faut-il aussi un proto-système judiciaire. » Je soupire. Il me faudra des semaines pour expliquer tout ça. Je parle des tribunaux à Nico et il se demande si l'excuse quotidienne à plein volume ne suffit pas pour toutes les infractions. Je secoue la tête.

« La police maintient la paix de la Reine », dis-je. Puis je réalise qu'il n'y a plus de Reine, plus de famille royale, plus de palais de Buckingham, plus de gouvernement du tout. Mais on est en Angleterre, merde. « La paix de la Reine, c'est l'ordre civil… »

Le lendemain, douleurs et courbatures m'empêchent de bouger. Apparemment, démolir une machine jusqu'à ce que mort s'ensuive n'est pas une mince affaire. J'en ai peut-être trop fait. Pas besoin d'une telle fureur pour enquêter sur les réactions d'un simulant. Peut-être étais-je encore vexé à l'idée que quatre humains survivants sur cinq ne m'aiment pas.

Je rêvasse. Bea, sept mois et demi de grossesse, a le ventre lourd et s'est assise sur le sofa. Je lui passe un verre d'eau glacée et elle le place contre son ventre gigantesque. Aussitôt, le bébé donne des coups de pied dans la zone froide. Bea glousse. Je déplace un peu le verre et le bébé change de cible.

« On dirait qu'elle n'aime pas le froid, dit Bea.

– Ouais, et pourtant il faudra qu'elle s'habitue. On est à Londres.

– On pourrait toujours aller vivre dans un climat plus clément.

– Bonne chance », dis-je.

C'est un gag récurrent. Nous sommes tous les deux londoniens ; elle a été élevée au nord de la Tamise, moi au sud. Bea est la seule exception à la règle que j'ai édictée, à savoir qu'on ne trouve que des branleurs au nord du fleuve. « Climat plus clément », c'est un code pour désigner l'extérieur de la M25, l'autoroute périphérique.

Je repense au jour où j'ai rencontré Bea. C'est la Marche des fiertés et, à première vue, je la prends pour une lesbienne. Tout comme moi, elle ne défile pas mais regarde le spectacle. Elle me signale que j'ai un bout de nourriture sur le menton et, comme je ne vois pas en elle une proie, je me détends et on commence à bavarder.

Ensuite, je pense au moment où je l'ai frappée. Je ne me rappelle même pas pourquoi, mais ce qui me reste, ce qui refuse de partir, c'est la mort de quelque chose dans ses yeux. Il y a dans ses yeux une fascination, un intérêt pour moi, une chaleur qui m'attire. Ça dure depuis la Marche des fiertés. En cet instant je la vois disparaître et ça me terrifie. Je ne m'attendais pas au vide derrière ce rideau, à cette effrayante absence d'amour, à ce mépris.

Même lorsque je gagne son pardon, ses yeux sont au mieux tièdes. Ce qui est parti, quoi que ce soit, est remplacé par un pâle fac-similé d'adoration alternant avec une fausse bonhomie. Je soupçonne un système de défense conçu pour éviter toute nouvelle violence.

Bien qu'il m'arrive souvent de rêvasser et de fantasmer sur Bea et Chelsea, je ne rêve jamais qu'elles sont bien vivantes et que cette histoire d'invasion extraterrestre est un rêve, comme dans un mauvais livre de science-fiction.

Je me demande souvent si toute ma vie avant les étrangers était réelle, je me demande si je n'ai pas toujours été ici.

Une journée par semaine, je travaille sur la variabilité. Quand j'ai commencé, tous les simulants étaient identiques, avec des traits semblables aux miens. Chaque semaine, je prends le temps de leur donner une nouvelle caractéristique, qui est mise en circulation comme un timbre ou une pièce de monnaie.

La population actuelle de Londres est d'environ cinq mille simulants. Ils ressemblent tous à des personnes issues de ma vie. La première femme que je conçois est bâtie sur un patron correspondant à mon institutrice, Miss Cadogan. Elle avait de grands yeux, des cheveux noirs bouclés et un sourire permanent. Dégingandée, énergique, toujours de bonne humeur. J'aimerais bien savoir ce qu'elle est devenue. Il y a deux cents Miss Cadogan à Londres. Ce sont de piètres copies, exemptes de sa personnalité, mais je me sens réconforté chaque fois que j'en vois une.

Je conçois quelques simulants inspirés par le Christ modèle Renaissance — parce que. Je fais un Tony Blair. Il existe au moins cinq Obama.

Je fais un Leonard, un type qui vivait dans notre rue, barbu, la cinquantaine, plutôt gros, dont la rumeur disait qu'il était enregistré comme agresseur sexuel parce qu'il avait peloté une collègue ou quelque chose comme ça. Un jour, il m'a aidé à changer un pneu crevé. Comme je suis navré pour ce type, je lui donne une taille plus fine dans cette nouvelle incarnation.

Je ne fais pas de Bea. Je ne peux pas. L'idée de la croiser dans la Reconstruction est… Je ne peux pas.

Je fais un Ahmed, mon seul ami pakistanais. Je n'arrive pas à me rappeler son nom de famille, mais je soigne le rendu de son monosourcil, des filets gris dans sa chevelure d'un noir de jais, de ses joues creusées, de ses paupières inférieures noires et proéminentes. Ahmed est un artiste et il émane toujours de lui une odeur de solvant. Je n'ai aucun talent artistique, mais je sais qu'il existe des solvants inodores. À en croire Bea, Ahmed veut qu'on sache qu'il est artiste et actif, d'où l'odeur.

Je fais mon père, et je le rends avec des mots.

« Brutal, musculeux, les mains calleuses à force de travail, de gigantesques avant-bras à la Popeye. Popeye est un personnage de dessin animé. Les yeux perpétuellement plissés, comme s'il allait te frapper, toi ou un autre. Il n'est pas barbu, mais il a toujours quelques poils au menton. Il marche en titubant légèrement, une séquelle de son histoire d'amour avec l'alcool. » Au bout d'un temps, j'ai envie de l'affubler d'une corne au milieu du front. Les Expiateurs n'y verront que du feu et ça m'amuserait bien.

Je n'en fais rien. Mais j'aurais pu.

J'attaque quelques autres simulants. En vérité, je ne peux pas dire que je conduis des expériences sur leur réaction à la violence. Les passer à tabac, c'est en quelque sorte… cathartique. Je suis rongé par l'inquiétude toute la journée jusqu'à ce que j'en aie frappé quelques-uns, après quoi je me sens calme. Cela me perturbe, mais je n'en parle à personne, même pas à Nico.

Je suis occupé à me nettoyer du fluide de simulant lorsque je remarque un couple à une centaine de mètres de là. Je m'approche, et c'est Katrina en train de parler à un mâle.

Elle *sourit.*

Est-ce que cette salope audite mon travail ?

« Qu'est-ce que vous foutez ? » hurlé-je.

Elle reste calme et me regarde droit dans les yeux. Le simulant s'éloigne avant que j'arrive à leur niveau.

« Bonjour, Storm, dit-elle.

– Bonjour vous-même. Qu'est-ce que vous faites ?

– Je bavarde.

– Foutaises.

– D'accord, j'avoue : j'étais curieuse de votre activité et j'ai décidé de me rendre compte par moi-même.

– Ça ne vous regarde pas.

– Ah, mais si. Vous vous êtes plaint de la symétrie de mes rues. À mon sens, cela m'amène à m'intéresser à votre travail. Puisque nous devons tous nous entraider. »

Je sens mon corps se crisper sous l'effet de son ton suffisant, de son coup de menton défiant. Ce qui me surprend, c'est que l'envie de la frapper est si intense que je m'oblige à m'éloigner.

« *Touché*(3) », marmonné-je.

Dans un point-prière de St John's Wood, je dis : « Il y a des choses que les enfants d'ivrognes savent et que les autres enfants ne savent pas. Je ne parle pas de cette stupidité moderne d'"addiction". C'est une foutaise de bien-pensants. Je parle des ivrognes. Pour commencer, on sait encaisser les coups. Ensuite, on est des experts pour ce qui est d'observer les autres. Troisièmement, on a une stratégie pour déployer l'alcool. Trop peu, et on a des symptômes de sevrage, ce qui rend l'ivrogne irritable. Trop, et on est transformé en punching-ball. On doit trouver le point d'équilibre, la quantité optimale d'alcool pour préserver la tranquillité. Quatrièmement, on connaît très bien les frontières de la sobriété. À l'approche du seuil séparant l'ivre du pas ivre, on sait qu'on doit disparaître.

(3) En français dans le texte. *[NdT]*

» Les gens qui parlent d'"ivrogne mauvais" n'y comprennent rien. Les enfants d'ivrognes n'en connaissent pas d'autres. Nous sommes biberonnés à la violence et nous ne connaissons rien d'autre. »

Ça fait maintenant des semaines que je suis Katrina. Elle voit son simulant tous les jours. C'est un modèle Elliot Wells. J'étais au lycée avec Elliot Wells et c'était un branleur. J'ai oublié pourquoi. Je crois que c'est un de ces types qui savent tout et qui le rappellent tout le temps à tous les autres. Le genre à répondre avant tout le monde à une question posée en classe, ou à souligner une réponse erronée avant le prof. Ce genre de branleur. Peut-être.

Il prononce les consonnes, nom de Dieu. Le reste d'entre nous les laissons tomber, comme les bons Cockneys de pacotille qu'on aspire à devenir. Lui, il faut qu'il les détache. Je ne sais pas exactement pourquoi j'ai fait quelques simulants à son image.

Je les vois s'embrasser près d'un canal à Little Venice. S'embrasser. Ça me fout en pétard. Je ne sais pas combien d'Elliot il y a à Londres, mais je tente une expérience. J'attends qu'il l'ait accompagnée jusqu'à l'entrée de notre complexe, puis je lui saute dessus quand il repart. Je lui oblitère la tête à l'issue de quelques dizaines de coups de tuyau.

Lorsqu'il tombe, j'entends des bruits de pas précipités. Des simulants qui courent vers moi. Rien que deux tout d'abord. Ils ne savent pas se battre et ils m'approchent séparément, alors je me contente de les frapper à la tête. Mais il en arrive d'autres. Une fois les deux premiers à terre, en voilà trois de plus, et quand ils sont hors-jeu, une équipe de quatre se précipitent sur moi. Ils attaquent toujours en solo, mais je commence à me fatiguer, mon bras s'affaiblit et je manque glisser dans la mare de faux sang à mes pieds. Le silence est déconcertant. Ils ne s'essoufflent pas et quand j'en frappe un à l'estomac, il ne suffoque pas. J'essaie de fuir dans le complexe, mais arrive un groupe de cinq qui semblent avoir maîtrisé l'attaque concertée. Mon tuyau rendu visqueux par le fluide me glisse entre les doigts. J'encaisse des coups à la tête et au corps. Je suis pris de vertige mais ils continuent de frapper. Ils me tueront si je tombe dans les pommes, je le sais. Au sein du tourbillon de leurs bras, je vois une équipe de six qui s'approche. Je me trouve à un mètre cinquante du portail du complexe.

Je me déchaîne dans un nouveau sursaut de sauvagerie et je réussis à franchir la barrière. Mon intuition était la bonne. Les simulants ne peuvent pas entrer. Je tombe à quatre pattes, reprends mon souffle.

Je vois une lumière s'allumer dans la maison de Terry, mais elle s'éteint aussitôt.

Les simulants survivants se tiennent devant la barrière, et je leur adresse un doigt d'honneur avant de rentrer chez moi en chancelant. Quand je regarde par la fenêtre, ils sont tous partis, les actifs comme les terrassés.

Trois heures plus tard, je me réveille avec plusieurs dizaines de drones observateurs dans ma chambre, plus que je n'en ai jamais vu en un seul lieu à un seul moment. Et Nico. Il apparaît en tonalités de gris, Tom Jones quand il faisait partie de Tommy Scott and the Senators. Souliers blancs, pantalon blanc, cardigan blanc à col ouvert. Les Senators, ça date des années 1960. Fasciné par sa tenue, je ne capte pas ce qu'il dit.

« Hein ? fais-je.

– Vous êtes en état d'arrestation.

– Hein ?

– Votre ouïe est-elle dysfonctionnelle ? » Il se rapproche de mon lit. « Vous êtes en état d'arrestation pour le meurtre d'Elliot Wells. »

Il s'avère que les étrangers ont eu vite fait de mettre sur pied un système judiciaire rudimentaire, une force de police et une sorte de prison. Je suis la première personne à être arrêtée et placée en détention.

« C'est ridicule, dis-je à Nico.

– C'est vous qui avez prié pour avoir des représentants de la loi, dit-il.

– Pour *eux*. Je ne suis pas assujetti à leurs lois.

– Vous en discuterez au tribunal. Le meurtre est un crime universel qui…

– Ce n'est pas un meurtre. Les simulants ne sont pas vivants.

– Eh bien…

– Au pire, c'est de la maltraitance sur machines, et vous savez parfaitement à quel point c'est ridicule.

– Je vous suggère de travailler à votre défense, Storm. »

Je ne sais pas ce qui est le plus drôle, un procès soviétique ou cette mascarade.

Le juge est une Miss Cadogan. Le jury est plein de répliques d'Elliot Wells, ce qui est irritant parce que je devrais être jugé par mes pairs. Les sphéroïdes observateurs sont partout. Tout ce binz parce que j'ai désactivé l'équivalent d'un appareil ménager.

Il n'y a pas d'autres humains dans le tribunal, et ça devrait aussitôt éveiller mes soupçons, mais je suis trop écrasé par l'absurdité de la scène.

Que vont-ils faire, m'exécuter ? Mais les choses ne sont pas aussi simples que je le pense. Depuis le début de ce cirque, mes sentiments sur la question se sont compliqués. Je déclare d'un ton assuré que les simulants ne sont pas vivants, mais, au fond de moi, là où je ne veux rien admettre, je sens un poids glacial dans mon cœur. Du coup, mes arguments sonnent faux quand je les énonce. Me sentirais-je coupable ? Me serais-je persuadé que ces simulants sont vivants ?

Quand je vois le premier témoin de l'accusation, c'est comme un coup de massue. Les humains vont témoigner contre moi. Katrina est à la barre.

« Je veux faire appel, Nico. Je veux leur parler », dis-je.

Il reste silencieux quelque temps. Je ne l'ai jamais vu dans cet état. J'ai l'impression qu'il réfléchit, ce qui est bizarre. Je croyais que ce n'était qu'un porte-voix.

« C'est impossible, dit-il finalement.

– Les prisonniers et les condamnés ont le droit de faire appel, vu qu'on fait semblant d'être humains. Conduisez-moi à ces putains d'Expiateurs.

– Vous ne pouvez pas leur parler, Storm, car ils ne sont pas ici.

– Je vous demande pardon ? Qu'est-ce que vous racontez ? »

Cet enfoiré de Tom Jones continue de se trémousser en m'annonçant la nouvelle. Incroyable.

« Nous ne sommes pas sur Terre, dit Nico. Après la destruction de votre planète, on vous a tous amenés ici, sur le monde-mère. C'est pour ça que vous devez porter ces tenues lors de vos excursions. Ceci n'est pas la Terre. »

Je bredouille, mais je sens le sol se dérober sous mes pieds. « Alors c'est quoi, cet endroit ?

– Une sorte de réserve, un lieu conçu pour que vous y prospériez, pour que vous reconstruisiez un nouveau monde, un monde vivant.

– Une réserve naturelle ? Un putain de zoo ? Vous déconnez ou quoi ?

– Ceux que vous appelez les Expiateurs ne vivent pas ici, et ce depuis des siècles. Ils sont partis pour explorer…

– Montrez-moi. »

Ce qu'il fait.

Par-delà le substitut de la future autoroute périphérique M25, il me fait franchir une barrière de néant qui est en fait une porte. Soudain, il fait noir et il y a des lumières au-dessus de ma tête. Tout autour de moi, aussi loin que porte le regard, il y a des centaines, des milliers de proto-simulants. Ils se tiennent là, avec leurs visages vides et leur absence de caractères sexuels secondaires. Ils tressautent de temps en temps, comme le font les bébés, comme Chelsea le faisait dans son sommeil.

Je lève les yeux, et le plafond semble si lointain qu'il doit y avoir des formations nuageuses en dessous. On dirait une cathédrale, mais aucune cathédrale ne peut s'étendre sur plusieurs kilomètres. Dans quelque direction que je regarde, impossible de voir un mur. Les têtes des simulants semblent s'aligner à l'infini. Le plafond transparent laisse entrevoir un ciel nocturne, avec des constellations que je ne reconnais pas.

« Je veux aller dehors, dis-je.

– Non. Il n'y a pas d'atmosphère. Vous mourrez. Et puis, il n'y a rien à voir. C'est tout ce qu'il y a ici, dit Nico.

– Donnez-moi la tenue qu'on met en excursion », dis-je.

Il accepte pour me ménager, mais il a raison. Il n'y a rien à voir à l'extérieur hormis des rochers, de la poussière et des machines mortes. Au-dessus de nous, quantité de gros corps célestes dans le ciel, des lunes et des satellites, sans doute.

« Il n'y a pas moyen de transmettre un message à…

– Storm, ils vivent dans des nuées de Dyson autour de quantité de systèmes solaires. Ils possèdent d'innombrables mondes où ils conservent des espèces comme la vôtre. Ils ne souhaitent pas connaître votre opinion. Vous perdez votre temps. »

J'enlève la tenue. « Il doit y avoir un nouveau procès, Nico. Je dois être jugé par mes pairs, pas par ces… choses. Que les Cinq Derniers jugent leur semblable. »

Au bout du compte, ils décident de m'exiler, ce qui équivaut à la prison, mais une prison sans murs, sans barreaux et sans routine quotidienne. Ils conviennent que tuer un simulant n'était pas un meurtre, mais j'ai eu un « comportement meurtrier » qui risque d'affecter leur vie. Ils me considèrent comme dangereux. Je ne leur dis pas que nous ne sommes pas sur Terre, qu'ils aillent se faire foutre.

On me scelle dans un cul-de-sac de Shoreditch. Les simulants évitent cette zone et on ne voit même pas de voitures fantômes dans les rues. C'est dur, et je suis bien seul. Je rédige tout ce que je peux me souvenir de Bea et de Chelsea. Si je ne peux pas créer des personnalités de simulants, alors j'en recréerai d'autres. Je raconte la vie des gens que j'ai connus sur Terre. J'écris furieusement pour ne pas devenir fou.

Je raconte ce qui s'est passé ici, dans cette nouvelle Londres. La première version est du genre mélo larmoyant. Je me donne le rôle d'un martyr incompris et m'attarde sur tout ce que j'ai merdé. Je ne savais pas à quoi je pensais. Une rédemption post-mortem ? Bien plus tard, quand j'ai pris du recul et acquis une certaine objectivité, je détruis la première version et j'en rédige une autre, plus honnête. J'arrive même à m'interroger, à me demander sincèrement pourquoi j'ai tué Elliot Wells et les autres simulants. J'emploie le verbe « tuer ». Je spécule sur mon éventuelle jalousie, sur l'attirance que peut m'inspirer Katrina. Mais je détruis aussi cette version et finis par me contenter d'un récit purement factuel.

J'observe le moindre petit détail. Quand l'imprimante 3D fabrique de la nourriture, j'observe minutieusement le processus. Peut-être que je deviens un peu fou, car je parle aux drones sentinelles, bien qu'ils ne répondent jamais.

Au bout d'un an environ, un simulant m'escorte pour que j'assiste aux funérailles d'un des Kelly, et moins d'un mois plus tard c'est le tour de l'autre. Je m'incline avec respect. Katrina est là, les yeux rougis par les larmes. Terry est là, lui aussi, il me fixe derrière ses lunettes de soleil. Je veux leur expliquer que je me comprends un peu mieux, que je ne représente aucune menace, que je veux revenir, mais ça me rappelle le jour où j'ai supplié Bea de rentrer à la maison, et en fin de compte je ne dis rien.

Nous sommes des pandas qui refusons de nous accoupler. En voie d'extinction, en captivité, nourris par une imprimante 3D d'un mélange d'acides aminés, de glucose et de triglycérides, recréant notre monde grâce à la mémoire et au langage, un monde à la fois ancien et nouveau.

Dans cette nouvelle Londres, je suis le premier tueur de masse. J'accomplis ma peine et, quand je sors de Shoreditch, je ne reconnais pas la proto-ville. On me donne des vêtements neufs, on ignore mes protestations. Ils ont amélioré l'eau, il y a des voitures, et les gens ressemblent davantage aux sinistres connards qu'on voit chaque jour dans la foule du métro londonien. Peut-être que ce n'est pas si mal. Si je plisse les yeux, ça pourrait passer pour la Terre.

Le complexe est désert et j'ignore où peuvent être Katrina et Terry. Je vois Nico une dernière fois, mais il ne me parle pas des autres humains.

Je rentre dans un pub appelé « *The Cock and Bull* » et j'attends l'excuse de midi.

Le service est nul, mais le cidre a meilleur goût.

Traduit de l'anglais par Jean-Daniel Brèque.
Parution originale dans *Interzone*, septembre-octobre 2016.

Complétez votre collection...

- ❑ n°1 - 8,08 € - *Le Bussy ; Planque ; Day ; Milési*
- ❑ n°14 - 6,4 € - *T. Day ; R. C. Wagner*
- ❑ n°15 - 6,4 € - *R. Wagner ; R. Milési ; M. Swanwick*
- ❑ n°16 - 6,86 € — *R. C. Wagner ; Alan Steele*
- ❑ n°17 - 6,86 € - *N. Kress ; R. C. Wagner*
- ❑ n°18 - 8,08 € - *SPÉCIAL P. K. DICK*
- ❑ n°19 - 6,86 € - *Dozois & Swanwick ; R.C. Wagner*
- ❑ n°20 - 6,86 € - *G. Egan ; F. Valéry. Dossier de PdF à Folio-SF*
- ❑ n°21 - 6,86 € - *T. Day. J.-L. Fetjaine - G. Dozois*
- ❑ n°26 - 8 € - *T. Day ; F. Berthelot ; K. Schroeder*
- ❑ n°27 - 8 € - *C. Mamier ; M. Resnick ; M. Demuth ; N. Gaiman*
- ❑ n°28 - 9 € - *G.R.R. Martin ; Thiberge ; Le Guin ; B.H. Rogers*
- ❑ n°29 - 9 € - *JP. Andrevon ; C. Ecken ; C. Mamier ; M. Moorcock*
- ❑ n°30 - 9 € - *Dufour ; Heliot ; Pagel ; R. Russo ; J. Williamson*
- ❑ n°31 - 10 € - *Spécial Curval ; Caza ; Ecken ; G.R.R. Martin*
- ❑ n°33 - 10 € - *Mauméjean ; G.R.R. Martin ; Girardot ; Rogers*
- ❑ n°34 - 10 € - *Spécial Uchronie*
- ❑ n°35 - 10 € - *T. Day ; J. P. Kelly ; M. Swanwick*
- ❑ n°36 - 10 € - *Bellagamba ; C. Dufour ; L. Dutour*
- ❑ n°37 - 10 € - *Dossier Jacques Barbéri*
- ❑ n°38 - 10 € - *Asher ; Conde ; Curval ; Heliot ; Ruellan*
- ❑ n°39 - 10 € - *M. Jeury ; L. Dutour ; M. Swanwick ; C. Priest*
- ❑ n°40 - 10 € - *L. Shepard ; J.-P. Lion ; R. Reouven ; F. Berthelot*
- ❑ n°41 - 10 € - *Dossier Christopher Priest*
- ❑ n°42 - 17 € - *Spécial anniversaire 10 ans*
- ❑ n°43 - 11 € - *A. Raynolds ; U. Bellagamba ; E. Jouanne*
- ❑ n°44 - 11 € - *J. Barbéri ; J. Ford ; J. Wintrebert*
- ❑ n°45 - 11 € - *Dossiers Greg Egan et Robert C. Wilson*
- ❑ n°46 - 11 € - *Dossier Gérard Klein - A. Reynolds ; C. Lambert*
- ❑ n°47 - 11 € - *Dossier J.-C. Dunyach - Nguyen ; Swanwick...*
- ❑ n°48 - 11 € - *Dossier Daniel Walther - Kloetzer ; Walthe ; Ford*
- ❑ n°49 - 11 € - *Dossier Robert Silverberg*
- ❑ n°50 - 11 € - *Dossier Tim Powers - Genefort ; Powers ; Beauverger*
- ❑ n°51 - 11 € - *Dossier Lucius Shepard*
- ❑ n°52 - 11 € - *Dossier Joël Houssin & Christian Vilà*
- ❑ n°53 - 11 € - *Dossier China Miéville - C. Miéville ; C. Priest ; J. Noirez*
- ❑ n°54 - 11 € - *Dossier Richard Canal - Peter Watts ; Richard Canal*
- ❑ n°55 - 11 € - *Dossier Roger Zelazny*
- ❑ n°56 - 11 € - *Dossier Jean-Marc Ligny - Ted Chiang ; Don Lorenjy*
- ❑ n°57 - 11 € - *Dossier Robert Heinlein*
- ❑ n°58 - 11 € - *Dossier Laurent Genefort - C. Ecken ; J.-C. Dunyach*
- ❑ n°59 - 11 € - *Dossier J. G. Balsard*
- ❑ n°60 - 11 € - *Spécial vampires*
- ❑ n°61 - 11 € - *SF : questions et perpectives - P. Watts ; T. Di Rollo*
- ❑ n°62 - 11 € - *Hommage à Jacques Goimard - M. Resnick ; T.Day*
- ❑ n°64 - 11 € - *Dossier Jérôme Noirez - P. Watts ; X. Mauméjean*
- ❑ n°65 - 11 € - *Dossier Christian Léourier - Brown ; Hoffman ; Di Rollo*
- ❑ n°68 - 11 € - *Dossier Ian McDonald - T. Di Rollo*
- ❑ n°69 - 11 € - *Spécial Culture Rock*
- ❑ n°70 - 11 € - *Dossier Stephen Baxter - Caruso ; Dufour ; Mauméjean*
- ❑ n°71 - 11 € - *Dossier Michel Pagel - P. McAuley ; T. Di Rollo*
- ❑ n°72 - 11 € - *Dossier Ray Bradbury*
- ❑ n°73 - 11 € - *Dossier H. P. Lovecraft*
- ❑ n°74 - 11 € - *Dossier Léo Henry*
- ❑ n°75 - 11 € - *Dossier Poul Anderson*
- ❑ n°76 - 11 € - *Dossier J.R.R. Tolkien*
- ❑ n°77 - 11 € - *Dossier Mélanie Fazi*
- ❑ n°78 - 11 € - *Dossier Ursula K. Le Guin*
- ❑ n°79 - 11 € - *Dossier Yves & Ada Rémy*
- ❑ n°80 - 11 € - *Dossier Stephen King*
- ❑ n°81 - 11 € - *Dossier Pierre Pelot*
- ❑ n°82 - 11 € - *Dossier Neil Gaiman*
- ❑ n°83 - 11 € - *Dossier Laurent Kloetzer*
- ❑ n°84 - 11 € - *Dossier Robert E. Howard*
- ❑ n°85 - 11 € - *Dossier Thierry Di Rollo*
- ❑ n°86 - 11 € - *Dossier Richard Matheson*
- ❑ n°87 - 11 € - *Dossier Jean Ray*
- ❑ n°88 - 11 € - *SPÉCIAL Greg Egan*
- ❑ n°89 - 11 € - *Dossier Nancy Kress*
- ❑ n°90 - 11 € - *Dossier Edmond Hamilton*
- ❑ n°91 - 11 € - *Spécial Fictions*
- ❑ n°92 - 11 € - *Dossier Theodore Sturgeon*
- ❑ n°93 - 11 € - *Dossier Peter Watts*
- ❑ n°94 - 11 € - *Dossier John W. Campbell*
- ❑ n°95 - 11 € - *Dossier Lune & science-fictic*
- ❑ n°96 - 11 € - *Dossier William Gibson*
- ❑ n°97 - 11,90 € - *Dossier Sabrina Calvo*
- ❑ n°98 - 11,90 € - *Dossier A. E. van Vogt*
- ❑ n°99 - 11,90 € - *Dossier Shirley Jackson*
- ❑ n°100 - 11,90 € - *Dossier Thomas Day*
- ❑ n°101 - 11,90 € - *Dossier Dan Simmons*
- ❑ n°102 - 11,90 € - *Dossier Arthur C. Clarke*
- ❑ n°103 - 11,90 € - *Dossier Sylvie Denis*
- ❑ n°104 - 11,90 € - *Dossier Stanislas Lem*
- ❑ n°105 - 11,90 € - *Dossier Leigh Brackett*

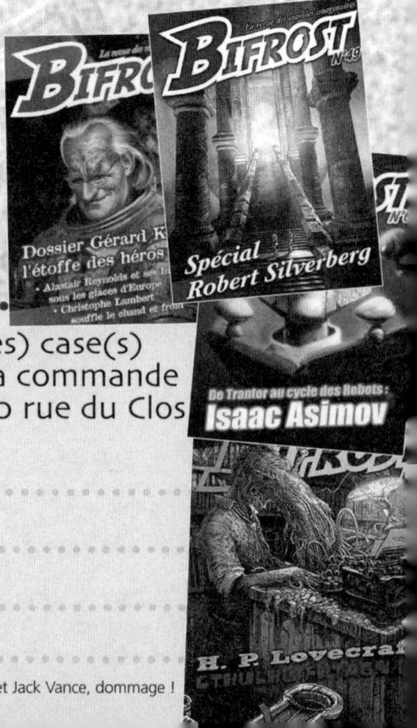

❑ Je commande le(s) numéro(s) dont j'ai coché la(les) case(s) ci-dessus pour un total de............ €uros. Je joins à ma commande un chèque du montant convenu à l'ordre du Bélial', 50 rue du Clos 77670 Saint Mammès... et je suis bien content !

NOM .... PRÉNOM ....

ADRESSE ....

....

CODE POSTAL .... VILLE ....

▸▸ les numéros 2 à 13, 22, 23, 24, 25, 32, 63, 66 et 67 sont épuisés... ainsi que les HS spécial Michael Moorcock et Jack Vance, dommage !

▸▸ pour les DOM-TOM et l'étranger, ajouter une participation aux frais d'envoi de 2 euros par numéro commandé

Carnets de bord

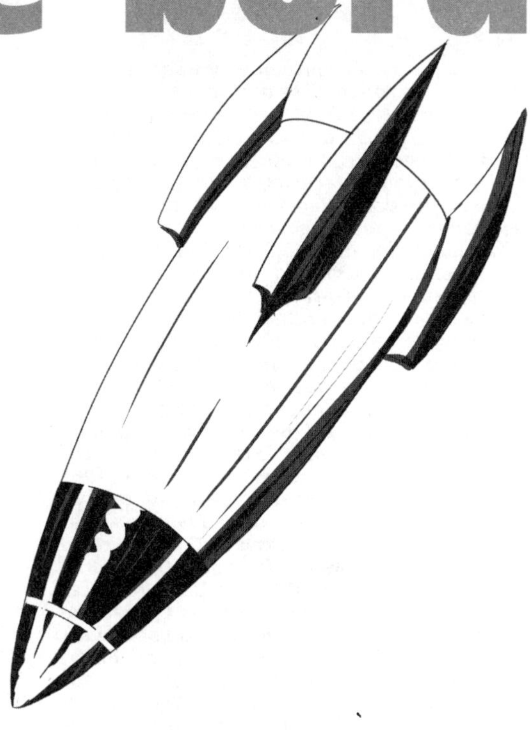

Bifrost,
la revue qui fait barrage

BallAdes sur l'Arc

La présente livraison critique, comme il se doit centrée sur la fin d'année 2021 et le premier trimestre 2022, souligne un tassement relatif du rythme des nouveautés. La faute, sans doute, à une conjonction de facteurs, à commencer par la méfiance des éditeurs vis-à-vis des périodes électorales, réputées médiocres pour la librairie, l'augmentation des coûts de fabrication, qui a possiblement refroidi certaines ardeurs, et l'anticipation d'un « retour à la normale » suite aux deux années enchantées pour le livre en général, l'Imaginaire, et plus spécifiquement la SF, provoquées par la pandémie covidienne. Gageons que ce tassement relatif (insistons) sera vite balayé au second trimestre 2022… Pour le reste, peu de livres de très grande qualité, en tout cas dans le champ science-fictif stricto sensu. Des initiatives sympas, certes (une anthologie d'imaginaire communard, ça vous tente ?), aussi plaisantes que divertissantes (les ***Simulacres martiens*** *d'Eric Brown, ou encore* ***Maître des Djinns*** *de P. Djèli Clark), intéressantes (****Subtil Béton****, du collectif Les Aggloméré·e·s, qui réaffirme l'appétence actuelle du domaine vis-à-vis du politique), voire essentielles (le recueil du grand Robert Sheckley chez Argyll), et de très bonne tenue (les romans de Thierry Di Rollo et Laurent Genefort, ou le recueil de Jean-Marc Ligny — trois auteurs francophones qui se démarquent de belle manière). Mais de livre proprement hors normes, point. N'était* ***L'Alphabet des créateurs****, d'Ada Palmer, dont le cycle « **Terra Ignota** » place la barre SF si haut qu'il est à ce jour hors catégorie (suite et fin du monument en octobre prochain). Demeurent beaucoup d'ouvrages « à la frontière », pas mal de post-apo', comme le veut l'époque, quelques fantasy plaisantes, un titre de la collection « Une heure-lumière » qui devrait mettre tout le monde d'accord (signé de la jeune autrice anglaise Claire North), et le Stephen King de l'année (2021, en l'état, le 2022 étant annoncé pour septembre prochain)… Ce qui est loin d'être rien, on en conviendra.*

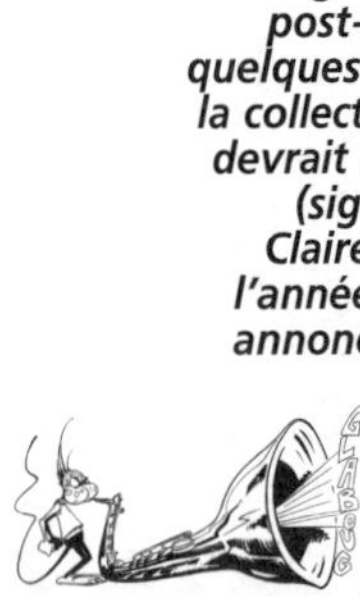

Objectif Runes

POLARIS - POINT NÉMO
CYCLE AZURE T.I

Philippe Tessier - Éditions Leha - juin 2021
(roman inédit - 288 pp. GdF. 19 €)

Vers la fin du millénaire, l'univers du jeu se renouvela, les anciens jeux d'échecs, de go, de cartes, de société et autres trains électriques et petits soldats ne faisant plus recette. Sont alors apparus quasi simultanément jeux de rôles, wargames/jeux de plateau, et jeux vidéo. Un quart de siècle plus tard, ces derniers se taillent la part du lion.

C'est pourtant bien en tant que jeu de rôles que naquit **Polaris**. Afin d'exploiter le filon au mieux, Philippe Tessier écrivit quelques romans situés dans l'univers de ce jeu, qui furent initialement publiés chez un éditeur dédié à ce registre : Le Khom Heidon. Et à l'existence brève : une vingtaine de livres et un titre de gloire, les débuts de Pierre Pevel sous le pseudonyme de Jacq.

Philippe Tessier, lui, continua d'exploiter **Polaris**, publiant quand et où il le put. Voici donc la dernière production de cet univers.

Dans un futur lointain, la surface terrestre étant devenue inhabitable, la civilisation s'est réfugiée sous les océans. Après avoir un temps dominé, l'empire global des généticiens finit par s'effondrer et, depuis, diverses puissances de moindre envergure et moins évoluées se livrent à des guerres acharnées sous les eaux, se disputant les rares ressources encore disponibles.

Dans ce monde, Point Nemo est une station sous-marine très isolée, tombant en ruines et sur le point d'être abandonnée par ses derniers résidents qui ont demandé leur évacuation. Sauf que les secours tardent. Et pour cause : le sous-marin parti quérir de l'aide a lui-même fait naufrage. Dans une tentative de la dernière chance, le commandant de la station part à son tour, à pied, sur les fonds marins grouillant de monstres divers et variés. À défaut des secours espérés, il rencontre d'autres naufragés qu'il ramène à la station. Mais ne fait-il pas entrer là le renard dans le poulailler ? Ils ont l'intention d'utiliser la station pour réparer leur propre sous-marin avarié avant de repartir sans accorder l'évacuation promise. Cependant, ils sont eux-mêmes poursuivis par des forces considérables bien décidées à leur mettre le grappin dessus sans laisser de témoins. Quelques *deus ex machina* plus tard…

Le livre est nanti du désormais sempiternel lexique. Les péripéties ne cessent de s'enchaîner sans temps mort aucun. Ah ! ça ira, ça ira, ça ira, les pirates on les noiera ! La parole est aux flingues, du gros calibre, et les coups de feu tiennent lieu de psychologie. Les personnages ont été grossièrement découpés dans du papier à cigarette par un môme de quatre ans, adroit de ses dix doigts comme un chien de sa queue. Ce qui se comprend. Dans le jeu de rôle, le personnage est nanti de certaines potentialités, mais c'est le joueur qui lui insuffle sa personnalité. Or ici, le joueur est absent, et Philippe Tessier ne s'y substitue en rien. La partie de jeu, brute de décoffrage.

Notons la belle couverture de Didier Graffet, parce que c'est ce qu'il y a de mieux dans ce bouquin vite lu et bien plus vite encore oublié.

Jean-Pierre Lion

LE CRÉATEUR DE POUPÉES

Nina Allan - Tristram - août 2021 (roman inédit traduit de l'anglais [GB] par Bernard Sigaud - 405 pp. GdF. 23,90 €)

Andrew est un homme solitaire qui n'a « *jamais couché avec une femme* ». Passionné de poupées depuis l'enfance, il est devenu un créateur respecté de modèles bizarres, freaks, hors des canons classiques de la beauté poupine. Il a aussi commencé à entretenir une correspondance avec Bramber, une autre passionnée qui vit à West Edge House, une « *maison* » de Cornouailles dont il semble difficile d'entrer comme de sortir. De lettres en lettres, Andrew développe une attirance amoureuse pour Bramber, au point qu'il décide un jour de lui faire une surprise. Il lui rendra visite et, peut-être, lui avouera son amour. Commence alors pour lui un voyage en train et bus qui sera une sorte d'épopée, proche dans l'esprit de celle de Galaad, celui qui trouva le Graal contrairement à son père Lancelot.

Nina Allan raconte cette histoire en entrelaçant le récit du voyage d'Andrew des lettres envoyées par Bramber à ce dernier, et les cinq nouvelles écrites par Ewa Chaplin (une écrivaine polonaise forcée à l'exil par le nazisme et créatrice de poupées aussi) que lit Andrew durant son trajet de plusieurs jours dans une Angleterre qui s'éteint, loin de la mondialisation.

Au fil des pages, Andrew et Bramber se racontent, tous deux éprouvés par la vie, tous deux marqués par leur différence qui les a peu à peu exclus d'une bonne part de la sociabilité.

Jusqu'ici rien de très bifrostien, ni de très allanien. Mais le monde d'Andrew oscille sans cesse — quantités de petits détails l'attestent — entre deux univers, proches mais différents ;

et les nouvelles d'Ewa Chaplin, qui semblent d'abord toutes être des textes de blanche, se révèlent bientôt prendre place dans des univers imaginaires où nains et mages tiennent commerce, où les changelins existent, où une théocratie totalitaire écrase l'Angleterre de sa botte divine… Ces cinq nouvelles résonnent dans l'esprit d'Andrew, car toutes semblent raconter une forme métaphorique de la vie de Bramber ou de la sienne, lui l'exclu, le nain, parti comme un amoureux transi rencontrer sa douce en un lieu qui ressemble fort à un hôpital psychiatrique. C'est sa vie de nain promis aux quolibets ou au cirque qu'elles disent, avec ses frustrations et ses inquiétudes, en même temps que lui-même, dérivant vers l'Ouest, se remémore les moments aigres-doux qui l'ont constitué. Laissons Andrew : les vies de Bramber et d'Ewa Chaplin ne furent pas plus heureuses, entre famille profondément dysfonctionnelle et chagrin d'amour pour l'une, fuite devant l'horreur nazie et exil à l'étranger pour l'autre.

Ce sont donc trois personnages souffrant de leur différence, ou, pour être plus précis, souffrant du traitement qui leur fut imposé du fait de leur différence, que nous dépeint Nina Allan ; trois personnages suspects, forcément suspects, aux yeux d'un monde qui aimerait bien qu'ils lui ressemblent. Le lecteur même, tout à sa normalité d'évidence, commence par visualiser des personnes normales et des lieux normaux, avant qu'Allan ne mette sous ses yeux les éléments qui prouvent que cette histoire et ces personnes ne sont pas ce qu'il croyait être, une réalité objective que sa visualisation par défaut avait exclue de toute possibilité d'apparition. Ici, le glissement s'opère dans les perceptions du lecteur bien plus que dans la vie des personnages, a contrario des précédents romans de l'autrice, même si on peut considérer que l'audace dont finiront par faire preuve Andrew et Bramber est aussi une forme de glissement, ou plutôt de libération.

C'est donc à une série d'histoires en correspondances qu'Allan convoque le lecteur. Chaque partie en éclaire une autre et éclaire le lecteur sur ses propres préjugés inconscients en même temps qu'il dynamise les personnages. C'est joliment fait, on regrettera juste une peut-être trop grande langueur dans le récit, ce lent voyage en forme de quête initiatique tiré par un enjeu — fut-il métaphorique — qui peine à égaler la quête du Graal.

Éric Jentile

AUCUNE FEMME AU MONDE

Catherine Lucille Moore - Le Passager Clandestin, coll. « Dyschroniques » - août 2021 (réédition d'une novella traduite de l'anglais [US] par Arlette Rosenblum, traduction revue par Dominique Bellec - 140 pp. LdP. 9 €)

Catherine Moore débute sa carrière dans les années 1930. Sa nouvelle la plus célèbre est son premier texte publié professionnellement, *« Shambleau »*, sortie dans la revue *Weird Tales* en 1933. Elle signe alors avec ses initiales — C. L. Moore — et écrit de nombreux récits ambitieux et à contre-courant de la production SF de son temps, mettant en scène des personnages principaux féminins et s'attaquant à la sexualité ou à l'aveuglement de l'humanité — autant de thèmes qui seront largement développés par les auteurs et autrices à partir des années 1960. Si elle est déjà considérée comme talentueuse par ses pairs de l'époque, elle gagne encore en notoriété grâce à ses œuvres coécrites avec son mari Henry Kuttner sous le pseudonyme commun de Lewis Padgett. Dans **Aucune femme au monde**, une novella de 1944, Moore réinvestit la figure du gynoïde et nous parle des arts et des sciences. La réédition du Passager Clandestin propose une traduction revue par Dominique Bellec et accompagne le texte d'un dossier de contextualisation salutaire pour une autrice injustement négligée dans le domaine francophone.

Deirdre est une artiste célèbre : danseuse et chanteuse de

talent, d'une beauté à portée universelle, elle est la première femme adulée sur tous les continents. Las, un soir, elle périt dans un incendie. Alors que le monde entier la pleure, Maltzer, un brillant scientifique, récupère son cerveau et travaille à la conception d'un corps de substitution. Le récit démarre au moment où Harris, son ancien impresario, est invité chez Maltzer pour rencontrer la nouvelle Deirdre. Mais les prouesses technologiques semblent avoir quelques effets secondaires. Deirdre peut-elle rester humaine dans un corps mécanique ?

Si le récit semble initialement se perdre dans la description de ce corps artificiel, la structure en huis clos avec trois personnages glisse assez vite vers un débat sur l'acceptation de la différence, l'éthique des sciences et la compréhension de l'essence humaine. Rien n'est laissé au hasard, et les discours les plus lyriques de Maltzer apparaissent *a posteriori* comme des pièces d'un puzzle justifiant l'incertitude finale.

Les tropes du cyborg et du robot ont été largement traités par la SF, mais si ce texte, riche et convaincant, nous fait l'effet d'un déjà vu, c'est qu'il constitue, pour un lectorat contemporain, un syncrétisme brillant des imaginaires antérieurs tout autant qu'il rappelle les meilleures œuvres postérieures du registre. La femme-machine fait écho à Maria dans *Metropolis* de Fritz Lang, auquel le dossier en postface fait aussi référence. L'artiste adulée et disparue, quant à elle, renvoie à La Stilla dans **Le Château des Carpates** de Jules Verne. Comme pour celle-ci, l'ingénierie créée pour maintenir son image aura quelques difficultés à la faire revivre réellement. Le tout servi par une narration hitchcockienne quant à sa gestion de la tension dramatique. Une novella chaudement recommandée, en somme, tout en maîtrise et en intelligence, qui rappelle de façon bienvenue l'importance un brin négligée de Catherine Moore.

DoctriZ

CYCLE DU DÉVOREUR DE SOLEIL

1. - *L'Empire du silence* - Christopher Ruocchio - Bragelonne - juin 2021 (réédition d'un roman traduit de l'anglais [US] par Nenad Savic - 933 pp. LdP. 8,90 €)

2. - *Les Ténèbres hurlantes* - Christopher Ruocchio - Bragelonne - février 2022 (réédition d'un roman traduit de l'anglais [US] par Nenad Savic - 984 pp. LdP. 9,90 €)

3. - *Le Démon blanc* - Christopher Ruocchio - Bragelonne - septembre 2021 (roman inédit traduit de l'anglais [US] par Olivier Debernard - 888 pp. GdF. 25 €)

Christopher Ruocchio est un auteur nouvellement apparu sur la scène de l'Imaginaire américain, plus particulièrement celle du *space opera*, avec cet imposant cycle du « **Dévoreur de Soleil** » dont un quatrième tome sera sorti outre-Atlantique quand vous lirez ces lignes. Un cinquième devrait suivre selon des sources bien informées…

L'œuvre appartient à cette catégorie de *space op'* riches et foisonnants à l'envi, avec les sempiternels lexiques : un pour le vocabulaire, un index des mondes, et la liste des personnages. Ruocchio ne sacrifie pas à cette mode dont « **Le Trône de Fer** » est un excellent exemple, voulant que l'on suive, quitte à s'y perdre, une multitude de personnages. C'est facile et agréable à lire car l'auteur renoue avec l'ancienne manière : un seul personnage, Hadrian Marlowe, et un récit linéaire à souhait. Il nous livre en fait l'autobiographie de Marlowe.

« *Un* space opera *rappelant Iain M. Banks et Frank Herbert* », nous dit Eric Flint (auteur américain non traduit) en quatrième de couverture du T.3. Si on veut… L'empire galactique créé par Ruocchio, féodal, peut à la rigueur évoquer celui de « **Dune** » ; la religion y est toute-puissante. Mais l'auteur ne s'attache nullement à en montrer les ressorts, ainsi que Frank Herbert le faisait. « **Le Dévoreur de Soleil** » s'avère, *in fine*, surtout proche des préquelles et séquelles de « **Dune** » dues à Brian Herbert et Kevin J. Anderson, auteur de la « **Saga des Sept Soleils** ».

Hadrian Marlowe, lointain cousin de l'empereur, est un jeune noble dont le père entend faire un inquisiteur de la Fondation (tout à l'opposé de celle d'Asimov) afin de faire de son cadet son successeur. Hadrian, lui, se verrait plutôt devenir scholiaste, sorte de savant sur le modèle de ceux du Moyen Âge. Il « s'évade » donc de Delos, leur fief, avec la complicité maternelle, pour gagner le monde universitaire où sont formés les scholiastes. Sauf qu'il n'y parvient jamais. Et se retrouve clochard sur Emesh, une colonie attardée, fief de la famille Mataro, où sont exploités de paisibles extraterrestres et où se trouvent des ruines non humaines fort anciennes. Ici débute le périple odysséen de Marlowe : gladiateur, étalon pour princesse, mercenaire, et multiples aventures dans les marges de l'empire où vivent des branches de l'humanité qui se sont tant éloignées de celle-ci qu'elles semblent ne plus y appartenir, avant de revenir au cœur de la cour impériale… Les personnages principaux sont assez fouillés, et de nombreuses allusions au passé contribuent à l'enrichissement de cet univers.

Idéologiquement, Marlowe ne semble guère partisan du système impérial, et on pourrait supposer que l'auteur non plus. Toutefois, page 204, puis 358/359, des réflexions peuvent nous amener à penser différemment. « *Nous ne sommes pas des corps. Nous possédons des corps* », écrit-il. Qui, nous ? « *Il n'y a pas d'idée plus dangereuse que celle qui réduit l'humain à de la viande.* » C'est certes vrai. Mais où va-t-il chercher qu'une jambe de bois, un rein greffé, une prothèse de hanche, voire un téléphone portable ou une thérapie gériatrique vous réduit à de la viande ? « *Leur clientèle convaincue de s'améliorer (…) perdait son âme (…) n'était pas purifié(e) mais mort(e).* » Comme si se soigner ou s'améliorer était mal en soi. Il n'est ici aucunement question de recherche de « pureté ». Un humain, entre autres, n'est qu'une physiologie en action métabolique. L'âme n'est pas une nécessité ontologique. « *Ceux qui prétendent que nous ne sommes que chair sous-entendent que nous n'avons pas de volonté propre.* » Là encore, où va-t-il chercher pareil raisonnement ? Pour l'auteur, créer une entité dépourvue de conscience afin qu'elle n'ait pas à souffrir des tâches ingrates serait criminel. On rejoint l'esprit chrétien selon lequel l'homme est né pour expier (quoi ?). Et le lecteur de finalement se dire qu'après tout, aux yeux de Ruocchio, l'empire et la Fondation ne sont peut-être pas si mauvais que cela…

Chaque volume compte 80 chapitres d'une dizaine de pages dont certains ont assez peu d'utilité, Ruocchio ne recourant à l'ellipse qu'a minima. D'où quelques lenteurs narratives, même si rien de rédhibitoire. Pour qui a apprécié « **La Saga des Sept Soleils** » ou « **The Expanse** », sans doute que cet énorme cycle du « **Dévoreur de Soleil** » s'avalera sans problème.

Jean-Pierre Lion

L'EX-MAGICIEN DE LA TAVERNE DU MINHO

Murilo Rubião - L'Arbre Vengeur - septembre 2021 (recueil inédit traduit du portugais (Brésil) par Dominique Nédellec - 180 pp. Semi-poche. 15 €)

Le livre s'ouvre et se ferme sur une scène de miroir. Dans celui de la taverne du Minho, il n'y a que le reflet d'un homme grisonnant. La magie vient d'ailleurs : de la poche, ou des mains, de cet homme « *né fatigué et accablé d'ennui* », incapable de trouver d'explication à son don. Le moindre mouvement, même dans son sommeil, lui fait produire des gens inconnus, des animaux, des objets encombrants. Las d'être un phénomène de foire, il tente de se suicider, mais sa magie, qui a la faculté de donner vie à d'autres êtres, l'empêche de se libérer de sa propre existence. En désespoir de cause, il décide d'intégrer

la fonction publique, car il a entendu dire qu'être bureaucrate « *c'était se suicider à petit feu* »...

Inédit en français, **L'Ex-magicien de la taverne du Minho** donne à lire le meilleur de Murilo Rubião, présenté par l'éditeur comme le petit maître de la littérature fantastique brésilienne. La nouvelle éponyme donne la tonalité générale d'un recueil qui joue avec les codes du genre, tout en s'en démarquant. Empruntant les chemins du banal, les textes se retrouvent comme malgré eux en territoire de l'inquiétude et de l'intranquillité.

Ce territoire angoissant, chez Rubião, c'est d'abord la ville : ses bâtiments, ses habitants, ses rituels. La ville est un acteur majeur. À la fois lieu de tentation et repoussoir, de casse-tête et d'impasses fatales, dont la géographie semble continuellement se dérober : « *Il avait pour destination une ville plus grande, mais le train resta indéfiniment à l'arrêt dans l'antépénultième gare.* » Comme également dans *« La Construction »*, où l'ingénieur Joao Gaspar dirige le chantier d'une tour devant compter un nombre d'étage illimité. Dans *« La File d'attente »*, Pererico a quitté son village pour avoir un entretien avec le directeur de la Firme. Devant lui, la file d'attente, soumise à des règles de priorité aussi fluctuantes qu'absurdes, n'en finit pas de s'allonger. Chaque matin, il se présente dans la cour de l'usine, espérant que son tour arrive. Les jours passent, les semaines. Mais tout conspire à rendre cette rencontre impossible et à retenir Pererico contre son gré... La ville de Rubião est un piège qui n'a de cesse de séduire et contrarier les personnages.

Ces désirs, contrariés ou non, deviennent parfois le moteur d'étonnants dérèglements physiques. Ainsi pour Barbara, femme excentrique et capricieuse, qui « *n'aimait rien tant que demander. Elle demandait et grossissait* ». Le petit lapin Teleco est quant à lui un transformiste compulsif, farceur mais serviable, jusqu'à ce que lui prenne l'envie de se fixer dans la peau d'un homme... *« Aglaia »* raconte les déboires d'un couple, autre balise de l'auteur. Colebra et Aglaia sont jeunes, beaux, amoureux, et ne veulent pas d'enfant. Au début leur union n'est que fête, tumulte, sexe débridé. Mais soudain Aglaia cesse d'avoir ses règles. À la suite de quoi elle n'en finit plus d'enfanter, malgré les contraceptifs, l'abstinence et même la stérilisation. Les enfants n'arrivent « *jamais à l'unité, mais par portées de quatre ou cinq* », après une inexplicable fécondation et une durée de gestation raccourcie à vingt jours.

La plupart du temps subies, les métamorphoses sont parfois vécues comme des échappatoires. Alfredo en fait la singulière expérience, allant jusqu'à se transformer en dromadaire spleenétique pour se délivrer de la douloureuse condition humaine (*« Alfredo »*). Il est aussi beaucoup question d'altérité dans ce recueil, plus précisément de « *l'impossibilité de vivre parmi ses semblables* », de la difficulté à repérer et à intégrer les codes, les normes d'une société incompréhensible (*« L'Invité »*, *« Les Commensaux »*), où l'amnésie, le déni et la boisson constituent les meilleurs expédients à la solitude.

Les personnages de Rubião sont des héros de peu, des anormaux plongés dans un monde de *nonsense* qui les laisse en plein désarroi. Ses fictions relèvent de l'équivoque, combinant l'onirique, l'ironie, l'absurde et l'angoisse. Le malaise n'y est jamais frontal, mais se diffuse graduellement et se prolonge bien après la chute — ou plutôt *l'absence* de chute, comme un cauchemar qui n'en finirait pas. Le plus frappant tient à la collision entre l'écriture au cordeau, limpide, académique, et le propos hautement fantaisiste. Lorsque l'improbable envahit l'ordinaire, la sobriété de la phrase décuple le pouvoir de saisissement. Les amateurs de Kafka apprécieront.

Sam Lermite

OISEAU

Sigbjørn Skåden - Agullo, coll. « Agullo court » - octobre 2021 (roman inédit traduit du norvégien par Marina Heide - 160 pp. LdP. 12,90 €)

Troisième titre paru dans la collection « Agullo court », **Oiseau** est un ouvrage qui, comme son prédécesseur **Mars** de Asja Baki , relève d'une science-fiction subliminale. Une atmosphère plus qu'un véritable traitement, servant ici de prétexte à un récit contemplatif lorgnant du côté de l'épure. À vrai dire, on est plus près de l'ambiance cotonneuse et oppressante d'un **Amatka** (in *Bifrost* n°91) que du vertige éprouvé à la lecture de Greg Egan. L'argument de départ reprend l'un des lieux communs de la SF : le récit de colonisation. Sur Home, la vie est rude. Soumis aux caprices d'un vent malin agissant sur les révolutions de la planète au point d'en modifier la durée, un souffle du temps que n'aurait pas désavoué Robert Holdstock, exposés à un rayonnement solaire assourdissant, les colons de l'expédition UR endurent une routine monotone dont dépend leur survie. Ils ne connaissent du monde que la poussière de la vallée qui les a vus arriver, et les crêtes des collines érodées surplombant la paroi protectrice du dôme de leur habitat. À bien des égards, leur implantation sur Home a toutes les apparences d'une greffe, mais une greffe fragile, tributaire d'un milieu hostile où les ressources sont chiches. Quelques maisons au style fonctionnel et des champs amendés avec leur propre terreau composent l'ordinaire d'un univers réduit à un microcosme étouffant. Sous le ciel bavard de la planète, leurs paroles ne portent pas. Ils écrivent donc pour communiquer, sur des écrans rudimentaires, incapables d'exprimer les non-dits de leur esprit torturé. Sans Histoire depuis l'effacement de ses archives numériques, la communauté semble également dépourvue d'avenir autre que celui de recommencer sans cesse les mêmes gestes dans une précarité permanente. Jusqu'au jour où atterrissent sur place de nouveaux colons.

Ne nous voilons pas la face, **Oiseau** a l'aridité de son cadre désertique, rejouant un scénario déjà vu sur un mode intime et contemplatif. Écartelé entre deux époques, elles-mêmes entrecoupées par les extraits d'un journal de bord, l'auteur Sigbjørn Skåden déroule un récit fondé sur l'incompréhension, la méfiance et l'instinct de survie. La narration oscille ainsi entre un quotidien prosaïque, ordonné autour de tâches répétitives, et la contemplation des paysages désolés de Home. La planète écrase les êtres humains de toute son indifférence minérale, réduisant leur empreinte à peu de choses, sous le murmure implacable des rayons de son soleil. De ce camaïeu de couleurs primaires faisant écho à l'état d'esprit des colons, émerge une histoire d'amour qui se transforme en haine, nécessité de la survie oblige. Et de ce combat permanent contre l'agression sonore ressort un univers étrange dont on apprivoise petit à petit les contours, au fil d'une narration où prévalent les temps morts.

D'aucuns trouveront les choix narratifs de Sigbjørn Skåden trop alambiqués, s'agaçant de l'ennui distillé par **Oiseau**. D'autres déploreront le dénouement abrupt, ouvert sur un avenir cruel et incertain. Dans tous les cas, nul doute que l'expérience soit clivante. Après tout, c'est la prérogative des artistes que de provoquer.

Laurent Leleu

RÉCURSION

Blake Crouch - J'ai lu, coll. « Nouveaux Millénaires » - octobre 2021 (roman inédit traduit de l'anglais [US] par Antoine Monvoisin - 320 pp. GdF. 19,90 €)

2018. Barry Sutton, membre de la police new-yorkaise, fait la connaissance d'Ann Voss Peters en haut d'un immeuble alors qu'elle s'apprête à se suicider. Pourquoi ? Alors qu'elle est célibataire, Ann s'est remémorée les souvenirs d'une vie qu'elle dit ne pas avoir

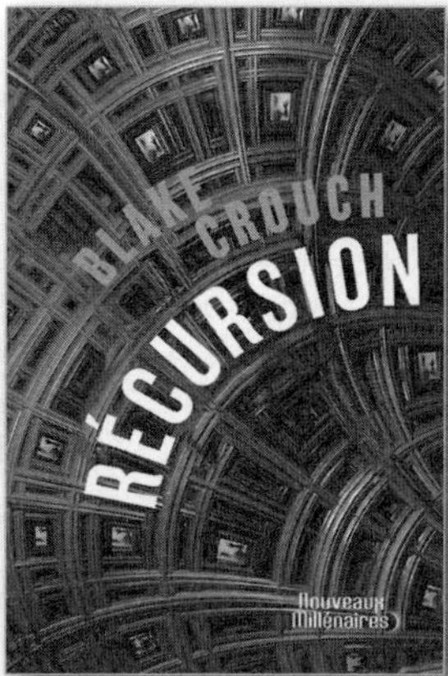

vécue : un mari — dont l'ex-femme s'est suicidée en haut du même immeuble — et un enfant. Incapable de vivre avec ces souvenirs qui lui semblent on ne peut plus réels, Ann saute malgré les efforts de Barry. Aucun doute possible, il vient d'être confronté à un cas de SFS (Syndrome des Faux Souvenirs), mais son enquête soulève une incohérence : le présumé mari d'Ann existe bel et bien, et sa femme — et non son ex-femme — est elle aussi bien vivante, même si elle a en effet attenté à ses jours. Son enquête mène Barry dans un immeuble où il se retrouve prisonnier et sujet d'une expérience plutôt traumatisante. Son tortionnaire le contraint à se rappeler le pire souvenir de sa vie : le jour où sa fille est morte, renversée par une voiture…

2007. Helena Smith, neurologue travaillant sur la mémoire, tente de trouver le moyen de récupérer les souvenirs des êtres humains dans le but de lutter contre la maladie d'Alzheimer. Alors que le financement de son étude touche à sa fin, Marcus Slade, un richissime philanthrope, la recrute pour poursuivre ses recherches dans son labo privé. Helena réalise le projet de toute une vie en créant un fauteuil capable de cataloguer les souvenirs et de revenir dans le passé, mais elle comprend trop tard que l'outil qu'elle vient d'inventer n'est pas à mettre entre toutes les mains, et certainement pas celles de Slade…

Et si vous aviez la possibilité de faire autrement ? De revivre une vie dans laquelle votre fille ne meurt pas ? Si vous aviez le moyen d'empêcher un crime en revenant dans le passé ? Voilà qui vous rappelle certainement quelque chose… Blake Crouch reste dans sa zone de confort avec ce deuxième roman paru chez « Nouveaux millénaires », et on pourrait se contenter de copier la conclusion de Xavier Mauméjean au sujet de **Dark Matter** : « *[…] une lecture plaisante, sans commune mesure avec les chefs-d'œuvre de la tradition, mais qui garantit tout de même un bon divertissement.* » (in *Bifrost* n°87) Crouch reprend les mêmes ingrédients, joue sans originalité avec les tropes du genre tout en s'appuyant sur une construction narrative dynamique qui alterne entre le point de vue de Barry et celui d'Helena, chacun vivant dans sa ligne temporelle jusqu'à ce qu'ils se retrouvent pour lutter contre le mal. Le début est agaçant, car on voit poindre de page en page les événements, les recherches de Barry vont trop vite, et on s'énerve de le voir enquêter sur un suicide bizarre sous prétexte qu'il aime les énigmes… mais il y a dans l'écriture de Crouch une efficacité qui fait tourner les pages. Et la déception de laisser place à l'assiduité, car l'intrigue fonctionne malgré tout — et la complexité du scénario mérite concentration. On se prend d'amitié pour ces personnages emprisonnés dans la tourmente de leurs vies et des lignes temporelles qu'ils n'arrivent plus à contrôler, portés par l'espoir vain de réussir à mettre un bâton dans la roue du temps et sauver le monde de la destruction. Avant le retour de l'ennui porté par des héros qui lassent à force d'échouer ; on lit en diagonale les ultimes chapitres vers une fin attendue mais correcte. Si on veut.

Aayla Secura

LES RÊVES QUI NOUS RESTENT

Boris Quercia - Asphalte - octobre 2021 (roman inédit traduit de l'espagnol [Chili] par Isabel Siklodi et Gilles Marie - 224 pp. GdF. 20 €)

Artiste disposant de plusieurs cordes à son arc, Boris Quercia s'était jusqu'à lors fait remarquer en littéraire par le biais du roman policier. Avec **Les rêves qui nous restent**, il signe son entrée dans le monde de l'anticipation, sans renier ses vieilles amours, car c'est un polar à la sauce SF qui nous est proposé.

Futur indéterminé mais proche. Une société ultra-segmentée. Spatialement d'abord, entre la City et la vieille ville, séparées par une frontière devant rester étanche et contrôlée — les petites mains journalières sont tolérées. Socialement, aussi : Natalio, le personnage principal du roman, en est l'un des symboles. Il est un « classe 5 », un flic chargé du sale boulot, d'éliminer les « dissidents », chien de garde de l'ordre social. « Classe 5 », la catégorie méprisée par toutes les autres.

Boris Quercia nous plonge au cœur de l'action, avec ce héros désabusé qui ne déparerait *a priori* pas dans un *hard-boiled* classique. Sauf qu'ici, un « électroquant » le suit en permanence — un robot, en fait, l'auteur démontrant d'ailleurs toute sa finesse dans la création des divers diminutifs ou surnoms que la population leur donne. Réappropriation et transformation par l'usage, le peuple n'a pas dit son dernier mot.

L'une des caractéristiques principales — et marquantes — de ce monde, c'est la disparition des rêves. Littéralement. En parallèle, un événement mystérieux mais majeur s'est produit dans la ville d'Oslo. En bon auteur de polar, Boris Quercia sait distiller au compte-gouttes les pièces du puzzle, et l'attente des explications vaut le coup. Surtout que d'attente il ne sera que peu question, tant les pages défilent vite — au fil de chapitres courts, l'histoire s'avère prenante. Sans pour autant être révolutionnaire, la narration alternée entre Natalio et son électroquant fonctionne bien. Boris Quercia arrive à cocher tout un tas de cases, interrogeant l'humanité par le regard d'un électroquant, sans jamais tomber dans le cliché et en apportant constamment une touche de fraîcheur.

Un mot sur la traduction… Ce livre a d'abord été publié dans sa version française. Il est dédié à la traductrice Isabel Siklodi, déjà à l'œuvre sur deux précédents livres de l'auteur, et décédée le 6 mai 2020, après avoir participé à la première version de la traduction des **Rêves qui nous restent**.

Un roman qui se lit d'une traite, extrêmement plaisant et parfaitement exécuté, qui pourra séduire au-delà des frontières de chacun des genres auxquels il emprunte.

Mathieu Masson

ARCHÉOLOGIES DU FUTUR
LE DÉSIR NOMMÉ UTOPIE ET AUTRES SCIENCES-FICTIONS

Fredric Jameson - Éditions Amsterdam / Les Prairies Ordinaires - octobre 2021 (réédition d'essais traduits de l'anglais [US] par Nicolas Vieillescazes - 576 pp. GdF. 28 €)

Le nom de Fredric Jameson évoquera peut-être quelque écho chez l'amateur éclairé de science-fiction : cet essayiste et théoricien politique marxiste américain, qui a été notamment le maître de thèse de l'écrivain mis à l'honneur dans le présent *Bifrost*, Kim Stanley Robinson, s'est spécialisé dans l'étude du (post)modernisme et des courants culturels contemporains… dont la science-fiction. **Archéologies du futur**, paru en France en deux tomes en 2007 et 2008, a bénéficié cet automne d'une réédition bienvenue en un fort volume.

La première partie, « Le désir nommé utopie », questionne l'invention de Thomas More. Quelle place pour l'utopie au sein de la science-fiction ? Entre les thèmes ouvertement utopiques et ce que Jameson nomme l'élan utopique, il y a un monde (ou plusieurs). Parfois ardemment désirée, parfois réduite au mieux à de douces rêveries irréalisables, au pire à l'antichambre du totalitarisme, l'utopie n'a jamais laissé indifférent, et imprègne les mauvais genres qui nous sont chers. Fredric Jameson en retrace l'histoire, convoquant entre autres auteurs Fourier, William Morris, Stanislas Lem, Ursula K. Le Guin ou Samuel R. Delany, et s'interroge : « *Ne peut-on pas même envisager un degré zéro de l'utopie, une utopie réduite à un contenu incontestablement valide pour toutes les sociétés ?* » Cette première partie est rien de moins qu'imposante et touf-

fue. Docte dans le ton (ou bien excessivement touffue, c'est très possible aussi), cette première moitié nécessite d'une part une connaissance préalable des œuvres abordées — Jameson n'en fournit les résumés que rarement — et d'autre part un cerveau bien accroché, pour suivre les réflexions de son auteur au fil des treize chapitres. Stimulant intellectuellement, le jeu en vaut toutefois la chandelle.

La seconde partie, « Aux confins de la pensée », consiste en une série d'articles indépendants écrits au fil des décennies, et abordant plus spécifiquement certains aspects d'auteurs d'Imaginaire : la lutte des classes au travers de l'allongement de la durée de vie chez Heinlein, les implications du voyage spatial dans **Croisière sans escale** d'Aldiss, ou encore l'utopie martienne de Kim Stanley Robinson… Pas moins intéressants et fouillés que la première partie, ces articles ont le mérite de ne pas mettre autant en surchauffe le cerveau du lecteur.

Au rang des regrets : une mise à jour des références bibliographiques, à l'occasion de cette réédition, aurait été bienvenue, bon nombre de romans cités ayant été traduits depuis la prime traduction de cet essai. Reste un ouvrage ardu quoique passionnant, se prêtant volontiers à la relecture, et que l'on conseillera essentiellement aux passionnés et érudits du champ SF.

Erwann Perchoc

APRES

Stephen King - Albin Michel - novembre 2021 (roman inédit traduit de l'anglais [US] par Marina Boraso - 336 pp. GdF. 20,90 €)

Quelques mois seulement après la sortie du recueil de nouvelles **Si ça saigne** (cf. *Bifrost* n°103), l'inépuisable (et pourtant plus que septuagénaire) Stephen King réapparaît en librairie avec cette fois-ci le romanesque **Après**. « Après quoi ? » pourront être tentés de se demander les moins au fait de l'auteur

de **Ça**. Quant à ses fidèles, sans doute s'empresseront-ils de s'imaginer que l'après dont il est ici question se situe quelque part au-delà du dernier souffle. Supposition des plus justes puisqu'avec ce nouveau roman, Stephen King revient à l'un de ses motifs fétiches : celui des spectres et des liens qu'entretiennent avec eux certains des vivants. Jamie Conklin, narrateur et protagoniste d'**Après**, s'inscrit en effet dans la longue lignée des médiums kinguiens capables d'entrer en contact avec les défunts. Ce que révèle Jamie au début d'un texte prenant la forme d'un autobiographique retour sur ses enfance et adolescence : « *Alors oui, je peux voir les morts. D'aussi loin que je me souvienne, il en a toujours été ainsi.* » Un don auquel s'ajoute encore celui de pouvoir communiquer avec les défunts, puisque le livre nous dévoile que les morts parlent, contrairement à ce qu'affirme l'adage mafieux.

De criminels, il est d'ailleurs question dans **Après**, ouvrage témoignant à nouveau de l'appétence de Stephen King pour le polar. Un genre qui ne réussit certes pas toujours à l'auteur, comme le prouvent sa catarrheuse trilogie « **Mr. Mercedes** » et le pareillement poussif récit *« Si ça saigne »*. Mais il est parfois arrivé à Stephen King de marier avec plus de bonheur sa mythologie fantastique à celle du roman noir. Il en alla ainsi de **L'Outsider** (cf. *Bifrost* n° 95). Et tel est heureusement le cas d'**Après**, dont les éléments inspirés des annales policières — s'y dessine notamment la silhouette d'Unabomber — sont heureusement relus à l'aune du surnaturel. Puisque Jamie aura plus d'une fois l'occasion d'user de ses talents de voyant lors d'affaires criminelles, dont on ne dira rien de plus, histoire de ne pas divulgâcher…

Séduisant, **Après** l'est d'autant plus que Stephen King y écrit d'attachante manière à la fois une nouvelle page de sa comédie humaine et de son histoire personnelle des États-Unis. Cette confession de Jamie oscillant entre l'extraordinaire et le banal compose ainsi un véritable récit d'initiation. Que celle-ci consiste en la confrontation avec un Mal absolu [1]

(1). Un Mal qui n'est, par ailleurs, pas sans rappeler celui mis en scène dans « *Willie le Zinzin* », une nouvelle inédite de Stephen King publiée dans *Bifrost* n° 104. *[NdA]* tapi de l'autre côté de la mort, ou bien en la découverte finale d'un secret de famille pas moins troublant à sa prosaïque manière… De cette énigme *in fine* percée on ne dira rien, si ce n'est qu'elle trahit un dérèglement familial faisant écho à ceux affectant collectivement les États-Unis. À l'instar de la crise de 2008 qui pèse sur les personnages d'**Après** à la façon d'un fatum moderne.

Certes moins spectaculaire que les fresques qu'étaient **Sleeping Beauties** (cf. *Bifrost* 91) et **L'Institut** (cf. *Bifrost* n° 99), **Après** s'inscrit à son intimiste manière parmi les récentes réussites du maître de Bangor. Espérons qu'il en ira ainsi de son prochain opus VO, **Fairy Tale** (on devrait lire ici, entre-temps, **Billy Summers**), dont la sortie est d'ores et déjà annoncée en septembre 2022. N'écrivait-on pas au début de cette chronique que Stephen King est infatigable ?

Pierre Charrel

LE COMBAT DES OMBRES
OLANGAR T. 3

Clément Bouhélier - Critic coll. « Fantasy » - novembre 2021 (roman inédit - 688 pp. GdF. 24 €)

À la fin d'**Olangar - Une cité en flammes** (cf. *Bifrost* n°100), la cité éponyme tombait aux mains de ses soi-disant alliés, les Duchés, aidés par le Groendal, un parti politique xénophobe local. **Le Combat des ombres**, ultime volet de la trilogie « **Olangar** », montre les horreurs de l'occupation et à quel point l'inévitable libération laissera un goût amer à des héros vieillissants et parfois au bout du rouleau, contraints à des compromis, voire des compromissions, qui auraient été inacceptables pour leurs versions plus jeunes et idéalistes. L'auteur n'a pas choisi la voie de la facilité pour son dispositif narratif, à savoir le récit, a posteriori, des événements les plus marquants de cette année fatidique, rédigé par une personne dont l'identité ne se dévoilera que sur la fin.

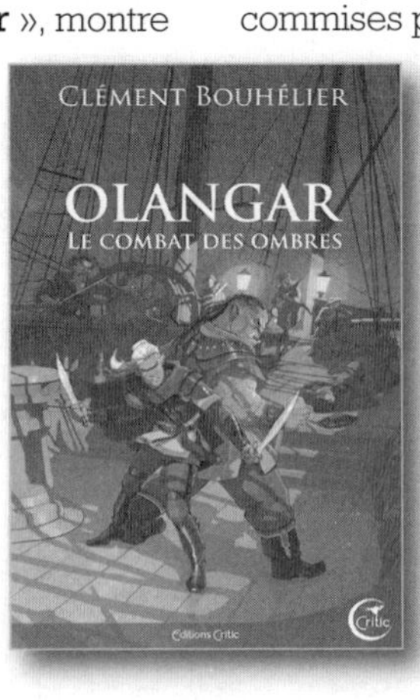

Un récit qui fait des allers-retours dans le temps, recourant à quelques prolepses et de nombreuses analepses. Si l'ensemble se suit sans peine, il donne aussi le sentiment d'être parfois inutilement convoluté, quand bien même il s'avère plutôt rythmé, et traversé par une intensité dramatique souvent considérable. On signalera d'ailleurs que ce troisième tome est plus noir que les précédents, et que sa fin est tout spécialement amère — ce qui participe d'ailleurs à sa puissance.

Bans et barricades (cf. *Bifrost* n°93) n'était pas dépourvu de manichéisme ou de naïveté politico-idéologique. Bouhélier n'a pas manqué de nuancer sa palette dans les volumes suivants. De même, si la description de l'occupation de la ville, très convenue (ghetto, camp de travail, rationnement, arrestations et exécutions sommaires, journalistes muselés, etc.), sujet central de ce troisième opus (comme la lutte sociale était celui du premier et l'écologie/les méfaits du capitalisme débridé ceux du deuxième), ne fait pas l'impasse sur des stéréotypes quand sont décrites les exactions des nervis d'extrême-droite du Groendal, elle s'accompagne *surtout* de nuances dans le camp d'en face. Qu'il s'agisse de la résistance intérieure, menée par les nains et divisée sur la marche à suivre, ou d'éléments extérieurs, comme Evyna et ses compagnons d'armes, le tableau brossé n'a, cette fois, pas grand-chose d'idéalisé et encore moins de manichéen. Car pour gagner, des exactions (notamment un massacre dans un manoir), des trahisons devront *aussi* être commises par le camp des justes, et ceux-ci devront nouer des alliances politiques et commerciales, et parfois les cacher au peuple, afin que celui-ci survive aux pénuries. Lucide, l'auteur conclut que le vrai et éternel vainqueur reste le capitalisme et les élites bourgeoises et nobiliaires.

Par sa puissance dramatique et sa clairvoyance dans la description de la façon dont un mouvement de Résistance devra parfois renier ses propres valeurs pour assurer une certaine forme de victoire, **Le Combat des ombres** est un remarquable point final à la trilogie **« Olangar »**, sans conteste une référence, désormais, en *fantasy* industrielle et politique.

Apophis

À L'ASSAUT DU CIEL
ANTHOLOGIE D'IMAGINAIRE COMMUNARD

Proposé par Jean-Guillaume Lanuque - La Clef d'Argent - novembre 2021 (anthologie inédite réunissant 18 récits, préface de Philippe Videlier - 374 pp. semi-poche, 19 €)

À l'occasion du cent-cinquantenaire de la Commune insurrectionnelle de Paris, Histoire et littératures de l'Imaginaire entrent en résonance avec le désir d'utopie exprimé lors de cet événement historique. Si elle fut à n'en pas douter le théâtre d'une tragédie funeste, la Commune est également l'objet d'une passion franco-française dont le retentissement a marqué durablement les mémoires du socialisme international, au point d'en devenir un marqueur fort durant des décennies, avant de se voir ravir la première place par la révolution bolchevique.

La littérature ne pouvait évidemment pas faire l'impasse sur les perspectives romanesques de l'événement, y compris dans l'Imaginaire où l'utopie des communeux a également infusé, mettant à profit le fameux « Et si ? » spéculatif tant prisé par les amateurs de science-fiction et d'uchronie. On renverra les curieux vers le cycle des **« Futurs mystères de Paris »**, de Roland C. Wagner, ou vers **La Lune seule le sait**, de Johan Heliot, pour ne citer de mémoire que ces deux références. La présente anthologie en propose une nouvelle déclinaison en dix-huit textes qui, s'ils ne suscitent pas tous l'enthousiasme, voire même un embryon d'émotion, n'en demeurent pas moins une tentative honorable de rendre hommage à cet épisode de l'histoire de France et de la mémoire populaire.

Paradoxalement, ce sont les préface et présentation de Philippe Videlier et Jean-Guillaume Lanuque qui retiennent l'attention, les textes rassemblés ne présentant pas toujours un intérêt incontestable. Selon les goûts des uns et des autres, on appréciera ou pas les propositions des auteurs, s'agaçant de voir l'événement réduit exclusivement à la « Semaine sanglante » et à quelques figures historiques majeures. Mais c'est surtout le peuple qui pointe aux abonnés absents, un comble pour un épisode où il se fait le principal acteur de son histoire…

Entre science-fiction, *fantasy*, fantastique et uchronie, on croise ainsi la route de Louise Michel, la « Vierge rouge » de la Commune, mais aussi d'Arthur Rimbaud, Jules Allix, militant socialiste et féministe, expérimentateur d'une méthode de communication mettant à profit les supposés liens télépathiques entre les escargots, Louis Rossel, le hussard rouge de la République sociale, et bien entendu Adolphe Thiers, leur Némésis à tous. On côtoie également quelques créatures issues de l'imaginaire, le comte de Maldoror retranché dans un palais du Louvre transformé en antre du Mal, des dragons, des zombies, un alchimiste immortel et tout le petit peuple de la féerie assemblé en embuscade. En dépit des promesses, on reste hélas dubitatif, partagé entre l'envie d'y croire et l'impression que tout cela est très sage, voire un tantinet terne, l'utopie demeurant dans un angle mort de l'anthologie, à quelques exceptions près.

Des dix-huit textes inscrits au sommaire, on n'en retient finalement qu'une poignée. *« 1871 - Je suis de ce parti dangereux qui fait grâce »*, de Fabien Clavel, reprend ainsi le personnage d'Anatole Ragon, le protagoniste de **Feuillets de cuivre** (critique in *Bifrost* n°81) nous embarquant dans une enquête alchimique qui voit les rêves d'immortalité des uns et des autres s'envoler en fumée. En lisant *« Rosa »*, de Marc Danrémont, on cherche à discerner le vrai du faux dans un jeu de dupes entre IA batailleuses. On frémit d'effroi devant les visions surréelles d'Abraxas, *« Le Sang des cerises »* nourrissant cependant encore l'espoir de lendemains qui chantent, en dépit de la tristesse et du deuil. On frissonne devant le futur dystopique dépeint par Maël Garnotel dans *« Un crachat rouge et noir »*, la lutte des classes s'y poursuivant encore et toujours malgré l'épuisement des ressources. Heureusement, on s'amuse beaucoup des univers parallèles avec *« Adolphe mon amour »*, de Nagan Lenec, espérant voir tous les possibles du multivers s'effondrer en une seule réalité socialiste. De son côté, *« En commun »*, de Martin Zeugma, nous émeut d'une variation douce-amère autour du paradoxe du grand-père. Enfin *« Le Hussard rouge »*, de Louis-Xavier Pérez, revisite le personnage historique de Louis Rossel à l'aune d'une uchronie dynamique et revigorante, où la République sociale finit par triompher de la réaction et des Prussiens.

Si **À l'assaut du ciel** ne tient pas toutes les promesses esquissées par un paratexte stimulant, l'anthologie n'est pas non plus une déception complète. Sept textes retiennent ainsi véritablement l'attention. Bien peu pour en faire un incontournable, sans doute, mais pas au point de remiser l'ouvrage dans les poubelles de l'Histoire (comme dirait l'autre)… ou d'ailleurs.

Laurent Leleu

SPAM

Jacques Mucchielli - Les Règles de la Nuit - décembre 2021 (recueil partiellement inédit - 272 pp. semi-poche, 15 €)

Dix ans. Dix ans déjà que Jacques Mucchielli nous a quittés. Trop tôt, beaucoup trop tôt (il avait 34 ans). Laissant derrière lui un roman fantastique, **Sur le fleuve**, et de nombreuses nouvelles, dont bien entendu celles qui constituent le corpus de « **Yirminadingrad** » (du nom de cette ville imaginaire située en Europe de l'est, au bord de la Mer Noire), pur chef-d'œuvre convoquant un peu tous les genres, de la science-fiction au polar en passant par la littérature sociale et politique. Le tout coécrit avec Léo Henry, son compère de toujours, qui est à la baguette de cet élégant recueil publié par la micro-structure des Règles de la Nuit, située à Strasbourg, et bénéficiant d'une préface de Maheva Stephan-Bugni, sous forme d'émouvante nouvelle/portrait qui, l'espace d'un instant, nous donne à partager quelques moments (réels ? inventés?) de la vie de Jacques. Les textes, brièvement présentés par Léo Henry, sont pour partie inédits. Mucchielli s'y met du reste en scène, en compagnie de Henry, dans le très second degré et fort jouissif *« Journal anticipé d'un écrivain mythomane »*, décrivant leur parcours parallèle vers la célébrité et la réussite sociale, et la jalousie qui en découle forcément. Une satire grinçante qui tranche nettement avec le ton beaucoup plus dramatique des autres textes. Car, dans *« Spam »*, le marketing est devenu viral, il est injecté dans le sang via des moustiques transgéniques — et encore, on ne parle là que d'applications civiles… *« Shrapnel memento »* traite aussi de la guerre, au travers d'un récit déconstruit qui glace le sang. *« Le Sixième sens »* convoque une figure classique du fantastique, pour mieux la projeter dans un univers moderne… Enfin, Paris est le personnage principal de deux textes : *« Il est cinq heures… »*, à la structure étonnante, et *« Ce qu'ils savent de Paris »*, à l'atmosphère ténébreuse… On retrouve dans ces différents textes ce qui fait la force de Yirminadingrad : une narration au plus près de l'humain, des petits bouts de vie, à la fois insignifiants et primordiaux, une vision de la détresse sans misérabilisme et avec une force impressionnante. Le matériau humain est travaillé à la manière d'un sculpteur qui y projetterait toute sa volonté créatrice, comme l'est la langue, splendide, puissante, envoûtante… L'auteur n'oublie pas de se lancer aussi quelques défis oulipiens, comme la construction de certains textes, ou *« L'Or des fées »*, qui mélange allègrement les genres. On y trouve aussi un très beau texte du corpus de « **Yirminadingrad** », un splendide hommage au Ballard de **Vermilion Sands**, paru dans les pages de *Bifrost*, et un commencement de roman fantastique et anorexique, illustré par Caroline Vaillant, qui partageait l'existence de l'écrivain, et à la mise en page étonnante. Signalons pour finir que la couverture de ce livre est signée Stéphane Perger, qui fut également co-auteur pour « **Yirminadingrad** », puisque pour le dernier tome de la série, **Adar**, ses illustrations ont inspiré d'autres écrivains afin qu'ils racontent leur vision de la ville, et l'on comprendra que ce recueil est définitivement une affaire de famille, celle qui, dix ans après, n'a toujours pas su se consoler de la disparition prématurée de cette voix tellement attachante qu'était Jacques Mucchielli. On espère que cette famille se découvrira de nouveaux membres à la lecture de **Spam**.

Bruno Para

SUBTIL BÉTON

Les Aggloméré.e.s - L'Atalante, coll. « La Dentelle du Cygne » - janvier 2022 (roman inédit - 432 pp. GdF. 21,90 euros)

Subtil béton, c'est avant tout une aventure humaine, et la formule n'est pas ici galvaudée : fruit d'un travail d'écriture collective entamé en 2007, c'est près de soixante-dix personnes qui, de près ou de loin, dans l'écriture ou la logistique, furent impliquées dans ce projet. Quinze ans plus tard, la publication de ce livre en est un (premier ?) aboutissement.

L'élégante couverture reprend des motifs de la carte « type IGN », incluse dans la troisième de couverture, et qui promet à elle seule de longs moments d'observation, de déambulation, de découvertes, jusqu'à se perdre dans son urbanisme tentaculaire.

Dans une ville portuaire fictive de la façade Atlantique, au passé négrier, des mois de troubles durant l'année 2037 aboutissent à une insurrection. La riposte du pouvoir sera brutale et sanglante, puis sournoise et diffuse, sans jamais se départir totalement d'une violence frontale… Mais alors, une énième dystopie sur la société du contrôle ? Assurément, mais bien davantage aussi. Car un souffle novateur est porté par cette expérience totale.

Chroniques de l'après-écrasement — pour preuve, l'insurrection est traitée en une trentaine de pages —, de la mise en place de stratégies de survie, l'une des problématiques déployées par les Aggloméré·e·s est celle de l'amitié politique, évoquée dès les premiers chapitres. De discussions interminables en débats frustrants, c'est toute la fragilité de l'organisation collective qui est décrite. Ce qui la rend aussi belle et nécessaire.

Par sa vision d'un futur proche et totalitaire, comme dans son côté choral, **Subtil béton** ne manque pas de faire penser aux **Furtifs** d'Alain Damasio (cf. *Bifrost 95*), mais en plus fin politiquement, en plus ciselé dans la polyphonie (polyphrénie, dirait Damasio), bref, en plus… subtil !

Vous remarquerez peut-être un changement de « plume » lors du passage d'un personnage à une autre. Auquel cas, vous aurez été piégé par vos projections, car l'aspect « collectif » de l'écriture fut total. Chaque page fut retravaillée des dizaines de fois, par un nombre incalculable de personnes. Au fil des parties, les chapitres passent d'individualisés (un prénom) à collectifs (plusieurs prénoms), pour finir par une anonymisation (plus de prénoms). Le fond et la forme en osmose, la construction du livre comme mise en œuvre du projet politique porté.

Au-delà de la carte déjà évoquée, un site internet permet de prolonger l'expérience, regorgeant d'anecdotes sur l'élaboration du livre et de ressources ayant servi à la nourrir. Le tout, tournant autour de l'écriture et de la lutte. Tel est *in fine* l'objet de **Subtil béton** : l'écriture pour la lutte, la lutte par l'écriture. La fusion de l'intime et du politique.

Un livre important, à partager pour en faire un support de lecture collective — quel plus bel hommage ?

Mathieu Masson

L'HOMME-CANON

Christophe Carpentier - Au Diable Vauvert - janvier 2022 (roman inédit - 256 pp. GdF. 17 €)

Initiée en 2008 avec la publication de **Vie et mort de la cellule Trudaine** (cf. *Bifrost* n° 52), l'œuvre de Christophe Carpentier s'enrichit en cette année 2022 d'un neuvième opus, **L'Homme-canon**. Avec celui-ci, l'auteur des « space-odysséens » **Mur de Planck I** et **II** (cf. *Bifrost* n° 82 et 86) s'affirme de nouveau comme un redoutable praticien d'une anticipation à la fois spéculative et critique dont avait aussi témoigné son récent **Cela aussi sera réinventé** (cf. *Bifrost* n° 100).

L'Homme-canon se déroule en 2069, dans une France désormais régie par la VIe République. Celle-ci fut le fruit d'une série d'événements initiée dans notre trouble présent, aboutissant en 2054 à une situation ainsi résumée par un personnage : « *C'était la merde à tous les niveaux, tant médical, social, économique que climatique, et le chaos dans toutes les têtes.* » Au plus fort de cette crise polymorphe, comme de ce désarroi existentiel, s'organisa un Gouvernement d'Urgence Nationale — le G.U.N. Ostensiblement agressif, l'acronyme tint en quelque sorte lieu de programme à un pouvoir (classiquement) liberticide, s'employant à éteindre les désordres d'une façon quant à elle assez inédite. Une fois assuré du strict contrôle de l'ensemble des médias, le G.U.N fit en effet de ces derniers les fondements d'une « *ère de propagande pédagogique et culpabilisatrice* ». N'autorisant que la seule diffusion de reality-shows sulpiciens sur « *les Forces de l'Ordre, les Militaires, les Éboueurs, les Sages-femmes, les Urgentistes, les Aides-soignants, les employés des Associations caritatives, les Assistantes Sociales, etc.* », le G.U.N dessina un nouvel horizon politique. Ce dernier s'incarnant dans la devise de la VIe République, « *Responsabilité-Empathie-Maturité* », qui se substitua au « *triptyque éculé Liberté-Égalité-Fraternité* » ainsi que le qualifie, là encore, l'un de ces Français du futur imaginés par l'auteur.

Telle est donc la France d'après-demain dans laquelle un certain Bastien Lebaye prétend s'essayer au métier donnant son titre au roman, ou plutôt à la pièce de théâtre qu'est en réalité **L'Homme-canon**. Rompant en effet avec la narration romanesquement omnisciente caractérisant ses livres précédents, Christophe Carpentier fait ici le choix de composer une œuvre exclusivement dialoguée, s'articulant en scènes qu'émaillent des didascalies. Efficacement servi par une ironie oscillant entre celles de Swift et du stand-up contemporain, ce parti-pris d'écriture convainc d'autant plus que le monde qu'il restitue est lui-même fondamentalement théâtralisé. Notamment du fait de l'action aliénante d'une inédite « démocrature » qui use comme arme de domination massive d'une télé n'ayant de « réalité » que le nom. Une dramatisation du réel que se propose de contrecarrer Bastien selon une praxis dont l'on ne révélera rien. Car la puissance d'impact de **L'Homme-canon** tient aussi à un art certain de la surprise…

Croisement ô combien stimulant entre univers dystopique et écriture théâtrale, **L'Homme-canon** confirme la singulière fécondité de Christophe Carpentier au sein de la SF francophone.

Pierre Charrel

AFTERLAND

Lauren Beukes - Albin Michel Imaginaire - janvier 2022 (roman inédit traduit de l'anglais [Afrique du Sud] par Laurent Philibert-Caillat - 512 pp. GdF. 24 €)

2020. Un nouveau virus apparaît, bénin pour les femmes mais provoquant un cancer de la prostate chez les hommes de tout âge, enfants et adolescents compris. Bilan : 3,2 *milliards* de morts ; moins de 50 millions de survivants. Qui, du coup, acquièrent un statut très spécial : les fanatiques religieuses veulent terminer le travail entamé par leur

Dieu, les mères/sœurs/compagnes cherchent leur présence pour compenser la perte de l'être aimé, le gouvernement veut les protéger à tout prix afin de décoder le mécanisme de leur immunité. Sans oublier certains individus sans scrupules désireux de commercialiser leur semence, d'autant plus monnayable au marché noir que la Reprohibition interdit toute conception en l'absence d'un vaccin.

2023. Miles, fils ado de Cole, une sud-africaine, est ainsi sur le point d'être kidnappé et vendu *par sa propre tante* à une riche investisseuse. Quand Cole découvre le projet de sa sœur, elle l'assomme, la laisse pour morte, s'enfuit de la base militaire où la famille était hébergée et cherche à traverser les USA d'une côte à l'autre en quête d'un bateau pour son pays d'origine. Or Billie, ladite sœur, a survécu. Épaulée par deux tueuses au service de sa patronne, elle tente de rattraper l'enfant…

Le récit est divisé en trois parties : la première moitié décrit la phase initiale de la fuite, montre, via des analepses, comment les personnages et le monde en sont arrivés là, et alterne les points de vue de Billie, Cole et Miles, déguisé en fille pour sa propre sécurité et rebaptisé Mila. Un court intermède s'ensuit, essentiellement un déballage d'infos sur le virus. Dans la seconde moitié, Cole, entrée dans une secte axée sur la repentance pour atteindre Miami, devra faire face à la crise d'adolescence de son fils et au fait que ce dernier adhère *sincèrement* au credo du culte.

Afterland n'est pas un mauvais roman : l'autrice a du métier, et son style caustique fait mouche, du moins dans la partie initiale. Car dans la seconde, hélas, s'éloignant des questions sociétales soulevées (notamment liées au fait qu'une société presque dépourvue d'hommes n'en est pas pour autant idyllique), le récit tombe dans le rebattu du mal-être adolescent et la vulnérabilité aux promesses de salut sectaires, le tout plombé par un rythme atone et une fin banale à la prévisibilité affligeante. Demeure une première partie, on l'a dit, mais qui à elle seule, pour rythmée — voire haletante — qu'elle soit (paradoxalement, on s'inquiète davantage pour le sort de Billie que pour celui de Cole/Miles !), ne justifie pourtant pas que, comme Stephen King, on qualifie ce livre de « *thriller splendide* ». Sans compter le fait que les thématiques de fond sont abordées de façon trop superficielle, et surtout que le *road trip* à travers les USA impliquant un adulte et un enfant dans un contexte post-apo sent le réchauffé, pour dire le moins. Demeure un livre qui n'est sans doute pas sans intérêt, même si celui-ci s'avère assez mince…

Apophis

L'EQUATEUR D'EINSTEIN

Cixin Liu - Actes Sud, coll. « Exofiction » - janvier 2022 (recueil de 17 nouvelles partiellement inédites traduites (ou révisées) du chinois par Gwennaël Gaffric - 563 pp. GdF. 24,80 €)

Qu'on l'ait lu ou non, tous les lecteurs de SF connaissent au moins de nom Liu Cixin et sa trilogie du « **Problème à trois corps** ». Actes Sud, son éditeur français, continue son travail de découverte en publiant l'intégralité de ses nouvelles en deux volumes dont le premier, **L'Équateur d'Einstein**, vient de paraître sous la direction de Gwennaël Gaffric, traducteur bien connu dans les mondes de l'Imaginaire asiatique. Autant le dire tout de suite, comme toujours dans ce genre d'exercice, on a raclé les fonds de tiroir. Et si certaines nouvelles valent vraiment le détour, d'autres auraient pu rester dans les grottes de l'oubli sans aucune hésitation. Mais pour ceux qui aiment le travail de Liu Cixin, la lecture de cet ouvrage sera l'occasion de découvrir la maturation d'une pensée et l'évolution de sa mise en fiction.

La matière essentielle qui transparaît dans la majorité des textes composant ce recueil, c'est assurément la science. Liu Cixin est un admirateur de ce dont l'humanité est capable. Par l'imagination, par le travail, elle atteint des sommets qui peuvent bouleverser l'existence de toute la planète, en bien comme en mal. Les scientifiques de *« Aux confins du microscopique »* en sont la preuve, avec leur invention d'une puissante machine qui aura des effets immédiats et catastrophiques sur la planète et ses habitants. Ou celui du *« Battement d'ailes d'un papillon »*, petit texte mettant en scène cette théorie un temps très à la mode : le personnage principal tente de protéger son pays des bombardements ennemis en modifiant les conditions climatiques régnant sur sa ville. En tout cas, la science et son corollaire, la connaissance, sont l'alpha et l'oméga pour lesquels on doit être prêt à donner sa vie : la nouvelle éponyme en donne un exemple inspiré.

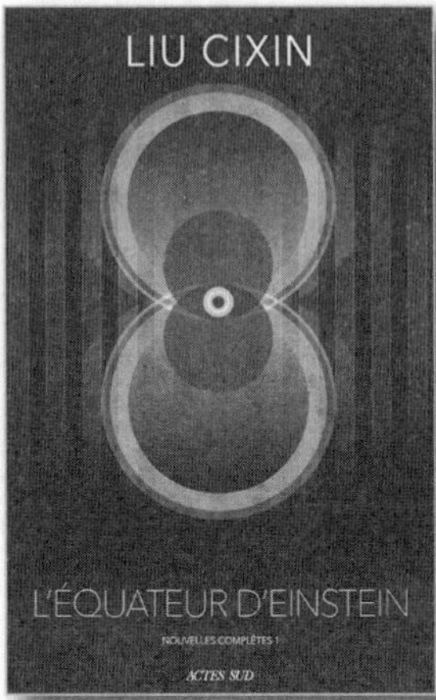

Mais Liu Cixin est aussi impressionné par l'espace et sa vastitude, le soleil et sa puissance. Et les dangers qu'ils représentent. Dans plusieurs nouvelles, il met en scène une humanité confrontée à son étoile et à ses sautes d'humeur. Les flashs solaires peuvent avoir des conséquences terribles pour les Terriens. Les solutions imaginées à ce problème sont multiples : dans le *« Micro-Âge »*, ce sont des arches construites pour trouver une autre planète… en vain. Heureusement, un autre tour a été mis en œuvre avec succès. Dans *« Terre errante »* (déjà publié aux mêmes éditions Actes Sud de façon autonome et étrillé de belle manière dans le *Bifrost* n°98), Liu Cixin transforme la Terre elle-même en gigantesque vaisseau lancé hors du Système solaire. Vertigineux, mais raté. Car, et l'on touche là l'un des défauts essentiels de Liu Cixin : il peine à créer des personnages en relief. Une réserve majeure qui tend toutefois à s'atténuer à mesure que l'on progresse dans le recueil, et que l'émotion reprend ses droits, entre autres quand l'auteur rend hommage aux personnes les plus modestes parvenant à réaliser de grandes choses. Le jeune paysan du *« Soleil de Chine »* ira jusque dans les étoiles. L'enseignant de *« L'Instituteur du village »* sauvera, sans même le savoir, l'humanité tout entière.

L'Équateur d'Einstein peut s'avérer une bonne entrée dans l'œuvre de Liu Cixin. Il faut juste s'armer de patience — et de bienveillance — pour en profiter, quitte à faire l'impasse sur certaines nouvelles bien anecdotiques. Car nombre de récits émerveillent, tant ils nous permettent de voyager, de rêver, de s'élever.

Raphaël Gaudin

UNLOCKING THE AIR

Ursula K. Le Guin - ActuSF, coll. « Perles d'épice » - janvier 2022 (recueil de nouvelles inédit traduit de l'anglais [US] par Erwan Devos et Hermine Hemon - 344 pp. GdF. 20,90 €)

Si vous pensiez Ursula K. Le Guin une autrice avant tout de *fantasy* (« **Terremer** ») ou de science-fiction (le cycle de « **l'Ekumen** »), gageons que ce recueil pourrait vous faire changer d'idée. Inédites en France, les dix-huit nouvelles qui composent l'ouvrage ont à l'origine été écrites entre 1982 et 1995. Et elles n'appartiennent pas, pour une bonne moitié, à nos registres habituels, mais sont bien ancrées dans la réalité. À l'exception de la nouvelle quasi-titre (*« La Clef des airs »*) faisant suite à des écrits antérieurs, et qui, de fait, peut perdre le lecteur n'ayant pas les références, toutes sont indépendantes de ses autres œuvres. Et toutes sont ancrées sur cette bonne vieille Terre : vous n'y voyagerez pas dans l'espace ou sur des planètes étranges. Même quand elle fait appel aux mythes (*« Une épouse enfant »*) ou aux contes de fées (*« Le Braconnier »*),

Le Guin reste centrée sur son sujet : l'humain et les relations qu'elles et ils tissent avec les autres au fil de leur vie. Que ce soit en faisant appel à la science-fiction (*« Quatre heures et demie »*, qui imagine les mêmes personnages à la même heure dans huit univers différents), à la *fantasy* (*« Anciens »*) ou au fantastique (*« Les Cuillères de la cave »* ou *« Ether, ou »*, avec sa petite ville typique du Midwest mais itinérante), l'autrice plonge son lecteur, l'espace de quelques pages, dans la vie de ses personnages, que ceux-ci ne partagent qu'un moment fugace ou, au contraire, qu'ils déroulent leur vie entière.

Surprenantes de brièveté (certaines font moins de cinq pages), ces nouvelles étonnent également par leur variété de ton. Ainsi *« Ruby sur la 67 »* commence de façon très prosaïque avant de s'évader vers la nostalgie. *« La Femme sage »* relève presque du poème en prose, tandis que *« Limberlost »* renvoie au journal intime proche de la *beat generation*. Mais c'est *« Tenir ses positions »*, avec son récit choral d'une scène toute simple, qui remporte la palme du récit à la fois le plus factuel et le plus fort de l'ensemble. Même si, pour le coup, ce dernier se situe totalement hors champ de l'Imaginaire.

À picorer ou à lire d'une traite, **Unlocking the Air** est en tout cas un bel ouvrage et une introduction intéressante à l'œuvre d'Ursula K. Le Guin.

Stéphanie Chaptal

AUSTRAL

Paul J. McAuley - Bragelonne, coll. « Bragelonne SF » - janvier 2022 (roman inédit traduit de l'anglais [GB] par Sébastien Baert - 384 pp. GdF. 20 €)

Si l'on fait abstraction de la novella **Le Choix** (2016, critique in *Bifrost* n°82), éditée au Bélial' dans la collection « Une heure-lumière », Paul J. McAuley s'est montré plutôt discret dans nos contrées ces derniers temps. Il faut en effet remonter à 2010 pour trouver trace d'un roman inédit, en l'occurrence **La Guerre tranquille** (critique in *Bifrost* n°61), premier épisode d'un cycle éponyme laissé en jachère, faute de succès (chez Bragelonne, comme le présent roman — éditeur assez coutumier du fait). La traduction d'**Austral** apparaît donc comme un retour en grâce, même si la perspective de son adaptation sur le petit écran, annoncée en quatrième de couverture, n'est sans doute pas complètement étrangère à cette initiative…

Délaissant l'échelle cosmique du *space opera*, l'auteur britannique enracine son récit dans le proche avenir, en territoire hostile. Nous nous retrouvons ainsi immergés aux antipodes, en terre Antarctique, à la fin du XXIe siècle. Le changement global impulsé par l'élévation des températures a balayé la planète, bouleversant les milieux bioclimatiques et la géopolitique mondiale. Exit la domination de l'hémisphère Nord, ravagé par les guerres et les catastrophes naturelles. Place aux nations australes, désormais confrontées au défi de l'aménagement de la péninsule Antarctique. Après l'expiration du traité international garantissant le statu quo sur le continent austral, les lieux sont naturellement devenus un enjeu disputé par les uns et les autres. Pendant un temps, les États ont cru pouvoir compenser les déprédations des multinationales contre leur participation à des projets de géo-ingénierie. Les bonnes intentions ont fait long feu face à la tyrannie du court terme et à la course au profit. Les tenants de l'écopoïèse ont ainsi dû remiser leur rêve de démocratie technocratique dans les cartons de l'utopie, laissant en jachère les biomes aménagés sur les terrains découverts par la fonte des glaciers. Leurs enfants huskies, une descendance génétiquement améliorée pour pouvoir vivre au pôle Sud, sont devenus des parias, en butte aux vexations et discriminations de politiques peu enclins à la bienveillance, comme Austral Morales Ferrado a pu le constater dès sa plus tendre enfance. Mais, la jeune husky compte

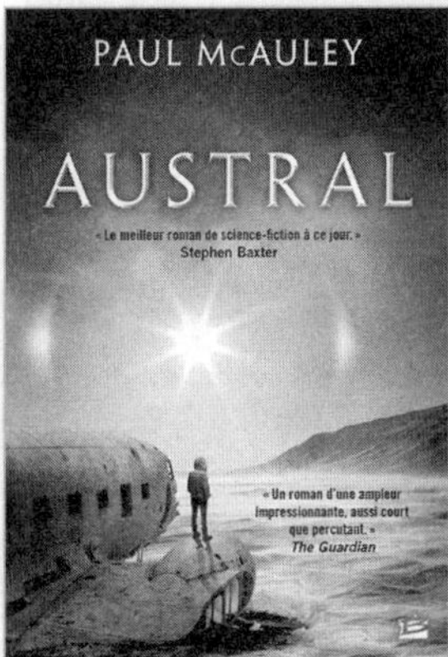

bien prendre sa revanche, mettre à profit le savoir-faire acquis auprès de sa mère, des écopoètes libres et de la pègre locale pour s'affranchir de son existence terne et sans espoir.

Course-poursuite sur fond de moraines glacées et de forêts subarctiques, entrecoupée de digressions en forme de flashback, **Austral** ne déroge pas aux codes et poncifs du thriller. L'amateur de roman noir y trouvera tout ce qui fait le sel de ce genre, en particulier la dimension critique et sociale. Le post-apo' y apparaît presque secondaire. Certes, on croise bien quelques espèces génétiquement transformées pour survivre dans un milieu restant fondamentalement hostile en dépit du réchauffement, notamment des oiseaux et des souris. On côtoie aussi des chimères, en particulier des mammouths utilisés comme animaux de trait. La science-fiction dont se prévaut le roman reste cependant un décor dont Paul J. McAuley tire profit pour dérouler un récit portant surtout sur les conséquences du changement global. De ce point de vue, **Austral** est une réussite, l'auteur proposant une anticipation post-réchauffement très convaincante. Mais les coïncidences paraissent parfois un tantinet forcées, et l'amateur de thriller trouvera sans doute le dénouement inachevé, voire abrupt, la fin restant ouverte.

Austral n'en demeure pas moins un roman efficace, même si parfois un peu trop plan-plan pour susciter l'enthousiasme. Reste la *climate fiction*, assez bien rendue pour séduire l'amateur de ce sous-genre. À voir…

Laurent Leleu

LES TEMPS ULTRAMODERNES

Laurent Genefort - Albin Michel Imaginaire - janvier 2022
(roman inédit - 464 pp. GdF. 22,90 €)

Pour un auteur de science-fiction, ne pas se contenter d'introduire un *novum*, mais en analyser l'ensemble des conséquences, en pleine conscience de tout ce qu'il sait du monde qu'il a créé, revient à jouer au tennis avec le filet relevé — et le spectacle n'en est que plus intéressant, assurait Gregory Benford.

C'est bien le jeu que propose, pour notre plus grand plaisir, le dernier roman de Laurent Genefort, **Les Temps ultramodernes**. Sans qu'il s'agisse véritablement de *hard SF* — encore que — il y explore aussi rigoureusement que possible, tous filets relevés, les conséquences sociologiques, économiques, politiques, psychologiques, linguistiques (j'en oublie sans doute) d'une jolie hypothèse littéraro-physique d'amoureux de la science-fiction : non seulement la cavorite chère à H.G. Wells, l'étonnant matériau anti-gravifique qui avait permis le voyage de **Les Premiers hommes dans la Lune** (1901), existe bel et bien, mais, une trentaine d'années après la profonde révolution industrielle induite par sa découverte, on a pris conscience du fait que sa demi-vie n'était, justement, que d'une paire de décennies…

Les lecteurs de *Bifrost* ont déjà eu l'occasion de découvrir cet univers dans les pages du n°105, avec la nouvelle *« Cavorite »*. Les plus chanceux d'entre eux se seront peut-être aussi procuré **L'Abrégé de cavorologie** (2), dans lequel l'auteur file en quelque détail l'analogie entre sa « cavoradiance », l'émission de « rayons kappa » antigravitatifs, et la radioactivité.

Genefort imagine mille et une applications aussi anecdotiques que facétieuses de la cavorite, du coureur du Tour de France trafiquant son vélo au bouton allégeant les cabas au retour des courses. Mais son effet le plus marquant est d'avoir rendu les planètes accessibles, à bord de vastes paquebots spatiaux…

Mars est habitable, et largement colonisée, pour la plus grande gloire de l'Empire Français. Mais c'est une colonie terne et triste. Bien que libérée de la pesanteur par la cavorite, la France et l'Europe des années 1920 réin-

(2). Hors-commerce mais téléchargeable gratuitement chez l'éditeur : https://www.albin-michel-imaginaire.fr/livre/abrege-de-cavorologie/ *[NdA]* ventées par Laurent Genefort restent celles des Années Folles, scintillantes, libérées et créatives pour quelques privilégiés désabusés, mais aussi, et surtout, travaillées par tout le tragique des premières décennies du XXe siècle, entre guerres, colonialisme raciste, sexisme, crise économique et lutte des classes…

Avec **Les Temps ultramodernes**, l'auteur de **Lum'en** nous offre une uchronie ambitieuse et percutante, comme on n'en avait plus vu depuis le **Rêves de gloire** de Roland C. Wagner. Genefort a fait ses devoirs et réussit non seulement à camper des personnages — commissaires, instituteurs, artistes, anarchistes, journalistes — bien dans l'air du temps, quelque part entre **Le Formidable événement** d'un Maurice Leblanc, **Les Thibault** de Roger Martin du Gard et les **Brigades du Tigre**, mais également à capter la musicalité des mentalités, des discours et des raisonnements de l'époque. Toutefois, si cela fonctionne remarquablement pour les pires salauds — combien d'auteurs sont-ils capables de nous laisser entrevoir la bonne conscience d'un docteur Mengele à la petite semaine ? —, on peine à s'attacher à la poignée de personnages de point de vue (plutôt) positifs de ce roman choral, qui tendent à s'adapter un peu trop facilement et rapidement aux traumatismes qu'ils subissent.

Mais qu'importent les bémols ? Souffle, ambition, acuité : on en redemande !

Éric Picholle

PROLETKULT

Wu Ming - Métailié - janvier 2022 (roman inédit traduit de l'italien par Anne Echenoz - 352 pp, GdF. 21 €)

« Pourquoi avons-nous échoué ? » Telle est la question lancinante qui taraude Alexandre Bogdanov en 1927, à l'occasion des préparatifs de la commémoration des dix ans de la Révolution d'octobre. Telle est l'interrogation qui le bouscule dans ses convictions profondes lorsqu'il y pense. Lui, le révolutionnaire, apôtre d'un socialisme intégral, médecin et philosophe marxiste, compagnon de route et d'exil de Lénine avant de rompre avec le père du bolchevisme, mais aussi écrivain de science-fiction, notamment du roman **L'Étoile rouge** racontant le voyage d'un Terrien sur Mars la socialiste. Lui, le théoricien du Proletkult, ce mouvement d'éducation populaire promouvant une culture littéraire et artistique authentiquement prolétarienne, l'inventeur de la tectologie, cette science universelle de l'organisation, anticipation prémonitoire de la cybernétique. La cinquantaine venue, il ne nourrit désormais plus guère l'espoir de changer le monde, d'impulser un sens plus collectif à l'existence humaine afin de contribuer à l'avènement d'un avenir plus enchanteur. Alors pourquoi cette jeune inconnue l'émeut-elle autant ? Fille d'un ancien compagnon perdu de vue pendant la Révolution et la guerre civile, elle prétend être sa fille naturelle, née de l'union avec une Martienne dont elle partage en partie le patrimoine génétique. Alors, fantasme ou réalité ? L'imagination ayant présidé à l'écriture de **L'Étoile rouge** et dont il tire l'inspiration des propos confus de cet ancien compagnon ne serait-elle pas seulement une chimère ? Même si son pragmatisme le pousse à douter, Bogdanov aimerait tant croire que l'utopie est toujours une option défendable. En dépit des anciens camarades devenus bureaucrates sans état d'âme, en dépit des arrestations de la Guépéou, en dépit du climat de terreur et des menaces de répression qui s'apprêtent à se déchaîner contre les opposants à Staline. Croire encore une fois que l'on peut tout changer, plier le réel aux rêves de rénovation politique, sociale et culturelle. Parce qu'une révolution ne suffit pas. Il en faut cent.

Avec **Proletkult**, les auteurs du collectif Wu Ming renouent avec le procédé de **L'Étoile du matin** (cf. *Bifrost* n°76) où s'entremêlaient les destins de T. E. Lawrence, J.R.R. Tolkien, C. S. Lewis et Robert Graves sur fond de

Première Guerre mondiale. À mi-chemin entre le roman historique et la science-fiction, **Le Docteur Jivago** et **L'Homme tombé du ciel**, ils dépeignent la société soviétique à la croisée des chemins, entre utopie et totalitarisme, s'attachant aux pas d'Alexandre Malinovski Bogdanov. Un franc-tireur, éternel marginal à l'intérieur de son propre parti, un philosophe convaincu du bien-fondé de ses théories, mais aussi un homme fragile, qui doute et aimerait croire que l'on peut amender l'esprit humain dans un sens plus collectif et fraternel. Le personnage nous touche à plus d'un titre, d'autant que l'histoire l'a cruellement touché, lui. Il a connu la clandestinité, traqué par la police du tsar, mais aussi l'horreur de la guerre auprès des combattants russes sur le front des lacs de Mazurie. Il a bataillé au sein du parti ouvrier social-démocrate pour défendre ses idées, avant d'être frappé par la trahison et l'exclusion. Poussé peu à peu dans les coulisses du pouvoir, il n'a pourtant jamais renoncé à ses théories, les appliquant en dernier recours dans le domaine des transfusions sanguines. Son histoire personnelle sert de fil directeur au récit. Mais le roman est aussi celui de sa quête d'un ancien camarade, donnant ainsi substance au récit d'un hypothétique voyage interstellaire et à la possibilité de l'existence d'un paradis socialiste, ailleurs. Support d'un récit empreint d'une émotion pudique et d'un regard désabusé sur l'histoire, **Proletkult** est enfin une réflexion stimulante sur notre modèle politique, social et économique, illustrant une nouvelle fois le projet Wu Ming : opposer mille histoires pour faire face au récit officiel du/des pouvoirs.

Voici donc un roman historique passionnant et une fable faisant écho d'une manière décalée à la SF, du moins dans son acception utopique. On est ainsi tiraillé entre la nostalgie et la tragédie, interpellé par cette question lancinante, la même qui ébranle les convictions des vieux militants du socialisme : pourquoi avons-nous échoué ?

Laurent Leleu

SIMULACRES MARTIENS

Eric Brown - Le Belial', coll. « Une heure-lumière » - janvier 2022 (court roman traduit de l'anglais par Michel Pagel - 136 pp. LdP. 9,90 €)

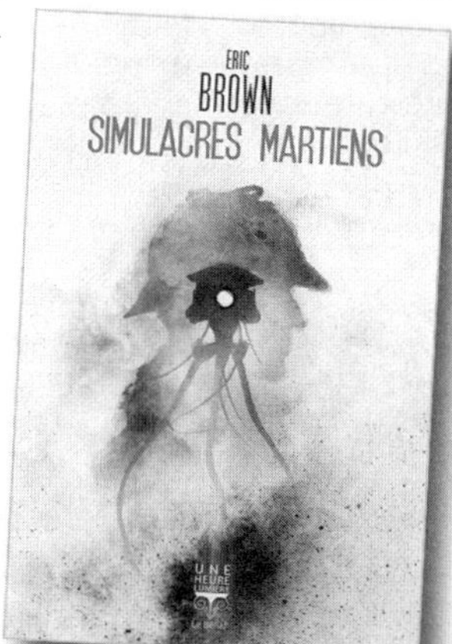

Tout comme Stephen Baxter a écrit une suite (**Les Vaisseaux du temps**) à **La Machine à explorer le temps** de H.G. Wells, Eric Brown a choisi de rayer le mot « fin » et d'imaginer ce qui se serait passé si une deuxième vague de Martiens avait débarqué après les événements contés dans **La Guerre des mondes**. Des Martiens cette fois vaccinés contre les virus terriens, expliquant que leurs prédécesseurs émanaient d'un régime dictatorial et impérialiste qu'ils viennent de renverser, qu'ils sont venus en paix et souhaitent gratifier les humains de leur technologie supérieure. Pourtant, force est de constater que le rapport entre les deux races est celui de suzerain bienveillant à féal satisfait de l'amélioration de ses conditions de vie…

Brown, qui ne s'arrête pas en si bon chemin, recycle aussi les trois héros emblématiques d'Arthur Conan Doyle, mettant en scène Watson (le narrateur), Holmes et son antithèse, le professeur Challenger (on remarquera aussi un clin d'œil de l'auteur à son quasi-homonyme, Fredric Brown). Un an après les événements décrits dans la nouvelle *« La Tragique affaire de l'ambassadeur martien »* (au sommaire du *Bifrost* n°105), qu'il n'est pas nécessaire d'avoir lu pour apprécier **Simulacres martiens**, les extraterrestres font de nouveau appel au célèbre détective pour élucider la mort d'un fameux philosophe… sur Mars. D'emblée, le fait qu'on veuille, peu logiquement, l'attirer sur la planète Rouge, éveille la suspicion de Holmes, sentiment renforcé quand il ne trouve aucune mention du « célèbre » érudit dans les écrits martiens, et qui atteint son paroxysme lorsque Watson est abordé, à la veille du départ, par une charmante jeune femme persuadée que ces Martiens « pacifiques » de la seconde vague ne sont pas ce qu'ils prétendent être… Seul moyen d'en avoir le cœur net : aller sur place !

Précisons que le lecteur s'attendant à une enquête classique de Holmes sera décontenancé par ce texte où le détective, plutôt passif, subit les événements plus qu'il ne les maîtrise. On lui conseillera de se tourner vers la nouvelle susmentionnée, qui, elle, sera tout à fait conforme à ses attentes. Le court roman, lui, est plus axé sur le *sense of wonder* lié à Mars et à ses merveilles technologiques, la découverte d'une incroyable conspiration et une aventure qui n'aurait en rien dépareillé dans un *pulp* de l'âge d'or de la SF, ainsi que sur l'ironie d'une Angleterre, centre d'un empire colonial, qui se retrouve elle-même colonisée par des poulpes d'apparence hideuse. Si l'on sait à quoi s'attendre, aucune raison d'être déçu par ce texte à l'atmosphère plaisante, l'écriture fine et la traduction sans défaut. À un gros détail près, toutefois : la novella se conclut précisément quand la « vraie » histoire est sur le point de commencer. On espère qu'une suite est prévue !

Apophis

LÉNINE A MARCHÉ SUR LA LUNE

Michel Eltchaninoff - Solin / Actes Sud - janvier 2022
(essai inédit - 245 pp. GdF. 21 €)

Le cosmisme. Quel est donc ce courant de pensée qui a traversé les siècles et dont on trouve encore des traces très nettes en Russie aujourd'hui ? Qui en est à l'origine ? Quelle idée promeut-il, et quelle vision de l'avenir ? Quel lien entretient-il avec le transhumanisme ? Telles sont les questions auxquelles s'attaque Michel Eltchaninoff dans ce passionnant petit ouvrage facile d'accès, révélant tout un pan de la culture et de l'idéologie russes méconnu de la plupart d'entre nous.

Tout commence avec Nikolaï Fiodorov, bibliothécaire à Moscou au XIXe siècle, homme à la carrière modeste qui n'en échafaude pas moins une idée qui essaimera pendant des années, voire des siècles. Car ses textes ont été lus par des grands noms, comme Dostoïevski ou Tolstoï. Des auteurs célèbres qui, entre autres, semblent avoir ingéré sa pensée et l'avoir en partie utilisée dans certaines de leurs œuvres. Que professe Fiodorov ? Essentiellement deux points : tout d'abord, il faut faire revivre les ancêtres défunts. Pas seulement par la pensée, mais en réalité : faire revenir les morts d'entre les morts. Ensuite, envoyer l'humanité à travers le cosmos (d'où le nom du mouvement) afin de trouver de la place pour les femmes et les hommes trop nombreux pour la Terre, avec tous ces ancêtres revenus à la vie. Deux lignes directrices fortes que l'on retrouvera de régime politique en régime politique. Et même de pays en pays. Car, comme l'indique le sous-titre, en partant du cosmisme, on arrive au transhumanisme, tellement à la mode de nos jours dans certaine partie des États-Unis d'Amérique. Et on découvre que les gourous américains de cette théorie ont sans doute été influencés, à un moment ou à un autre, par les penseurs russes.

Michel Eltchaninoff est philosophe. Et c'est en philosophe qu'il étudie cette doctrine, ses fondements et, surtout, sa diffusion. En s'appuyant précisément sur des textes, que ce soit chez Dostoïevski (dont il est un spécialiste) ou Poutine (car le maitre du Kremlin a cité dans ses discours des phrases tirées d'ouvrages à tonalité cosmiste), il traque les traces de cet idéal fantasmé. Parfois, il le reconnaît lui-même, le lien est ténu, pas évident à discerner, mais son raisonnement est convaincant. Et il est plaisant de suivre son cheminement de pensée aussi bien dans les domaines philosophiques que politiques. Car en URSS — comment l'éviter ? — tout finit par être politique. Et les partisans du cosmisme, malgré des divergences parfois gigantesques avec la ligne du parti, ont pris leur part dans l'expansion bolchevique et la gloire de ce nouveau et immense pays. Notamment à travers la conquête spatiale, puisque divers scientifiques de renom encore étudiés de nos jours, tel Konstantin Tsiolkovski, y ont trouvé leur place.

Lénine a marché sur la Lune offre un panorama clair et construit d'un mouvement scientifique, métaphysique et mystique, dont les racines s'ancrent profondément dans un pays qui a connu des bouleversements cataclysmiques ces dernières décennies. Un mouvement qui a su évoluer pour essaimer jusqu'à nos jours, et se trouver aux premières places tant pour la conquête spatiale que celle de l'immortalité.

Raphaël Gaudin

DEMAIN LE SILENCE

Kate Wilhelm - Le Passager Clandestin, coll. « Dyschroniques » - février 2022 (réédition d'une nouvelle traduite de l'anglais [US] par Michèle Valencia - 64 pp. Poche. 5 €)

La collection « Dyschroniques » du Passager Clandestin continue de remettre en avant des nouvelles de grandes plumes — parfois injustement oubliées — de la science-fiction, afin d'apporter un regard passé sur le futur... ou plus certainement notre présent. Une qualité certaine de la présente publication est ainsi de permettre une première approche de l'intelligence des textes de Kate Wilhelm, autrice méconnue du matrimoine science-fictionnel, qui a su dépeindre dans ses textes des situations et considérations humaines, environnementales et philosophiques, sans jamais asséner.

Ainsi, dans **Demain le silence** mène-t-elle sa courte intrigue d'une plume efficace : un couple de scientifiques, dont l'équipe est propulsée dans le futur en quête de matières premières à exploiter, est confrontée à une nature sauvage extrêmement silencieuse et pour cause : seules persistent la flore et les champignons. Inquiète du silence régnant dans ces bois — décrits avec un détail synesthésique —, Jan souhaite limiter le plus possible le temps passé dans la forêt, là où son compagnon Loris s'extasie et cherche un moyen d'y fuir leur vie bien cadrée, dans un présent où les arbres, entre autres, ont quasi disparu. Texte très court et saisissant, il n'échappe néanmoins pas à un retournement narratif qui, en 2022, pourrait passer pour simpliste.

Demain le silence peut toutefois constituer une première approche de l'autrice, approche d'autant plus facilitée par le corpus de postface amenant un contexte aussi bien littéraire que théorique autour des thématiques abordées par cette courte nouvelle (une quarantaine de pages) qui encourage à aller plus loin... et peut-être découvrir son seul roman encore disponible en poche : **Hier, les oiseaux** (dont on vous laissera apprécier la couverture au Livre de Poche...) et récompensé par le prix Hugo en 1976. À lire pour (re)découvrir Kate Wilhelm, donc !

Éva Sinanian

L'ENTERREMENT DES ÉTOILES

Christophe Guillemain - Mnémos - février 2022 (roman inédit - 320 pp. GdF. 20 €)

Les éditions Mnémos se font fort de bichonner leurs primo-romanciers et de dénicher des textes à l'atmosphère rare et à la plume singulière. **L'Enterrement des étoiles** est conforme à cette ambition : un titre poétique et une incroyable illustration de couverture signée Felix Abel Klaer.

Christophe Guillemain propose ici un récit de *fantasy* plutôt sombre et présente un univers à la cosmogonie soigneusement élaborée. Les étoiles n'illuminent plus le ciel nocturne de ce monde à l'agonie, même la Lune et le Soleil ont perdu de leur éclat. Dans cette ambiance de fin des temps, seul le sentiment religieux parvient encore à maintenir un semblant d'ordre au sein des populations désœuvrées. Tout est ainsi réuni pour mettre en scène un thème récurrent au genre, celui de la prophétie. D'où la crainte d'une certaine redondance, mais Christophe Guillemain s'en joue allègrement. Car si tout semble avoir été orchestré par avance, l'auteur ne tranche jamais réellement les questionnements de ces personnages sur le caractère irrésistible de ce qui leur arrive. Le mystère est par ailleurs bien aménagé par la répartition de la narration entre les différents protagonistes, dont les parcours convergent vers le théâtre d'évènements décisifs censé leur apporter des réponses. Ainsi l'auteur propose une trame sans ambition démesurée, mais tout à fait efficace : chaque étape apporte au lecteur une pièce supplémentaire de l'ensemble, et le fait cheminer sans encombre vers son dénouement.

On regrettera une certaine faiblesse dans l'écriture des personnages, défaut que l'auteur doit en partie à la volonté d'en mettre plusieurs sur le même plan. Un choix défendable, si l'on estime que ce que Christophe Guillemain perd en empathie pour ses protagonistes, il le gagne en équilibre dans le développement de l'intrigue, au sein de laquelle tous ont un rôle décisif à jouer. Et force est d'admettre qu'il tire pleinement partie de ce dernier aspect en faisant valoir et se confronter des points de vue forts différents, sans être nécessairement concurrents. Guillemain délaisse donc la sempiternelle dichotomie opposant gentils et méchants pour exposer les divers intérêts que chacun s'évertue à défendre.

Le final, fidèle au souci d'efficacité, apporte toutes les réponses aux questions posées. **L'Enterrement des étoiles** fait ainsi partie de ces récits au terme desquels aucun mystère majeur ne demeure. D'aucuns, amateurs de la sensation de ne faire qu'effleurer quelque chose de beaucoup plus grand que ce qu'on leur donne à voir, resteront sur leur faim ; d'autres apprécieront au contraire le voyage pour ce qu'il est, une lecture sans prétention mais à l'atmosphère tout à fait unique qui mérite que l'on s'y attarde.

Camille Vinau

LE SOLEIL DES PHAULNES

Thierry Di Rollo - Le Bélial' - février 2022
(roman inédit - 304 pp. GdF. 14,90 €)

Sur Gobo, les Phaulnes ont bâti au fil des siècles une civilisation utopique. Ayant depuis longtemps rejeté le confort facile mais illusoire qu'offrent la technologie ou la religion, ils mènent une vie simple, en harmonie avec la nature, sa faune et sa flore. C'est ce monde qui a vu grandir la jeune Griddine. C'est ce monde qu'elle va voir disparaître.

La Garmak, la compagnie la plus puissante de l'univers, puise sa richesse dans l'exploitation des étoiles dont elle pompe jusqu'à la dernière parcelle d'énergie. Et Titéo, le soleil de Gobo, est la suivante sur sa liste. Les Phaulnes n'ont d'autre choix que de quitter la planète à bord des vaisseaux affrétés par la Garmak et de refaire leur vie tant bien que mal ailleurs, sans savoir ce qui les y attend. Un destin auquel Griddine ne se résigne pas.

À travers le parcours de son héroïne, Thierry Di Rollo met en scène un univers sans foi ni loi hormis celle du plus fort, une constante dans l'œuvre de l'auteur. La dénonciation à travers le portrait de la Garmak et de son fondateur et dirigeant, Ien Éliki, d'un capitalisme forcené et omnipotent, n'a sans doute rien d'original, mais le romancier en démonte intelligemment les rouages, montre comment chacun de ses maillons interchangeables n'a d'autre choix que de se soumettre pour espérer ne pas être écrasé, et de mettre sa conscience en berne afin de ne pas voir à quelles monstruosités il contribue.

Toutefois, depuis **Drift** en 2014, on note une certaine inflexion chez Di Rollo. Non pas qu'il ait mis de l'eau dans son vin, mais on voit poindre dans ses livres une certaine beauté au milieu d'un océan de noirceur. Dans **Le Soleil des Phaulnes**, c'est même vers elle que tend tout le roman. À la soif de vengeance qui animait ses héros autrefois, l'auteur a substitué d'autres motivations : un désir de justice, aussi dérisoire soit-elle, et chevillé au corps l'espoir de parvenir à s'extraire de l'horreur ambiante pour atteindre une certaine forme de bonheur. Oserait-on parler de *happy-end* pour ce roman ? Oui, à condition de ne surtout pas oublier dans quel contexte et au terme de quel périple il intervient. C'est dire si le bonheur est une chose fragile, incertaine, et ainsi d'autant plus précieuse. Tout comme ce roman.

Philippe Boulier

DE BRINDILLES ET D'OS
LES ENFANTS INDOCILES T. 2

Seanan McGuire - Pygmalion, coll. « Imaginaire » - février 2022 (roman inédit traduit de l'anglais (US) par Benjamin Kuntzer - 224 pp. GdF. 19,90 € (quand même !))

Deuxième tome de la série des **Enfants indociles**, **De brindilles et d'os** s'intéresse aux jumelles Jack et Jill, déjà présentes dans le premier opus (**Les Portes perdues**, évoqué dans les colonnes de notre 105e livraison) puisqu'elles étaient pensionnaires dans l'orphelinat d'Eleanore West. À douze ans, elles ont découvert, dans une malle à vêtements laissée au grenier par leur grand-mère adorée, un escalier descendant vers un monde magique. Rentrées chez elles après cinq années passées dans les Landes, leur retour inattendu avait causé à leurs parents plus d'embarras que de joie. Chester et Serena Wolcott les avaient d'ailleurs remplacées par un petit garçon parfait qui rendait leur famille tout aussi parfaite. En un sens, Jack et Jill avaient servi de brouillon. Personne n'aurait imaginé les Wolcott dans le rôle de parents, encore moins aimants. Ils appréciaient le calme, l'ordre, la routine, leur intérieur impeccable et leurs plates-bandes fleuries. Des aspirations difficilement compatibles avec un enfant, et encore moins deux. Mais avoir un fils, pour Chester, signifiait renforcer ses liens avec ses collègues et supérieurs déjà chefs de famille, et démontrer son sens des responsabilités. Un passeport pour faire décoller sa carrière. Pour son épouse, une fille à admirer renforcerait son prestige social. De très mauvaises raisons pour concevoir un enfant. Les Wolcott tenaient à leur perfection, et pour contrer la déception d'avoir des jumelles, ils assignèrent des rôles bien précis à leurs filles, sans, bien entendu, tenir compte de leur personnalité. À vrai dire, ils n'avaient même pas imaginé qu'elles pouvaient en avoir une. Sous la férule de sa mère, Jacqueline devint une petite princesse, calme, jolie, polie, n'abîmant jamais ses jolies robes. Sous l'influence de son père, Jillian se transforma en un garçon manqué aux cheveux court, joueuse de foot et toujours partante pour une aventure si possible salissante. Seule oasis de bonheur dans cette famille dysfonctionnelle, Louise, leur grand-mère, appelée en renfort à la naissance des jumelles et renvoyée chez elle sans ménagement lorsqu'elles avaient cinq ans.

De brindilles et d'os raconte donc l'histoire de Jack et Jill, de leur conception à leur séjour dans les impitoyables Landes, de leur reconstruction depuis l'enfermement psychologique et social imposé par les parents jusqu'à l'émancipation dans un monde magique où les choix induisent parfois des conséquences mortifères. Dans ce conte contemporain, Seanan McGuire explore avec acuité les relations familiales et l'évolution des rapports entre deux sœurs, ponctués de non-dits, d'un désir de se distinguer et d'un amour inconditionnel l'une envers l'autre. Comme dans le premier volet, la caractérisation des personnages, principaux et secondaires, et la manière dont ils sont écrits constituent une force. Ce court roman pourrait presque se lire indépendamment du premier tome. Cependant, inverser l'ordre de lecture risquerai de gâcher le plaisir du premier. Les illustrations intérieures de Rovina Cai viennent en appui au texte de belle manière, et ont le mérite d'adoucir un prix d'achat toujours élevé — 19,90 euros en version papier et 13,99 euros en numérique. En définitive, **De brindilles et d'os**, plus convaincant que **Les Portes perdues**, donne une furieuse envie de connaître les histoires de tous ces enfants indociles pensionnaires d'Eleanore West.

Karine Gobled

L'ALPHABET DES CRÉATEURS
TERRA IGNOTA T.4

Ada Palmer - Le Bélial' - février 2022 (roman inédit traduit de l'anglais [US] par Michelle Charrier - 544 pp. GdF. 24,90 €)

Ada Palmer est sur le point de clore, en France, la série « **Terra Ignota** ». Le premier tome de ce récit hors norme, **Trop semblable à l'éclair**, paru outre-Atlantique en 2017, fut découvert par le public français en 2019 (cf. *Bifrost* n° 96). L'autrice effleurait alors du bout du doigt, avec lui, le prix Hugo du meilleur roman. Trois ans et quatre volumes plus tard, toujours porté par le travail impeccable de Michelle Charrier, l'Hexagone n'a pas tout à fait fini d'entendre parler d'elle, et pour cause : Le Bélial' délivre la première partie de l'ultime tome de la série, la seconde étant attendue en octobre 2022.

Le troisième volet, **La Volonté de se battre** (cf. critique in *Bifrost* n° 102), laissait un monde sur le point de connaître une nouvelle guerre à l'échelle de la planète après une période de paix longue de plusieurs siècles, et un chroniqueur aussi usé qu'instable. Cette quasi-utopie semblait alors se résigner tout entière à traverser l'épreuve à laquelle la livrait son autrice, inspirée par Thomas Hobbes et son **Léviathan**. Ce dernier volume s'ouvre donc bel et bien sur la guerre, exposant longuement, sous la plume du neuvième Anonyme, les mille et une facettes du conflit. Attestant du goût de l'historienne pour l'expérimentation, le récit tire toutes les conséquences du décor installé dans les volumes précédents. La cohérence est là.

Le travail d'écriture témoigne toujours de la volonté d'Ada Palmer de lier étroitement la narration et les évènements. Là où Mycroft Canner se livrait à un récit personnel, presque intime, le neuvième Anonyme prend le relais d'une chronique dont la rédaction est importante, certes, mais pas prioritaire. Il écrit donc quand il peut, comme il peut, pressé par l'urgence ou interrompu par le danger. Le changement de style, saccadé et bien plus pragmatique, moins inspiré que celui de son narrateur originel, s'en ressent. Un choix à double tranchant : adroit parce qu'il épouse parfaitement les nécessités de l'intrigue, déstabilisant parce qu'il livre le lecteur à une retranscription des évènements pouvant apparaitre fastidieuse par moments. La reprise de son récit par Mycroft opère une digression pouvant renforcer le sentiment qu'Ada Palmer expose de trop nombreux éléments épars, qu'elle tergiverse.

La construction, bien que moins digeste, demeure pourtant d'une logique implacable : il est indispensable que le lecteur ne sache plus à quel saint se vouer, pas même à l'Utopie, aux intentions de plus en plus ambivalentes. Ainsi l'autrice entretient-elle soigneusement l'incertitude tout en portant la tension à un point culminant… sur lequel s'achève cette première partie. L'absence de résolution est d'autant plus cruelle que l'ensemble du livre, dans l'effort d'assimilation d'information qu'il demande au lecteur, tend à l'évidence vers elle. Le choix éditorial de départ se fait donc, chez les lecteurs cantonnés au français, au risque d'un essoufflement du *sense of wonder* qui a fait les beaux jours de la série. Rappelons cependant que de nombreux éléments plaident en faveur d'une conclusion à la hauteur du chemin parcouru et gageons que l'architecte qu'est Ada Palmer n'aura rien laissé au hasard.

Camille Vinau

DIX LÉGENDES DES ÂGES SOMBRES

Jean-Marc Ligny - L'Atalante, coll. « La Dentelle du Cygne » - février 2022 (recueil de dix nouvelles, dont une inédite - 240 pp. GdF. 12,90 €)

Dix légendes des âges sombres regroupe les nouvelles « climatiques » de Jean-Marc Ligny. Elles ont été écrites sur une période de vingt ans et, à l'exception du dernier texte, inédit, sont parues dans différents supports, notamment dans les anthologies **Utopiæ 2002** (L'Atalante), **Futurs insolites** (Hélice Hélas), **Nos Futurs** (ActuSF), ou encore dans le 56e numéro de *Bifrost* pour *« Le Porteur d'eau »*. Relues, corrigées et mises à jour pour cette édition, elles sont présentées par ordre de parution initiale, de la plus ancienne à la plus récente.

Les nouvelles s'inscrivent dans le même contexte que les romans **Aqua™** et **Exodes** : une terre en mutation profonde devenant hostile à la vie à cause du changement climatique. L'humanité ou ce qu'il en reste tente de survivre entre déserts inhospitaliers, tempêtes dantesques et sécheresses mortifères. Les sociétés se délitent et les institutions disparaissent au profit de quelques Enclaves dans les pays du Nord ou en Suisse, véritables paradis sous dômes pour les plus riches. Les *recos* (réfugiés écologiques) en sont rejetés et viennent grossir les hordes de Mangemorts cannibales ou de Boutefeux qui mettent les villages à feu et à sang. Les nouvelles explorent la catastrophe en cours, mais aussi un futur post effondrement dans lequel l'humanité à presque tout oublié de son passé.

« L'Ouragan » se situe dans un futur proche et donne à voir les effets de la montée des eaux et des orages ravageurs. Dans *« Lettre à Élise »*, un texte poignant sur la déliquescence du monde, la chute tombe comme un couperet tuant le peu d'espoir que le lecteur entretenait encore. Dans *« La Route du Nord »*, Mira, une jeune adolescente, ne croit pas au mirage d'une vie meilleure promise par les passeurs. *« Le Porteur d'eau »* situe son action dans la campagne française en 2080. La sécheresse le dispute à la canicule et aux cancers agressifs alors même que le système de santé n'existe plus. Les villages isolés fonctionnent en autarcie et tentent de se défendre des maraudeurs en tout genre. L'approvisionnement en eau devient une urgence vitale. *« Mission divine »* présente une scène d'**Exodes** du point de vue du personnage de Hans Meyer, reclus dans la vallée des Grisons et investi d'une mission qu'il croit inspirée par Dieu : purifier sa ville pour la venue du Seigneur même si cela implique d'assassiner tout le monde. Court texte, *« Le Désert »* met en concurrence deux espèces pour un point d'eau. Qui des chiens redevenus sauvages ou de l'humain l'emportera ? Avec *« 2030/2300 »*, deux temporalités se partagent un même décor. En 2030 commence l'enfouissement, dans un site sécurisé, de plusieurs milliers de tonnes de CO^2 afin de réduire les émissions carbone. Une riche idée qui n'anticipe cependant pas les conséquences à long terme. Autre courte nouvelle, *« La Frontière »* met en scène un de ses gardiens pour qui les *recos* ne sont que des cibles. Dans *« L'Aéroport »*, la technologie a cédé la place à la débrouille pour un ancien pilote qui cherche à rallier un hypothétique monde meilleur. Enfin, *« La Horde »* nous plonge au cœur même d'une troupe de Mangemorts menée par un fanatique religieux.

Dix légendes des âges sombres dresse le portrait d'un écosystème à l'agonie, qui ne se relèvera qu'une fois débarrassé de son principal fossoyeur, l'être humain. Jean-Marc Ligny confirme ici son statut de maître francophone de la *climate fiction*. Les éditions L'Atalante ont été bien inspirées de regrouper ces nouvelles, difficilement trouvables pour certaines, en un seul recueil au prix attractif. Passionnant, effrayant et à lire de toute urgence [(3)].

Karine Gobled

LE TEMPS DES RETROUVAILLES

Robert Sheckley - Argyll - février 2022 (recueil de nouvelles inédit sous cette forme traduit de l'anglais [US] par Arlette Rosenblum, Marcel Battin, Jean-Pierre Pugi, Michel Deutsch, traductions révisées par Lionel Évrard - 416 pp. GdF. 22,90 €)

Que l'on connaisse Robert Sheckley à travers ses collaborations avec Roger Zelazny (**Apportez-moi la tête du Prince charmant**), par ses romans (**La Dimension des miracles**, **Omega**) ou par les adaptations au cinéma de son œuvre (*Le Prix du danger*), l'écrivain fait partie des grands noms classiques de la science-fiction — mais un grand nom un brin tombé dans l'oubli des éditeurs. La jeune maison d'édition Argyll a choisi de le remettre à l'honneur pour inaugurer sa deuxième année d'existence avec **Le Temps des retrouvailles**, recueil rassemblant treize nouvelles de l'auteur écrites entre 1952 et 1960. Que l'on se rassure, ce ne sont pas du tout des vieilleries, même si le paternalisme des personnages masculins a parfois un caractère suranné, ce qui leur joue des tours. Toutes ces nouvelles ont déjà été publiées en France, et ont bénéficié d'un toilettage de traduction.

Comment caractériser Robert Sheckley ? Les nouvelles de ce recueil vous y aideront avec leur humour parfois grinçant, leurs retournements et leurs quiproquos, mais également leurs réflexions sur la destinée opposée au libre arbitre. Certaines, comme *« Permis de Maraude »*, sont légères et optimistes, d'autres, comme *« Tu brûles »* ou *« La Mission du Quedak »*, flirtent avec l'horreur. D'autres enfin, tel *« Le Temps des retrouvailles »*, sont empreintes d'une bonne dose de mélancolie. Bref, il serait possible de les commenter toutes une par une, mais ce serait gâcher une bonne partie du plaisir de la lecture. Sachez juste que ces textes vont aborder tous les grands thèmes de l'âge d'or de la science-fiction : premier contact (que celui-ci ait lieu sur Terre ou dans l'espace), voyage dans le temps, dystopie, choc de civilisations, menace de guerre imminente, etc. Et que l'auteur arrivera à chaque fois à vous surprendre par la structure de son récit ou par sa conclusion. À l'exception, peut-être, de la nouvelle ouvrant le recueil, *« Le Prix du danger »*, dont la trame a inspiré le film d'Yves Boisset avec Gérard Lanvin, et qui n'égale pas la puissance politique du long-métrage français. Le seul autre bémol ici est la postface de Marc Thivollet, à l'origine préface à **Les Univers de Robert Sheckley**, recueil paru en 1972 chez OPTA, et qui fait donc référence à des nouvelles absentes du présent ouvrage — frustrant, et de quoi terminer sur une note acide une lecture pour le reste très agréable.

Stéphanie Chaptal

MAÎTRE DES DJINNS

Phenderson Djèli Clark - L'Atalante, coll. « La Dentelle du Cygne » - février 2022 (roman inédit traduit de l'anglais [US] par Mathilde Montier - GdF. 480 pp. 26,50 €)

Visiblement, l'Atalante croit fort en P. Djèli Clark. **Maître des Djinns** est déjà le quatrième titre de l'auteur publié en moins d'un an, et pour fêter la sortie de ce premier véritable roman, le lecteur pourra en outre choisir entre l'édition classique et, pour deux euros de plus, une version collector joliment cartonnée.

Ce nouveau texte se situe dans le même univers de *fantasy* uchronique que la nouvelle *« L'Étrange Affaire du djinn du Caire »* et la novella **Le Mystère du tramway hanté**,

(3). On précisera qu'une onzième légende des âges sombres, inédite, bien entendu, devrait paraître dans un prochain numéro de *Bifrost*. *[NdRC]*

cette Égypte du début du XXe siècle que l'irruption de la magie et de ses créatures mythiques a propulsé sur la voie de l'industrialisation pour faire d'elle l'une des puissances majeures du globe. Il n'est peut-être pas nécessaire de les avoir lus avant d'entamer **Maître des Djinns**, mais il s'agit tout de même d'un plus, certains éléments de ces investigations étant évoqués au cours du récit. On retrouve donc l'héroïne fétiche de l'auteur, Fatma el Sha'arawi, agente du ministère de l'Alchimie, des Enchantements et des Entités surnaturelles, chargée cette fois d'enquêter sur le meurtre aux forts relents de magie d'un lord anglais haut placé et de tous les membres de la Fraternité qu'il présidait. Un crime qui l'amène à s'intéresser à la figure historique d'al-Jahiz, l'homme qui trente ans plus tôt fut à l'origine du bouleversement qu'a connu le pays, et qui semble aujourd'hui revenu d'entre les morts.

On retrouve dans **Maître des Djinns** les mêmes qualités et — dans une moindre mesure — les mêmes défauts que dans le reste de l'œuvre de P. Djèli Clark. Le romancier s'appuie sur un casting principalement féminin formidablement campé, qui évolue dans une ville du Caire imaginaire rendue à la perfection, riche de saveurs, de senteurs, de couleurs, et nourrie d'une mythologie et d'une culture forcément exotiques et originales pour un lecteur occidental. Si l'action est omniprésente — et souvent spectaculaire —, cela n'empêche pas l'auteur d'aborder différents thèmes récurrents dans son œuvre : racisme, sexisme, inégalités sociales, etc. Autant de sujets qu'on retrouve en filigrane tout au long du récit, même s'ils n'en constituent jamais le cœur, ce qu'il est permis de regretter. Surtout, reste la faiblesse majeure du romancier : l'intrigue qu'il construit, linéaire au possible, et dont le dynamisme repose sur des rebondissements et des retournements de situation qu'on voit trop souvent venir de très, *très* loin. De ce point de vue, P. Djèli Clark a encore des progrès à faire. Reste qu'en l'état, **Maître des Djinns** est un roman éminemment plaisant à lire, et cette version du Caire une ville de fiction qu'on est à chaque fois heureux de retrouver.

Philippe Boulier

LE SERPENT
LA MAISON DES JEUX T. 1

Claire North - Le Bélial', coll. « Une heure-lumière » - mars 2022 (court roman inédit traduit de l'anglais [GB] par Michel Pagel - 160 pp. LdP. 10,90 €)

Venise, début du XVIIe. Thene est mariée à un homme violent, qui la rabaisse et ruine le couple à la table de jeu. Et ce d'autant plus volontiers qu'une Maison des Jeux est récemment *apparue* sans que nul ne puisse se souvenir de sa construction. Deux Loges s'y côtoient : la Basse, celle des activités propres à un tel établissement, et la Haute, accessible sur invitation et réservée aux talents exceptionnels. La Maîtresse des lieux propose à Thene une épreuve susceptible de lui permettre d'intégrer cette dernière, un jeu où on ne mise pas d'argent mais une partie de soi (un talent, l'acuité d'un sens aiguisé, des années de vie, etc.), où on ne joue pas avec de banals accessoires mais avec des *gens*. Chaque Joueur dispose d'une somme d'argent pour les pots-de-vin, d'un Roi, de Cartes / Pièces (des individus aux capacités ou relations utiles, inféodés à la Maison en échange de l'effacement d'une dette), et, pour la seule Thene (les autres Joueurs disposant d'atouts qui leurs sont propres), une mystérieuse pièce d'or dont elle n'apprendra l'origine et la puissance réelle qu'au cours de la partie. À part l'interdiction de blesser un concurrent

et l'obligation, pour gagner, de faire couronner son Roi, tous les coups sont permis. Ici, l'enjeu est de faire élire ledit Roi Tribun au Sénat, un poste plus essentiel encore que celui de Doge. Pour Thene, l'enjeu réel se résume avant tout à prouver ses talents, sa liberté, à se faire reconnaître pour autre chose que la femme battue et méprisée d'un bon à rien.

Ce roman, le premier d'une trilogie, chose rarissime dans la collection « Une heure-lumière », proposant habituellement des textes indépendants, est très facile à résumer d'un unique mot : vertigineux. L'idée de base, celle d'une organisation qui jouerait avec les hommes comme des pièces sur un plateau de jeu, n'est pas inédite (on pensera bien entendu à **L'Échiquier du mal** de Dan Simmons), mais s'avère ici excellemment exploitée. Car Thene découvrira que les activités de la Maison s'étendent loin dans le Temps (au moins jusqu'à la Rome antique) et dans l'Espace, impliquant nations et religions, servant de timonier au navire Historique, esquissant une Histoire Secrète comme on en a rarement vu. Vertigineuse est l'érudition de l'autrice, qui nous immerge dans une Venise plus vraie que nature, à la fois splendide et hideuse lorsqu'il s'agit de montrer à quel point la vie humaine y a peu de valeur, à quel point on y est prêt à tout pour parvenir à ses fins. Vertigineuse est la portée philosophique de ce texte, d'une opposition entre Ordre et Chaos que ne renierait ni Moorcock, ni Zelazny, à ceci près qu'ici la balance est bancale, car un des camps *triche*. Vertigineuse est la maîtrise de Claire North en matière de personnages (Thene, en premier lieu) et d'intrigue (dans tous les sens du terme). Et surtout, vertigineuse est la qualité de sa plume, une prose qui ne se *lit* pas mais *envoûte*. Qualificatif souvent galvaudé… mais pas ici. Et ce d'autant plus que la fin, qui montre que les pièces restent, pourtant, des êtres humains, est magistrale.

Le Serpent est une *vertigineuse* ouverture de cycle, qui, via les allusions qu'il fait à quelque chose d'infiniment plus complexe que le cadre spatio-temporel restreint qui nous est montré dans cette Venise du XVIIe, ne peut qu'aiguiser l'appétit du lecteur pour les tomes suivants. On a ici, indubitablement, affaire à un des meilleurs « Une heure-lumière » publiés depuis la fondation de la collection !

Apophis

Nos critiques conseillent (très) vivement…

Les Temps ultramodernes, Laurent Genefort, Albin Michel Imaginaire •
Le Temps des retrouvailles, Robert Sheckley, Argyll •
Subtil béton, Les Aggloméré.e.s, L'Atalante, coll. « La Dentelle du Cygne » •
Dix légendes des âges sombres, Jean-Marc Ligny, L'Atalante, coll. « La Dentelle du Cygne » •
Le Serpent, La Maison des Jeux T.1, Claire North, Le Bélial', coll. « Une heure-lumière » •
L'Alphabet des Créateurs, Terra Ignota T.4, Ada Palmer, Le Bélial' •
Le Combat des ombres, Olangar T.3, Clément Bouhélier, Critic, coll. « Fantasy » •
Spam, Jacques Mucchielli, Les Règles de la Nuit •
Le Créateur de poupées, Nina Allan, Tristram •

Nos critiques déconseillent (très) clairement…

• *Polaris-Point Némo, cycle Azure T.1*, Philippe Tessier, Éditions Leha

Le coin des revues (et fanzines)

[par Thomas Day]

Galaxies NS 74 :
Francis Carsac
(192 pp. GdF. 11 €)
Galaxies NS 75 :
Uchronies
(192 pp. GdF. Prix inconnu)

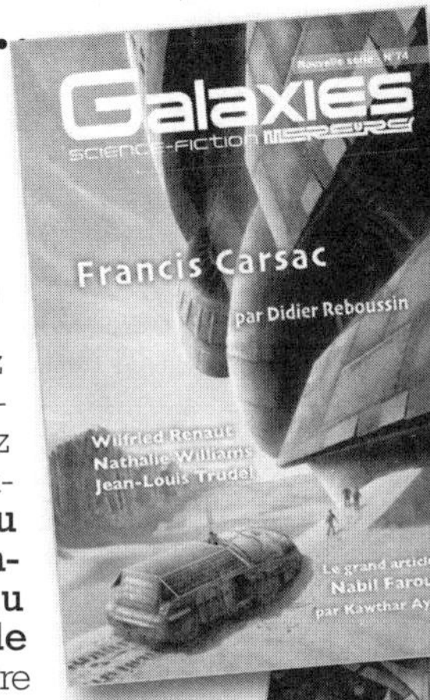

Si vous ne connaissez pas Francis Carsac (1919-1981), et que vous avez envie de découvrir l'auteur de **La Vermine du lion**, **Pour patrie l'espace**, **Les Robinsons du cosmos**, **Ceux de Nulle part**, ce dossier devrait être pour vous. Enfin, ça, c'est la théorie...

J'avoue avoir lu un ou deux romans de cet auteur il y a longtemps, dans leur édition NéO, et n'en avoir gardé absolument aucun souvenir (enfin si, les couvertures de Nicollet, pas forcément ses meilleures, d'ailleurs).

Avant tout, je refuse toute responsabilité quant aux effets secondaires que pourrait provoquer une lecture trop attentive de l'article de Noé Gaillard consacré à **La Vermine du lion**. Donc je préviens... Ce machin tout foireux est un cas d'école : il ne rime à rien, n'analyse rien et ne remet rien (ou disons pas grand-chose) dans le contexte ou en perspective. L'ensemble, écrit dans une langue balbutiante qui ressemble vaguement au français d'un terroriste tchétchène présent sur le territoire national depuis moins de trois mois, donne l'impression tenace que **La Vermine du lion** est au mieux un roman bordélique et sans intérêt, au pire une sombre merde. Et pourtant, nous dit-on, ce roman aurait fait scandale à sa parution ; on aimerait bien comprendre pourquoi. En vain.

L'interview de l'auteur (qui date de 1974) est assez hallucinante, on dirait une fausse interview du *Canard enchaîné*. Elle devrait convaincre la plupart des lectrices et lecteurs contemporains d'éviter l'œuvre de Francis Carsac, comme on contourne le champ de mines que le terroriste tchétchène sus-cité a amoureusement déployé autour de son mobile-home.

L'ensemble est donc très réussi, un peu comme la visite de la faille de San Andreas un jour de séisme. Pour ma part, je note que Francis Carsac est à ne (re-)lire sous aucun prétexte, surtout que la vie est courte, et que les milfs et les bonnes séries télé ne manquent pas.

Le numéro suivant, le NS75, donc, est consacré à l'uchronie. Les nouvelles (qui occupent 100 pages de la revue, mon Dieu !) étant globalement médiocres, voire bien pire, on regrette qu'il n'y ait pas plus de pages consacrées au dossier proprement dit (qui, lui, est tout à fait lisible). On conseillera la lecture des articles de Bertrand Campeis et Karine Gobled. L'interview du spécialiste Eric Henriet. Les articles sur les séries télé et la série de BD **Jour J**. Un guide de lecture manque cruellement à l'appel, entre autres choses. Le dossier ne fait qu'effleurer un corpus immense qui méritait davantage de place ; il suffisait de dégager cinq ou six nouvelles, à part leurs auteurs, personne ne s'en serait plaint.

Cela dit, une fiction inédite se dégage : la première, signée Jean-Pierre Andrevon — *« Mort et Apothéose de Joseph Vissarionovitch Djougachvili, dit Staline »*. Y a pas à dire : JPA en a encore sous le pied ! Même si, en ce moment, lire des trucs sur ~~Poutine~~ Staline, c'est un peu spécial...

Adresses : *Galaxies*, 34 rue Jean Jaurès, 59135 Bellaing
< https://galaxies-sf.com/ >

Solaris n°221
L'anthologie permanente des littératures de l'imaginaire
(hivers 2021 - 162 pp. GdF. 13,95 $ canadiens)

Drôle de sélection de nouvelles pour ce nouveau numéro de *Solaris*.

La première, *« Les Yeuses de Noire Épine »*, texte lauréat du prix Joël Champetier, est... ben, en fait, après lecture, je dois confesser que je n'en sais rien. Je n'ai absolument *rien* compris. Je l'ai d'abord lue entièrement, puis j'en ai relu des bouts pour voir où je m'étais perdu. Au tout début, comme il se doit. Il y a des listes de mots : « *Saperlipopette, Sémillante, Sobriquet…, Canuler, Contrister…, Fleureter, Frusquin…, Abalourdir, Abrifol…, Baptisement, Blasonneur, Buvetier…* », des passages de théâtre, des phrases qui s'affranchissent de la grammaire française, notamment au niveau des conjugaisons. Et visiblement, seule l'autrice, Anne Wattel, sait ce que l'ensemble raconte. Ça semble parler du pouvoir magique du mot, puis de son affaiblissement, le scripticide. Le tout forme une énigme fourrée d'une ganache de mystères et enrobée dans un suaire de devinettes. Bon appétit.

Après de tels sables mouvants, on se dit que ça va être forcément plus simple. Eh ben non ! *« Focus »*, de Gautier Langevin, est une nouvelle de science-fiction aux enjeux pour le moins nébuleux. Arrivé à la fin, on se demande quel était le sujet du texte. Là aussi on relit des bouts, histoire de comprendre ou du moins d'essayer.

Mais le pire reste à venir : *« Société »*, d'Alain Ducharme, qui parle de réseaux, de problématiques de genre, d'hyperconnexion, et qui est à peu près aussi incompréhensible qu'un mélange des deux textes précédents. On est déjà page 62 de la revue et on prie pour qu'il y ait enfin une nouvelle accessible, ou pas trop compliquée, avec des personnages, une intrigue, un début, un développement et une fin.

Ce qui est le cas avec le texte de Loïc Henry et Ariane Gélinas, un peu sur-écrit, un peu vain, mais compréhensible. Ouf. Une histoire d'eau, de conjonctions de monde, le tout sur fond de bouleversements climatiques. Frédéric Parrot, lui, nous refait le coup de **Replay** de Ken Grimwood, mais à la sauce québécoise. Un texte plutôt intéressant, notamment dans sa dimension politique, mais pas assez développé pour marquer durablement.

Après une sélection de nouvelles aussi étrange, on prend plaisir à lire l'article de Mario Tessier sur les tours de Babel moderne.

Adresses : *Solaris*, 120, côte du passage. Lévis (Québec) Canada G6V 5S9
< www.revue-solaris.com >

En bref, nous avons reçu au moment du bouclage *Géante rouge* n°29, avec une interview exclusive et une nouvelle inédite d'Émilie Querbalec. Ni l'une ni l'autre ne valent l'investissement demandé (11 euros). Reçu aussi *Présences d'esprits* n°107, nettement plus convaincant, avec un dossier Élisabeth Vonarburg susceptible d'intéresser certains de nos lecteurs.

Adresses :
Géante rouge, 34 rue Jean Jaurès, 59135 Bellaing
geanterouge@protonmail.com
Présences d'esprits, Christian Hochet, 87 rue de Valenciennes, 77290 Mitry-Mory
< www.presences-d-esprits.com >

Paroles... d'illustratrice

[par Erwann Perchoc]

FLORENCE MAGNIN : AMBRE ET LUMIÈRES

Pour toute lectrice et lecteur de littérature de genres au tournant des années 2000, Florence Magnin est une incontournable, une icône, la matrice d'images qui, à coup sûr, peuplent les corridors de leur imaginaire : des couvertures des œuvres de Roger Zelazny à celles du magazine *Casus Belli*, impossible d'ignorer son trait faussement naïf et cette mise en couleurs proprement féerique. Pourtant, si référentielle soit-elle, Florence Magnin est quelqu'un de discret dont la parole est rare. Notre rubrique « Paroles de... » s'enorgueillit donc de sa présence, manière d'hommage à un travail fondateur pour beaucoup en Bifrosty. En attendant une couverture de la revue. Pour bientôt...

Bifrost : *Comment êtes-vous venue au métier d'illustratrice ? Quel a été votre parcours ?*

Florence Magnin : Durant toute mon enfance, j'ai d'abord dessiné par plaisir. On disait de moi : « Elle sera dessinatrice » ; j'acquiesçais pour ne pas contredire les adultes, sans en être persuadée. Ce moyen d'expression privilégié s'est atténué à l'adolescence, mais le besoin naturel ressenti autrefois avait faibli, absorbé par les scories d'une période dont je ne garde pas un très bon souvenir. La vie a continué, j'ai atteint la trentaine, j'ai eu des enfants... Le dessin n'était plus alors qu'un hobby lointain car j'avais peu de temps ! À cette époque, une période de chômage m'a contrainte à chercher du travail. Mes visites quotidiennes à l'ANPE m'ont permis de décrocher un CDD au service publicité d'une chaîne de grandes surfaces. Le dossier conservé en souvenir de ma très brève incursion aux Beaux-Arts, et surtout la chance inespérée d'être seule à postuler ont accompli un miracle. Pendant les heures où le lettrage d'affichettes marquait le pas, j'ai repris le crayon. Étonnamment, j'avais progressé... Cette découverte m'a encouragée à poursuivre. J'ai couvert de minuscules croquis les post-il du service, avant (honneur suprême) de créer une affiche pour Noël dont l'omniprésence dans toutes les supérettes de la région a été une révélation. J'ai travaillé ensuite pour le fanzine d'une radio locale. Les petits dessins encrés, réalisés pour illustrer des contes et légendes régionaux, imprimés sur un mauvais papier, noircissaient horriblement. Qu'importe : j'étais publiée ! Autre révélation ! Ensuite, un ami m'a mise en relation avec une auteure de pièces de théâtre pour enfants qui souhaitait illustrer l'un de ses textes pour un livre. Mon CDD achevé, je me suis lancée dans cette aventure qui n'a jamais abouti mais m'a permis de constituer un dossier que je me suis mis en tête de montrer à tous les éditeurs joignables par téléphone. Pendant quatre ans, je suis donc montée régulièrement à Paris en accumulant les refus avant d'obtenir, enfin, chez Nathan, la commande de deux couvertures : **La Parure** de Maupassant et **Poil de Carotte**. C'était très insuffisant pour me permettre de me déclarer professionnelle, mais le premier pas était franchi, les autres ont suivi presque sans temps mort : chez « Présence du futur », Opta, au Fleuve Noir « Anticipation », sans compter de multiples jeux de rôles, des illustrations pour *Casus Belli*, des séries de cartes postales, etc.

B. : *Y a-t-il eu des illustrateurs ou des graphistes dont le style s'est avéré déterminant pour vous ?*

F. M. : Déterminant est sans doute excessif. J'ai plutôt l'impression d'avoir été influencée par de multiples dessinateurs durant toute mon enfance, et d'avoir absorbé alors presque tout ce qui me tombait sous les yeux. Bien sûr, certains m'ont marquée plus que d'autres. Je pense notamment à Adrienne Ségur qui illustrait des contes chez Flammarion dans les années 50 et 60. Mais il y en a eu tant d'autres ! Beuville, Marlier, Probst, ont consolé et enchanté au moins deux générations d'enfants. Je leur suis très reconnaissante. D'autres artistes, plus célèbres, se sont ajoutés au fil des années : Rackham, Doré, Alan Lee, mais aussi Cecily Barker, Jill Barklem, Rien Poortvliet... Sans compter, bien sûr, de nombreux peintres et cinéastes, car toute image marquante s'ajoute aux précédentes, quelle que soit son origine, et cet ensemble constamment renouvelé remplit le puits où je continue à puiser.

Florence Magnin en dédicace...

B. : *De manière générale, comment travaillez-vous ? En termes de techniques, bien sûr, mais aussi en termes de relationnel avec les éditeurs qui vous commandent une illustration ?*

F. M. : Je travaille en ce qu'on qualifie maintenant de « tradi », à savoir, sans ordinateur (à part le nettoyage sur palette graphique de quelques études), au crayon et au pinceau, en utilisant toutes les techniques mixtes possibles suivant le but à atteindre : encres, aquarelle, gouache, acrylique, crayons de couleurs et crayons gris, feutres parfois... Toutes les matières susceptibles d'être appliquées sur papier et se mélanger entre elles. La seule chose à laquelle je ne me suis jamais vraiment confrontée est la peinture à l'huile, que je n'ai abordée que sous l'aspect d'essais bâclés, faute de temps. En matière de BD, je fais partie des martyres (je plaisante...) de la couleur directe, qui consiste à dessiner chaque planche, la transférer sur son support définitif, encrer, mettre en couleurs, re-encrer, avant de passer au lettrage. C'est un travail de moine, le scriptorium du XXIe siècle...

Du côté des éditeurs, j'ai rencontré de multiples cas de figures : il y a eu, au Fleuve Noir, une période bénie où on me confiait les manuscrits à illustrer pour récupérer la couverture trois semaines plus tard, en me laissant carte blanche et sans jamais refuser une livraison. Mais cet épisode, dû à l'absence de directeur de collection, est demeuré assez bref et unique. Dans la plupart des cas, il fallait proposer trois esquisses ; l'une était sélectionnée avant la mise en couleurs. Malheureusement, il arrivait souvent que la personne à qui j'avais affaire sélectionne plusieurs éléments : le personnage d'une première étude, un élément du décor de la seconde, et un pan de ciel de la troisième... pour aboutir à un ingérable puzzle qui gâchait mon plaisir et brisait l'élan initial nécessaire pour réussir une image. Les années consacrées uniquement à l'illustration n'ont pas toujours été faciles...

B. : *Pourriez-vous nous dire quelques mots sur vos BD et travaux en solo ?*

F. M. : En ce qui concerne la BD, je n'ai jamais eu à m'entendre qu'avec Rodolphe (**Mary la Noire**, **L'Autre monde**) à qui je montrais les crayonnés avant de les mettre en couleurs — l'éditeur demeurant la plupart du temps assez lointain —, et dans le cas d'une scénarisation personnelle, qu'avec moi-même, ce qui peut aussi poser quelques problèmes mais demeure plus aisé... Cela ne veut pas dire que la collaboration avec Rodolphe a été pénible, mais une totale liberté créative est une expérience à laquelle j'ai pris goût. Hélas, à l'heure actuelle, le dernier album que j'aie scénarisé, **Mascarade** (Daniel Maghen), est épuisé. Le dossier du projet qui devait prendre sa suite, **Noctambules**, après avoir demandé plusieurs mois de travail, dort dans un tiroir faute d'éditeur. Deux autres projets commencés depuis attendent, pour être présentés, des planches d'essai que je n'ai pas le temps de faire… Il faut que cette passion, qui est aussi un métier, demeure sinon rentable au moins viable, mais la conception d'une histoire et la réalisation d'un dossier entraînent plusieurs mois de travail non rémunérés pour un résultat incertain. Il faut donc constamment passer de travaux « sérieux », pour ne pas dire alimentaires, à des projets plus gratifiants mais risqués… Gymnastique compliquée qui ne me permet pas de produire autant de travaux personnels que je le souhaiterais.

En dehors de la BD, j'ai réalisé il y a quelques années pour Daniel Maghen un livre illustré, **Contes aux quatre vents**, qui visitait les univers mythologiques ou féériques liés aux quatre points cardinaux et aux saisons. J'aurais volontiers poursuivi sur d'autres thèmes, mais la collection s'est interrompue. J'ai alors obliqué vers les livres pour enfants avec **L'Année des lutins**, que la disparition de son éditeur (Delvero) a englouti corps et biens, et plus récemment avec **Amandine et Caramel**, à paraître chez Clair de Lune, dont l'avenir sera sans doute meilleur ! Renouer avec l'illustration jeunesse a été un retour aux sources positif et j'espère que d'autres projets succéderont à ceux-là. Dans un autre registre, mon intérêt pour les cartes divinatoires, oracles ou tarots, ne s'est jamais démenti depuis le Tarot d'Ambre, paru en 94 en supplément au jeu de rôles tiré de l'œuvre de Zelazny. Une souscription lancée par Nestiveqnen vient de permettre sa réédition sous l'appellation de Tarot de la Marelle. Cette opportunité m'a permis de créer un Tarot du Dédale qui devrait (si tout va bien) précéder le Tarot celtique et L'Oracle du zodiaque, dont les esquisses attendent depuis longtemps.

B. : *Parmi toutes les couvertures que vous avez réalisées, y en a-t-il une dont vous êtes particulièrement satisfaite ?*

F. M. : Heureusement pour moi, il y en a tout de même plusieurs… Pas beaucoup, vu le total, mais enfin, en ne sélectionnant que des livres de poche, je dirais qu'environ une vingtaine me plaisent suffisamment pour que j'en sois assez fière. Vient ensuite le large groupe des « à peu près », avec des défauts, qui permettent de les montrer sans honte mais dont je ne suis pas satisfaite, en descendant progressivement jusqu'aux échecs complets, aux ratages honteux cachés au fond des tiroirs et dont j'espère le tirage définitivement épuisé…

B. : *Et y a-t-il un ouvrage ou un auteur que vous rêveriez d'illustrer ?*

F. M. : J'aurais sans doute autrefois répondu **Alice**, mais ce thème est si rebattu que je ne suis plus certaine d'en avoir envie. Il n'y a pas d'ouvrage dont le titre me vienne aussitôt à l'esprit. Les textes que j'ai le plus appréciés, si je me réfère à eux, m'apparaissent plutôt sous forme d'impossibles BD ou de films avec tant d'images que parvenir à les illustrer devient illusoire et que le travail parait insurmontable. Parmi tous ceux que j'ai appréciés, **La Forêt des Mythagos** de Robert Holdstock a longtemps tenu une place à part. Les images suggérées étaient très proches de mon propre univers, mais en rendre toute la puissance alors que j'avais l'impression d'y avoir voyagé moi-même aurait été un challenge sans espoir… À part cela, mon penchant romantico-gothique m'entraînerait plutôt vers les récits fantastiques de Poe, ou le **Conte de Noël** de Dickens, mais aujourd'hui, la peau de chagrin (encore un texte à illustrer !) du temps qui m'est imparti commence à rétrécir…

B. : *Vous parlez de « penchant romantico-gothique » : on vous devine plus à l'aise dans le registre du fantastique et de la* fantasy *que celui de la science-fiction, non ?*

F. M. : En effet... Encore que la SF soit un vaste territoire, mais il est certain que les univers technologiques purs — vaisseau spatial, robots, guerres galactiques —, me sont difficiles d'accès ! Je peux en revanche prendre place dans des récits intermédiaires où la SF se mêle au fantastique, mais il faut qu'un support ou des personnages un peu décalés m'aident à m'approprier l'histoire.

B. : *Votre travail sur le cycle des «* ***Princes d'Ambre*** *» de Roger Zelazny, chez Denoël, a été particulièrement remarqué et apprécié. Pouvez-vous nous raconter votre histoire et vos liens avec cette œuvre ?*

F. M. : J'avais déjà lu les « **Princes d'Ambre** » quelques années auparavant. Yvonne Maillard, qui veillait à l'époque sur la collection « Présence du futur », a décidé de me confier les couvertures de la réédition de cette saga déjà célèbre. J'étais à la fois ravie et perplexe. Quel parti prendre ? Médiéval, fantastique, contemporain ? J'ai opté pour ce qui se rapprochait le plus à la fois d'Ambre et de mon style graphique, une ambiance médiévale flamboyante. Mais si j'ai choisi en toute liberté le style des illustrations, l'idée d'un long décor de fond sur lequel viendraient prendre place les principaux personnages au fur et à mesure des livres n'est pas de moi. C'est encore une fois Yvonne Maillard qui a conçu cette mise en place en précisant, raffinement suprême, que le dos des livres reformerait le visuel du décor. Ça faisait un cahier des charges assez lourd, dont j'ai résolu les problèmes en me plaçant en haut d'une tour qui m'offrait à la fois une large vue sur le pays d'Ambre et son ciel avec une place libre où inviter successivement les principaux membres de la famille. Je me rappelle le jour de la livraison du décor et des sept premiers personnages réalisés sur fond blanc. Comment être sûre d'avoir fait les bons choix ? Je ne suis jamais tranquille dans ce genre de circonstance... La réaction enthousiaste des personnes présentes m'a rassurée, mais j'étais loin alors de me douter que ce travail allait me suivre tant d'années ! Un jeu de rôles, trois autres livres, **L'Univers d'Ambre** (200 pages illustrées, édité également par Denoël), enfin le Tarot d'Ambre, qui continue aujourd'hui d'avoir un succès presque inexplicable... Bien sûr, la célébrité de Zelazny, le succès acquis de cette série, mais aussi le soutien de l'éditeur avec une PLV somptueuse dans toutes les librairies, la création d'un petit jeu divinatoire avant que le tarot complet me soit confié... tout cela a contribué à hisser ce travail vers un sommet que je n'ai jamais tout à fait retrouvé depuis. C'était un peu magique, résultat d'une série d'opportunités, d'heureuses décisions et d'une goutte de chance sans laquelle rien ne se produit jamais. J'ai rencontré Zelazny, lors d'une exposition d'originaux organisée à la Mutualité. Il ne parlait pas français, je ne parle pas anglais, et nous ne disposions d'aucun interprète... Notre brève rencontre s'est donc bornée à un échange muet et souriant devant les personnages d'Ambre. Je garde de lui le souvenir d'un long mage un peu sombre, très ambrien d'aspect, qui a eu l'air d'apprécier mon travail. Je ne peux pas dire que cette rencontre, ni même ce travail, ont changé ma vie, ni qu'ils m'ont rendue célèbre, mais ils demeurent une référence, un jalon important parmi des années parfois décevantes professionnellement, et on me présente encore en festival des livres des « **Princes d'Ambre** » à dédicacer, un peu jaunis, un peu vieillis, mais toujours présents. Zelazny nous a quittés, Yvonne Maillard n'est plus là, mais l'univers d'Ambre demeure, avec son tarot magique et les souvenirs que j'en garde.

B. : *Un mot de la fin ?*

F. M. : Si je regrette plusieurs choix et quantité d'illustrations ratées, certaines de ces erreurs ont été des leçons salutaires. Seul bémol : la lenteur de ce long apprentissage me laisse aujourd'hui peu de temps pour réaliser des projets dont le nombre s'accroit continuellement, mais je ne désespère pas d'y parvenir au moins en partie. Enfin, il reste la peinture, territoire que je m'étais promis d'aborder plus tard... C'est sans fin, on part sans avoir atteint un but constamment repoussé, mais la créativité ne me parait pas diminuer avec l'âge, et tant que la sensation de progresser et le plaisir seront présents, les projets en attente auront une chance de naître.

au Travers du Prisme

Une randonnée avec ...Robinson...

[par Pascal J. Thomas]

Si Kim Stanley Robinson apprécie assez peu les étiquettes (nous aussi, d'ailleurs), c'est qu'il en a été affublé d'un certain nombre tout au long de sa carrière. On a qualifié sa science-fiction de littéraire (pour ce que ça peut vouloir dire...), puis d'humaniste, et enfin d'utopiste, tendance « hard ». On dit aussi souvent de ses romans qu'ils sont trop longs. Que Robinson est trop dans le « dire » et pas assez dans le « montrer », à l'encontre de ce que la plupart des auteurs s'efforcent de faire, en tout cas depuis John W. Campbell. Comme on le verra plus loin, il peut arriver à notre homme de s'agacer de tout cela. Car chez lui tout est pesé, réfléchi, et relève d'une démarche. Robinson est un auteur engagé. À tout point de vue, et ce depuis ses débuts. « Je ne crois pas aux écoles. Je crois en la science-fiction, qui est une sorte de village au sein de la littérature, regardé de haut par les habitants de la grande ville, mais j'apprécie ce village tout comme la grande ville », confie-t-il. Aujourd'hui, Kim Stanley Robinson a publié 21 romans et deux-trois fois plus de nouvelles, quand bien même il n'écrit plus de textes courts depuis des années. Une œuvre considérable, traduite dans le monde entier, saluée par quantité de prix littéraires, dont deux Hugo et trois Nebula, passionnante dans ce qu'elle dit du monde et de ceux qui l'habitent. Majeure, en somme, même si sans doute inégale — et à coup sûr incontournable.

Dans une entrevue accordée en 2020 à *Clarkesworld*, le magazine de SF en ligne, Kim Stanley Robinson, avec l'humour et la modestie qui le caractérisent, observait à propos de sa productivité littéraire combien « *ça aide de vivre dans un trou perdu — on n'a rien de mieux à faire* ». En effet, sa vie s'avère assez pauvre en anecdotes extraordinaires ou croustillantes, et l'écrivain a passé beaucoup de temps — à son bureau, au café, dans son jardin — à écrire de longs romans souvent plus riches en documentation qu'en suspense. Des romans qui, dans leur désir de réalisme, y compris au regard du quotidien, fourmillent de détails tirés de la vie même de leur auteur : deux raisons pour parler au moins autant des livres de ce dernier que de sa vie au sein du présent article biographique.

Né en 1952 dans l'Illinois, Robinson n'y vit pas longtemps : son enfance, à partir de deux ans, et son adolescence, se déroulent à Orange County. Ce morceau de la côte de Californie du Sud a été détaché du Los Angeles County en 1889, à l'époque où il ne comptait que quelques milliers d'habitants qui vivaient surtout de l'élevage et des vignobles. Les vergers d'agrumes sont venus progressivement, pour faire honneur au nom, et sont devenus dominants dans les années

1920-1930. Mais le pétrole, le cinéma et l'industrie contribuent à l'essor démographique, les omnibus relient Orange County à L.A. dès le début du XXe siècle, l'autoroute I-5 est inaugurée pendant les années 1950, de même que Disneyland (à Anaheim). Les orangeraies laissent place à une immensité de lotissements et de centres commerciaux, et aujourd'hui Orange County compte trois millions d'habitants sans avoir de noyau urbain bien défini. Le jeune Robinson a vécu cette disparition de l'agriculture et de ce qu'il pouvait rester de nature sauvage dans son environnement ; une expérience qui donnera naissance, des années plus tard, à sa trilogie des « **Trois Californies** » (**Le Rivage oublié**, **La Côte dorée** et **Lisière du Pacifique**).

Kim, la petite quarantaine, en universitaire de Mars... - DR.

Robinson passe donc une enfance sans histoire, court dans la campagne, va à l'école, apprend à jouer de la trompette et lit beaucoup, des romans policiers et d'aventures — notamment **Huckleberry Finn** de Mark Twain, qu'il admire — mais pas de science-fiction, même si **Un raccourci dans le temps** de Madeleine L'Engle lui a laissé une impression durable. Il apprécie aussi les romans classiques, et quand, en 1970, vient le temps d'aller à l'université, il entame des études de littérature (« English major ») à l'Université de Californie à San Diego. C'est en 1971, quand il n'est déjà plus un adolescent, qu'il découvre la SF, avec Asimov et Simak ; très vite, il s'enthousiasme pour la New Wave, en plein essor à l'époque, et les œuvres d'Ursula Le Guin, Joanna Russ, Samuel Delany, Gene Wolfe, ainsi que Stanislas Lem et les frères Strougatski. La SF lui paraît correspondre à sa réalité, la transformation aussi rapide que radicale de son environnement presque bucolique en une conurbation tentaculaire, et il reste à ce jour un « patriote de la SF » : il n'éprouve aucune honte à se caractériser comme auteur de science-fiction, et à voir ce genre comme un des outils essentiels pour comprendre la réalité de notre monde. Tout en gardant tout son respect pour la littérature non-SF, Marcel Proust ou Virginia Woolf par exemple.

Robinson obtient son *Bachelor of Arts* (équivalent de la licence) en 1974, et part à Boston pour son master, mais il revient à San Diego dès 1976 pour commencer une thèse avec Fredric Jameson. Ce dernier est un célèbre critique marxiste, à l'œuvre abondante et variée ; il est connu en particulier pour son analyse, très critique, du postmodernisme. C'est Jameson qui lui suggère de travailler sur Philip K. Dick. Robinson soutiendra sa thèse en 1982, et elle sera publiée en 1984. Le point de vue en est résolument politique : Robinson écrit en conclusion : « *L'utilisation tendancieuse de la science-fiction — son côté utopique inhérent en guise de critique sociale — commençait tout juste à apparaître au début des années 1950 lorsque Dick débuta dans l'écriture et son œuvre est l'un des meilleurs exemples de science-fiction utilisée comme critique sociale.* »(1) Je me souviens d'un colloque à Étampes au printemps 1986, où Robinson, au sein des critiques français encore impressionnés par la conférence du Festival de Metz en 1977, et d'invités qui incluaient Anne Dick (une des veuves de l'auteur) et un théologien catholique, se singularisait par son approche résolument rationaliste de l'auteur, et expliquait la fameuse vision du rayon rose de 1974 par un AVC mineur passé inaperçu.

La conclusion de l'ouvrage de Robinson lui fournit aussi l'occasion d'exposer son point de vue sur la science-fiction, en partant des analyses de Delany sur les genres comme collections de protocoles de lecture. Il constate que la SF a emprunté à de nombreux genres plus anciens, est née du changement technologique rapide, et il l'analyse ainsi : « *L'histoire de ces dernières décennies a emmené la culture au milieu d'un faisceau d'éléments et de conventions qui fondent la science-fiction, à tel point qu'il est devenu évident pour un nombre croissant d'auteurs et de lecteurs que beaucoup des méthodes littéraires qui représentent avec le plus d'impact notre culture se trouvent dans les "para-littératures", jusqu'ici décriées et repliées sur elles-mêmes.* » Il ajoute plus loin : « *La science-fiction va devenir un genre de plus en plus important, de plus en plus central à notre culture* »[2], une prédiction tout à fait exacte.

Robinson ne se contente pas de théoriser la SF, il la pratique, et il participe en 1975 à un des ateliers Clarion[3], où les aspirants écrivains peuvent, pendant six intensives semaines, apprendre leur art sous la direction de quelques-uns des grands noms de l'époque. Il y rencontre Damon Knight, qui va publier ses premiers textes — deux nouvelles d'un coup dans le dix-huitième volume de sa série d'anthologies *Orbit*, en 1976. C'est en traversant le pays en voiture pour se rendre à Boston, en 1975, pour y commencer son année de master, qu'il apprend que son premier texte est accepté : « *Dans le Wyoming, il y a une aire d'autoroute au point culminant de la Highway 80 avec une statue géante de la tête de Lincoln juchée sur une étagère en granit au-dessus de la route, et j'ai dormi dans ce parking cette nuit-là, sur le trottoir à côté de ma voiture, après avoir téléphoné à mes parents et appris que j'avais vendu ma première nouvelle à Damon. J'ai lu* "En poussant les osselets" *de Fritz Leiber, dans* **Dangereuses Visions**, *à la lumière d'un réverbère, sous la tête géante de Lincoln. Quel début magnifique !* »[4] On notera que ces premiers textes dans *Orbit*, *« In Pierson's Orchestra »* et *« Coming Back to Dixieland »*, parlent tous deux de musique, et de drogues, une direction que l'auteur ne poursuivra guère.

Entre le début et la fin de sa thèse, Robinson entreprend un autre détour qui sera décisif dans sa vie. Davis est une petite ville proche de Sacramento où l'État de Californie a établi sa « ferme universitaire » en 1909 pour les étudiants en agriculture. La ferme, devenue *college* dans les années 30, a intégré en 1959 le réseau de la dizaine d'universités publiques de premier rang de l'État (à l'instar de Berkeley, UCLA, UC San Diego…) et est devenue University of California at Davis. UCD ou, comme on dit familièrement, « U C Cow », commente Robinson avec un sourire mi-figue, mi-raisin. En 1978, l'écrivain s'installe à Davis et enseigne la littérature à UC Davis à titre temporaire. Il travaille aussi dans une librairie de la ville, Orpheus Books. Et en 1981, il rencontre Lisa Nowell, doctorante en chimie. Celle-ci est une spécialiste de l'eau, notamment de la pollution des eaux, et elle continue toujours de publier des articles scientifiques sur le sujet — si vous voulez savoir quels insecticides on trouve dans les rivières californiennes, reportez-vous à ses travaux !

La question de l'eau est sensible partout en Californie. L'explosion urbaine du Sud semi-désertique, Los Angeles avec son énorme Department of Water and Power, mais aussi ce voisin plus jeune et plus gourmand encore qu'est Orange County, n'a été rendue possible qu'au prix du transfert des ressources en eau puisées dans les montagnes du Nord de l'État, les Sierras, en provoquant des dommages irréversibles au biotope. Or, Robinson est depuis toujours un randonneur enthousiaste, prêt à passer plusieurs jours sur les pistes, sac au dos — et même pour qui ne le connaît pas, cela devrait apparaître à la lecture de la plupart de ses romans, où l'on trouve presque toujours une ou plusieurs scènes de marche prolongée. Comme il le dit lui-même : « *J'aime passer du temps en montagne, c'est surtout ça. J'ai voulu faire entrer dans ma fiction cet élément important de ma vie. Et j'ai côtoyé la communauté des treks au Népal et en Antarctique, et c'est un bon point de départ comique, et pour notre relation à l'univers physique. Très tôt j'ai eu l'intuition qu'il y avait là une opportunité, en ce sens qu'historiquement la SF est une littérature urbaine, mais que l'avenir allait accorder une place de premier plan à notre relation à la planète.* »[5]

L'organisation de randonneurs la plus connue en Californie, et même aux États-Unis,

est le Sierra Club. Fondé en 1892 par John Muir, cette association avait pour premiers buts la protection de vastes zones naturelles, notamment dans la Sierra Nevada, en les faisant transformer en parcs nationaux — c'est sans doute grâce à son lobbying qu'est retourné dans le giron fédéral le parc de Yosemite, deuxième parc national du pays. Mais les premiers combats (perdus) du Sierra Club dans les années 1900 furent livrés pour s'opposer à la construction de barrages destinés à l'alimentation en eau de la ville de San Francisco, et ils ont continué au XXe siècle de faire obstacle aux projets qui auraient noyé des canyons de l'Utah ou de l'Arizona — on trouvera, dans la trilogie martienne de Robinson, un écho de ces débats dans les oppositions qui naissent entre colons : faut-il noyer la planète rouge d'eau et d'atmosphère ? Le Sierra Club publie un magazine sur la nature qui est très lu, et auquel Robinson a contribué plusieurs fois (6). Notons enfin, pour clore cet aparté, qu'en 2011, UC San Diego a nommé Robinson « Muir Environmental Fellow », et que le dernier livre en date de l'auteur, à paraître en mai 2022, est un ouvrage documentaire sur les Sierras et la randonnée : **The High Sierra : A Love Story**.

Revenons à Stan Robinson : jeune docteur en littérature, il quitte San Diego en 1982 et vient à Davis pour épouser Lisa Nowell et donner des cours d'écriture aux étudiants de première année, tout en continuant à publier régulièrement des nouvelles dans des anthologies comme *Orbit* ou *Universe* (dirigée par Terry Carr), et dans des revues comme *The Magazine of Fantasy and Science Fiction* (dont l'édition française était *Fiction*). Une des nouvelles marquantes de ces années est *« Le Lucky Strike »*, une uchronie en forme de conte moral : le colonel Paul Tibbets est victime d'un accident d'avion, et dans l'équipage B pour le raid nucléaire sur le Japon, Frank January, bombardier qui se pose beaucoup de questions, ne voudra pas incinérer Hiroshima. Mais Robinson travaille aussi sur des romans, plusieurs à la fois en fait (cf. l'entrevue avec Terry Bisson dans ce numéro). Le premier à voir le jour le fera en fanfare : en 1984, Ace Books, éditeur historique d'une foule d'ouvrages de SF, souvent plutôt populaires, a décidé de ressusciter une collection dirigée dans les années 1960 par Terry Carr, qui avait marqué les esprits par la qualité de ses titres, les « Ace Science Fiction Specials ». L'éditeur acquiert six premiers romans qui sortent au cours de l'année 1984 : on y trouve des auteurs cultes au potentiel commercial plus qu'incertain (Howard Waldrop, **Them Bones**, novembre 1984 ; Carter Scholz & Glenn Harcourt, **Palimpsests**, septembre 1984), des écrivains prometteurs (Michael Swanwick, **Le Baiser du masque**, février 1985, Lucius Shepard, **Les Yeux électriques**, mai 1984), et un roman qui fera date et changera pour toujours le sens du préfixe *cyber-* (William Gibson, **Neuromancien**, juillet 1984). Le premier roman de Kim Stanley Robinson, **Le Rivage oublié**, ouvre le bal en mars 1984. Il s'agit du premier de trois futurs alternatifs imaginés par Robinson pour sa région d'origine. Une frappe nucléaire a eu lieu et la civilisation s'est effondrée ; l'endroit est redevenu bucolique et sert de cadre aux aventures d'un groupe d'adolescents qui sont une sorte d'hommage à **Huckleberry Finn**. Évidemment, le retentissement médiatique de **Neuromancien** est bien plus tonitruant — il faut dire que le *cyberpunk*, ainsi nommé par Gardner Dozois, bénéficie d'un héraut inlassable en la personne de Bruce Sterling, qui éprouve le besoin de délimiter des camps en matière de littérature. Ainsi naît brièvement l'étiquette « humaniste » pour désigner un ensemble d'auteurs qui n'avaient jamais éprouvé l'envie de se regrouper, et dont le principal serait Robinson. Lequel n'apprécie guère le label, et de fait s'entend fort bien avec Gibson sur le plan personnel.

La même année 1984 sort **Les Menhirs de glace**, sans doute le seul *fix-up* auquel se soit livré Robinson : à deux textes précédemment parus est accolé un troisième ; les trois passages se situent à différentes époques de l'histoire future du Système solaire, avec leurs bouleversements et leurs révolutions, et les personnages, en partie grâce à l'archéologie, arrivent à réinterpréter et remettre en question les récits des événements du passé, en dépit du pouvoir de la propagande. Robinson est régulièrement revenu sur la fragilité des certitudes que nous pouvons avoir sur l'Histoire, et l'uchronie est un fil mineur mais récurrent de son œuvre ; en 1991, il choisit d'ailleurs le titre de **Remaking History** pour son troisième recueil de nouvelles, même s'il ne s'agit pas d'un recueil d'uchronies — on y trouve notamment *« Vinland the Dream »*, où l'archéologie démasque comme une imposture les traces de la présence temporaire des Vikings en Amérique du Nord. **Les Menhirs de glace**, qui décrit une révolution sur Mars et la répression brutale qui y met fin, présage à de nombreux égards la « **Trilogie martienne** », et ne manque pas de passages décrivant des randonnées dans ce paysage de roches froides et arides, que la terraformation encore balbutiante agrémente de quelques plantes courageuses. Autre similitude, les personnages, qui bénéficient de traitements de longévité, ont bien du mal à se souvenir des événements lointains de leur vie — ceci fait écho aux préoccupations personnelles de l'auteur, et à ses goûts littéraires (Proust !).

Au détour du deuxième des récits qui constituent **Les Menhirs de glace**, relaté par le vieil archéologue Hjalmar Nederland, on trouve un paragraphe sarcastique sur la relation entre directeur de thèse et doctorant, décrite comme un couple « maître-esclave » : « *Je doute que je m'approche jamais d'une université, si je devais recommencer. Vingt ans d'apprentissage sous la férule d'un vieil homme ou d'une vieille femme qui "sait", uniquement pour parvenir en position d'être traité en maître par des gens que vous connaissez à peine. Stupide (et pourtant mieux que la prospection minière).* »[7] Précisons que dans la réalité, Robinson a toujours conservé son admiration et son amitié pour Jameson, auquel il a fait relire le manuscrit de **The Ministry for the Future**, sorti en 2020, et qui lui a communiqué d'utiles suggestions.

Mémoire et musique sont aussi au menu de **La Mémoire de la lumière**, roman écrit en même temps, mais qui paraît en 1985, un voyage dans tout le système solaire, colonisé par les humains façon John Varley. Robinson prend pour point de départ sa nouvelle *« In Pierson's Orchestra »*, qui décrit un instrument de musique extraordinaire : un orchestre entier, animé par des procédés électromécaniques, qui peut être joué par une seule personne — laquelle doit se consacrer à cette tâche au point d'y risquer sa santé mentale.

En 1985, le couple quitte la Californie, car Lisa Nowell a obtenu un emploi postdoctoral de deux ans (1986 et 1987) à l'EAWAG, l'institut fédéral de science et technologie aquatique suisse, à Zürich, pour y travailler sur la toxicologie de l'environnement. « *L'Europe était pour nous une jungle d'histoire, de culture et d'altérité, une sorte de paysage de rêve.* »[8] En chemin, les Robinson (pas encore suisses) font un séjour au Népal, paradis des randonneurs avec ses sommets mythiques. Tout n'y est pas rose — le pays est encore assez peu ouvert aux touristes, et la nourriture est plus souvent qu'à son tour un *dal bat,* des lentilles avec du riz. Robinson en tirera le recueil humoristique **Escape from Kathmandu** en 1989. Après le Népal, le couple passe par l'Égypte, les îles grecques, Venise, et arrive en train via Innsbruck.

Installé en Suisse, Robinson peut se consacrer à l'écriture

à temps plein et, carte à grande échelle d'Orange County punaisée au-dessus de son bureau, il poursuit son projet d'avenirs divergents pour la Californie du Sud avec **La Côte dorée**, un futur à peine différent de notre présent dans lequel le complexe militaro-industriel, et ses malversations, joue un rôle majeur (l'industrie de l'aviation militaire est très présente dans la région). Le futur de **La Côte dorée**, écrit en 1986, est tellement proche qu'il a vite été dépassé par les événements, notamment la fin de l'URSS, au grand dam de son auteur. Le troisième volet des avenirs californiens, **Lisière du Pacifique**, est une utopie écologique où les gens passent beaucoup de temps en activités sportives. « *J'ai constaté que je voyais mieux ma ville natale depuis Zürich qu'en restant à la maison.* »[9] Robinson découvre la ville et les Alpes, terrain de randonnée lui aussi fascinant — même si les sommets majeurs sont des 4000 mètres, peu de choses comparés aux 8000 mètres des pics himalayens — et, surtout, la façon de vivre et l'organisation politique des Suisses, qu'on retrouvera dans la « **Trilogie martienne** ». La Mars de Robinson est pleine de Suisses qui construisent des routes ; les montagnes suisses, quand elles ne sont pas couvertes de neiges, sont parcourues par de nombreuses routes, qui, dans les souvenirs de l'auteur de ces lignes, sont constamment en travaux — sans doute parce que la belle saison est courte et qu'il faut réparer les dégâts du gel. Plus sérieusement, les mécanismes de subsidiarité de la démocratie locale inspirent explicitement la constitution martienne élaborée dans **Mars la verte**, deuxième volume de la trilogie, et publiée *in extenso* dans le recueil **Les Martiens**.

De 1988 à 1991, Lisa Nowell travaille à Washington, à la Food & Drug Administration et à l'Environmental Protection Agency. Le couple a aussi son premier enfant, et Robinson reste à la maison pour s'en occuper et écrire quand il en a le temps. Puis c'est le retour à Davis — Lisa prend un emploi à Sacramento, au US Geological Survey, au sein duquel elle aide à concevoir et développer le National Water Quality Program et pour lequel elle travaille encore à ce jour[10]. Le couple achète également une maison dans Village Homes — un écoquartier, construit à partir de 1975, qui possède de nombreux points communs avec la communauté décrite dans **Lisière du Pacifique**[11]. Les maisons sont orientées pour profiter de l'énergie, les rues encouragent les voitures à ralentir, il y a un réseau de pistes cyclables, de nombreuses surfaces ne sont pas artificialisées pour permettre l'absorption des eaux de pluie par le sol, les plantes décoratives sont des fruitiers dont on peut récolter les produits[12]...

Robinson continue aussi à écrire des nouvelles, et deux recueils paraissent, **La Planète sur la table** (1986) et **Remaking History** (1991), auxquels il faudrait ajouter **A Sensitive Dependence on Initial Conditions** (1991), qui constitue le numéro 20 de la collection « Author's Choice Monthly », chez le petit éditeur Pulphouse Publishing, et la parution de trois longs récits, *« Mars la verte »* (1988), *« Le Géomètre aveugle »* (1989), et **A Short, Sharp Shock** (1990), comme moitiés de « Tor SF Doubles ». Les « Tor SF Doubles » étaient une tentative (parmi d'autres) de ressusciter le format des « Ace Doubles » des années 1950 et 1960 : deux courts romans sous la couverture d'un unique livre de poche. *« Mars la verte »* (à ne pas confondre avec le roman du même titre !) était paru en 1985 dans *Isaac Asimov's Science Fiction Magazine*, tandis que *« Le Géomètre aveugle »* était sorti en plaquette chez un petit éditeur avant de reparaître dans la même revue. **A Short, Sharp Shock**, en revanche, est un texte inédit, et une étrangeté dans la carrière de l'auteur, qui le décrit comme de la *fantasy* ; je dirais plutôt que l'ambiance est onirique, avec ce marcheur (ce randonneur ?) qui parcourt une étroite langue de terre ceinturant une planète-océan, jamais élucidée ou expliquée.

Néanmoins, les romans restent la passion de Robinson, et il abandonne vers cette époque l'écriture de nouvelles pour s'attaquer à un vaste projet qui va transformer son image et sa carrière d'auteur : la « **Trilogie martienne** », décrite en détail par ailleurs dans ce numéro. Les sources de Robinson pour sa Mars imaginée sont multiples ; il y a de la documentation scientifique en abondance, son goût pour les paysages et la randonnée — la trilogie regorge de passages où des personnages se promènent sur la surface de la planète rouge, à pied, ou par différents moyens de transport. Esthétiquement, Robinson déclare : « *J'étais attiré par tout ce qui avait à voir avec la circularité, à cause du nombre stupéfiant de cratères sur Mars.* » Mais les cratères martiens vont être souvent immergés au cours de la terraformation décrite dans la trilogie, d'où des mers nouvelles, et pour les villes, l'auteur poursuit : « *J'ai pensé aux villages de Crète, et aussi aux vues spectaculaires de Santorini.* » Politiquement, on y retrouve beaucoup de Suisse, comme mentionné, mais aussi des modèles piochés de par le monde : « *Mondragon, en Espagne, a été une référence constante, et aussi le Kerala, en Inde du Sud. Je regardais des endroits coopératifs, de gauche. Bologne, en Italie. Les cités-états italiennes de la Renaissance, pour un autre point de vue.* »[13]

En premier lieu, il s'agit pour Robinson de satisfaire son goût pour l'utopie, goût dont il parle lui-même dans une entrevue réalisée à l'occasion de sa participation comme conférencier invité (aux côtés notamment de Fredric Jameson) au congrès The Futures of Utopia, tenu à l'université Duke en 2003 : « *Je me considère comme un romancier utopiste, et il me semble que je mélange ainsi les genres (puisque les utopies au départ ne se veulent pas des romans). Mais ce mélange est productif, parce qu'il permet d'avoir des histoires intéressantes. Le vieux reproche fait aux utopies qu'elles seraient ennuyeuses est en partie une attaque politique, en partie dû au fait qu'elles ne sont pas assez romanesques. Je suis conscient de la puissance de ce mélange depuis que j'ai passé une nuit blanche à lire* ***Les Dépossédés****, d'Ursula K. Le Guin lors de sa sortie en 1974.* »[14] L'installation d'humains sur Mars, et plus encore le processus par lequel ils vont conquérir leur indépendance de leurs maîtres terriens — les multinationales, dissimulées par le masque qu'est l'ONU —, devra donc être décrite pas à pas, sans éviter les questions difficiles que cela pose, techniques et politiques. Car « *mes romans martiens ont été écrits dans l'optique que ce sont des métaphores décrivant ce que nous devons faire ici aussi, c'est une question d'attitudes et d'actions individuelles.* »[15] Comme l'auteur le fait remarquer plus loin, l'ensemble des œuvres de SF crée une sorte de « consensus sur l'avenir », et il veut l'influencer.

Qui dit réalisme et besoin d'emporter la conviction, dit aussi abondance de détails et de preuves. Ce qui a mené Robinson à abandonner la conception « montrer et ne pas dire » (*show, don't tell*) qui prévaut en SF depuis Robert Heinlein. « *Il y a une rupture majeure entre* ***Lisière du Pacifique*** *et* ***Mars la rouge****, où j'ai décidé de modifier mon style et d'oublier* *celui des revues des années 1980, le style à la Heinlein, qui cache l'exposition et la glisse sous forme de demi-phrases ici et là, pour se lire comme si on lisait de la littérature contemporaine de l'époque où le livre se situe.* »[16]

Robinson revient donc à une conception plus vernienne du texte, tolérante de longues digressions pédagogiques. « *Nous avons ici une question sur l'esthétique de la science-fiction. Pendant un temps, il était de bon ton de mépriser l'exposition comme si c'était un faux pas littéraire, et dans les ateliers d'écriture on disait que c'était de l'*infodump [« décharge d'information »]. *Mais je pense qu'on va parfois trop loin avec ce principe, que ça mène souvent à un résultat final qui ne dit rien de nouveau et ne peut parler vraiment de science, à cause de ce besoin d'avoir sans cesse de l'action. Mais la vie n'est pas ainsi, ce n'est donc pas réaliste. Quand j'ai commencé mes livres martiens, j'ai délibérément décidé de prendre le temps d'écrire sur tout ce que je voulais, y compris les sujets scientifiques nécessaires, avec l'idée que tout devient intéressant si on le rend intéressant, et que la surface de Mars l'est au moins autant qu'une poursuite en voiture sur le sol en question. Cela a donné un texte étrange à la lecture, ça m'a effrayé, mais les réactions à ces livres m'ont permis de comprendre que mon estimation était juste, et que les lecteurs de roman étaient ouverts à toute sorte de modes différents, y compris l'exposition.* »[17]

Et de fait, avec un prix Nebula et deux Hugo pour les trois volumes de la trilogie, parus respectivement en 1992, 1993, et 1996, Robinson n'avait plus de souci à se faire. Un peu plus tard paraîtra **Les Martiens**, ensemble disparate et réjouissant de textes autour de Mars : on y trouve des fragments qui auraient pu figurer dans la trilogie, d'autres qui pourraient prendre place parmi les mythes de la société martienne, une liste des musiques écoutées pendant l'écriture des romans, des nouvelles écrites avant ou à côté, et d'autres récits qui explorent des futurs résolument incompatibles avec celui tracé par les volumes canoniques. Le choix est délibéré : Robinson ne veut pas écrire une histoire du futur cohérente, il produit des récits sur le futur qui peuvent chacun diverger un peu des autres, par exemple pour les réviser au vu des leçons du présent !

En 1995, autre honneur : Robinson est sélectionné par le programme « Antarctic Artists and Writers Program » de la National Science Foundation. La NSF est une importante administration américaine, sorte d'équivalent du CNRS — elle emploie moins de chercheurs, mais subventionne de façon importante les laboratoires et les enseignants-chercheurs universitaires. Le programme AAWP relève de la diffusion de la science : il permet chaque année à une poignée d'artistes de visiter les bases scientifiques américaines du continent glacé austral, dans le but d'utiliser leur expérience pour une de leurs créations. Pour Robinson, sans doute le seul auteur de SF à avoir bénéficié de cette opportunité, ce sera un roman, **SOS Antarctica** (1997). Interrogé sur la situation du livre dans un futur très proche, Robinson s'explique : « *J'y pense comme à des romans "d'après-demain" (...). C'est un moyen très efficace pour écrire sur le présent sans produire un roman qui devient instantanément un roman historique ; il est crucial de ne jamais mettre de date dans un roman d'après-demain, et il est bon de mélanger les éléments, avec des choses qui sont en fait contemporaines (...) tandis que d'autres n'arriveront sans doute pas avant vingt ou cinquante ans (...). On restitue ainsi l'impression de perpétuelle nouveauté de notre vie actuelle, que tout est possible (...). Ici, la représentation artistique fidèle du présent exige probablement la science-fiction, comme je le dis ou plutôt comme je le pratique depuis les années 1970.* »[18] Avec **SOS Antarctica**, on se situe presque dans le *thriller* ; il y a des éco-terroristes, mais les vrais méchants sont les compagnies pétrolières cherchant à se défaire du traité international qui protège l'Antarctique, et la menace sur le monde est physique : la calotte glaciaire pourrait glisser dans les océans… Robinson retrouvera l'Antarctique lors d'un nouveau voyage en 2016, et le continent blanc servira de cadre dans une des nouvelles des **Martiens**, comme terrain d'entraînement avant le départ des cent premiers colons vers Mars ; on le reverra dans plusieurs passages du dernier roman en date de Robinson, **The Ministry for the Future**.

Si Robinson considère que la SF « triche » quand elle postule la propulsion ultra-luminique ou le voyage dans le temps, il ne dédaigne pas se lancer dans ce qu'il appelle parfois de la *fantasy*, notamment au nom de l'uchronie. Depuis les années 1970 lui trottait dans la tête la question de ce qu'il serait advenu du monde si les Européens ne l'avaient pas aussi complètement envahi et transformé à partir du XVe siècle. Ayant mis en scène des minorités musulmanes dans sa trilogie martienne, il voulait aussi approfondir sa description de l'islam, qui était restée sommaire. Il en résulte un roman massif, **Chroniques des années noires**, qui retrace l'histoire du monde depuis le point de divergence — la Peste Noire dépeuple totalement l'Europe au XIVe siècle, au lieu de ne tuer que le tiers ou la moitié de la population — jusqu'à un futur proche. Le contexte est audacieux pour un auteur et un lectorat occidentaux : les grands acteurs du monde se trouvent en Chine, en Amérique centrale, en Afrique. La forme est originale, puisque le livre se compose d'une dizaine de récits situés à des époques et en des lieux différents. Entre chaque segment, comme pour souligner l'aspect « fantasy » de l'uchronie, nous passons dans le *bardo*, là où les âmes se réincarnent, et vont assurer la continuité des personnages principaux. En raison de la richesse du décor, de la diversité des points de vue, peut-être de l'aspect aventureux ou roman historique, à titre personnel, je nourris une faiblesse particulière pour ce livre. Il faut aussi souligner que ce monde privé des Occidentaux n'est pas un monde régressif, engoncé dans la tradition ; progrès scientifique et évolution sociale ont simplement démarré ailleurs, là où se concentrent argent et pouvoir.

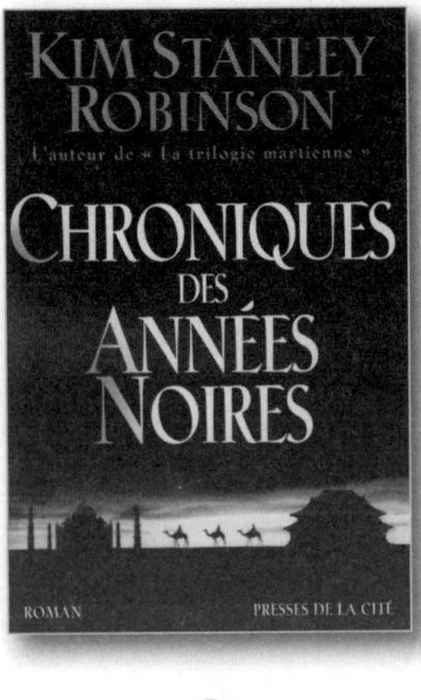

Si Robinson n'a pas de formation universitaire scientifique, le rôle de la science dans ses œuvres est pourtant bien plus important que chez nombre de ses confrères. C'est un goût qui remonte à loin : « *J'ai toujours lu, y compris des ouvrages documentaires souvent historiques ou scientifiques, en commençant par l'archéologie à cause de mon intérêt pour l'histoire, puis je suis passé à la géologie, à l'astronomie, à l'anthropologie, etc. Je n'ai jamais eu l'idée de devenir un chercheur, même si, une fois devenu écrivain de SF, j'ai regretté de ne pas avoir étudié quelque chose comme l'archéologie ou l'anthropologie, plutôt que les lettres, car je crois que cela m'aurait aidé pour écrire de la science-fiction. Mais quand j'étais étudiant, j'étais polarisé sur l'histoire et la littérature.* »(19)

Son parcours personnel le mène toutefois aux sciences plus dures : « *Ma femme est une scientifique, j'ai donc fréquenté beaucoup de scientifiques, et je suis une sorte de groupie de la science. J'aime les problèmes qu'ils attaquent, et j'aime les écouter parler. Ils me distraient. Il est difficile de saisir les chercheurs dans une œuvre de fiction, parce que la science n'est pas en elle-même palpitante. C'est une des raisons pour lesquelles j'adore* **Un Paysage du temps** *de Gregory Benford. Le contexte universitaire, l'ambiance académique, les physiciens au travail — tout ça est solidement étayé.* »[20]

L'intérêt de Robinson pour la science se situe aussi dans un contexte politique propre aux États-Unis. En 1975, selon l'institut de sondage Gallup[21], 67 % des Démocrates et 72 % des Républicains affirmaient leur confiance en la science. Le parti républicain avait certainement une bonne relation avec le complexe militaro-industriel évoqué dans **La Côte dorée**, et dans les années 1980 Gregory Benford, lui aussi un habitant d'Orange County, a fait partie des scientifiques qui pouvaient conseiller Ronald Reagan ; quant à l'auteur de SF Jerry Pournelle, il a poussé le programme surnommé « la guerre des étoiles ». En 2021, en revanche, ce sont 79 % des Démocrates et seulement 45 % des Républicains qui affirment leur confiance en la science. Les causes expliquant ce refus de la science chez les Républicains sont multiples[22] : l'influence des fondamentalistes religieux, qui ne supportent pas la théorie de l'évolution et bien des aspects de la biologie moderne ; les racistes de tout poil, qui récusent les résultats des économistes ou des sociologues ; les producteurs de tabac et les firmes chimiques, qui mettent toute leur énergie à nier les résultats d'études médicales ; et bien entendu les producteurs de charbon et d'hydrocarbures, qui ont élevé un rideau de fumée contre les conclusions des climatologues. En fin d'année 2000, G. W. Bush bat de justesse Al Gore, le démocrate qui avait compris tout l'enjeu du réchauffement global.

Et en 2001 c'est au changement climatique, et à la façon dont le gouvernement américain le combat ou l'aggrave, que s'intéresse Robinson avec sa trilogie suivante, connue sous le nom de « **Capital Code** », voire « **40-50-60** », ou encore « **Trilogie climatique** » (à savoir **Les Quarante signes de la pluie**, **50° au-dessous de zéro** et **60 jours et après**). Le changement climatique est sans doute trop lent pour être romanesque ; le ressort principal de cette nouvelle trilogie est ici la perspective d'un arrêt brutal du *gulf stream*, qui aurait des conséquences majeures sur le climat. « *J'ai commencé le livre quand les carottes glaciaires du Groenland ont confirmé qu'au Dryas récent, le monde avait été plongé dans un âge glaciaire en trois ans environ (…) Je voulais raconter l'histoire d'un changement climatique abrupt, par opposition à l'histoire du réchauffement global ; c'est différent, quoiqu'il apparaisse clairement que le réchauffement global est plus rapide qu'on ne le pensait, et qu'il y ait des boucles de rétroaction positives très puissantes (disparition de la banquise arctique, dégazage du méthane de Sibérie, etc.) capable de faire basculer le climat.* »[23] La Terre sera sauvée par la géo-ingénierie, grâce à un changement politique ponctuel. Mais l'auteur ne voit de solution que dans un changement plus radical : « *La justice sociale, impossible sous le capitalisme à cause de la structure fondamentalement hiérarchique du pouvoir capitaliste, est nécessaire à la santé de l'environnement et à la survie de l'humanité. Donc ces forces, démocratie et justice sociale, sont alignées avec la science [qui sonne l'alarme] pour un projet plus large de capacité de survie de l'espèce. Un projet anti-capitaliste.* »[24]

Au long des trois volumes, on trouve beaucoup plus que cela, naturellement. Des catastrophes météorologiques, bien sûr. De nombreuses considérations politiques et sociologiques, avec la présence récurrente du Dilemme du Prisonnier, l'exemple paradigmatique de la théorie des jeux pour illustrer les situations où les intérêts individuels s'opposent aux intérêts collectifs. Mais aussi beaucoup d'autobiographie, avec Charlie Quibler, personnage de père au foyer dont l'épouse est scientifique : précisément la situation de Stan Robinson pendant ses quatre années à Washington — il faut à l'auteur quelques années pour filtrer et restituer ses expériences vécues. Un lien direct est tracé avec l'orientation politique de la présidence américaine : un tournant décisif est pris quand le président républicain, ignorant et vaguement ridicule, caricature de Reagan, cède la place au sénateur démocrate Phil Chase (personnage repris de **SOS Antarctica**), qui est une sorte d'Al Gore : il décide d'engager des actions résolues pour faire face aux désastres en cours.

Enfin, un aspect frappant du livre est la vérité de la description de la vie interne de la National Science Foundation. Robinson, en tant que lauréat du programme « Antarctic Artists and Writers Program », a participé par la suite aux commissions d'examens des candidatures, qui sont construites sur le même modèle que celles qui accordent des crédits de recherche, et il compte parmi ses amis des gens qui ont travaillé pour la NSF. La trilogie prend un tour plus fantaisiste quand elle suit les pas de Frank Vanderwal, un chercheur de la NSF amoureux du plein air, qui décide de vivre dans une cabane construite dans la ramure d'un arbre d'un parc de Washington. Interrogé sur l'aspect autobiographique de la chose, Robinson l'admet : « *Quand j'étais jeune, j'ai vécu dans mon bureau sur le campus pendant quelques mois, j'ai donc une petite expérience de ce côté-là* »[25] ; il récuse toutefois toute identification ! Mais il admire la NSF : « *J'ai voulu en brosser un portrait en héros utopiste de science-fiction. Vu comment la science est structurée, ça a du sens d'avoir pour protagoniste une institution ; c'est une sorte d'expérience narrative. Et je souhaiterais qu'ils puissent avoir plus d'influence sur la politique des gouvernements américains.* »[26]

Après cette trilogie de romans presque réalistes, Robinson replonge à la fois dans un futur lointain et dans un passé historique avec **Le Rêve de Galilée**. Des scientifiques du XXXIe siècle vont rechercher le savant italien dans le passé pour aider au contact avec des extraterrestres qui se nichent sous la glace d'un des satellites « galiléens » de Jupiter. Mais c'est surtout un prétexte pour raconter la vie de Galilée lui-même, et les différentes issues qu'elle aurait pu connaître, selon le degré de repentance manifesté par le savant vis-à-vis de la hiérarchie catholique. Le futur pâlit ici face au passé, et même s'il se montre lamentable comme père de famille et touché par la lâcheté, Galilée incarne finalement encore la science comme un héros abstrait de l'histoire humaine.

S'il se refuse à placer ses œuvres dans la chronologie d'une histoire du futur cohérente, Robinson revient néanmoins régulièrement à l'univers du Système solaire en cours de terraformation et parcouru par des habitats artificiels qu'il avait utilisé dans **Les Menhirs de Glace**, **La Mémoire de la lumière**, et la « **Trilogie martienne** ». En 2012 sort **2312**, son roman le plus franchement SF depuis la fameuse trilogie — ce qui ne l'empêche pas d'y glisser des allusions proustiennes, avec une protagoniste baptisée Swan et un personnage secondaire nommé Genette (d'après Gérard Genette, un spécialiste de Proust que Robinson admire).

2312 est un roman rythmé par une multitude de voyages à travers le système solaire, autant d'occasions pour Robinson de s'adonner à la création et à la description de paysages. Plusieurs passages se déroulent sur Mercure, un environnement radicalement hostile à la vie, sur lequel on trouve la ville roulante de Terminateur, déjà mentionnée dans la « **Trilogie martienne** » : l'intrigue du livre est construite comme une histoire d'espionnage où la menace principale pourrait être des intelligences artificielles quantiques. L'effrayant bombardement de la cité de Terminateur, vers le premier quart du livre, nous rappelle que Robinson sait, à l'occasion, pimenter ses livres d'action dramatique (**Les Menhirs de Glace** et la « **Trilogie martienne** » avaient déjà eu leur compte de dômes atmosphériques déchirés par les missiles des transnationales).

Pour voyager entre les planètes sans dépenser des quantités astronomiques d'énergie, les personnages profitent de l'orbite excentrique d'astéroïdes transformés en habitats spatiaux, qui jouent dans le monde de **2312** le rôle essentiel d'Arches de Noé : nombre d'espèces, ou plutôt de biotopes entiers, qui sont menacés de disparition, ou ont disparu de la Terre ravagée par le réchauffement climatique, sont préservés dans des habitats cylindriques. Parfois à l'identique, parfois sous forme de créations syncrétiques obéissant à la fantaisie esthétique plus qu'à une logique rigoureuse de conservation. Robinson, on s'en doute, consacre des passages entiers à la description technique de la fabrication de ces habitats, comme il avait passé du temps à expliquer le problème de la fabrication d'un humus vivant sur Mars avant de penser à y planter quoi que que ce fût. On sent que depuis qu'il s'est réinstallé à Davis, il passe beaucoup de temps dans son jardin : « *Je désherbe beaucoup dans le jardin, tous les matins. J'ai les mains dans la terre, et je massacre avec vigueur et enthousiasme des plantes que je n'aime pas. Ou peut-être que je les aime, mais je n'en veux pas dans mon jardin, je n'en veux pas dans mon jardin. Donc je suis au soleil sur mes fesses, ou à genoux et penché, à fouailler la terre. J'adore.* »[27]

Le but ultime des habitats-arches est la réintroduction des espèces dans le milieu naturel, une fois qu'on aura pu le réparer. Ou le reconstituer sur une planète terraformée, car c'est la Terre qui restera sans doute la plus difficile à terraformer. Les glaces polaires ont presque entièrement fondu, et Swan visite une Manhattan submergée, où subsistent des buildings que relie une flotte de vaporetti…

… et c'est exactement le cadre de **New York 2140**, qui paraît en 2017. Le niveau des mers a monté d'une quinzaine de mètres, le haut de Manhattan reste émergé, Wall Street est sous l'eau, une zone est « *entre les marées* », et les grands bâtiments du sud de l'île, s'ils ont perdu l'usage de leurs trois premiers étages, sont toujours utilisés au-delà de ce niveau. Le livre commence comme une enquête policière : il y a eu une disparition à l'ancienne tour de la MetLife, convertie en une coopérative de locataires. Le choix du bâtiment ne s'est pas fait au hasard : « *J'ai choisi ce bâtiment parce que l'architecte, Napoleon LeBrun, s'était servi du campanile de la Place Saint Marc à Venise comme modèle ; la copie est dix fois plus grosse que l'original, mais visuellement ils sont identiques. Donc je l'ai choisi pour faire une blague.* »[28]

Si le livre a ses aspects comiques, Robinson, qui a lu

Thomas Piketty (comme beaucoup de gens) se concentre sur le rôle du capitalisme, et de l'externalisation des coûts, dans la crise climatique. Ce qui explique aussi le choix soigneux de la date, pour un auteur qui n'aime pas en mettre sur ses « romans d'après-demain ». Une date contrainte par deux impératifs contradictoires. « *Je voulais situer le roman assez loin dans le futur pour que physiquement une hausse de 15 mètres du niveau des océans soit probable — c'est une valeur extrême. La plupart des modèles tablent sur 5 mètres. Donc il a fallu que je me projette 120 ans dans l'avenir. D'un autre côté, je voulais parler de la situation financière où nous sommes, cette période du capitalisme tardif où nous ne pouvons pas nous payer les changements indispensables parce que ce n'est pas rentable. Il faut réviser ces indicateurs économiques si nous voulons survivre au changement climatique. Je voulais un roman sur la finance qui parte des leçons que nous avons apprises — ou pas — du crash de 2008/2009.* »[29]

Entre-temps, Robinson a publié deux autres romans, qui partaient chacun dans une direction différente, tout en conservant le lien avec ses préoccupations. Le premier, **Shaman** (2013), est le plus surprenant : l'unique incursion de l'auteur dans le roman préhistorique, inspiré par son admiration pour la grotte Chauvet. Mais le roman préhistorique peut être considéré comme de la science-fiction : si on a autant d'incertitudes sur un passé aussi lointain que sur l'avenir proche, on dispose aussi de documentation et l'on sait qu'il y a des choses qu'il n'est pas possible d'écrire si on est sérieux. Comme toujours, Robinson s'est renseigné auprès de spécialistes, et a utilisé sa propre expérience de randonneur rompu aux couchages en extérieur... Une de ses motivations pour l'écriture du livre a d'ailleurs été la découverte dans un glacier autrichien du cadavre gelé surnommé « Ötzi » : un autre randonneur... Nous suivons donc un groupe d'humains de l'âge glaciaire, et parmi eux certains des plus anciens artistes dont nous ayons connaissance. Robinson en profite pour se lancer dans une expérience linguistique, celle d'une narration qui cherche à se rapprocher de la langue conjecturée des humains préhistoriques, de leurs concepts et de leur rhétorique propre.

À l'inverse, **Aurora** (2015) se lance dans l'autre direction temporelle : ici, il ne s'agit plus de terraformer Mars, mais d'aller coloniser une planète en orbite autour de Tau Ceti — une étoile choisie parce qu'elle est une des plus proches de nous, mais aussi en hommage à Asimov et Le Guin qui y avaient situé des romans. D'une certaine façon, Robinson s'attelle au projet de rendre réaliste l'expédition interstellaire décrite (et plus tard dénoncée comme une supercherie) dans **Les Menhirs de glace**. Le vaisseau de l'expédition est une arche stellaire composée d'une succession de « biomes » reproduisant différents biotopes terrestres, comme les habitats vagabonds de **2312**. Mais l'exploration interstellaire est beaucoup plus incertaine que celle du système solaire.

En 2018, un autre roman voit le jour : **Lune rouge**. Notre satellite a été colonisé par les Chinois, mais une révolution menace le Parti Communiste... Quoique toujours critique du capitalisme, Robinson ne semble pas voir dans le système chinois une alternative viable, même si, dans son roman suivant, **The Ministry for the Future**, il le crédite d'une capacité d'action plus rapide — s'il veut lutter contre le changement climatique, le gouvernement chinois n'a pas à se soucier du lobbying des grands patrons.

Au cours des vingt dernières années, un changement progressif s'est opéré dans le statut d'auteur de Robinson. Il y a eu un projet d'adapter la « **Trilogie martienne** » en série télévisée, que *The Guardian* voyait déjà comme un successeur à *Game of Thrones* — un cul-de-sac malheureux, comme beaucoup de projets du genre. On a donné son nom à un astéroïde (72432 Kimrobinson). Robinson est désormais décrit par les journalistes comme « un géant de la science-fiction », et il a développé, comme bien des célébrités américaines, une activité de conférencier professionnel. Parfois, sur des sujets surprenants : à la convention mondiale de science-fiction de 2014, j'avais eu la surprise de l'écouter faire un exposé détaillé de la correspondance entre Virginia Woolf et Olaf Stapledon — la première admirait les œuvres du second.

Kim toujours, le maître cartographe... - DR.

Mais le sujet de prédilection de Robinson est et reste l'écologie, et particulièrement le changement climatique. Il en a notamment parlé dans une conférence TED, et en tant qu'invité de l'université de Glasgow dans le cadre des événements organisés en parallèle de la COP26, en août 2021. Il n'est plus juste un amuseur public, mais un intellectuel qui donne son opinion sur le chemin à suivre pour la société. Son dernier roman en date, **The Ministry for the Future**, a un aspect didactique : le récit principal s'interrompt régulièrement pour faire place à des petites leçons d'économie ou de climatologie, ce qui est dans la logique d'écriture de Robinson, mais l'intrigue tout entière essaie de tracer un chemin pour sortir de la crise écologique. La solution suggérée, comme dans **New York 2140**, est dans l'organisation de notre économie — ici, l'instauration d'une *carbon coin* basée sur des blockchains. L'aspect romanesque n'est pas oublié, avec une scène d'ouverture dantesque — une vague de chaleur humide tue toute la population d'une ville moyenne en Inde, à l'exception d'un humanitaire américain, qui en reste traumatisé. Ce dernier s'appelle Frank May — comment ne pas penser à Frank January dans *« Le Lucky Strike »*, autre figure de résistant sacrificiel, et à Frank Vanderwal dans la trilogie « **Capital Code** », autre vagabond urbain.

Car Frank May atterrit à Zürich, siège de ce Ministère du Futur (malicieusement situé dans la maison même où Nowell et Robinson ont vécu deux ans) qui doit coordonner l'action des nations contre le réchauffement, et ici les promenades se font dans une ville munie de trams et de funiculaire. « *Je crois que les gens ne se rendent pas vraiment compte de la différence gigantesque produite par leur infrastructure, ou ce qu'on ressent quand on vit dans une ville qui a des transports en commun, comme Paris, en comparaison des grandes autopies de Californie du Sud. Le ressenti de la vie est complètement différent. Et la combustion de carbone, bien entendu. (...) Ça explique en partie la différence entre électeurs urbains et ruraux : les ruraux peuvent se rêver indépendants des autres, alors que toute leur technologie est fabriquée ailleurs.* »[30] Bien des années plus tard, **The Ministry for the Future** est aussi un prétexte pour une plongée nostalgique dans le Zürich où Robinson a vécu deux ans, ses collines, son lac, ses statues... « *Nous avons passé deux des plus belles années de notre vie à Zürich* », comme le dit le titre de l'interview dans le *Tages Anzeiger* cité plus haut. Robinson laisse le temps filtrer ses bribes autobiographiques !

Si les romans de Kim Stanley Robinson impressionnent par leur accumulation documentaire, ils cherchent toujours à s'exprimer clairement, à jouer avec la langue sans la moindre esbroufe, et s'accordent avec les conseils finalement simplissimes de l'auteur pour une vie meilleure : « *Marchez, jardinez, parlez avec un ami…* »

Notes :

(1). **Les Romans de Philip K. Dick**, Les Moutons Électriques, 2005, traduction de Laurent Queyssi, p. 214.
(2). **Les Romans de Philip K. Dick**, *ibid*, p. 214-215.
(3). Les ateliers Clarion ont commencé en 1968 en Pennsylvanie, se sont longtemps tenus à East Lansing, Michigan, mais depuis 2007 ont été transférés, ironiquement… à San Diego. Et Robinson lui-même y a officié comme enseignant en 2009.
(4). Extrait de « Eyewitness to History's Future: A Conversation with Kim Stanley Robinson », une interview par Arley Sorg parue dans *Clarkesworld* en 2020, https://clarkesworldmagazine.com/robinson_interview_2020/
(5). Extrait de « Wilderness, Utopia, History : An Interview with Kim Stanley Robinson » par Nick Gevers, dans *Infinity Plus*, http://www.infinityplus.co.uk/nonfiction/intksr.htm (Septembre 1999).
(6). Cf. https://www.sierraclub.org/sierra/authors/kim-stanley-robinson
(7). **Les Menhirs de glace**, Gallimard, coll. « Folio », 2003, traduction de Luc Carrissimo.
(8). Extrait de « In Zürich hatten wir zwei der schönsten Jahre unseres Lebens », interview dans le journal suisse *Tages Anzeiger*, 2021 : https://www.tagesanzeiger.ch/in-zuerich-hatten-wir-zwei-der-schoensten-jahre-unseres-lebens-787324168186
(9). Extrait de « In Zürich hatten wir zwei der schönsten Jahre unseres Lebens ».
(10). D'après sa page web professionnelle, https://www.usgs.gov/staff-profiles/lisa-nowell#publications
(11). D'après le site kimstanleyrobinson.info, non-officiel mais très utile : https://www.kimstanleyrobinson.info/content/kim-stanley-robinson
(12). Cf. https://www.villagehomesdavis.org/about
(13). Extraits de « Comparative Planetology: An interview with Kim Stanley Robinson », interview de 2007 sur *Building Blog* : https://bldgblog.com/2007/12/comparative-planetology-an-interview-with-kim-stanley-robinson/
(14). « Future Politics: An Interview with Kim Stanley Robinson », par Imre Szeman & Maria Whiteman, in *Science Fiction Studies*, #93, Volume 31, Part 2, juillet 2004. Disponible à https://www.depauw.edu/sfs/interviews/robinson93interview.htm
(15). Extrait de « Future Politics ».
(16). Extrait de « Digging in the Dirt: A Conversation with Kim Stanley Robinson », un entretien par Alvaro Zinos-Amaro paru dans *Clarkesworld* réalisé en 2015 : https://clarkesworldmagazine.com/robinson_interview/
(17). Extrait de « The Day After Today, interview with novelist Kim Stanley Robinson », par Jennifer Rohn, sur le site *Lablit* : https://www.lablit.com/article/208 (réalisée en 2007)
(18). Extrait de « Future Politics ».
(19). Extrait de « The Day After Today ».
(20). Extrait d'un entretien par John J. Vester, « The Mars/California Connection », disponible à http://kimstanleyrobinson.info/content/marscalifornia-connection-kim-stanley-robinson-edge-map
(21). Consultable à https://news.gallup.com/poll/352397/democratic-republican-confidence-science-diverges.aspx
(22). On peut consulter Mooney, Chris : The Republican War on Science, Basic Books, 2005.
(23). Extrait de « The Day After Today ».
(24). Extrait de « The Day After Today ».
(25). Extrait de « The Day After Today ».
(26). Extrait de « The Day After Today ».
(27). Extrait de l'entretien dans Clarkesworld en 2015.
(28). « Kim Stanley Robinson's New York 2140: To Save the City, We Had to Drown It », par Jake Swearingen, entretien dans le magazine *New York*, 27 mars 2017, https://nymag.com/intelligencer/2017/03/kim-stanley-robinsons-new-york-2140-review-a-drowned-nyc.html
(29). Extrait de « To Save the City, We Had to Drown It ».
(30). Extrait de « Comparative Planetology ».

Une joie véritable : un entretien avec Kim Stanley Robinson

[par Terry Bisson]

Nul dossier bifrostien ne saurait être véritablement complet sans un entretien avec notre sujet. Et ça tombe bien, car le sujet en question, des choses à dire, il en a. D'autant plus qu'ici il les livre à un confrère, l'excellent mais trop rare Terry Bisson. Et quand un auteur de science-fiction rencontre un autre auteur de science-fiction, de quoi parlent-ils ?

Terry Bisson : *David Hartwell a dit un jour que l'âge d'or de la science-fiction, c'est douze ans. C'est vrai pour toi ? Quelles sont tes premières lectures ?*

Kim Stanley Robinson : J'ignorais l'existence de la science-fiction jusqu'à mes dix-huit ans. Après quoi, je suis tombé dedans. Le premier roman dont je me souvienne est **Huckleberry Finn**, et j'ai toujours le même exemplaire, avec sa magnifique couverture aux couleurs vibrantes, montrant Huck et Jim sur leur radeau pêchant un poisson. Mes parents étaient abonnés au Scholastic Book Club et je dévorais les livres dès réception. Je lisais tout ce qui attirait mon regard à la bibliothèque quand j'étais enfant ; ado, j'étais pareil, mais je suis devenu un fan des mystères en chambre close, surtout ceux de John Dickson Carr, mais aussi ceux d'Ellery Queen et tous ceux des années 30. Puis, juste au moment où j'allais entrer à l'université, j'ai découvert les rayonnages SF de la bibliothèque, tous ces livres avec les symboles fusées-et-radiations sur le dos ; c'était passionnant. À l'université, j'ai fait une licence en histoire et littérature, et à côté de ça, j'ai pour ainsi dire suivi un cursus en SF, absorbant toute la *New Wave* en même temps qu'elle arrivait.

KSR, aujourd'hui... - DR.

T. B. : *Est-ce que tes parents te faisaient la lecture, enfant ? Ou quelqu'un ? Et as-tu fait la lecture à tes enfants ?*

K. S. R. : Ma mère nous faisait la lecture, à mon frère et moi, au moment d'aller se coucher. Après, j'ai lu tout seul, avec une lampe-torche. J'ai fait la lecture à mon fils aîné tout au long de son enfance et de sa jeunesse (mon épouse faisait de même pour notre fils cadet), et nous avons ainsi traversé tout Joan Aiken, toute la série des Patrick O'Brian (1), de nombreux romans jeunesse que je me rappelais de mon enfance et que j'ai retrouvés d'occasion, et quantité d'autres. Maintenant que mon aîné est à l'université, tout cela me manque beaucoup ; et j'ai essayé de me rapprocher de mon fils cadet, mais sans succès. C'est triste d'en avoir fini, mais je dois dire qu'en plus de tout le reste, cela m'a certainement aidé lors des lectures publiques de mes propres textes. Ma bouche a gagné en force et en polyvalence.

T. B. : *Tapes-tu au clavier ? Écris-tu à l'ordinateur ? J'ai entendu dire que Karen Joy Fowler et toi écriviez dans des cafés. Qu'en est-il ?*

K. S. R. : Oui, je tape au clavier, et je peux aller très vite, quoiqu'avec des erreurs. J'écris à la main dans un carnet, mais je passe à l'ordinateur portable pour la fiction. J'essaie de travailler à l'extérieur maintenant, à l'ombre dans la cour devant chez moi. C'est très agréable. Être dehors possède un effet bénéfique.

J'ai écrit dans des cafés pendant des années, et cela m'a plu. J'aimais voir les visages, qui devenaient ceux de mes personnages, entendre les voix autour de moi ; je pense que cela m'a aidé pour les dialogues, et a fait en sorte que j'écrive de meilleure manière sur les communautés… Karen Fowler m'a souvent rejoint dans plusieurs cafés en centre-ville, qui ont tous fermé depuis — pas en raison de notre présence, j'espère, même s'il est possible que nous en ayons poussé une poignée à la faillite. Rencontrer quelqu'un connaissant les mêmes problèmes, cela a créé un sentiment de solidarité — et de contrôle, dans le sens où l'on se rencontrait à une heure donnée et où l'on se cadrait, d'une certaine façon. Un excellent complément à l'amitié. Mais Karen a déménagé et, tout seul, j'ai découvert que je préférais ma courette davantage que les quelques cafés restant en ville. J'ai pensé être fatigué d'écrire, mais depuis, j'ai compris que je m'étais seulement usé à passer tant de temps assis en intérieur. Quand vous êtes dehors, tout change complètement.

T. B. : *Tu as déjà été tenté de tenir un journal ?*

K. S. R. : Tenté, oui, mais je n'ai jamais cédé. À ceci près qu'il y a longtemps, j'ai quand même commencé à remplir un agenda Sierra Club : une semaine par page et une place limitée pour chaque jour. Un truc sous contrainte, tu vois le genre. Du coup, je ne pouvais consacrer qu'une poignée de phrases pour chaque journée ; un compte-rendu très bref, très minimal, du jour écoulé. Je possède dorénavant vingt-trois années d'agendas ainsi remplis, et mon épouse et moi avons un petit jeu : sous l'agenda en cours se trouvent ceux de dix et vingt ans plus tôt, et il m'arrive de dire à ma femme ce que nous faisions à ce moment. C'est une manière de nous resituer, dans le temps et au sein de nos propres vies, que je trouve intéressante. Cela nous fait rire, et souvent gémir aussi. Il y a vingt ans, on était jeunes, sans enfants ; on vivait en Europe, on sautait dans le premier train, le premier avion, pour voir des villes romantiques comme Venise ou Édimbourg… Maintenant on va au boulot, on fait nos courses ; les entrées pour chaque jour sont quasi identiques. Mais bon… C'est aussi un bon test de mémoire ; parfois, on réalise qu'on a oublié des choses, des personnes, mais il arrive qu'une seule phrase vous remémore tous les souvenirs d'un événement ; ce souvenir, qui patiente au fond de la cervelle, il ne nous serait jamais revenu sans stimulation externe. Les souvenirs ont besoin d'être ramenés pour demeurer, en tant que structures dans le cerveau, et à ce titre ce jeu est une bonne chose. Un accident de l'évolution nous a laissé dans cet état curieux, avec des cerveaux capables de se souvenir de quantités de trucs au sujet d'un incident, mais on est dépourvus de mécanismes de rappel corrects pour récupérer ces souvenirs : ils sont là, comme des nœuds ou des configurations de synapses, mais ils ne font rien d'autre que patienter. C'est très étrange.

En ce qui concerne les journaux intimes, j'adore ceux de Henry David Thoreau et Virginia Woolf ; j'ai souvent l'impression qu'ils représentent toute l'histoire de la littérature : ce sont des romans écrits comme des récits hyperréalistes, à la première personne, d'une seule conscience, disons. Aucun autre roman n'arrive aussi bien à entrer dans la tête d'un autre être humain — hormis, peut-être, ceux de Proust. En ce sens, ce sont des œuvres littéraires considérables ; je me demande souvent si un journal n'est pas la meilleure manière de faire cette chose spécifique, et il me semble d'ailleurs que la plupart de la littérature a cela pour but. Mais ni Thoreau ni Woolf n'avaient d'enfant. Il y a un problème de temps, et il faut une mentalité particulière, requise pour cet exercice, en vue de tenir un journal, année après année. Lors de périodes de malheur, ces deux auteurs n'écrivaient rien dans leurs journaux, souvent pendant des mois, et parfois des années. Il y a peut-être une sorte de problème avec ce que le journal est réellement capable d'affronter, en tant que forme. Peut-être.

T. B. : *Tu écris et publies de la poésie. T'est-il arrivé de publier hors du champ SF ?*

K. S. R. : Non. Toute ma poésie réside à l'intérieur de mes histoires et de mes livres. Cela m'aide à considérer mes poèmes comme ayant été écrits par quelqu'un d'autre. Et tous mes récits ont été publiés dans des magazines de SF ou des romans ; parfois, mes éditeurs mettent l'étiquette « littérature générale », mais les libraires savent où placer mes bouquins une fois que ceux-ci ont quitté la table des nouveautés.

T. B. : Est-ce qu'il y a des compétences particulières pour écrire de la SF ? Est-ce que la SF est moins exigeante par certains aspects ?

K. S. R. : Je ne sais pas. J'imagine qu'il y a des techniques spécifiques à la SF, peut-être la façon dont un contexte futur va être amené, ou quelque chose du genre. Je ne pense pas que ce soit un genre moins exigeant que n'importe quel autre ; pour moi, ça l'est autant que je peux le supporter, en tout cas. Mes histoires du futur proche ou lointain me semblent identiques en termes d'écriture. Même si, quand je reviens de plusieurs années sur Mars pour écrire au sujet de l'Antarctique, c'est un grand soulagement de ne pas avoir à créer une culture par moi-même et d'en disposer d'une déjà faite. En ce sens, je pense que la SF est plus dure. Mais tout est difficile, et en rien du « réalisme ». Les distinctions ici me paraissent floues.

T. B. : Quelle partie du processus d'écriture préfères-tu ? Et celle que tu apprécies le moins ?

K. S. R. : J'aime le fait d'écrire. Ces temps-ci, j'écris seulement des romans, et ce que je préfère, ce sont les trois à six derniers mois, quand je peux m'immerger et y aller comme un forcené. C'est une joie véritable que de se plonger dans une tâche comme un dingue. Les choses paraissent s'assembler ; le processus consiste à identifier les problèmes et à les résoudre sur-le-champ, puis aller de l'avant. Cet aspect « résolution de problème » me rappelle la randonnée à travers la Sierra, où chaque pas équivaut à une décision, comme chaque mot dans une phrase. On entre dans un flux et c'est problème, solution, problème, solution, cela continue à un rythme tranquille pendant un certain temps, et au bout du compte, on se retrouve ailleurs. Souvent, dans cet état flottant, je réalise que deux heures se sont écoulées alors que j'ai l'impression que ça n'a duré que quinze minutes. C'est un état béni, le Zen, la prière, ce que vous voulez. Écrire comme une prière de randonnée.

La partie que j'aime le moins... Eh bien, le premier jet, quand on est confronté à une idée difficile, peut s'avérer dur. On se sent bête. Mais j'ai appris à ignorer ce sentiment et à persévérer, et ce n'est pas si mal une

Dans les Alpes suisses, avec Lisa Nowell... - DR.

fois que vous en avez pris l'habitude. Je n'aime pas trop quand on en vient aux commentaires éditoriaux mais, honnêtement, mes éditeurs maintenant sont si bons que cette phase n'est plus si déplaisante, parce qu'elle rend service au roman et cela fait toujours du bien. J'aime les lectures. Je n'aime pas le temps perdu associé aux voyages professionnels, même si ceux-ci ne sont pas une mauvaise chose en soi. Je crois que j'apprécie la majorité de ce travail. Je n'aime pas quand on me dit ce qu'est ou n'est pas la fiction, dans le sens de ce qu'il est possible de faire ou non.

T. B. *: Tu procèdes à tes recherches avant d'écrire, ou les deux se chevauchent ?*

K. S. R. : Je fais mes recherches en même temps que j'écris, en fonction des besoins. Si je commençais par les recherches, je n'écrirais jamais. J'appelle cela le Problème de Coleridge, puisque ce poète listait tout ce qu'il devait apprendre avant d'entamer la rédaction de son épopée… qu'il n'a jamais écrite. Et je trouve que les recherches sont plus efficaces quand elles appuient une scène ou un chapitre spécifique. Dans la « **Trilogie martienne** », **Les Chroniques des années noires** ou la « **Trilogie climatique** », j'ai procédé aux recherches en même temps que j'écrivais, et cette méthode a bien marché pour me suggérer ce dont les scènes avaient besoin ou, mieux, comment elles pouvaient être étendues ou rendues plus intéressantes. La recherche à la volée, c'est un bon stimulant pour la fiction.

T. B. : *D'où vient l'idée de* ***Chroniques des années noires*** *? À mon sens, il s'agit de l'une de ces grandes idées conceptuelles, jusqu'alors inédites, de la SF. La plupart du temps, on recycle de vieux thèmes (l'apocalypse, le premier contact, etc.). C'est le fruit d'un moment d'illumination, ou elle vient de quelque part ?*

K. S. R. : Merci, j'aime aussi cette idée. Elle m'est venue à la fin des années 70, et c'était effectivement un moment d'illumination. Je cherchais des idées d'uchronies, j'ai pensé à l'idée de ma nouvelle *« Le Lucky Strike »*. Puis, en observant les histoires alternatives, j'ai compris que j'avais besoin du plus grand changement possible, pas celui qui rebat simplement les cartes, mais celui qui balaie quasiment tout. Parce que vous voulez un point de comparaison. Il y a certes ce roman de Harry Harrison dans lequel les dinosaures ont évolué jusqu'à atteindre une grande intelligence, à la différence des mammifères (2) : c'est une sorte d'uchronie — mais inutile en tant que telle, les points de comparaison étant invalidés parce que les différences dans les règles du jeu sont trop grandes. J'ai continué à réfléchir à ce qui serait le plus grand changement dans notre histoire, et la conquête du monde par l'Europe m'a paru si énorme que si elle n'avait jamais eu lieu… Ça m'a frappé, j'ai fait « Ouaouh ! » et je me suis dépêché de coucher cette trouvaille sur le papier avant de l'oublier et de me lamenter en disant que j'avais une super idée mais qu'elle m'est sortie de la tête et qu'elle ne revient pas — ça m'est parfois arrivé.

Une fois cette idée arrivée, j'ai su que je ne pouvais pas l'écrire : ce qu'elle impliquait se situait au-delà de ce que j'étais capable d'exprimer. Je me suis demandé si j'allais en être jamais capable (j'ai quelques idées que je n'ai jamais écrites parce que je ne sais pas encore comment m'y prendre). Après la « **Trilogie martienne** », je me suis toutefois rendu compte que j'avais la méthode, et j'étais plein d'audace. Je suis content d'avoir écrit ces **Chroniques** ; je ne sais pas s'il me reste assez de matière grise pour le faire aujourd'hui. Mais c'est un peu à cause de ce roman : en l'écrivant, j'ai fait sauter des fusibles qui n'ont jamais été remplacés.

T. B. : *L'Antarctique. Tu y es allé. Était-ce effrayant ou amusant ?*

K. S. R. : Amusant. Je me suis amusé à chaque instant d'éveil, et j'ai peu dormi. C'était magnifique, et étranger, comme si je me trouvais sur une autre planète.

Mais j'ai vécu vingt minutes effrayantes. On était dans un hélicoptère Kiwi, avec un pilote de vingt-huit ans, un vrai vétéran, et un co-pilote quatre ans plus jeune, et on essayait de contourner le bout nord de l'île de Ross pour retourner du cap Crozier jusqu'à McMurdo, plutôt que d'aller tout droit par le bout sud de l'île. On se dirigeait vers un gros nuage et le co-pilote, aux commandes, a demandé au pilote : « Tu n'as pas envie que je vole là-dedans… » Il y a eu une pause de dix secondes avant que le pilote dise « Non », et on a fait demi-tour. Il nous fallait alors vingt minutes pour revenir vers le cap Crozier, et le vent ne nous permettrait peut-être pas d'atterrir. En-dessous, il y avait de l'eau noire, des nageoires d'orques visibles et les pentes abruptes et enneigées de l'île de Ross. Et pas mal d'hélicoptères crashés, à moitié ensevelis sous la neige partout sur l'île et les vallées sèches : on savait ce qui pouvait nous arriver. Au bout du compte, le copilote a procédé à l'atterrissage directement dans le vent au Cap Crozier et on s'est réfugiés dans la minuscule cabane des scientifiques, où on a attendu vingt-quatre heures que la tempête se calme.

À part ça, c'était le paradis. J'adorerais y retourner.

***T. B. :** Tu es plutôt doué pour décrire les paysages. Pourquoi ? C'une compétence spécifique à la fiction ou quelque chose d'entièrement différent ? Tu es aussi très doué pour les scènes érotiques…*

K. S. R. : Merci. J'apprécie les paysages et j'estime qu'ils valent la peine d'être décrits. De plus, j'ai vu certains paysages, j'y ai prêté attention quand je m'y trouvais, de sorte que je sens que je peux apporter quelque chose de nouveau à mon texte lorsque je les décris, du vécu plutôt que du lu ailleurs. Il y a bon nombre d'auteurs qui écrivent seulement ce qu'ils ont appris dans les livres ou via leurs relations. Ils estiment que l'ingéniosité et un talent pour manier les mots suffisent pour une écriture convaincante, mais je n'en suis pas si sûr. À mon sens, les nouvelles perceptions du monde sont meilleures, et cela, je peux l'apporter.

En ce qui concerne les scènes érotiques, j'ai décrété il y a longtemps que je n'allais pas épicer mes intrigues avec de la violence, comme le font Hollywood et les séries télé — c'est factice, ça sort d'autres livres, films, séries, les écrivains qui font ça ne savent pas ce dont ils parlent, et si je m'y essayais, ça serait pareil. C'est au pif, c'est paresseux, c'est de la triche. Certes, la fiction de nos jours, et peut-être depuis toujours, en fait, s'appuie beaucoup sur le sexe et la violence, et si on retire la violence, il ne reste plus que le sexe. Tout le monde est expert en la matière, donc l'épreuve pour écrire sur ce sujet est de rendre la chose sexy. Ce n'est pas simple, mais essayer est amusant.

***T. B. :** Quelqu'un a décrit ta « **Trilogie martienne** » comme un* infodump *parcouru par des taupes narratives. Je pense que c'est un compliment. Qu'en penses-tu ?*

K. S. R. : Ça n'en est pas un. Je rejette catégoriquement le terme *infodump* — c'est un mot de petit malin, issu de la culture d'ateliers d'écriture *cyberpunk*, par des gens qui croient savoir comment fonctionne la fiction, comme s'il s'agissait d'un jouet qu'ils peuvent démonter et étiqueter avec dédain, comme s'ils savaient ce qu'ils faisaient. Ce qui n'est pas vrai du tout. Je rejette aussi les « grumeaux d'exposition », qui est une autre manière de le dire. Tout cela, ce sont des attaques contre l'idée que la fiction peut inclure n'importe quel type d'écriture. C'est une tentative de dire « la fiction ne peut être qu'une scène » — une position stupide que j'abhorre et que je ne trouve que trop souvent dans les posts sur Amazon et autres. Tous ces gens qui pensent savoir ce qu'est la fiction, d'où viennent-ils ? J'en écris depuis trente ans et j'en ignore toujours la nature ; je sais en revanche que le roman, en particulier, est une forme très vaste et flexible, et je dis, ou plutôt je chante : Ne m'enfermez pas !

Ce qui est intéressant, c'est ce que vous rendez intéressant. Et le monde est intéressant, au-delà de cette seule scène stupide. Là arrive « l'exposition ». Qu'est-ce que c'est au juste ? Une autre forme de récit. Tout est récit, tel est mon credo. Tout est narratif, à part l'annuaire.

Et dans la science-fiction, vous avez parfois besoin de science, et la science, c'est de l'exposition. La science-fiction sans l'exposition, c'est donc la science-fiction sans la science. Il s'en publie des tonnes mais ça n'est pas très bon. Le terme *infodump* est un signal d'alarme pour moi, pareil à la Police de la Pensée qui me dirait : « Rends ça moins intelligent, arrête de parler du monde, les gens n'ont pas la capacité d'attention, blablabla. » Non. Allez lire **Moby Dick**, Dostoïevski, Garcia Marquez, Jameson, Bakhtine, Joyce, Sterne ; découvrez un peu ce que la fiction peut faire et revenez quand vous aurez fini. C'est-à-dire jamais, et je pourrai écrire en paix.

T. B. : *Mais je croyais que tu aimais les* infodumps.

K. S. R. : Mais oui ! Appelons-les toutefois différemment, et pensons à eux différemment aussi. Dites-vous que tout ce qui est écrit est un récit, parce que c'est le cas (à part l'annuaire, donc). Les résumés d'articles scientifiques, les résumés du guide télé, tous les écrits contiennent des informations qui traversent le temps dans la narration et dans la réalité aussi, donc TOUT est narratif. Donc, d'accord, certaines de ces histoires omniprésentes nous concernent, et certaines de ces histoires concernent le reste du monde. À mon sens, les gens qui parlent de « grumeaux d'exposition » ou les petits malins qui réduisent cela à des *infodumps* veulent dire qu'on ne peut parler que de nous. L'étude propice de l'humanité est l'homme, disait Alexander Pope : voilà qui est stupide. Pourquoi être si narcissique ? Il y a bon nombre d'histoires qui sont extrêmement intéressantes et qui ne concernent pas les humains. C'est ce qu'affirme la science, souvent, et ce que j'affirme aussi dans ma science-fiction. Mes romans martiens sont un récit, l'histoire ne s'arrête jamais le temps d'une seule phrase, même dans les listes d'outils qui s'étirent sur deux pages ; il s'agit juste parfois de l'histoire des rochers, des outils, de la météo, et parfois c'est l'histoire des personnages interagissant avec tout ça. Je sais que cela se lit de façon un peu différente et que ça fait parfois flipper les lecteurs, mais d'autres personnes l'apprécient aussi. Même certains des lecteurs paniqués continuent leur lecture, irrités et déroutés.

T. B. : *Que penses-tu de l'état actuel de la recherche martienne ?*

K. S. R. : Eh bien, les robots sur place prennent des photos fantastiques. Pareil pour les satellites orbitaux. Ce serait incroyable d'avoir un ballon volant à basse altitude et faisant de bonnes photos et des films. Un atterrissage humain serait excitant aussi, mais ça me semble très lointain ; j'ignore si on verra ça de notre vivant. Je doute toutefois qu'il faille se presser. Je ne suis pas de ceux qui déclarent qu'il faut se dépêcher d'y aller afin de sauver notre civilisation. À mes yeux, c'est faux. Nous avons besoin d'une Terre en bonne santé et d'une civilisation viable, et les projets sur Mars viendront. Pas tout de suite.

T. B. : *Pourquoi tu ne conduis que des Ford ?*

K. S. R. : Ha, mon père travaillait pour Ford Aerospace ; il pouvait donc acquérir des Ford au prix du concessionnaire, voire moins, et sa famille aussi. Il pouvait faire ça pour nous. J'ai conduit une Cortina, une Escort break, et une Focus break — ce sont de bonnes voitures. Ma femme a conduit deux Taurus, mais évitons d'en parler. Je veux que ma prochaine voiture soit un petit break électrique avec possibilité de dormir à l'arrière et rentrer mes vélos et mes bottes de foin. Si Ford en fabrique un, tant mieux. Sinon, j'irai peut-être voir ailleurs.

T. B. : *Tu es un grand défenseur de Clarion, l'atelier d'écriture de SF qui t'a mis le pied à l'étrier. Pourquoi ?*

K. S. R. : Je le suis parce que j'essayais d'exprimer ma gratitude à un mort. Ce n'est peut-être pas la meilleure idée.

Clarion m'a fait vivre une fête de six semaines et m'a offert un groupe de bons amis ; une cohorte, une fête de quartier dans ce village qu'est la science-fiction. J'ai eu la preuve tangible que mon envie de devenir un écrivain de SF était sérieuse, j'ai appris aussi bon nombre de ficelles du métier, certaines que j'approuve, d'autres non. J'ai passé du temps avec six écrivains excellents, six belles personnes (Delany, Wolfe, Zelazny, Haldeman, Knight et Wilhelm), que j'ai lus avec autant d'intérêt que de plaisir depuis.

***T. B. :** Que penses-tu du boom actuel des Masters en écriture ? Crois-tu que travailler dans un domaine commercial (tel la SF) aiguise ou dilue la vision d'un écrivain ?*

K. S. R. : J'estime qu'avoir un Master en écriture créative est une mauvaise idée. Si vous voulez un diplôme pour vous aider à trouver un travail, alors une thèse est plus solide et vous donne plus d'options. Avec un Master, vous avez également besoin de mentions d'édition pour obtenir un emploi, donc ce diplôme n'est pas suffisant en soi comme l'est un doctorat, et il vous donne juste une chance d'enseigner l'écriture, mais pas toute la littérature. En ce sens, c'est plutôt faible. Si vous voulez faire un Master pour apprendre les ficelles du métier, je dirais bien que n'importe quel autre diplôme supérieur vous donnera plus de matériel brut pour votre écriture, tandis que vous pourrez toujours apprendre par vous-même ; ce sera forcément le cas.

J'ignore ce que le travail dans un domaine commercial a comme effet sur la vision d'un écrivain. Une bonne partie doit être inconsciente. Au bout du compte, comme tu sembles le dire, est-ce que le désir d'avoir des lecteurs change l'écriture ? Sûrement. Mais est-ce que le désir d'avoir des lecteurs n'est pas à la base de l'écriture ? En ces termes, peut-être que cela aiguise une vision.

***T. B. :** Tu as eu l'impression d'appartenir à une « école » de SF ? Et en ce cas, est-ce que ça a duré ? Et était-ce amusant ?*

K. S. R. : Oh, je déteste toutes les écoles littéraires, pas seulement en SF mais partout. En SF, elles sont particulièrement petites et stupides : des stratagèmes de marketing, un instinct grégaire, et des hommes blancs qui regrettent de ne plus être les caïds du lycée fumant des clopes sur le parking. On peut souhaiter des choses bien moins idiotes que d'être de retour au lycée. Alors, désolé, mais non.

On a parlé à mon sujet de « science-fiction littéraire » pendant un temps, ce qui est un baiser de Judas en termes de ventes. Ensuite, j'ai été victime de certains *cyberpunks* qui avaient besoin d'agresser quelqu'un, histoire de prouver qu'ils étaient bien des punks. Admettons, mais on a inventé une « école » pour les « opposer », comme dans une bagarre entre les Sharks et les Jets ; j'ai donc été qualifié « d'humaniste » — c'était débile. Après quoi, j'ai écrit ma « **Trilogie martienne** » et soudain, j'étais un auteur de *hard SF*. Mais la *hard SF* n'est « dure » que dans son attitude envers les pauvres — en d'autres termes, de la SF de droite, ce qui ne s'applique guère à moi, même si je cause technologies. Les gens semblent désormais avoir abandonné. Parfois, on m'applique l'étiquette de « SF utopique », mais ça ne peut pas être une école, vu qu'il n'y a que toi, moi et Ursula Le Guin. Disons un groupe d'étude plus qu'une école. Bref, je ne crois pas aux écoles. Je crois en la science-fiction, qui est une sorte de village au sein de la littérature, regardé de haut par les habitants de la grande ville, mais j'apprécie ce village tout comme la grande ville. Il est important d'être aussi personnel que possible, le fou du village. Mais dans notre village, c'est une étiquette difficile à obtenir.

***T. B. :** As-tu été proche des anciens de la SF ? Si oui, lesquels ? Et qu'en as-tu retenu ?*

K. S. R. : Même si je n'ai pas été vraiment proche de Jack Williamson, j'ai adoré mes interactions avec lui. Il était l'un des écrivains les plus aimables et intelligents qui soit, modeste mais acéré. Il a publié de 1928 à 2008 — quatre-vingts ans, non ? C'est incroyable. Dans tous les cas, il était génial.

J'ai rencontré Asimov et Bradbury, discuté au téléphone avec Clarke ; toutes des personnes amicales et généreuses. D'eux, j'ai eu la sensation que la communauté est réelle, que ses membres se comportent comme des voisins dans un village, disposés à aider les jeunes.

T. B. : Ta première grande série est la trilogie d'Orange County. Estimais-tu avoir une dette envers ta ville natale ou est-ce parce que Orange County, en Californie, concentre d'une certaine manière toutes les bonnes et mauvaises tendances de l'Amérique moderne ?

K. S. R. : Cette trilogie s'intitule « **Trois Californies** », comme indiqué sur les jolis livres de poche chez Tor. Je pense que la réponse se trouve entre les deux. Je voulais situer une partie de mes récits de SF dans ma ville natale, et j'avais aussi l'impression de bénéficier d'une heureuse coïncidence, dans le sens où cette ville me paraissait représenter une sorte d'aboutissement pour l'Amérique, un futur déjà là pour que le reste du pays en soit témoin et, espérons-le, évite de le suivre. Je ne suis pas sûr de la véracité de ma perception, mais elle tenait au mouvement vers l'Ouest de l'histoire étasunienne, le fait que les colons, après avoir atteint le Pacifique, n'ont pas pu aller plus loin. Alors l'avant-garde des mécontents et des rêveurs est restée coincée là et a dû s'y faire. Los Angeles est le meilleur exemple de ce qui peut mal tourner, San Francisco de ce qui peut bien tourner, et Orange County est la plus pure expression de Los Angeles. À mon époque, c'était un lieu merveilleux avant qu'il ne soit détruit et pourri par les drogues. Cela me semblait un bon endroit pour parler de l'Amérique, et je m'en suis donc servi. J'ai toujours l'impression d'avoir eu de la chance, et je pense que c'est ce qui m'a permis de devenir un écrivain de SF. Quand j'ai découvert ce genre à 18 ans, je me suis dit : « Oh, je reconnais ça, c'est chez moi, c'est le comté d'Orange. »

T. B. : Mon volet favori de la trilogie est ***Lisière du Pacifique****, le plus utopique des trois. Quel est ton préféré ? Et vois-tu des problèmes spécifiques liés à l'écriture d'une utopie ?*

K. S. R. : Je préfère **La Côté dorée**, pour des raisons personnelles, mais **Lisière du Pacifique** est devenu plus important pour nous. N'importe qui peut écrire une dystopie aujourd'hui, il suffit de coller ensemble les gros titres des journaux. Néanmoins, les utopies sont difficiles, et importantes, parce que nous devons imaginer comment les choses tourneraient si nous agissions suffisamment bien pour dire à nos enfants : « On a bossé de notre mieux, c'est à peu près en aussi bon état que lorsque cela nous a été donné, prenez-en soin et faites mieux. » Une sorte de vision narrative de ce que nous essayons de réaliser en tant que civilisation. C'est une petite tradition depuis que More a forgé le terme « Utopie », mais elle reste intéressante, et importante par certains aspects : le Club Bellamy, fondé d'après le roman **Cent ans après ou l'An 2000** d'Edward Bellamy, a exercé un rôle important sur le mouvement progressiste au sein de la politique américaine, et l'obstination de H.G. Wells à écrire des utopies (qui ne sont pas ses meilleures ventes) pendant une cinquantaine d'années a permis de transmettre une vision, qui s'est transformée après-guerre en un ordre de sécurité sociale et une sorte de gouvernement par la méritocratie. Les utopies ont donc eu des effets dans le monde réel. Plus récemment, **Écotopia** d'Ernest Callenbach a sûrement eu un impact fort sur la façon dont la génération hippie a tenté de vivre ensuite, en fondant des familles et des communautés.

On rencontre bon nombre de problèmes quand on écrit des utopies, mais ils peuvent devenir des opportunités. Le reproche habituel, comme quoi elles sont forcément ennuyeuses, tient souvent d'une attaque politique, ou de la répétition ignorante d'un slogan, ou d'une autre façon de dire « Pas de grumeaux d'exposition, ça doit parler de moi ». Les attaques politiques sont intéressantes à analyser. « L'utopie serait ennuyeuse parce qu'il n'y aurait pas de conflit, l'histoire s'arrêterait, il n'y aurait plus de grand art, de drame, de magnificence. » Ce sont toujours des Blancs au ventre plein qui disent ça. À mon avis, s'ils étaient malades et affamés, et vivaient dans un abri en carton, ils seraient plus disposés à accorder un coup d'essai à l'utopie. Et si nous parvenons à établir une civilisation durable et juste, je suis sûr qu'il restera des drames — ce que j'ai essayé de montrer dans **Lisière du Pacifique**. Il y aura toujours des amours perdues et la mort. Ce qui sera bien assez. Le caractère horrible des tragédies inutiles pourrait être adouci ; les personnes qui aiment ce genre de choses devraient gérer une réduction de leur quantité de drame.

Ainsi, l'écriture de l'utopie revient à trouver des moyens de parler de ces questions d'une façon intéressante ; à quel point elle serait ténue, fragile, une sorte de funambulisme et un travail en cours. Cela, sans oublier le problème habituel de la SF, à savoir la gestion de l'exposition. C'est possible, et j'aimerais que cela soit fait plus souvent.

T. B. : *Tes deux premiers romans indépendants anticipent des thèmes que tu as abordés ensuite. La super-longévité et la terraformation dans* ***Les Menhirs de glace*** *; l'exploration d'un espace à dix dimensions dans* ***La Mémoire de la lumière****. Qu'est-ce qui te fait revenir sur ces thèmes ?*

K. S. R. : J'apprécie le thème de la super-longévité, parce que j'aimerais aussi vivre cinq cents ans. Et, de temps en temps, quand je reviens sur mon passé, j'ai l'impression d'avoir vécu cette durée. Ça fonctionne donc autant comme souhait que comme métaphore.

La médecine possède un élan dans cette direction, je pense. C'est de la bonne science-fiction. Il en va de même pour la terraformation de Mars, que l'on peut accomplir. Même l'idée de terraformer d'autres lieux est intéressante à examiner. Il s'agit également d'une bonne métaphore pour ce que devons faire, ici sur Terre, pour le reste de l'ère humaine. En ce qui concerne les espaces à dix dimensions, les physiciens n'ont eu de cesse d'y revenir, depuis Kaluza et Klein dans les années 20. Et je n'arrête pas de me demander : bon sang, ça veut dire quoi ? Ça représente toute la bizarrerie profonde de la physique moderne, et ce que celle-ci dit du monde dans lequel nous vivons, mais que nous ne voyons apparemment pas très bien. De plus, si vous vous êtes bêtement lancé dans une nouvelle de voyage dans le temps, c'est le seul moyen de lui donner l'air d'avoir du sens.

T. B. : *Es-tu désolé que Pluton ne soit plus une planète ?*

K. S. R. : Pas du tout, non. Je pense que c'est une bonne leçon.

T. B. : *Les romans que j'évoquais plus haut sont sortis plus ou moins au même moment que les «* ***Trois Californies*** *». Les as-tu rédigés avant ou pendant ?*

K. S. R. : Je les ai plus ou moins écrits en même temps, ou ils se sont chevauchés au fil des années. L'ordre est sûrement : la troisième partie des **Menhirs de glace**, le premier jet de **La Mémoire de la lumière**, la première partie des **Menhirs**, **Le Rivage oublié**, la deuxième partie des **Menhirs**, et enfin la version définitive de **La Mémoire de la lumière**. **La Côte dorée** et **Lisière du Pacifique** sont venus ensuite.

T. B. : *Tu as dit un jour qu'un écrivain devait se jucher sur un tabouret à trois pieds. Je suppose que tu voulais dire que ton lectorat est triple : la communauté SF, la communauté scientifique et les gens dits plus « littéraires ». Est-ce toujours le cas ?*

K. S. R. : Oui, j'imagine que ça pourrait décrire les trois groupes de mon lectorat adulte, même si les lycéens et les étudiants forment un quatrième groupe de taille égale. Sans oublier les gauchistes, les écologistes et les amateurs de nature. J'aime beaucoup tous ces lecteurs ; de fait, je leur suis très reconnaissant de m'avoir fourni une carrière et de m'avoir permis de me sentir écrivain. Écrivain, je ne le serais pas sans eux. Si l'on compare la communauté SF à ma ville natale, alors la communauté « littéraire » est un autre village, avec ses prétentions ; les scientifiques sont dans la grande ville, et agissent comme tel, en ce sens qu'ils se connaissent mal entre eux et lisent habituellement peu de fiction. Le bouche-à-oreille ne marche pas aussi bien que dans les autres communautés. Les jeunes lecteurs se servent beaucoup du bouche-à-oreille, écoutent leurs enseignants — un peu —, et sont donc importants. Faire connaître mes livres aux personnes qui les apprécieraient s'ils les essayaient : c'est tout le problème et, en fin de compte, tout dépend du bouche-à-oreille. Je suis donc à nouveau tributaire de mon lectorat. Une véritable dépendance !

T. B. : *Tu es fermement enraciné dans un genre, la SF. De nombreux écrivains voient cela comme un piège, d'autres comme une opportunité. Quel est ton sentiment ? Travailler dans un domaine où il existe un « fandom » développé, opiniâtre et turbulent est-il une bénédiction ou une malédiction ?*

K. S. R. : Il s'agit de ta ville natale. Il faut la prendre telle quelle. J'adore le genre et la communauté, mais j'aimerais que les lecteurs qui ne se considèrent pas comme des lecteurs de SF me donnent une chance, comme ils l'ont fait dans le passé pour Bradbury, Asimov, Frank Herbert, Ursula Le Guin et bien d'autres.

Ces temps-ci, on perçoit beaucoup de porosité. **Le Club des Policiers yiddish** de Michael Chabon est un excellent roman de SF. Une uchronie, mais cela relève de la SF, et ce genre est lu et apprécié par beaucoup de monde. Peut-être que la popularité de Philip K. Dick au cinéma a aidé à briser les barrières.

Dans tous les cas, il n'y a pas besoin de prétendre qu'il s'agit d'un ghetto, que nous sommes des artistes opprimés que le monde ne laissera pas tranquilles. Dans les années 50, c'était vrai et cela a rendu fous de nombreux auteurs. Maintenir cette affirmation (ce que font certains) revient à reconnaître que vous voudriez être plutôt un gros poisson dans une petite mare que de nager dans le vaste océan. J'aime l'océan, et la SF aussi. Vraiment, avoir une communauté littéraire est pareil à un retour de scène, qui vous répond bruyamment et qui est prêt à causer à tout moment — tout écrivain a de la chance d'avoir ça. Je suis attristé par la solitude de nombreux écrivains, leur aliénation par rapport à leur public. C'est déjà un travail assez solitaire au quotidien comme ça…

T. B. : *Tu as écrit ta thèse sur Philip K. Dick. Tu l'as rencontré ? Il semble sur le point de remplacer Asimov en tant que nom le plus familier en SF. Comment penses-tu qu'il s'intègrerait au marché actuel ?*

K. S. R. : J'ai rencontré Dick une fois, dans le hall du Cal State Fullerton, en 1973 ; on était venus l'un et l'autre à une lecture de Harlan Ellison. Durant la séance de questions-réponses, PKD s'est levé et a remercié publiquement Ellison pour avoir permis à la SF d'être plus respectée au sein de la culture générale. Dick a ressenti durement les critiques de la culture littéraire dans les années 1950. Plus tard, dans le hall, je lui ai dit à quel point j'avais apprécié son roman **Le Guérisseur de cathédrales**. Il m'a regardé comme si j'étais fou. Je ne suis même plus sûr qu'il m'ait dit merci, ou quoi que ce soit. Mais je suis heureux de lui avoir parlé.

J'imagine qu'il est l'écrivain de SF par excellence dans la culture américaine, maintenant. Cela me semble assez juste : par plein d'aspects, notre réalité est dickienne. Bon nombre de ses visions nous semblent prémonitoires pour la vie actuelle. Il avait un don pour ça.

Il a écrit de nombreux romans en deux semaines, drogué, et

cela se voit. Avec l'état actuel du marché (notamment si tous ses films avaient été tournés), il aurait pu se permettre de ralentir le rythme. Il était doué ; s'il devait se lancer maintenant sur le marché, il s'en sortirait correctement. S'il était encore en vie et avait eu un vrai départ, il serait une star. Et ses romans demeureraient intéressants, peu importe le reste. Dick était un bon romancier.

T. B. : *Thomas Disch a affirmé un jour que toute la SF relève en fait de la* fantasy. *Est-ce que c'est typique de Disch ou y a-t-il une once de vérité ?*

K. S. R. : Un peu des deux. Imaginer le futur, c'est de la *fantasy* par certaines définitions. Mais certaines de ces *fantasy* futuristes peuvent se conformer à ce que nous estimons être physiquement possible, et selon moi, c'est alors de la science-fiction. Un futur fictionnel, c'est-à-dire avec une connexion historique expliquée ou impliquée entre maintenant et cet avenir, avec tout ce qui semble physiquement possible. Cela exclurait les vitesses supraluminiques et le voyage temporel, que l'on retrouve sans cesse en SF, et c'est peut-être ce que veut dire Disch. Mais on peut s'en dispenser et avoir une SF « réelle ».

Disch était énervé contre la communauté SF, comme si sa ville natale l'avait rejeté en dépit de ses grandes œuvres. Dommage. Ce ne sont pas les seules causes, loin de là, mais en partie. J'apprécie nombre de ses romans et nouvelles, mais je me méfie de ses propos sur la SF. Il était trop en colère.

T. B. : *Les écrivains de SF se plaignent régulièrement de l'état de l'édition. D'après toi, que devrait être le véritable rôle de la SF dans l'édition ? Y aurait-il déjà des genres ou des catégories ?*

K. S. R. : Aucune idée ! Ce serait une uchronie authentique. S'il n'y avait ni genres ni catégories, les gens seraient peut-être plus disposés à lire de nouvelles choses. Ce serait bien, et j'adorerais tester ça. Mais notre monde est différent. En spéculant à partir de notre situation, je pense que chaque rayon SF de chaque librairie devrait avoir un panneau disant : « Science-fiction – Vous vivez dedans, alors pourquoi ne pas en lire ? », ou bien « Science-fiction, la partie la plus réelle de cette boutique », ou quelque chose du genre. Pour rappeler la réalité aux gens, le fait que nous sommes coincés dans un gros roman de SF, sans échappatoire. Autant l'accepter et y plonger.

T. B. : *Quand tu randonnes au long cours dans la sierra, tu es un minimaliste : un sac ultra-léger, pas de matelas, pas de réchaud, juste des pastilles et des pierres. Est-ce que cela s'applique dans ton écriture ? Je sais que tu as couvert un long chemin…*

K. S. R. : Dans mon écriture, je suis plutôt un maximaliste. Je vais tout essayer, tout inclure ; je ne crois pas avoir une méthode qui fonctionne pour tout, comme les minimalistes littéraires semblent le croire.

Dans les sierras, je randonne en ultraléger parce que je serai tout aussi à l'aise au campement et que je souffrirai moins sur le chemin en n'ayant pas à porter toute une maison. C'est une version du sublime technologique. C'est très high-tech, ça n'a rien à voir avec le luddisme. Mes expériences en montagne sont philosophiquement compliquées mais elles sont merveilleuses — pareilles à la dévotion ou à la prière, en religion. Je pratique la randonnée et l'apprécie, et à la maison, j'aime y repenser. Mais je vais t'épargner mes techniques et ma liste de matériel ultraléger et ultra-cool.

T. B. : *Si tu devais choisir un autre métier, quel serait-il ? Si tu jouais d'un instrument, ce serait quoi ? Et écris-tu en musique ?*

K. S. R. : J'aime travailler la pierre, et je serais ravi d'être un maçon *arty* bossant avec la pierre sèche, comme Andy Goldsworthy, ou les artistes de la pierre locaux et plus pragmatiques. Je pense que je ne serais pas mauvais : c'est comme l'écriture de romans, le travail sur les motifs, et j'aime les pierres.

Je joue de la trompette et mon rêve serait de jouer comme Louis Armstrong ou Clifford Brown — bon courage pour ça. C'est l'ambition déclarée de tous les trompettistes, mais elle est impossible à atteindre.

J'écoute en effet de la musique quand j'écris, surtout de la musique dont les paroles ne sont pas en anglais, et de toute sorte. Je sélectionne la musique qui me paraît la plus appropriée pour la scène que je veux écrire. Je ne l'écoute pas vraiment quand j'écris, mais je suis sûr que l'effet est réel.

T. B. : *Quels sont tes poètes favoris ? Et qui lis-tu pour le plaisir ?*

K. S. R. : En ce qui concerne les poètes vivants, j'apprécie Gary Snyder et W. S. Mervin ; il y a aussi d'autres poètes américains, en particulier Wallace Stevens, William Bronk, Rexroth et toute la tradition américaine du xxe siècle, qui me plaisent. Sans oublier les romantiques anglais et les poètes élisabéthains. J'aime la poésie et j'en lis pour le plaisir — souvent un poème avant d'aller dormir. Avant ça je lis un roman — j'adore les romans —, pendant une heure, une heure et demie. J'essaie d'avoir un large horizon et de lire de jeunes écrivains. Les essais, j'en lis pour mes recherches ou lors des repas.

T. B. : *Ta récente «* **Trilogie climatique** *» (***Les 40 signes de la pluie***,* **50 degrés en dessous de zéro** *et* **60 jours et après***) concerne le réchauffement climatique — qui mène ici à un grand refroidissement ! Que penses-tu de l'agenda « vert » d'Obama ?*

K. S. R. : Le climat va se réchauffer, mais cela va ajouter tellement d'énergie dans le système mondial que les turbulences vont créer des aires d'hivers intenses, des tempêtes plus sévères, etc. J'ai donc suivi un scénario qui décrit le « changement climatique brutal » que les scientifiques ont trouvé dans le passé, quand le Gulf Stream est interrompu à une extrémité par un excès d'eau douce dans l'Atlantique nord. Ça pourrait se produire avec la fonte des glaces du Groenland, même si l'on estime maintenant que cette probabilité est plus faible qu'au moment où j'ai écrit les livres (tant pis).

J'apprécie l'agenda vert d'Obama, et j'espère que toute son équipe, que tout le monde s'y joindra, et poussera aussi fort que possible.

Ce qui se passe, c'est que le parti républicain américain a décidé de combattre l'idée du réchauffement climatique (les sondages et les études montrent le changement intervenu au cours de la première décennie de ce siècle, en ce sens que les dirigeants s'y opposent et que la base les suit). C'est pareil à l'Église catholique niant la théorie géocentriste du temps de Galilée ; une erreur gigantesque dont l'Église cherche à s'éloigner en prétendant que ça n'a jamais eu lieu. Ici, les dommages pourraient être pires, parce qu'il faut agir maintenant.

Ce qui a été mis en place et se déroule actuellement, c'est une Grande Bataille Historique Mondiale entre la science et le capitalisme. La science insiste, chaque jour un peu plus : le danger est réel et immédiat. Le capitalisme dit que non, parce que si c'était vrai, cela impliquerait plus de contrôle étatique de l'économie, plus de justice sociale (comme une technique de stabilisation du climat), etc. Ce sont les deux grands acteurs de notre civilisation, alors je dis : soyez attentifs, regardez les poids lourds s'affronter, et soutenez la science dès que vous en avez l'occasion. Je m'adresse à tous les camarades gauchistes du monde entier : la science est maintenant un gauchisme, Dieu merci, mais le capitalisme reste très fort. Nous nous trouvons donc dans un moment dangereux. Les personnes qui aiment le drame et la dystopie dans leur Histoire devraient être ravies.

T. B. : *As-tu déjà fait des audiolivres ? Et quid des films ou de la télé ?*

K. S. R. : Plusieurs de mes romans existent en livres audio mais je n'en ai pas fait la lecture. Pas d'adaptation ciné ou télévisée, même si la chaîne AMC est dans les premiers stades du développement de **Mars la rouge** en série [(3)]. Ce serait sympa, mais nous en sommes encore loin.

T. B. : *Où situer* **A Short, Sharp Shock** *au sein de ton œuvre ? C'est la* fantasy *?*

K. S. R. : Je considère ce texte comme ma version de la *fantasy*, ce que la *fantasy* devrait être : étrange, avec une imagerie nouvelle, une explication scientifique possible (la science-*fantasy* est ce sous-genre de la SF, situé dans un futur si lointain qu'on dirait de la *fantasy*, que Vance et Wolfe ont magnifié). Mon approche n'a pas été reprise, mais que puis-je y faire ?

J'ai écrit ce texte après la naissance de notre premier enfant. Je dormais peu, écrivais peu, et j'ai décidé de me remettre à écrire, peu importe quoi, et pourquoi pas s'essayer à un récit onirique. C'était juste avant **Mars la rouge** : je savais que j'allais passer des années sur un projet rationnel et historique, et j'ai pensé que ça serait bien de lâcher un peu de folie dans les rouages avant de m'y embarquer. J'ai beaucoup aimé écrire **A Short, Sharp Shock**, et je suis content que mon éditeur, Bantam, le maintienne disponible.

T. B. *: Tu as écrit un superbe livre sur l'Everest,* ***Escape from Kathmandu****. Il est basé sur une expérience personnelle, non ? Et ta prédiction sur Mallory et Irvine, elle se fonde sur des infos secrètes ou c'est juste de la chance ?*

K. S. R. : Une bonne partie du livre se base sur le trek que mon épouse et moi avons fait au Népal en 1985. Nous sommes tombés sur Jimmy Carter, nous nous sommes marrés chaque jour, nous nous sommes bien entendus avec les Sherpas, qui ont pris soin de nous comme si on était des animaux de compagnie, et nous avons adoré le pays et les montagnes. J'aimerais y retourner et écrire un roman intitulé *Retour à Katmandou*, avec les personnages de George et Freds. En vingt-trois ans, il y a eu des changements, mais je pense que l'essentiel est resté le même. J'ai eu quelques bonnes intuitions, sur les forces révolutionnaires et sur comment Mallory a trouvé la face de l'Everest. De la pure chance, mais j'ai pu voir comment c'était possible.

T. B. *: Comment te décrirais-tu politiquement ? Quelle était ta relation au mouvement anti-guerre et aux mouvances politiques des années 60. Étais-tu un activiste, et l'es-tu aujourd'hui ?*

K. S. R. : Je me définis comme un gauchiste américain, et j'essaie de montrer que toutes les activités de la gauche dans l'histoire du pays s'inscrivent dans une tradition de résistance, d'activisme et de succès. Par exemple, j'ai lu dans le journal aujourd'hui l'élection d'un président de gauche au Salvador [4], avec comme slogan « La gauche — unie — ne sera jamais vaincue ». Une très belle pensée, surtout depuis que les divisions dans et entre les gauches ont représenté un tel problème. Ces divisions sont ce que Freud appelait « le narcissisme des petites différences », un concept important que tout le monde devrait étudier…

J'étais à l'Université de Californie de San Diego (UCSD) durant les mouvements anti-guerre, ou plutôt après 1970, devrais-je dire. Dans les années 60, je me trouvais au collège, à Orange County, et l'époque aurait pu être 1953, sauf pour les nouvelles venant de lieux lointains. À l'UCSD, les choses étaient plus actuelles, et j'ai évolué vers une position anti-guerre en raison de ceux de mon groupe, et de mon numéro de conscription (89). J'ai vu Herbert Marcuse et Angela Davis lors d'un rassemblement au gymnase [5], j'ai participé à des réunions sur le campus quelques fois, mais j'étais un suiveur. Le temps que je me fasse mes propres opinions, la guerre du Viêtnam était terminée.

T. B. *: Tu as été étudiant du fameux post-moderniste Fredric Jameson. Comment a-t-il influencé ton œuvre ?*

K. S. R. : Du fameux *marxiste* Fredric Jameson, tu veux dire. Il est parvenu à changer la définition habituelle du postmodernisme, celui-ci n'étant plus une mode ou un style, mais une période dans l'histoire du monde et du capital. Un sacré exploit. Sa ténacité au fil des années a donné aux gauchistes et aux autres un point de vue pour comprendre l'histoire moderne en termes marxistes. Il a exercé une influence majeure sur tout le monde, je pense, même si elle a été indirecte pour la plupart des gens.

En ce qui me concerne, elle a été directe. Fred est très pédagogue, c'est un grand professeur, et après ce temps passé ensemble à l'UCSD, j'ai continué à le lire. Ce faisant, j'ai acquis une bonne base pour comprendre l'histoire du monde et notre époque — chose cruciale pour un romancier. Je suis resté en contact avec lui ; c'est quelqu'un de bien, toujours intéressant.

T. B. : *Il me semble que tu vis dans une communauté utopique. Comment ça fonctionne ? Elle est pré- ou postmoderne ?*

K. S. R. : Un peu des deux, je crois. Le modèle est celui d'un village anglais ; environ quatre-vingts hectares dont la majeure part est détenue en commun. Il y a donc beaucoup de « communs » et aucune clôture, à part autour de petites cours. Les potagers sont nombreux et l'aménagement paysager est comestible, ce qui signifie beaucoup de fruits, de raisins et de noix.

Il s'agit en fait d'une simple — mais très bonne — modification de la conception des banlieues. Les concepteurs ont accordé de l'importance à l'énergie et nous consommons environ 40 % de l'énergie d'un quartier de banlieue ordinaire de même taille. C'est encore beaucoup, mais c'est une amélioration. Si toutes les banlieues depuis la construction de notre village (1980 environ) avaient suivi cet exemple, l'Amérique serait moins folle, car la banlieue standard est délétère pour la santé mentale. Mais cela n'a pas eu lieu et, pour les mille personnes qui vivent ici, c'est une sorte d'utopie de poche. Sans être la solution miracle, ça reste un endroit agréable à vivre, et ça pourrait donner des pistes pour une solution à long terme. Vivre ici, c'est une vraie bénédiction.

T. B. : *Tu as donné une conférence chez Google. C'était cool ? Tu leur as dit quoi ?*

K. S. R. : C'était amusant. Les gens de Google étaient super, et leur cafétéria gratuite est hors du commun. Ils ont mis la conférence en ligne et on peut la trouver sur YouTube (6). C'était ma première présentation Power Point, donc c'était un peu maladroit, mais marrant. Elle était conçue comme un discours aux gens de Google, pour leur dire ce qu'ils pouvaient faire pour lutter contre le changement climatique et accomplir l'utopie. Je ne suis pas sûr que les gens de Google.org (leur fondation caritative/activiste) aient écouté, mais ça valait le coup d'essayer. C'était en fait une façon de formuler mon discours habituel sur ce que nous devrions tous faire. Je dis surtout : allez dehors, asseyez-vous et parlez à un ami ; c'est notre utopie de primates, et ça ne pèse pas sur la planète.

T. B. : *Ton dernier roman à paraître se consacre à Galilée. Ou la relation entre la science et la politique. Ou encore sur l'ambition et la religion ? Voire le travail et l'âge ?*

K. S. R. : Un peu de tout ça, mais je pensais surtout à la science et à l'histoire ; ce qu'est la science, comment elle a influencé l'histoire, comment elle pourrait le faire à l'avenir. Et aussi au travail véritable de Galilée, qui demeure intéressant. C'était un grand personnage.

T. B. : *Quelle est ta ville favorite ?*

K. S. R. : San Francisco, mais j'aime aussi New York, Londres, Édimbourg, Paris, Venise, Sydney, Vancouver et Katmandou.

T. B. : *Tu as percé par la voie habituelle (et ancienne) des écrivains de SF, à savoir les nouvelles. Envisages-tu d'en écrire à nouveau ? Et que penses-tu de la baisse actuelle du « marché » ?*

K. S. R. : Je n'exclus pas de me remettre à l'écriture de nouvelles, mais je préfère les romans et c'est ce sur quoi je me concentre. Le marché en baisse me désole et je me demande si les habitudes ne changent pas avec Internet. D'une certaine manière, les nouvelles devraient bénéficier de la vivacité de la vie numérique, mais je n'en sais rien. Je passe assez de temps en extérieur pour ne pas trop y penser.

T. B. : *La SF avait un programme : le futur et en particulier le voyage spatial. En a-t-elle un maintenant ?*

K. S. R. : Aucune idée ! Je pense qu'elle doit avoir un programme pour le futur. Mais quand le futur n'inclut pas le voyage spatial comme prochaine étape évidente, cela devient plus compliqué. Les choses sur Terre n'ont pas l'air science-fictionnelles. Et pourtant, le monde entier est, en un sens, un roman de SF que nous écrivons ensemble. C'est déroutant. Ma réponse à cela est « continue d'écrire, un roman à la fois », et d'espérer le meilleur.

T. B. : Penses-tu qu'il y ait de la vie sur d'autres planètes ? De l'intelligence ? Penses-tu que nous ferons un « premier contact » ?

K. S. R. : À mon sens, il existe de la vie sur d'autres planètes, de l'intelligence aussi. Mais quelle sorte d'intelligence, cela reste mystérieux, et l'établissement d'un contact posera un sérieux problème, peut-être trop pour que cela se produise un jour, en partie à cause de la taille de l'univers (plus vaste que nous le pensons), et aussi de la nature potentiellement inexplicable de l'intelligence extraterrestre, de sorte que nous ne pourrons pas communiquer avec elle (le problème **Solaris**, d'après l'excellent roman de Lem).

T. B. : Comment cela se fait qu'il n'y ait pas de voyage spatial dans ***Chroniques des années noires*** *? Penses-tu qu'il s'agit d'une initiative euro-centrée ?*

K. S. R. : Non, n'importe quelle civilisation penserait au voyage spatial, à cause de la Lune, de la facilité à faire des fusées, etc. Je ne l'ai pas inclus dans **Chroniques des années noires**, en partie par omission accidentelle, en partie parce que ce roman nous amène seulement soixante-dix ans dans le futur. Sans Percival Lowell, nous ne serions peut-être pas encore allés sur la Lune, pas avant un siècle. C'était un événement monstrueux, dont la généalogie remonte aux rêveries de Lowell et qui passe par les romans de Kurd Lasswitz, Alexandre Bogdanov, H. G. Wells, par l'Association allemande pour les fusées et va jusqu'à von Braun, la Seconde Guerre mondiale et la NASA. Sans tous ces éléments, y compris les hallucinations de Lowell sur Mars, nous n'aurions peut-être jamais posé le pied sur notre satellite. Donc, dans mon uchronie, j'ai estimé que je pouvais laisser cela de côté. Ça aurait pris une phrase ou deux si j'y avais pensé.

Tiré du recueil *The Lucky Strike* (PM Press, collection « Outspoken Authors », 2009).
Reproduit avec l'autorisation de Terry Bisson.

Traduit de l'anglais par Erwann Perchoc.

Notes :
(1). Joan Aiken (1924-2004) est une autrice anglaise de romans jeunesse tandis que Patrick O'Brian (1914-2000) est connu pour sa série de romans d'aventures historiques et maritimes narrant les aventures de Jack Aubrey.
(2). **West of Eden** (1984).
(3). Au moment où paraît ce numéro, le projet est au point mort depuis longtemps.
(4). Mauricio Funes, dont le mandat a couru de 2009 à 2014.
(5). À la fin des années 60, le gouvernement américain a mis en place une loterie pour la conscription. Herbert Marcuse (1899-1979) est un philosophe et sociologiste marxiste, et Angela Davies (1944-) une militante, professeur de philosophie et écrivaine américaine.
(6). Pour les curieux : < https://www.youtube.com/watch?v=R-jz86gMiHw >

Chromodynamique d'une utopie… …martienne

[par FeydRautha]

Si Jupiter est la planète la plus massive du Système solaire, il est, au sein de la constellation bibliographique de Kim Stanley Robinson, une œuvre qui tient un rôle similaire en termes d'importance, et cette œuvre est consacrée à… Mars. Au fil de trois romans et d'un recueil parus au cours des années 90, Robinson a sans doute commis l'opus définitif sur la terraformation de la planète rouge et ses implications, tant écologiques que politiques. Pour en faire l'analyse, nous nous sommes bien sûr tournés vers notre planétologue maison : ~~le bon professeur Lehoucq~~ L'Épaule d'Orion, alias FeydRautha.

En 1877, l'astronome italien Giovanni Schiaparelli observe à la surface de Mars des formations rectilignes qu'il pense être des canaux. Il dresse une carte de la planète avec ses mers et ses continents. Poursuivant ces travaux, l'américain Percival Lowell, convaincu que l'astre héberge une civilisation, y consacre trois ouvrages : **Mars** (1895), **Mars and Its Canals** (1906) et **Mars As the Abode of Life** (1908). Il n'en faut pas plus pour enflammer l'imagination de quelques auteurs [1]. Dans *« L'Homme de Mars »* (1887), Guy de Maupassant nomme Schiaparelli et avance : « *Je veux d'abord vous prouver que Mars est habité* ». Dès 1898, H.G. Wells raconte l'invasion de la Terre par des Martiens hostiles dans **La Guerre des Mondes**. En 1908, Gustave le Rouge imagine des Martiens volants aux allures de chauve-souris dans **Le Prisonnier de la planète Mars**. S'ensuit bientôt la production d'un vaste corpus de textes de science-fiction faisant de la planète Mars un lieu d'aventure, notamment durant l'Âge d'Or, et dont le plus célèbre auprès du grand public demeure certainement **Chroniques martiennes** (1950) de Ray Bradbury.

Jusqu'à ce que, comme souvent, la réalité corrige sèchement l'imaginaire : 1965, le survol par la sonde Mariner 4 de la quatrième planète de notre Système depuis le Soleil sonne la fin de la récréation. Mars est morte, rocheuse, inhabitée. Il y aurait donc avant et un après Mariner 4. Charge aux auteurs de science-fiction de revoir leur copie : une nouvelle ère s'ouvrait pour les récits martiens, celle de la colonisation d'un monde inhabitable…

À l'occasion de la publication de l'anthologie **Old Mars** (2013) sous la direction de Gardner Dozois et George R. R. Martin, ce dernier regrettait la vieille Mars de l'époque des *pulps*, affirmant que la Mars de Mariner avait perdu de son intérêt [2]. Ce à quoi Kim Stanley Robinson répliqua que la véritable Mars était bien plus intéressante que la Mars des *pulps* : « *Je pense que Mars est un endroit formidable pour réfléchir à notre Terre, en tant que planète, mais aussi à la société en tant que construction sur laquelle nous travaillons encore.* » [3]

Par la vingtaine de romans qu'il a publiés à ce jour durant sa carrière d'écrivain, Kim Stanley Robinson s'est imposé comme l'un de plus rigoureux représentants du courant *hard SF*. Ses écrits sont documentés, argumentés, et mis à l'épreuve stricte du fait scientifique. Mais une autre vertu se révèle : le refus intellectuel d'une vision dystopique de l'avenir. L'œuvre de Robinson est anti-dystopique par définition. S'il ne revendique pas ouvertement l'utopie, il se met en quête d'un projet de civilisation. Il observe, étudie, dresse le constat de l'état du monde et avance des solutions. Ce dernier point, comme en atteste son plus récent ouvrage, **The Ministry for the Future** (2020), est certainement celui qui le distingue le plus des autres auteurs du genre. Ainsi, lorsqu'il compose la « **Trilogie martienne** » au début des années 90, Kim Stanley Robinson n'écrit pas seulement le plus grand livre consacré à une description précise de solutions réalistes pour terraformer la planète rouge, il fait aussi de Mars une terre d'expérimentation pour un projet politique écologique, démocratique et post-capitaliste pour l'humanité.

(1). Voir le mémoire de Stéphane Olivier, « Histoire des martiens dans la littérature française, et plus spécialement dans la période 1850-1965 ». Littératures (2011).

(2). *The Guardian*, « Our long obsession with Mars », 1 oct. 2015.
(3). Public Books, « Earth First, Then Mars: an interview with Kim Stanley Robinson », 15 juin 2016.

La colonisation

La « **Trilogie martienne** » est donc l'œuvre majeure de Kim Stanley Robinson, celle par laquelle il a cimenté sa renommée d'écrivain de science-fiction de haut vol, au point d'en éclipser souvent ses autres productions. Elle se compose de quatre livres publiés dans les années 90 : **Mars la rouge** (1992), **Mars la verte** (1993) et **Mars la bleue** (1996) [(4)] pour la trilogie principale, qui compte plus de 1600 pages, complétée par un gros recueil de nouvelles, **Les Martiens** (1999). Chacun de ces quatre ouvrages a été distingué par d'illustres récompenses, du prix Hugo au prix Locus, en passant par le Nebula. Dans cet article, nous n'aborderons que très peu le recueil pour la raison que, s'il se compose de textes s'insérant au sein du récit principal, il contient aussi des versions alternatives qui divergent fondamentalement de la trilogie. Nous nous consacrerons essentiellement aux trois romans. Ceux-ci couvrent une histoire de près de deux siècles : cette histoire, c'est celle de la colonisation de Mars et de sa terraformation. Les trois titres, **Mars la rouge**, **Mars la verte**, **Mars la bleue**, indiquent l'état d'avancement de la transformation biologique et géologique de la planète depuis l'astre mort que nous connaissons aujourd'hui — la Mars de Mariner —, à celui qui porte la vie au début du XXIIIe siècle.

Le 21 décembre 2026, la mission Ares décolle de la Terre pour un voyage de neuf mois. Le vaisseau emporte à son bord un équipage de cent personnes, hommes et femmes, ingénieurs et scientifiques, pour la plupart, en majorité américains et russes. Ils sont et resteront à jamais « les cents premiers ». Des légendes. Conjointement à celle de Mars, c'est leur histoire que la « **Trilogie martienne** » raconte. Pour en arriver là, les cents premiers ont passé une sélection rude, avec notamment une évaluation psychologique de longue haleine lors d'une année entière dans la Vallée de Wright en Antarctique. Cet épisode est raconté dans la nouvelle *« Michel dans l'Antarctique »* dans le recueil **Les Martiens**. Pourtant, avant même leur arrivée sur le sol de la planète, des tensions apparaissent au sein du groupe d'explorateurs, dépassant la simple compétition américano-russe, alimentées aussi bien par les relations personnelles qui se nouent entre ses membres que par les différentes visions qui se développent autour de l'avenir de Mars. Ces tensions naissantes ne feront que croitre par la suite, prendront régulièrement un tour dramatique, et définiront les grandes lignes de l'histoire martienne. Le chapitre qui ouvre **Mars la rouge** raconte ainsi le meurtre de John Boone, premier homme à avoir posé le pied sur la planète et leader charismatique des cent premiers, au milieu des tensions politiques et ethniques qui agitent la communauté martienne en 2056, soit 30 ans à peine après le début de la colonisation. La narration est faite de manière chronologique, par chapitres successifs consacrés au point de vue d'un des protagonistes, l'un des cent premiers ou l'un de ses descendants. Kim Stanley Robinson donne ainsi la parole à toutes les sensibilités qui s'affrontent au cours de l'histoire martienne.

Dans l'écheveau des antagonismes qui forme la trame du roman, nous retiendrons ici deux oppositions majeures structurant le récit. L'une est scientifique, l'autre est politique. Ce ne sont pas pour autant des thématiques distinctes car elles se nourrissent l'une de l'autre. En cela, Kim Stanley Robinson professe une écologie au sens herbertien du terme : une science des conséquences dans un écosystème biologique et politique auquel l'homme appartient. La « **Trilogie martienne** » est un *planet opera* dont les illustres ancêtres sont **Dune** (1965) de Frank Herbert et **Révolte sur la Lune** (1966) de Robert A. Heinlein.

(4). Les années indiquées font référence aux dates de publication en VO.

La terraformation

Du point de vue science-fictif, l'idée de terraformer une planète étrangère pour la rendre habitable par l'homme n'est pas nouvelle. Elle apparait pour la première fois, comme par ailleurs de nombreuses autres idées de SF, sous la plume du philosophe britannique Olaf Stapledon dans le roman **Les Derniers et les Premiers** (1930), et sera reprise par de grands noms comme Robert A. Heinlein, Arthur C. Clarke ou encore Isaac Asimov, jusqu'à devenir un trope du genre. Héritière d'une longue ascendance, la « **Trilogie martienne** » de Kim Stanley Robinson est à ce jour le pinacle de ce qui a été écrit sur la question, par la somme considérable des arguments utilisés et leur rigueur scientifique.

De fait, la possibilité de terraformer une planète est hautement spéculative d'un point de vue scientifique et technique. Si en théorie l'entreprise semble réalisable, les technologies qui le permettraient sont actuellement hors de notre portée. Une réflexion scientifique a toutefois été engagée et de nombreux travaux publiés, comme autant d'expériences de pensée. Kim Stanley Robinson s'inspire notamment de ceux du physicien britannique Martyn John Fogg. La terraformation de Mars est le prototype même de la réflexion sur le sujet en général du fait de la ressemblance de la planète avec la Terre. Elle se confronte toutefois à plusieurs problèmes : une température moyenne de -60 °C en raison de son éloignement du soleil, une atmosphère ténue composée à 95% de dioxyde de carbone, pas d'eau en surface, et, pour couronner le tout, une absence de champ magnétique qui la condamne à être soumise à un niveau de radiation élevé perpétuel. Fogg a néanmoins suggéré que la mise en place en synergie d'un ensemble de mesures pourrait mener à une transformation radicale de la planète. Ce sont les propositions que Kim Stanley Robinson décrit dans la trilogie : une libération du dioxyde de carbone contenu dans le sol afin d'augmenter l'effet de serre, ce qui mènerait à une élévation de la température ; le creusement de « moholes », qui permettraient de faire remonter en surface la chaleur du manteau ; la libération de l'eau contenue dans les aquifères souterrains par détonations nucléaires ; une humidification et une densification de l'atmosphère ; la construction de miroirs géants focalisant la lumière du Soleil vers le sol de la planète ; le détournement d'astéroïdes trouvés dans le Système solaire pour ensemencer le sol ; la modification génétique de mousses et lichens pour enclencher le processus de végétalisation et la libération progressive d'oxygène. Entre autres… Kim Stanley Robinson convoque tour à tour la physique, la chimie, la géologie, l'hydrologie, la climatologie, la biologie, la botanique, la génétique… et expose longuement et dans le détail les étapes qui amènent la planète rouge à devenir verte, puis bleue, au fil des trois romans. La transformation de Mars avance pas à pas.

Tout ceci ne se fait évidemment pas sans heurt — l'évolution de la planète est une succession de cataclysmes aussi bien géologiques qu'humains — ni sans opposition. L'antagonisme scientifique au cœur de la trilogie est porté par la confrontation entre Saxifrage Russell et Ann Clayborne sur la question même de la terraformation. Il persiste jusqu'aux dernières pages du troisième livre et marque profondément cette histoire de Mars. Saxifrage Russell défend une position anthropocentrique et souhaite terraformer Mars pour la rendre viable rapidement. Ann Clayborne défend une position écocentrique et veut préserver Mars de l'action humaine autant que possible. Mars comme colonie ou Mars pour la science. Notons qu'étymologiquement, saxifrage signifie « briseur de roche » et que Clayborne en anglais signifie « née de l'argile ». Ces deux personnages incarnent les deux courants idéologiques majeurs sur lesquels les Martiens vont s'aligner : d'un côté les Verts pro-terraformation, de l'autre les Rouges qui agissent pour l'empêcher — et entre ces deux pôles, toutes les déclinaisons possibles des deux positions.

Là encore, Kim Stanley Robinson s'inspire du débat scientifique qui a soulevé d'éventuels problèmes éthiques liés à la terraformation d'une planète. Parmi les personnalités influentes sur la question, le physicien Christopher McKay et l'ingénieur Robert Zubrin (tous deux américains) incarnent eux aussi deux visions antagonistes. Comme Ann Clayborne dans le roman, Christopher McKay professe, à un moindre degré, une vision écocentrique. Comme Sax Russell, mais de manière plus virulente encore, Robert Zubrin défend l'idée d'une terraformation brutale pour étendre la présence humaine partout où cela est possible (quand Russell reste sur le terrain purement scientifique).

Depuis une quarantaine d'années, Kim Stanley Robinson est résident de la ville de Davis, dans le nord de la Californie. Il s'est très tôt pris de passion pour les randonnées dans la Sierra Nevada, cette chaine de montagnes qui borde l'État américain à sa frontière orientale [5]. C'est en le parcourant à son rythme, pas à pas, qu'on découvre le monde et qu'on apprend à en apprécier la beauté. Dans la « **Trilogie martienne** », de nombreuses descriptions de la géologie et des paysages changeants sont faites alors que les personnages parcourent, souvent à pied, ses reliefs, ses plaines ou ses glaciers. C'est en parcourant le monde martien que Sax Russell en viendra à comprendre Ann Clayborne, et que celle-ci découvrira la beauté des lacs et des océans apparus sur la planète désormais bleue. Tous deux réconcilieront leur différence de points de vue face à la beauté de la nouvelle Mars.

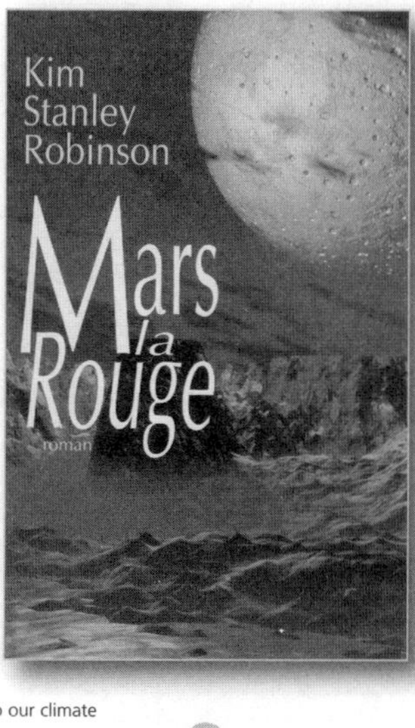

L'aréoformation

Le second antagonisme qui sous-tend le roman est de nature politique. Mars, dépourvue de toute forme de vie, apparait d'un point de vue social comme une page blanche sur laquelle l'humanité est appelée à écrire une histoire. Ici encore, deux points de vue extrêmes s'opposent, et donnent naissance à de multiples courants de pensées s'inscrivant sur le fil tendu entre les deux points cardinaux. Sur ce terrain, ce sont Arkady Bogdanov et Phillis Boyle qui ouvrent les hostilités dans **Mars la rouge** avant même d'avoir touché le régolithe. Le premier est un révolutionnaire qui refuse l'autorité de la Terre sur Mars et prône le développement d'une nouvelle société. La seconde est une conservatrice attachée à la souveraineté terrienne. La question que pose Kim Stanley Robinson est : où va-t-on maintenant qu'on est arrivé là ? Répétons-nous les erreurs du passé ? Inventons-nous un nouveau modèle de société ? Et quelle forme peut prendre l'utopie martienne ? Certains s'engagent dans leur propre voie. Hiroko Ai, géniale généticienne japonaise, développe une philosophie mystique, l'aréophanie. Desmond Hawkins, dit le Coyote, passager clandestin de l'Ares, 101e des « cent premiers », reste un éternel anarchiste. Mais tous, à l'exception de Phillis Boyle, choisissent le camp de Mars.

(5). *The New Yorker*, « Can science fiction wake us up to our climate reality? », 31 janvier 2022.

Une avancée scientifique majeure faite par les généticiens de Mars va profondément modifier le paysage humain : la mise au point d'un traitement gérontologique qui promet de prolonger la vie au-delà des deux cents ans, et peut-être même mille ans. C'est grâce à cette technologie que certains des cent premiers vont pouvoir assister à la transformation de la planète longtemps après leur arrivée en 2027. Si le vieillissement de la population ne pose pas encore de problèmes sur Mars, dont la population reste faible, il a des conséquences dramatiques ailleurs.

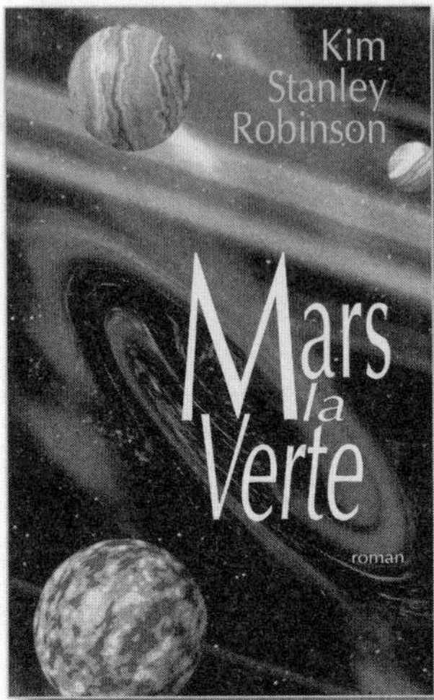

Sur Terre, les crises climatiques et démographiques — on compte 15 milliards d'habitants — entrainent la planète dans une situation sociale et politique de plus en plus tendue. Les grandes entreprises privées accroissent leur influence et se soustraient aux réglementations des gouvernements nationaux en devenant des compagnies transnationales, des *transnats*. Elles influencent la politique terrestre et étendent leur pouvoir jusque sur Mars. La construction d'un ascenseur spatial leur permet de s'y développer et de lancer la première grande vague d'immigration vers la planète rouge. Mars passe ainsi de sa phase de colonisation à sa phase d'industrialisation. Rapidement, la société martienne se retrouve au bord de la rupture alors que sur Terre, la troisième guerre mondiale éclate. Les accords signés ne sont pas respectés, et en 2061, la première révolution martienne est écrasée dans le sang par les armées à la solde des transnats. La plupart des cent premiers n'y survivent pas. Ils sont devenus à jamais les ennemis des transnats.

Lorsque **Mars la verte** débute, les survivants de la révolution de 61 se sont réfugiés depuis des années dans des abris construits sous le sol martien, ou sous les glaciers, très au sud, loin du regard des transnats. À Zygote, Hiroko a fait naître les premiers enfants de Mars, à partir des gamètes des cent premiers et des siens. Le Coyote parcourt la surface et assure le lien entre les différentes factions de l'underground martien qui ne tarde pas à se réorganiser et à développer une économie de survie basée sur le troc. Au cœur des préoccupations se trouve la question écologique cruciale, alors que la transformation de la planète se poursuit de manière chaotique, au gré des cataclysmes géologiques et hydrologiques déclenchés par la terraformation accélérée. Différents courants opposés voient le jour chez les Martiens, entre Verts et Rouges.

Un nouvel ascenseur spatial est assemblé pour remplacer celui détruit lors de la première révolution. Les transnats, devenus des metanats, sont au pouvoir sur Mars. Mais sur Terre, la situation devient catastrophique lorsque les glaciers fondent brutalement sous l'effet d'éruptions volcaniques sous l'Antarctique. Le niveau des mers augmentant rapidement, la plupart des villes côtières disparaissent. Nous sommes alors en 2127 : la Terre surpeuplée, inondée, est en proie au chaos. Les Martiens en profitent pour déclencher, après des années de lente préparation pas après pas, la deuxième révolution. Ils ont appris de 61 et celle-ci se fait aussi pacifiquement que possible. Les Martiens sont désormais les propriétaires de leur planète.

Kim Stanley Robinson dresse ainsi le portrait d'une dystopie néocoloniale sur Terre et d'une utopie postcoloniale sur Mars. **Mars la bleue**, troisième opus de l'ensemble, est le récit de la construction d'une nouvelle société martienne, de l'apparition d'une démocratie indépendante de la Terre, d'une nouvelle économie basée sur l'écologie, une éco-économie, et des moyens d'être martien sur Mars. La « **Trilogie martienne** » est autant l'histoire de la terraformation de la planète que celle de l'aréoformation de la société. Ce sera alors la troisième révolution martienne, qui ouvre une nouvelle ère de collaboration entre Mars et la Terre. Nous sommes maintenant au début du vingt-troisième siècle et l'humanité commence à se répandre à travers le Système solaire, à coloniser lunes et astéroïdes, jusqu'à Neptune. L'humanité entre dans la phase de l'*accelerando*.

Immense fresque humaine, scientifique et politique, la « **Trilogie martienne** » de Kim Stanley Robinson s'est imposée à raison comme un sommet du *planet opera* en version *hard SF*. Au-delà de l'ampleur du projet littéraire, on ne peut qu'être marqué à sa lecture par la pluralité et la grandeur des idées développées. Du point de vue strictement scientifique, la trilogie repose sur les connaissances établies au début des années 90. Au même moment, l'exploration martienne est marquée par une série d'échecs, aussi bien russes qu'américains. Mais le 4 juillet 1997, la NASA pose Mars Pathfinder sur le sol de la planète. La mission est un succès et s'ouvre alors l'ère de l'exploration martienne robotisée et des rovers comme Opportunity, Curiosity ou Perseverance, dont nous avons tous les images en tête. En même temps, la mission *Mars Global Surveyor* étudie de son orbite l'atmosphère de la planète rouge. Quantités de données sont recueillies. On sait maintenant que certaines hypothèses faites sur la composition du sol et de l'atmosphère martienne étaient erronées. La mission *Phoenix* (2008) a notamment montré que le sol martien était hautement toxique en raison d'une forte concentration en perchlorate. Mars s'est ainsi révélée encore plus hostile que prévu. Kim Stanley Robinson est le premier à reconnaitre qu'il a été très optimiste sur la possibilité de terraformer Mars en deux siècles. La perspective de voir la planète rouge devenir verte puis bleue s'étend plus raisonnablement sur des milliers d'années, dans le meilleur des cas. À cet optimisme de jeunesse, l'auteur a lui-même répondu avec le roman **Aurora** (2015), qui prophétise que l'avenir de l'humanité est sur Terre et nulle part ailleurs. Et même là, comme il le montre dans **The Ministry for the Future**, ça va être compliqué, mais pas impossible. L'avenir se construit pas à pas, et l'échec n'est pas envisageable. « *Le futur doit réussir.* » [6]

(6). Kim Stanley Robinson, **The Ministry for the Future**, 2020.

Dans les pas de Kim Stanley Robinson :  un guide de lecture…

Qu'il arpente le futur lointain ou occasionnellement notre passé, au fil d'une œuvre riche d'une vingtaine de romans et d'une poignée de recueils, Kim Stanley Robinson fait montre d'une constance certaine dans les thèmes qu'il aborde, avec une prédilection notable pour la science, l'écologie et l'utopie. L'équipe critique de *Bifrost* a enfilé ses chaussures à crampon et entrepris de suivre le plus trekkeurs des auteurs de SF contemporains. Un long chemin…

TROIS CALIFORNIES

1. *Le Rivage oublié* (*The Wild Shore*), 1984, roman traduit de l'anglais [US] par Jean-Pierre Pugi - dernière édition VF : J'ai Lu, 2001
2. *La Côte dorée* (*The Gold Coast*), 1988, roman traduit de l'anglais [US] par Emmanuel Jouanne - dernière édition VF : J'ai Lu, 1989
3. *Lisière du Pacifique* (*Pacific Edge*), 1990, roman traduit de l'anglais [US] par Stéphan Lambadaris - dernière édition : Les Moutons Électriques, 2021

Publiée aux États-Unis entre 1984 et 1990, la trilogie californienne de Kim Stanley Robinson (KSR) a pour particularité de proposer trois visions radicalement différentes d'un même lieu : le comté d'Orange, cette région de la Californie où l'auteur a grandi dans les années 50 et 60, et qu'il a vue se transformer au fil des ans, renonçant progressivement à ses terres agricoles pour accueillir une population citadine sans cesse croissante. Situés une cinquantaine d'années dans le futur, ces trois romans appartiennent chacun à un genre différent : post-apocalyptique pour **Le Rivage oublié**, ultra-technologique avec **La Côte dorée**, utopique, enfin, dans **Lisière du Pacifique**.

Dans **Le Rivage oublié**, les USA n'existent plus. Toutes ses grandes villes ont été rasées lors d'une attaque nucléaire, et le pays, ou ce qu'il en reste, est isolé du reste du monde, ses frontières surveillées par des forces armées dont on devine la présence sans — presque — jamais les voir. Ne subsistent désormais que de petites communautés revenues à un âge pré-industriel, comme dans la vallée d'Onofre, située en bord de mer au sud du comté d'Orange, quelques dizaines de personnes vivant de la pêche, de l'agriculture et du troc, notamment avec les récupérateurs, qui cherchent parmi les ruines radioactives de l'ancien monde tout ce qui peut encore avoir de la valeur. Tel est le monde où Henry et ses amis grandissent, un monde leur offrant peu de perspectives de changement. Jusqu'au jour où arrivent dans leur village des envoyés de San Diego, ville qui, petit à petit, a su se reconstruire, et offre désormais à ses voisins de s'unir pour enfin lutter contre leurs ennemis invisibles et faire renaître la grandeur légendaire des États-Unis d'Amérique.

Le Rivage oublié est un roman lent, dans lequel Kim Stanley Robinson prend le temps de donner corps à son univers et à ses personnages qu'il accompagne dans leur quotidien le plus banal. À travers leur histoire, dont celle de Tom, le doyen du village, centenaire qui a connu le monde d'avant, il s'interroge sur son pays, ce qui a pu le conduire à une fin aussi terrible, et donne à voir différentes voies possibles dans lesquelles s'en-

gager. Aucun des personnages adolescents qu'il met en scène n'envisage les choses de la même manière, qu'ils souhaitent passer à l'action coûte que coûte ou au contraire optent pour une position plus pondérée, mais tous ont en commun ce besoin de changement propre à leur âge. Pour Henry, le protagoniste, ce besoin passera *in fine* par le biais de l'écriture, comme en écho aux motivations du jeune romancier qu'est encore Kim Stanley Robinson à cette époque.

Le parcours de Jim McPherson, le héros de **La Côte dorée**, est par certains côtés assez similaire à celui de Henry, quand bien même le monde dans lequel il vit se situe aux antipodes du précédent. Le comté d'Orange s'est ici transformé en une mégapole grouillante de vie, s'étalant dans toutes les directions, y compris en altitude, dans une superposition démente de voies autoroutières. Issu d'une famille aisée, Jim semble avoir tout pour être heureux. Il ne l'est pas. Professeur d'anglais à temps partiel pour des étudiants qui s'ennuient autant que lui, il passe ses nuits à effacer ses journées dans des fêtes répétitives où se mêlent sexe, drogue et alcool. Ce mouvement perpétuel ne peut au mieux que lui faire oublier pour un temps la vacuité de sa vie, jusqu'au jour où il entre en contact avec un mouvement politique contestataire qui propose de mener des actions de sabotage contre le complexe militaro-industriel — dans ce roman, la guerre froide entre USA et URSS est au moins aussi vivace qu'au moment de sa rédaction. S'agit-il pour Jim d'une manière légitime de transformer le monde, ou n'est-il qu'un pion dans un affrontement dont il n'est pas apte à mesurer les enjeux ?

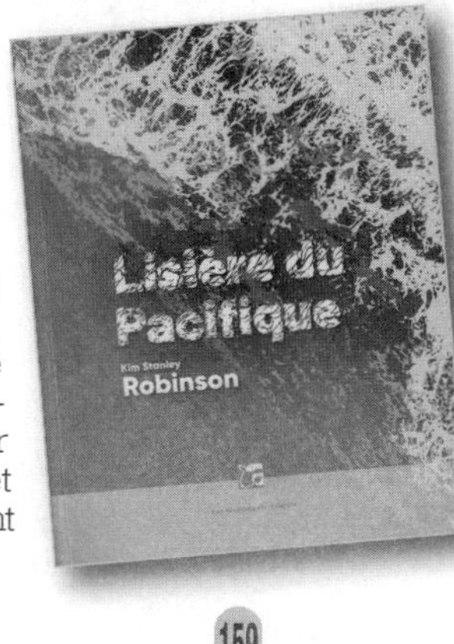

Sur la forme, **La Côte dorée** est un roman plus ambitieux que le linéaire **Rivage oublié**. Robinson suit en parallèle le parcours de différents protagonistes, lesquels vont se croiser plus ou moins régulièrement, et boucle son récit par un événement qui aura des répercussions sur tous les personnages, quand bien même aucun d'entre eux, contrairement au lecteur, n'est en mesure d'appréhender la situation dans sa globalité. Il est à noter que les deux romans ont un personnage en commun, ou du moins deux incarnations différentes d'un même individu : Tom, le vieux sage, devenu ici le résident d'une maison de retraite où sont envoyés pour y être oubliés tous ceux qui ont passé l'âge d'être utiles à la société. Un double destin qui vient souligner davantage tout ce qui oppose les deux univers. Notons au passage qu'on rencontrera une troisième itération du personnage dans le roman suivant, cette fois pour souligner combien, dans ce monde utopique, les différences d'âge entre individus n'ont plus lieu d'être.

Une fois encore, comme dans **Le Rivage oublié**, c'est de l'écriture, et plus encore de la redécouverte de l'histoire du monde dans lequel il vit, que viendra la rédemption du héros. Ce besoin essentiel de raconter d'où nous venons pour comprendre où nous sommes aujourd'hui, et vers quel avenir nous nous dirigeons.

Dans l'idéal, cet avenir serait celui de **Lisière du Pacifique**, ultime volet de cette trilogie, et le plus enthousiasmant des trois futurs que nous propose Kim Stanley Robinson. L'action se situe à El Modena, toujours dans le comté d'Orange, et donne à voir une société harmonieuse basée sur le recyclage, l'économie collaborative et la sobriété énergétique. Aux marges, on retrouve certes quelques nostalgiques de l'ancien monde, toujours prêts à chercher dans les failles du système le moyen de le contourner, mais cette société offre à ses citoyens les armes pour les affronter.

On suit donc le parcours de Kevin Clairborne, architecte nouvellement élu à la municipalité d'El Modena, et qui va déceler dans la volonté du maire de remettre en question le statut d'une zone protégée des motivations moins innocentes qu'elles n'en ont l'air. Une intrigue qui laisse toute la place au romancier pour développer son univers et raconter le quotidien de ses protagonistes, fait de balades dans la nature, de matchs de softball et de relations amoureuses plus ou moins heureuses.

KSR sait à quel point il est difficile, voire impossible, de donner à une utopie une dynamique dramatique. Plutôt que de remettre en question les fondements de cet univers, ce qui n'est pas son objet, il choisit de mettre son récit en parallèle avec un second, un futur proche cauchemardesque qui pourtant, comme on le découvrira en fin de compte, contient les germes de cet avenir rêvé.

D'un point de vue romanesque, **Lisière du Pacifique** reste la plus faible des trois œuvres, ce qui explique sans doute qu'il aura fallu attendre plus de trente ans avant de la lire en France. Conscient de ses faiblesses, Kim Stanley Robinson choisit de s'en amuser dans une scène finale qui finit, si c'était nécessaire, de nous rendre ce livre aussi attachant que précieux.

Philippe Boulier

LES MENHIRS DE GLACE

(*Icehenge*, 1984, roman traduit de l'anglais [US] par Luc Carissimo - dernière édition VF : Gallimard, coll. « Folio SF », 2003)

Deuxième roman publié par Kim Stanley Robinson, **Les Menhirs de glace** est en fait un *fix-up* composé de deux novellas antérieures, *« To Leave a Mark »* (qui correspond à la première de ses trois parties), et *« On the North Pole of Pluto »* (qui forme la troisième). On peut remarquer que cette œuvre précoce de KSR préfigure certains des joyaux de sa bibliographie : la partie centrale ressemble beaucoup à ce qui sera bien plus développé dans la « **Trilogie martienne** » dix ans plus tard, tandis que la première s'interroge sur les équilibres chimiques et écologiques que devra atteindre un vaisseau interstellaire pour réussir son voyage, thématique abordée plus amplement dans **Aurora**, trente ans après **Les Menhirs de glace**.

KSR part du principe que l'Homme a développé un traitement lui permettant de vivre mille ans, mais que le cerveau ne suit pas : ne sont accessibles que les souvenirs correspondant à l'espérance de vie naturelle, ceux du dernier siècle, en gros. Les autres sont soit effacés, soit enfouis, et ne ressurgissent qu'occasionnellement et involontairement. Les gens rédigent donc des autobiographies, s'adressant à leur « Moi » futur qui a tout d'une autre personne. Le roman nous présente trois de ces récits : le premier concerne Emma Weil, spécialiste en systèmes de support de vie, à qui deux anciens amis demandent son aide pour les aider à rendre viable leur astronef interstellaire (le premier de son genre) secret. Réticente, elle finit par accepter puis rentre sur Mars, où une Révolution éclate contre les Corporations et l'État policier inféodé à la Terre qui les chapeaute. Avant son départ de la nef interstellaire, elle aperçoit les plans d'une structure circulaire. Étrangement, bien qu'écrite après la troisième partie, cette ouverture souffre d'un style moins abouti.

Le second récit, trois siècles plus tard, met en scène Hjalmar Nederland, archéologue martien qui vient enfin d'obtenir l'autorisation gouvernementale de fouiller les sites des villes rasées pendant la Sédition. Sauf que ses découvertes contredisent le récit officiel selon lequel ces cités auraient été détruites *par les rebelles*. Lors de ses fouilles, il exhume le journal d'Emma, et quand un cercle de « menhirs » de glace, surnommé Icehenge, est découvert au pôle nord de Pluton, il fait le lien avec la structure circulaire mentionnée dans l'autobiographie. Cette partie présente de si nombreux points communs avec la « **Trilogie martienne** » qu'on peut presque la considérer comme un brouillon du cycle.

L'ultime récit est celui d'Edmond Doya, arrière-petit-fils de Hjalmar, qui remet en cause non seulement certaines des découvertes et théories de son ancêtre, mais qui jette aussi le doute sur le caractère fiable des narrateurs ou des événements relatés dans les deux parties précédentes, pensant qu'il s'agit en fait d'une mystification. Tout comme le récit de Hjalmar, celui d'Edmond s'interroge sur la manipulation et la réécriture de l'Histoire, que ce soit par des gouvernements ou de riches individus, et sur notre tendance à ne voir que les « faits » que nous *désirons* voir.

En cette époque d'infox et de narratif plaqué artificiellement sur la réalité objective, **Les Menhirs de glace** reste un roman fort pertinent et intéressant, malgré ses presque quarante ans d'âge.

Apophis

LA MÉMOIRE DE LA LUMIÈRE

(*The Memory of Whiteness*, 1985 ; roman traduit de l'anglais [US] par Jean-Pierre Pugi - dernière édition VF : Le Livre de Poche, 2005)

Au XXXIVe siècle, l'Humanité a conquis le Système solaire grâce à Arthur Holywelkin, génial physicien, qui, trois cents ans plus tôt, a établi un paradigme à l'aune duquel comprendre le monde. Sur cette base a été fondé un nouveau mode de distribution de l'énergie qui est « téléportée » partout. Cet univers est déterministe mais les personnages l'ignorent encore. Le passé, et surtout l'avenir, ont été écrits de tout temps, et rien de ce qui peut y advenir n'échappe à l'inéluctable enchaînement des causes et effets. Nul libre arbitre — au mieux une illusion, qu'il semblerait toutefois judicieux de préserver. La secte des Gris, qui contrôle la production d'énergie depuis le soleil, est la détentrice de ce bien lourd secret sur lequel elle veille jalousement.

Dans cet univers, l'Humanité est plus que jamais plurielle, n'offrant plus d'unité : chacun des milliers de mondes existe dans l'indifférence des autres. L'unique lien subsistant désormais entre eux est la musique. La musique (non vocale) est un langage universel, non symbolique, et peu importe que vous soyez allemand, japonais, malien ou brésilien pour la jouer. Elle ne dit rien, se contentant juste d'être.

À la fin de sa vie, Holywelkin a créé l'Orchestre, un unique méta-instrument comprenant toute une philharmonie et conçu pour être joué par un seul interprète. Johannes Wright vient d'en être nommé neuvième titulaire et va entreprendre une tournée à travers tout le Système solaire, de Pluton à Mercure, via Mars et la Terre. Selon une prédiction — tout étant déjà écrit —, il pourrait, par sa musique, dernier vecteur commun à toute l'Humanité (enfin mûre ?), permettre à celle-ci de s'imprégner du paradigme d'Holywelkin. Ce qui n'est pas du goût de tout le monde, notamment d'Ernst Ekern, le directeur de l'Institut Holywelkin, qui entend imposer son libre-arbitre par le truchement d'un métadrame pour manipuler la réalité tel un démiurge et ne pas laisser Wright parvenir au but que les Gris lui ont signifié.

Le roman est la chronique de cette tournée et des péripéties qui l'émaillent…

Il apparaît que KSR, à travers les nombreuses digressions ponctuant le récit, tente de répondre à son propre questionnement quant au libre arbitre — une illusion à laquelle on n'échappe pas, à l'instar de toute réalité. Notre monde est déterministe car il ne saurait y avoir d'effet sans cause, mais il est aussi imprédictible car la complexité conduit à l'incalculabilité. Si l'on était à même de connaître l'enchaînement de toutes causes et effets, le futur pourrait être prédit — en vain, puisqu'il ne saurait être modifié — et l'information circulerait de l'avenir vers le passé : un changement de paradigme radical, et la fin du libre arbitre. Si Frank Herbert, dans **Dune**, s'est attaché à la question, KSR — pas le meilleur des conteurs d'histoire de la SF — s'y essaie aussi avec ce roman donnant indubitablement matière à penser.

Jean-Pierre Lion

DEUX RECUEILS

1. *La Planète sur la table* (*The Planet on the Table*, 1986 ; recueil traduit de l'anglais [US] par Michel Demuth - dernière édition VF : J'ai Lu, 1995)
2. *Le Géomètre aveugle* (recueil sans équivalent anglo-saxon, traduit de l'anglais [US] par Anna Buresi et Michel Demuth - dernière édition VF : J'ai Lu, 1995)

La Planète sur la table et **Le Géomètre aveugle** réunissent chacun huit nouvelles. Le premier présente des textes écrits entre le milieu des années 1970 et le début des années 1980. Dans le second, on trouve des nouvelles datant de 1986 à 1989. Ces deux recueils embrassent donc la quinzaine d'années au terme de laquelle Kim Stanley Robinson, d'abord débutant, parvint à s'imposer. Ce duo de recueils offre ainsi un aperçu de ce qu'il est convenu d'appeler la fabrique d'un écrivain. Chacune de ces nouvelles peut en effet être envisagée comme une étape dans la genèse, parfois non dénuée de maladresse, d'un paysage fictionnel singulier, marqué par autant de spécificités thématiques que formelles.

Sans surprise, c'est dans **La Planète sur la table** que se trouvent les textes les moins maîtrisés. Seuls deux d'entre eux convainquent : *« Le Lucky Strike »* et *« L'Air noir »*, datant de 1983. Entrelaçant la fiction historique à une branche de l'Imaginaire, ils proposent une séduisante relecture d'événements authentiquement advenus. Allant jusqu'à l'uchronie, *« Le Lucky Strike »* envisage un autre déroulement du projet de bombardement atomique du Japon par les États-Unis en août 1945. Remontant plus loin dans le passé, celui du XVIe siècle et de l'Invincible Armada, *« L'Air noir »* nimbe d'une troublante lumière gothique l'échec de la flotte espagnole. Témoignant d'une érudition aussi dense que celle déployée par *« Le Lucky Strike »*, *« L'Air noir »* parvient tout comme lui à combiner avec bonheur ce conséquent matériau documentaire à une narration d'une efficace fluidité et à une caractérisation humaniste des personnages. Faisant eux aussi appel à un important travail de recherches, les autres textes peinent à transformer en or fictionnel des récits croisant là encore divers genres littéraires. Ainsi en va-t-il de la dystopique *« Venise engloutie »* (1980) plongeant le patrimoine artistique de la Sérénissime sous les eaux, ou bien encore du *« Déguisement »* (1976) relisant façon *hard science* le théâtre élisabéthain. De même que pour ces relectures extraterrestres de chronique sociale afro-américaine et de *detective story* que sont respectivement *« Retour à Dixieland »* (1975) et *« Mercuriale »* (1983). Elles sont aussi bancales que *« Sur la ligne de crête »* (1975 à 1983), mêlant poussivement manuel de trekking et spéculation scientifique, et que *« Les Œufs de pierre »* (1979), une synthèse trop elliptique de *road novel* et de SF robotique. Et l'on réservera la lecture intégrale de **La Planète sur la table** aux « robinsoniens » désireux de retracer au plus près la généalogie de l'œuvre de leur auteur favori...

Quant au **Géomètre aveugle**, on en recommandera en revanche la lecture à un plus large lectorat. Si Robinson y use des mêmes éléments que dans **La Planète sur la table**, il en tire cette fois-ci un bien meilleur profit, ayant atteint durant la seconde moitié des années 1980 une maturité littéraire. Mis à part le dystopique et (trop) court *« Notre cité »* (1986), confirmant que l'auteur a besoin d'espace pour développer ses univers, les sept autres textes sont autant de réussites. La novella donnant son titre au recueil, en date de 1986, s'impose comme une belle rencontre entre thriller d'espionnage conspirationniste et une *hard SF* pour laquelle l'auteur confirme son inclination. Son héros, un homme parvenant à conjurer sa cécité grâce à son génie mathématique, incarne une nouvelle fois une figure décidemment chère à Robinson, celle du voyant déjà présente dans les textes les plus réussis de **La Planète sur la table**. D'essence futuriste et technologique comme dans *« Le Géomètre aveugle »*, pareil don peut être, à l'image d'*« Intersection »* (1986), le résultat d'un mystérieux incident spatio-temporel permettant à un WASP et à un Noir sud-africain de voir au-delà de leurs réalités respectives... C'est un texte témoignant par ailleurs d'une sensibilité antiraciste certaine chez son auteur, que confirment encore ses empathiques portraits de dealer afro-américain du futur dans *« Crève-la-faim en l'an 2000 »* (1986) et de sorcier navajo dans *« Au retour de Rainbow Bridge »* (1987). À la fois ethnologique et magique, cette nouvelle s'inscrit dans une même veine que *« La Meilleure part de nous-mêmes »* (1991), mettant mystérieusement en écho chrétiens des origines et ceux d'une communauté californienne contemporaine. Quant aux deux récits sélénites que sont *« Les Lunatiques »* (1988) et *« Leçon d'histoire »* (1988), ils illustrent définitivement la capacité de Robinson à bâtir une SF aussi rigoureuse que généreuse lorsqu'il est en pleine possession de son art.

Pierre Charrel

ESCAPE FROM KATHMANDU

(1989, Tor - inédit en français)

Mysticisme, cryptozoologie, royaumes souterrains... Voilà bien des thèmes qu'on n'imaginait guère retrouver dans l'œuvre du très sérieux Kim Stanley Robinson, et qui figurent pourtant en bonne place dans **Escape from Kathmandu**, roman composé de quatre novellas (les trois premières ont été publiées entre 1986 et 1989 dans *Asimov's Science Fiction Magazine*) dont l'action se déroule au Népal. C'est là, et plus précisément à Katmandou, que se rencontrent deux expatriés américains, George Fergusson et George « Freds » Fredericks, deux personnalités qui n'ont pas grand-chose en commun mais se retrouvent embringués dans une aventure rocambolesque... avec un yeti. Car oui, l'abominable homme des neiges existe, sauf qu'il n'est pas abominable pour un sou, il est même fort aimable, et qu'il serait dommage qu'une expédition scientifique mette en danger son mode de vie champêtre en révélant son existence au monde entier. Par la suite, George et Freds ne vont plus se quitter (au grand désespoir du premier, victime collatérale systématique des enthousiasmes forcenés et des idées pas toujours lumineuses du second), partant à la recherche des corps de deux alpinistes ayant tenté l'ascension de l'Everest dans les années 20, essayant d'empêcher la construction d'une route dont le tracé passe par la légendaire vallée de Shangri-La, et celle d'un réseau d'égouts à Katmandou qui mettrait à jour l'existence d'un réseau souterrain secret.

On le voit, **Escape from Kathmandu** est avant tout une comédie, registre plutôt inhabituel pour son auteur. Dans un premier temps, on ne le sent d'ailleurs pas très à l'aise dans cet exercice, et certaines scènes au potentiel comique évident, comme cette improbable rencontre entre le yeti et l'ancien président US Jimmy Carter, ne fonctionnent guère. Il faut attendre la seconde moitié du livre pour que l'auteur exploite pleinement le potentiel humoristique de ses récits, en particulier grâce à des dialogues savoureux.

L'autre intérêt de ce roman est le regard que porte l'auteur sur le Népal, pays qu'il a eu l'occasion de visiter quelques années plus tôt. Là encore, l'évolution est nette au fil des récits. Si dans un premier temps il en donne une vision qu'on qualifiera de touristique, il s'intéresse ensuite de plus près à la société népalaise, le mode de vie de ses habitants, sa culture, mais aussi ses éléments moins glorieux, qu'il s'agisse de la pauvreté dans laquelle vit une grande partie de la population ou de la corruption endémique de son administration.

On pourra sans doute qualifier **Escape from Kathmandu** de roman mineur dans l'œuvre de Robinson. Il ne s'en dégage pas moins un charme évident, et il permet de découvrir une facette inattendue mais attachante de son auteur.

Philippe Boulier

A SHORT, SHARP SHOCK

(1990, Mark V. Ziesing - inédit en français)

Écrit entre ses trilogies californienne et martienne, **A Short, Sharp Shock** est un texte atypique dans l'œuvre de Kim Stanley Robinson, son unique (court) roman de *fantasy*. Une *fantasy* qui ne doit rien aux stéréotypes du genre et qui accumule les visions incongrues, surréalistes, mais qui ne parvient jamais à offrir davantage au lecteur que son étrangeté.

L'histoire est celle d'un homme sans nom, amnésique, rejeté par les vagues sur les rives d'un monde dont il ne sait rien. Il n'est pas seul : une femme, anonyme elle aussi (et jamais appelée autrement que « *la nageuse* »), se trouve à ses côtés. Mais elle disparaît très vite, capturée par une tribu de guerriers et promise à être sacrifiée. L'homme se lance alors à sa recherche, avec l'aide de créatures à l'apparence presque normale, si l'on fait abstraction des arbustes fruitiers poussant sur leurs épaules. Ce ne sont que les premiers d'une série de personnages plus ou moins bizarroïdes dont notre homme va croiser le chemin au fil de ses pérégrinations.

On ne peut pas dire qu'on s'ennuie à la lecture de **A Short, Sharp Shock**. En perpétuel mouvement, le récit nous conduit d'une découverte et d'une rencontre à l'autre, au milieu d'un décor de bord de mer sauvage, grandement inspiré à Robinson par un voyage qu'il fit dans les îles grecques quelques années plus tôt. Pourtant, malgré la beauté des descriptions, toute cette animation s'avère bientôt assez vaine. La faute, en premier lieu, à un personnage principal falot, creux, qui se laisse porter par les événements tout du long sans jamais faire montre d'une once de personnalité, et n'affichant guère plus de motivations perceptibles à son périple permanent. De même, le regard qu'il porte sur ce monde inconnu et ses habitants ne parvient pas à faire naître chez le lecteur le moindre émerveillement, la moindre émotion. Surtout, le récit souffre d'une absence de cohérence et d'enjeux forts. Robinson semble avoir écrit son roman au fil de l'eau, sans jamais réussir à en faire autre chose qu'une collection d'images à l'agencement aléatoire et à la signification nébuleuse, faisant finalement de **A Short, Sharp Shock** un récit aussi singulier que raté.

Philippe Boulier

S.O.S. ANTARCTICA

(*Antarctica Inc*, 1997, traduit de l'anglais [US] par Dominique Haas - dernière édition : Pocket, 2022)

Rien ne va plus en Antarctique, ce territoire qui n'appartient à personne et où tout le monde ou presque y est allé de sa base permanente — Russes, Américains, Indiens, Belges, etc. Un wagon d'un convoi autonome a disparu alors qu'il se rendait au pôle Sud ; le traité de l'Antarctique est menacé par des projets d'exploitation du méthane prisonnier des glaces ; sans oublier des activités étranges, non répertoriées, repérées dans l'infrarouge par les satellites et qui affolent les responsables sur place et les huiles de Washington. Trois personnages vont être les témoins de cette époque-charnière :

X (c'est comme ça que l'auteur et les autres personnages l'appellent !), l'auxiliaire technique (ou forçat des neiges) qui était à bord du convoi autonome quand il a été partiellement piraté ; Val, la superfemme, 1,90 m de poigne et de charme, qui guide le touriste friqué sur la piste d'Amundsen ; et enfin Wade, l'activiste écologiste planqué en attaché sénatorial, ici envoyé au sud du monde pour enquêter pour son patron (dans l'opposition, ce qui a son importance).

L'eau et l'huile, le fond et la forme. Si le fond est ici très intéressant, surtout pour le lecteur passionné par les problématiques environnementales, la forme a tout du calvaire. Globalement il ne se passe rien, ou presque. On se balade sur la glace, longtemps, et on papote, beaucoup. **S.O.S. Antarctica** est un roman d'anticipation proche hyperréaliste, très politique, et cette politique est très américaine, le tout se révélant chiant comme un voyage en train de marchandises à travers la Sibérie hivernale. Vous voilà prévenus. Et, cerise sur le gâteau, il y a la traduction. Par exemple : le pingouin est un oiseau de l'hémisphère nord et ne doit pas être confondu avec le manchot (*penguin* en anglais). À l'apparition du vingt-quatrième pingouin faux-ami, on n'a qu'une envie : balancer le livre à travers la pièce. Sans compter les maladresses stylistiques, les altitudes en pieds, les liquides en gallons et j'en passe. C'est régulièrement horripilant.

À moins que vous ne soyez *vraiment* passionné d'Antarctique et de politique américaine, difficile de conseiller la lecture de ce poussif roman. Personnellement, je vous aiguillerai plutôt vers **Le Pire voyage au monde** d'Apsley Cherry-Garrard (chez Paulsen), et le sublime **La Lune est blanche** de François & Emmanuel Lepage (que je me suis fait un plaisir de relire dans la foulée).

Thomas Day

CHRONIQUES DES ANNÉES NOIRES

(*The Years of Salt and Rice*, 2002 ; roman traduit de l'anglais [US] par David Camus et Dominique Haas - dernière édition VF : Pocket, 2020)

« *Dark Ages* » : l'expression anglaise, désignant le plus souvent le Moyen-Âge, est d'une non-neutralité maintenant reconnue, les années qui séparent l'Antiquité tardive de la Renaissance en Europe n'ayant rien de sombre, au contraire de ce que l'on pensait volontiers jusqu'au début du XXe siècle. On s'étonnera donc ici du titre français du présent roman : après tout, **The Years of Rice and Salt** — « Les années de riz et de sel » — a pour qualité de ne pas évoquer d'emblée un récit au contenu sinistre…

Point de divergence de cette uchronie, l'Europe n'y a pas surmonté l'épidémie de peste bubonique, dite « noire », des années 1340, les États s'y effondrent et disparaissent, et les populations elles-mêmes s'éteignent. L'or des Amériques ne vient pas nourrir la puissance européenne — en alimentant son économie par le truchement des guerres espagnoles contre la Réforme protestante et la France au XVIe siècle. À la place, les civilisations maintenant dominantes du Vieux Monde — l'une organisée par une loi religieuse, celle de l'Islam, l'autre par une bureaucratie tentaculaire, celle de la Chine — ont le champ libre pour leur propre confrontation. Écrit en 2003 (sept ans après **Le Choc des civilisations** de Samuel Huntington, donc, et deux après les attentats contre le World Trade Center), **Chroniques…** pourrait se laisser interpréter de prime abord comme un roman à thèse apportant par quelque bizarre moyen sa contribution à un édifice controversé.

Au deuxième abord, toutefois, la construction littéraire de cette uchronie vient montrer que cette conclusion triviale ne serait pas la bonne. Ces **Chroniques…** ne constituent en aucun cas des textes autonomes, puisque leurs personnages majeurs, malgré les six siècles de temps qu'elles couvrent, sont à chaque fois les mêmes : B. tout d'abord, l'individu prudent et routinier ; mais aussi et surtout K., son partenaire ambitieux et brillant jusqu'à l'incandescence. Représentés à chaque époque visitée par des incarnations différentes, changeant de nom (mais jamais d'initiale) comme de sexe ou de condition, ces deux personnages portent en réalité la vision de l'auteur pour qui l'Histoire est pétrie d'humanité plus que de grands hommes. L'un des arguments de ce roman est le sort fait aux femmes, en terre d'islam comme en terre chinoise, et le mouvement irrésistible qu'elles font vers une libération de la tutelle patriarcale ; son schéma consiste à montrer que les idées de démocratie représentative et de gestion internationale ne sont pas l'apanage de la pensée européenne, mais plutôt la conséquence des conflits entre cultures. À ce titre, on pourrait presque entendre **Chroniques des années noires** comme un anti-**Choc des civilisations** !

Si l'uchronie questionne toujours l'Histoire (et révèle aussi le profond désir de l'être humain d'y trouver un sens), le présent roman le fait en construisant un système cohérent dans les trois dimensions : géographique, ce qui transparaît par exemple avec les cartes qui introduisent chaque nouvelle chronique ; temporelle, où la chronologie réelle finit par se paralléliser avec celle des chroniques — au prix, parfois, de quelques libertés littéraires telles que la présence d'un seul très long conflit mondial plutôt que deux plus courts ; et humaine, enfin. On pourra regretter que cette dernière dimension soit soutenue par l'irruption d'une forme de transcendance, dont les implications spirituelles sont susceptibles d'agacer le lecteur — que l'on croie ou non à la réincarnation, sa répétition en tant qu'argument littéraire finit par ressembler d'un peu trop près à un procédé — mais cela ne remet pas en question la solidité de l'ensemble. À ce titre, **Chroniques des années noires** est un roman important : de ceux qui portent une certaine idée de l'humanité.

Arnaud Brunet

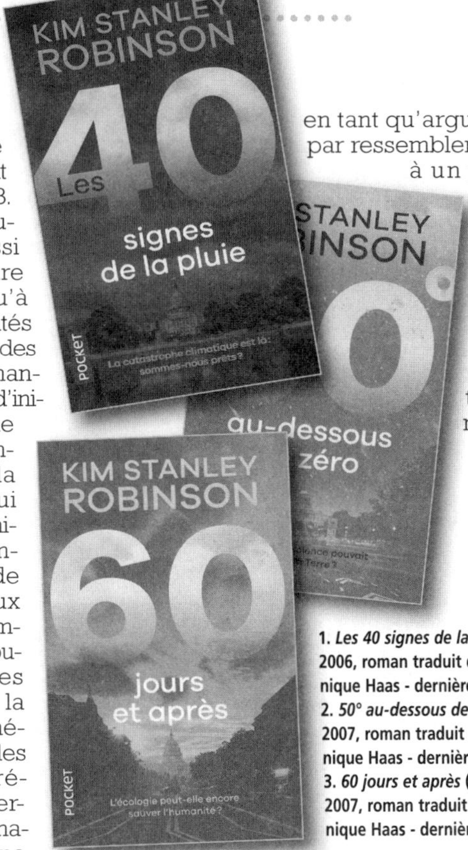

LA TRILOGIE CLIMATIQUE

1. *Les 40 signes de la pluie* (*Forty Signs of Rains*), 2006, roman traduit de l'anglais [US] par Dominique Haas - dernière édition VF : Pocket, 2021.
2. *50° au-dessous de zéro* (*Fifty Degrees Below*), 2007, roman traduit de l'anglais [US] par Dominique Haas - dernière édition VF : Pocket, 2021.
3. *60 jours et après* (*Sixty Days and Counting*), 2007, roman traduit de l'anglais [US] par Dominique Haas - dernière édition VF : Pocket, 2021.

Nous pourrions, comme il est d'usage, parler de chaque volume de la « **Trilogie climatique** » (ou **Science in the Capital** en VO, initialement « traduite » en **Capital code** en VF), mais les volumes qui la composent, parus à un an d'écart, ne peuvent s'apprécier individuellement. (1)

De quoi s'agit-il ? Tout simplement d'une uchronie où le dérèglement climatique multiplie les catastrophes, et où le problème finit par être pris à bras le corps par la présidence des États-Unis, les organisations internationales, et jusqu'aux sociétés privées (dont les compagnies d'assurance et pétrolifères). Alors que les États-Unis sortent tout juste d'une présidence Trump qualifiable de *folklorique*, pour être indulgents, et que les différentes réponses à la pandémie mondiale de Covid-19 manquent de coordination et de logique (encore une fois, avec indulgence), cette trilogie semble relever d'une utopie optimiste plus que d'un récit catastrophique réaliste.

(1). À noter que l'auteur a publié en 2015 **Green Earth**, présenté comme une version de la trilogie « mise à jour et condensée en un seul roman ». *[NdRC]*

Elle représente en tout cas la quintessence de ce que Kim Stanley Robinson sait faire de mieux… et de pire. Le pire : ses personnages, souvent caricaturaux et définis par une ou deux caractéristiques dont ils ne varieront jamais, qu'importent les événements. En particulier Frank Vanderwal, biomathématicien misogyne à souhait qui ne mesure l'attraction des femmes qu'à l'aune de leur fertilité et qui — pour un scientifique — a un talent certain pour prendre toutes les mauvaises décisions possibles. Jugez-en : détaché à la NSF à Washington de son université de Californie pour un an, il va préférer vivre entre son van et une cabane dans un parc plutôt que louer un appartement ou habiter chez des collègues alors que la capitale américaine se remet d'une inondation gigantesque et connaît son hiver le plus rude et le plus long depuis la fondation des USA. Il se trouve embarqué dans une histoire d'espionnage et de guerre entre agences fédérales pour les beaux yeux d'une femme avec qui il a été coincé une demi-heure dans l'ascenseur. Et, malheureusement pour les lecteurs, ses déboires, qui pourraient fournir la matière à un Tom Clancy de bonne facture, n'ont que peu à voir avec l'intrigue principale de la trilogie. Si vous êtes allergique aux manœuvres politiciennes, vous allez également souffrir. Que ce soit pour l'élection de Phil Chase, sénateur démocrate de Californie et futur président, et pour l'installation de son administration, ou pour les différentes négociations entre les agences fédérales et internationales ou avec les universités ou acteurs du lobbying, Kim Stanley Robinson n'épargne aucun détail. En revanche, pour qui s'est régalé avec *House of Cards*, c'est un plaisir de suivre ces intrigues et ces retournements.

La réelle puissance de cette trilogie climatique est avant tout la science. Que ce soit les différentes conséquences du dérèglement climatique (à commencer par les Khembalais, réfugiés tibétains sur une île au large du Sri Lanka menacée par les eaux venus chercher de l'aide à Washington) ou les montages public/privé des différentes solutions envisagées pour en atténuer la vitesse, voire en inverser le cours, tout est détaillé et clairement expliqué. Jusqu'aux solutions d'apparence les plus fantasques (une flotte de super-tankers pour redémarrer le Gulf Stream), qui en acquièrent une certaine logique. La science va également se trouver dans les à-côtés : le sort des animaux du zoo de Washington, évadés avec l'inondation, et qui doivent désormais survivre dans une ville aux changements météorologiques marqués ; la psychologie de la petite enfance ; ou les différentes méthodes de traçage des personnes et des biens. L'action et le souffle épique, tant dans l'ampleur des catastrophes que dans les résolutions du troisième volume, sont également au rendez-vous. KSR sait à la perfection mêler son discours politique et scientifique à ce qui reste d'abord une série de romans de science-fiction ayant pour but premier de distraire le lecteur, avant de l'amener à réfléchir sur le monde qui l'entoure, tout en gardant un point de vue très américano-centré. L'histoire seule dira si l'optimisme de **60 jours et après** misant sur l'intelligence collective avait vu juste. Réponse dans une petite vingtaine d'années ?

Stéphanie Chaptal

LE RÊVE DE GALILÉE

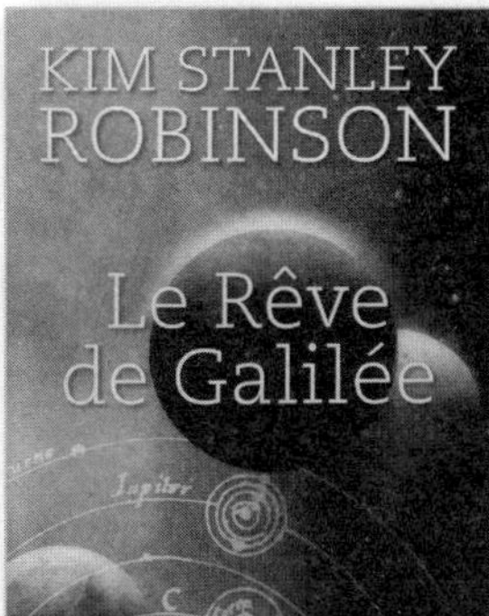

(*Galileo's Dream*, 2009 ; roman traduit de l'anglais [US] par David Camus & Dominique Haas - dernière édition VF : Pocket, 2013)

1609 : un étranger informe Galilée de l'existence, loin au Nord, d'une lunette à deux lentilles qui grossit les objets. Cet événement sera le déclencheur d'une épopée dont les échos résonnent encore aujourd'hui.

3020 : des hommes occupent plusieurs lunes de Jupiter ; l'exploration des profondeurs d'Europe conduit à une lutte sans merci entre différentes factions.

Ici, KSR nous projette avant tout dans la vie du savant italien. Il en présente, avec beaucoup de rigueur, le contexte compliqué — scientifique, politique et historique. Le roman entremêle une ligne science-fictionnelle plus classique, riche de descriptions majestueuses du système jovien et d'aventures trépidantes au cœur de ses lunes, mais non sans quelques *infodumps* et analyses psychologiques, épistémologiques et historiques. C'est bien entendu en regardant à travers une lunette que Galilée passe d'un univers à l'autre.

En nous faisant entrer dans l'intimité de l'astronome, Robinson livre une vision du personnage bien éloignée du mythe — et peu sympathique. Pour obtenir ce qu'il estime lui être dû, le grand homme n'hésite pas à sacrifier ses deux filles, qu'il contraint à une vie de misère comme nonnes dans un couvent sans terre — ce qui conduira d'ailleurs l'une d'elles à la folie. De même, à son départ de Padoue, il abandonne à son sort Mazzoleni, l'artisan aux doigts d'or à qui il doit tant de dispositifs. Rien ne compte que ses grands projets, peu importe les dommages collatéraux.

Il n'en demeure pas moins que l'on s'attache à ce Galilée certes imbu de lui-même (« *Si j'ai vu moins loin que d'autres, c'est que j'étais debout sur les épaules de nains* »), mais animé par une sincère et profonde volonté de comprendre le monde. KSR excelle dans la reconstitution des expériences menées par Galilée et la démarche novatrice qu'il utilise dans son atelier. À un détail près toutefois, mais de taille : la restitution du moment où une nouvelle compréhension d'un phénomène surgit, rendue par un simple son de cloche dans la tête, façon Tex Avery. Les aventures joviennes du physicien apparaissent alors avant tout comme un prétexte à un guidage du lecteur dans sa compréhension des enjeux épistémologiques et politiques. Que se joue-t-il avec sa revendication de la démarche expérimentale et des mathématiques comme outils pour explorer le monde ?

Et ça marche, même si Robinson passe à côté de l'apport essentiel de Galilée à la physique, le principe de relativité du mouvement, assimilant même physiques newtonienne et galiléenne (alors même qu'en posant un temps et un espace absolu, Newton balaye le principe galiléen de relativité ; il faudra attendre Mach, Poincaré, et finalement Einstein, pour qu'un principe de relativité plus général soit enfin de nouveau formulé). À sa décharge, c'est là un aspect de l'histoire des sciences trop peu connu et encore moins enseigné.

En dépit d'épisodes SF qui sonnent parfois un peu creux, les rencontres de Galilée sur les lunes de Jupiter avec deux femmes fortes, Aurore et Héra, sont autant de moments réjouissants de confrontation de modes de pensée différents et de réflexion sur la condition féminine. L'affection évidente de Robinson pour son astronome un peu dépassé par ces personnalités marquantes est contagieuse.

Ce roman offre un remarquable aperçu, très documenté, de la vie de Galilée comme de son époque. Il nous invite à ne pas oublier que « *Nous sommes des créatures culturelles, et ce que nous prenons pour des émotions spontanées et naturelles est en réalité formé par un système culturel qui évolue avec le temps* ». Quoi de mieux pour cela, après s'être plongé dans **Le Rêve de Galilée**, qu'une lecture de ses textes originaux, encore très accessibles et surtout très beaux ?

Estelle Blanquet

2312

(*2312*, 2012, roman traduit de l'anglais [US] par Thierry Arson - dernière édition : Actes Sud, coll. « Babel », 2017)

En 2012, Kim Stanley Robinson se livre à exercice de prospective : imaginer un futur distant de 300 ans. Le résultat est aussi brillant qu'exaspérant.

À la fin de **Mars la bleue**, KSR imaginait le concept d'*accelerando*, période voyant la colonisation du Système solaire, de Mercure jusqu'à Neptune.

Lorsque débute **2312** (qui n'a rien d'une suite), cette période appartient déjà au passé ; s'il fallait trouver un nom à cette nouvelle ère, c'est celle de la balkanisation. Imaginez : Mercure et sa cité mobile, Vénus en cours de terraformation à grands coups de comètes, Mars terraformée grâce à l'azote provenant de Titan, des ligues du côté de Jupiter et Saturne, et surtout d'innombrables astéroïdes évidés pour constituer des habitats spatiaux et abriter ainsi la faune et la flore menacées de la Terre. Un ensemble de traités — l'accord Mondragon, nommé d'après cette commune du Pays basque espagnol où une coopérative ouvrière a vu le jour — a permis l'émergence d'un système économique post-capitaliste. Une utopie ? Pas loin. Seule la Terre, polluée, ses continents grignotés par la montée des eaux due au réchauffement climatique, reste le parent pauvre. La planète des origines est-elle condamnée ?

Tout roman nécessite un événement déclencheur, et celui de **2312** est la mort d'Alex, la « Lionne de Mercure ». Décès naturel ou mort suspecte ? Sa petite-fille, Swan Er Hong, artiste et ancienne conceptrice d'habitats spatiaux, va se retrouver à son corps défendant plongée dans une intrigue voyant l'apparition d'une menace inédite. Cette enquête la mènera aux quatre coins du Système solaire… et fera de 2312 une année charnière pour cet avenir.

Brillant, le roman l'est dans ses idées. KSR déploie ici un Système solaire crédible. Abondance, liberté, fluidité des genres comme des déplacements à travers l'espace interplanétaire, un véritable élan utopique parcourt les pages. Comme John Brunner avec **Tous à Zanzibar**, l'auteur s'appuie sur une structure tirée de la fameuse trilogie « **USA** » de John Dos Passos : les chapitres faisant avancer l'intrigue alternent avec des listes, des extraits de textes fictifs, des focus sur tel ou tel corps céleste ou des « promenades quantiques » plus expérimentales. Exaspérant, **2312** l'est sous l'aspect romanesque : le roman traîne en longueur, l'enquête sur la mort d'Alex tenant surtout du prétexte pour une balade à travers le Système solaire. En dépit, ou plutôt grâce à ce défaut, **2312** se prête curieusement bien à la relecture : une fois que l'on sait que le voyage va être lent, on peut prendre son temps pour admirer les détails du paysage. Et quel paysage.

Erwann Perchoc

SHAMAN

(Orbit, 2013 - roman inédit en français)

Un an après son incursion dans notre futur à moyen terme, Kim Stanley Robinson a décidé de repartir dans le passé… quelque trente-deux mille années avant notre ère. À cette époque, la Glaciation de Würm bat son plein, et en Europe, l'*homo sapiens* coexiste avec les Néandertaliens. On y suit les pas de Loon (qui tient son nom d'un oiseau, le plongeon huard), apprenti shaman de sa tribu de chasseurs-cueilleurs. Le roman débute avec le rite de passage de Loon, deux semaines de survie en solitaire dans la nature, et s'achève avec le jeune homme devenu shaman. Entre les deux, quelques péripéties et pas mal d'ennui au fil de cet épais roman.

KSR n'a pas son pareil pour immerger le lecteur dans des mondes autres — la préhistoire, en l'espèce — d'une manière crédible. La question de l'utopie est présente depuis longtemps dans le travail de notre auteur. Ici, il met en scène une manière d'utopie préhistorique : les conflits y sont présents mais se résolvent rarement dans la violence ; le plus important reste l'entraide et la survie dans une nature qui ne pardonne guère. Pour autant, les humains représentés par Robinson n'ont rien de brutes : ils connaissent la médecine et savent concevoir des outils. Néanmoins, l'écriture est absente de cette société, et l'oral y tient donc une importance cruciale — sans oublier les peintures rupestres.

Toutefois, sous l'aspect romanesque, **Shaman** reste une déception : la première moitié est longuette, le quotidien et les amourettes de Loon ne suscitant guère d'émois ; la seconde moitié reprend du poil de la bête et réserve plus de place à l'action et l'aventure. L'ensemble laisse une impression mitigée : l'intention est louable, mais l'exécution décevante.

Erwann Perchoc

AURORA

(*Aurora*, 2015, roman traduit de l'anglais [US] par Florence Dolisi - dernière édition VF : Bragelonne, coll. « Milady », 2021)

L'humanité a décidé de coloniser les étoiles. Dans ce but, elle a envoyé vers Tau Ceti un vaisseau riche de 2 000 personnes vivant au sein de biomes, compartiments gigantesques reflétant les différents écosystèmes terriens. Arrivé à la cinquième ou sixième génération, le vaisseau approche de sa destination. Devi, qui fait office d'ingénieure en chef, discute avec l'IA régissant le fonctionnement du navire pour négocier l'arrivée sur Aurora, la lune d'une des planètes de Tau Ceti, tandis que l'ordinateur quantique de bord lui permet de gérer les défaillances du système, de plus en plus fréquentes après tant de temps passé dans l'espace. Une fois arrivé à proximité d'Aurora, l'établissement des premiers camps habités sur la lune peut commencer ; toutefois, des personnes meurent de l'exposition à une bactérie ou un virus d'origine inconnue. Dès lors, l'humanité — ou tout au moins les colons, puisque tout contact avec la Terre prend vingt-cinq ans — doit faire un choix : continuer sur Aurora, ou identifier d'autres cibles d'installation parmi les planètes et lunes à proximité. Certaines voix commencent même à évoquer un retour sur Terre, et parmi elles Freya, la fille de Devi…

Dans ce roman, comme à son habitude, KSR utilise ses connaissances pluridisciplinaires afin d'embrasser la problématique du vaisseau-arche dans son ensemble : mécanique spatiale pour les problématiques de trajectoire du vaisseau (au cœur de l'histoire, notamment dans sa deuxième partie, et pour les phases d'accélération et de décélération), sociologie pour la gestion de la population des biomes, biologie et chimie pour les dispositifs à mettre en place en vue de la conservation de la flore durant tout le voyage, informatique pour doter le vaisseau de capacités de calcul quantique lui permettant de prendre les décisions de manière urgente si nécessaire… Pas un aspect n'est occulté ; on pourrait imaginer que cela se traduise par un ouvrage d'une taille démesurée, tant les problèmes à régler sont nombreux, mais Robinson a évacué cette difficulté avec subtilité et humour : les humains étant assez occupés à autre chose, c'est l'IA du vaisseau qui raconte les événements ! Et comme celle-ci ne sait pas initialement choisir ce qui est important et ce qui ne l'est pas, Devi la guide. D'où quelques échanges savoureux tandis que l'IA tente d'utiliser ses algorithmes pour donner à lire quelque chose qui ressemble à un roman, et pas à un devoir appliqué, tout en se posant régulièrement la question de savoir comment au mieux raconter une histoire, avec l'utilisation de ces analogies et métaphores au cœur de l'expression humaine si difficiles à appréhender pour elle. Peu à peu, l'IA va apprendre à penser comme un humain, à faire de l'humour, voir commencer à ressentir des émotions comme la peur… ou l'amour. Un timide éveil à la conscience qui s'avère une merveille de finesse, et un contrechamp bienvenu au côté *hard science* et à la relative sécheresse de la caractérisation des personnages de KSR (mais rappelez-vous, ce n'est pas lui qui raconte le tout, c'est une IA).

On ne terminera pas cette chronique sans évoquer la surprenante deuxième partie du roman (attention spoiler), puisque les colons choisissent en majorité le retour sur Terre. Même si certains restent dans les étoiles,

Robinson — ou plutôt le vaisseau — décide de les ignorer et de se concentrer sur la manière de ramener les autres sur Terre, terminant sur un constat amer d'échec de la colonisation spatiale — étonnant, pour l'auteur de la « **Trilogie martienne** ».

Par l'ampleur de ses considérations scientifiques et philosophiques, que l'auteur vulgarise du mieux possible, **Aurora**, dont les multiples rebondissements et révélations dynamisent le rythme de narration assez lent (une constante chez KSR), se révèle ainsi un excellent roman, sans doute l'un des plus aboutis de l'auteur, qui le hisse à la hauteur d'un Clarke ou d'un Asimov.

Bruno Para

NEW YORK 2140

(*New York 2140*, 2017, roman traduit de l'anglais [US] par Sylvie Denis - dernière édition VF : Bragelonne, 2020)

New York submergée, mais New York magnifiée ! Enfin, presque. Le réchauffement climatique a, comme prévu, causé des dégâts monstrueux en termes de destructions matérielles et de nombre de morts. Le niveau de la mer a augmenté de façon conséquente et New York s'est transformée en Venise américaine, où l'on se déplace d'un gratte-ciel à un autre en bateau électrique ou à voile. Une partie de la ville a été abandonnée, car les immeubles ne tiennent plus qu'à un fil, laissée aux sans-abri n'ayant d'autre choix que de risquer leur vie pour un toit. Une autre partie est habitée par des gens plus fortunés, mais dont le train de vie a changé. Certaines tours sont transformées en collectivités, avec terrasse où l'on fait pousser des légumes, salles à manger partagées, appartements réduits à la taille minimale, moyens de production d'électricité qui permettent, sinon l'autonomie, du moins une certaine indépendance. Une sorte de vie communautaire, à la limite du communisme, au pays de l'oncle Sam.

Ce qui n'a aucunement changé, c'est le monde de la finance. On trouve toujours, dans 120 ans, des traders occupés par leurs seuls bénéfices, sans un regard pour les pauvres ou la poursuite du dérèglement climatique. La moindre pierre est une possibilité d'augmenter ses profits, d'agrandir la bulle spéculative — jusqu'à l'éclatement. Mais si on se débrouille bien, même cet éclatement peut être créateur de nouvelles richesses. Quant aux vies détruites…

On suit ici de multiples personnages, qui vont vite se trouver liés les uns aux autres : un trader, justement, une policière, deux geeks, deux jeunes enfants, une influenceuse écologiste, le concierge de leur immeuble. On est témoin d'un enlèvement, d'une chasse au trésor, d'un ouragan, de jeux financiers. Le moins que l'on puisse dire est que l'auteur ne ménage pas sa peine pour nous occuper pendant qu'il déroule son raisonnement. Et tout cela est bel et bon, mais tout de même un peu long (comme souvent chez KSR), parfois pontifiant. En effet, l'auteur semble faire la leçon à son lecteur sur l'écologie et l'économie, n'hésitant pas à citer des essais (même l'économiste français Thomas Piketty, décidément partout) et faire des cours pour convaincre de la justesse de son raisonnement. Comme Dan Simmons qui assène, dans certains romans, son point de vue avec la force d'un marteau piqueur… mais avec des idées à l'opposé du spectre politique. Mieux vaut d'ailleurs adhérer aux vues de KSR pour qui veut arriver au bout du récit. Le résultat est un texte agréable à lire, au ton léger malgré la teneur du propos, qui avance des solutions un rien simplistes (mais réjouissantes), même si l'auteur s'en défend. Une lecture agréable, car KSR sait créer des personnages vite attachants et dresser un portrait réaliste d'un New York sous les eaux, qui donne envie de prendre une carte de la ville afin de mieux profiter du séjour.

Raphaël Gaudin

LUNE ROUGE

(*Red Moon*, 2018, roman traduit de l'anglais [US] par Sylvie Denis - dernière édition VF : Bragelonne, 2022)

Lorsque l'auteur de la « **Trilogie martienne** » sort un roman consacré à la Lune, les attentes ne peuvent être qu'élevées...

Si Robinson met au centre de cette colonisation la Chine, qui domine le pôle Sud de l'astre alors que toutes les autres nations, Américains y compris, s'entassent au pôle Nord, la colonie sélène n'est pas vraiment le point focal du récit. Car c'est en fait d'une anticipation du futur proche (2047) de la Chine dont il s'agit, et pas vraiment d'un *planet opera* comme **Mars la rouge** et ses suites. L'intrigue est centrée sur une nouvelle révolution chinoise, révolution qui vise à changer une nation introvertie, autoritaire, monoculturelle, patriarcale, à la faire passer sous le règne de la Loi et pas du Parti. Un bouleversement concomitant à une crise financière aux États-Unis qui impulse un de ces nouveaux modes de gouvernement dont KSR est friand (ici, la notion de gouvernance par blockchain, sorte de démocratie hyper-directe où toute action officielle est contrôlable en permanence par le peuple). L'auteur montre d'ailleurs toute l'interdépendance économique entre les deux pays.

Et en profite pour décrire une Chine avec une citoyenneté à points, 500 millions de « migrants internes » illégaux horriblement exploités (vous êtes supposé travailler là où vous êtes né), une société de l'hyper-surveillance et de la dénonciation omniprésente, mais où le grand œil est à facettes, chacune étant contrôlée par un groupe militaro-sécuritaire différent, dans une balkanisation obscène de la « sécurité ». D'ailleurs, même au sein du Politburo, et alors que la succession du Président actuel est devenue inévitable, les factions sont innombrables, et en lutte d'influence féroce entre elles. Le conflit s'exportant sur la Lune, où, malgré le traité en vigueur, les militaires ont de plus en plus d'influence, et où les revendications territoriales, elles aussi interdites, pointent leur nez quand un vaisseau américain installe une base provisoire au pôle Sud.

Sur le papier, tout cela est alléchant, surtout connaissant l'intelligence et l'érudition de KSR. Hélas, on ne peut qu'être déçu : ce qui est décrit de la colonisation est assez maigre, peu crédible en termes de calendrier, même sachant la puissance de production chinoise, capable de faire sortir de terre d'énormes infrastructures en un temps ridiculement court, et même avec des robots et des imprimantes 3D. De plus, certaines solutions techniques posent question. Enfin, on a le net sentiment que le propos n'est pas centré sur les Chinois sur la Lune en 2047, mais sur les Chinois en 2047 tout court.

Ensuite, sur le plan littéraire, **Lune rouge** est à l'image de la production récente de KSR (sans atteindre le niveau catastrophique de **2312**), c'est-à-dire grevé de multiples problèmes : lourd déballage d'infos, longueurs excessives, rythme mal maîtrisé, fin abrupte, soucis de crédibilité, deux des trois protagonistes qui sont ou falot, ou monodimensionnel, multiplicité de thématiques pas toujours assez développées, etc.

Ces deux aspects cumulés font que **Lune rouge** n'est pas à la hauteur de ce que KSR a jadis proposé. Surtout, sur un aspect strictement lunaire, le roman n'est pas non plus au niveau de ce que d'autres écrivains ont récemment produit, à commencer par Ian McDonald et son cycle « **Luna** », qui, tant sur le plan SF que littéraire, bat en l'espèce Robinson à plate couture.

Apophis

THE MINISTRY FOR THE FUTURE

(Orbit, 2020 - roman prévu en français en 2023 chez Bragelonne)

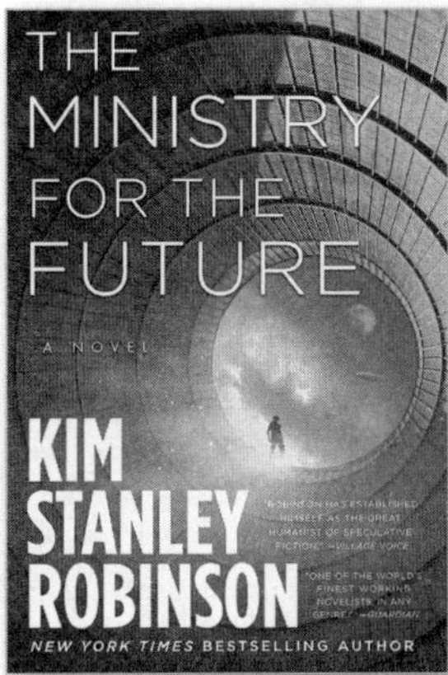

Alors que KSR était déjà considéré comme le roi de la *climate fiction*, il manquait à sa couronne un joyau, l'équivalent de ce qu'est la « **Trilogie martienne** » au *planet opera*. Puis vint **The Ministry for the Future** : l'œuvre ultime, indépassable. Parfaite ? Pas si sûr…

Le roman s'ouvre au début des années 2020, alors qu'une vague de chaleur hors-normes cause vingt millions de morts en Inde — autant que la Première Guerre mondiale en à peine une semaine. Frank, un humanitaire US, n'y survit que de justesse, et en ressort traumatisé et radicalisé, décidé à refuser l'inaction des instances internationales. Et justement, alors que l'Accord de Paris a brassé beaucoup d'air mais produit peu d'action, il est décidé d'en créer une branche « exécutive », surnommée le Ministère pour le Futur, dirigé par Mary, qui doit tout mettre en œuvre pour inverser le changement climatique et une extinction de masse comme on n'en a plus vu depuis le Permien. Sur le plan légal et diplomatique, mais pas seulement. Car il existe un ministère à l'intérieur du ministère, qui n'hésite pas à recourir aux attentats sous faux pavillon, aux assassinats ciblés et à l'écoterrorisme s'il le faut.

Alors que la majorité de la *cli-fi* est post-apocalyptique, KSR part du futur très proche et montre les efforts faits pour stabiliser puis inverser le changement climatique. Son approche est réaliste sur le plan scientifique, plus contestable sur le plan sociétal : si Robinson se prénomme Kim et pas Greta, et qu'il comprend donc bien que l'industrie ou les banques centrales ne peuvent être écartées d'un revers de la main, même avec le recours massif à l'écoterrorisme et une juteuse carotte (une monnaie carbone garantie cent ans, dans laquelle il est pertinent d'investir), il faut avouer que sa lecture des trente années à venir frôle parfois l'utopie, tant certains changements s'opèrent avec une rapidité et une absence de résistance (notamment dans une société aussi rigide que celle de l'Inde) qui nécessitent une certaine suspension d'incrédulité.

Et le fond n'est pas le seul à poser un problème potentiel : si le récit est en partie un roman classique suivant Mary et Frank, il est aussi éclaté en une multitude de points de vue ponctuels (anonymes, à la première personne, et pour la plupart non-récurrents) donnant une vision internationale et à hauteur d'homme des problèmes et de leurs solutions. Aussi, certains points de vue, d'un photon ou d'un atome de carbone, sont vraiment très… particuliers. Si on ajoute à cela une variété, disons *sauvage*, de styles (du poème au compte-rendu de réunion en style télégraphique), un déballage d'infos massif sur l'Histoire et la théorie de l'économie, un rythme très fluctuant, et une alternance de passages très arides avec ce qui est sans doute à ce jour le roman de l'auteur générant le plus d'empathie pour ses personnages, force est de conclure que, si l'érudition de l'ensemble est, comme toujours chez KSR, admirable, oui, clairement, **The Ministry for the Future** est le roman *cli-fi* ultime, oui, c'est un chef-d'œuvre, mais il ne s'agit *certainement pas* d'un livre apte à plaire à tous les publics.

Apophis

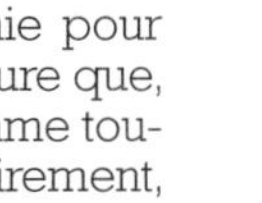

Bibliographie des œuvres de Kim Stanley ROBINSON (1952-)

Romans

R.01. ***The Wild Shore***. New York : Ace, 1984. [Cycle : *Orange County*].
En français : ***Le rivage oublié*** (trad. de Jean-Pierre Pugi).
1) Paris : J'ai Lu, 1986 (Science-fiction, n° 2075). Réimp. : 2001.

R.02. ***Icehenge***. New York : Ace, 1984. [Incorpore les deux nouvelles : N09 & N06].
En français : ***Les menhirs de glace*** (trad. de Luc Carissimo).
1) Paris : Denoël, 1986 (Présence du futur, n° 425).
2) Paris : Gallimard, 2003 (Folio SF, n° 157).

R.03. ***The Memory of Whiteness***. New York : Tor, 1985.
En français : ***La mémoire de la lumière*** (trad. de Jean-Pierre Pugi).
1) Paris : J'ai Lu, 1987 (Science-fiction, n° 2134).
2) Paris : Librairie Générale Française, 2005 (Le livre de poche science-fiction, n° 7278).

R.04. ***The Gold Coast***. New York : Tor, 1988. [Cycle : *Orange County*].
En français : ***La côte dorée*** (trad. d'Emmanuel Jouanne).
1) Paris : J'ai Lu, 1988 (Science-fiction, n° 2639).

R.05. ***Pacific Edge***. London : Unwin Hyman, 1990. [Cycle : *Orange County*].
• John W. Campbell, Jr. Memorial 1991 (Roman)
En français : ***Lisière du Pacifique*** (trad. de Stéphan Lambadaris).
1) Bordeaux : Les Moutons Electriques, 2021 (Bibliothèque Voltaïque).

R.06. ***Red Mars***. London : HarperCollins/UK, 1992. [Cycle : *Mars*].
• British Science Fiction 1992 (Roman) & Nebula 1994 (Roman)
En français : ***Mars la Rouge*** (trad. de Michel Demuth). [Cycle : *La Trilogie martienne*].
1) Paris : Presses de la Cité, 1994. Réimp. : 1997.
2) Canada, Montréal : Libre Expression, 1997.
3) Paris : France Loisirs, 1999.
Sous le même titre (même trad., rév. par Dominique Haas).
4) Paris : Presses Pocket, 2003. En deux tomes : 1. ***Adieu à la Terre*** (Science-fiction, n° 5800) & 2. ***Le Vent rouge*** (Science-fiction, n° 5801).
5) Paris : Presses Pocket, 2003 (Science-fiction, n° 5831). Div. réimp.
6) In : *La Trilogie martienne*, recueil, Omnibus, 2006 [F.02.1].
7) In : *La Trilogie martienne*, recueil, France Loisirs, 2015 [F.02.2].
8) Paris : Presses de la Cité, 2018.

R.07. ***Green Mars***. New York : Bantam & London : HarperCollins/UK, 1993. [Cycle : *Mars*].
• Hugo 1994 (Roman)
En français : ***Mars la Verte*** (trad. de Michel Demuth). [Cycle : *La Trilogie martienne*].
1) Paris : Presses de la Cité, 1995. Réimp. : 1997 & 2018.
2) Paris : France Loisirs, 1999.
3) Paris : Presses Pocket, 2003 (Science-fiction, n° 5802). Div. réimp.
4) In : *La Trilogie martienne*, recueil, Omnibus, 2006 [F.02.1].
5) In : *La Trilogie martienne*, recueil, France Loisirs, 2015 [F.02.2].

R.08. ***Blue Mars***. London : HarperCollins Voyager/UK, 1996. [Cycle : *Mars*].
• Hugo 1997 (Roman) & Ozone 1998 (Roman de science-fiction étranger)
En français : ***Mars la Bleue*** (trad. de Michel Demuth). [Cycle : *La Trilogie martienne*].
1) Paris : Presses de la Cité, 1996 & 2018.
2) Paris : France Loisirs, 1999.
3) Paris : Presses Pocket, 2003 (Science-fiction, n° 5804). Div. réimp.
4) In : *La Trilogie martienne*, recueil, Omnibus, 2006 [F.02.1].
5) In : *La Trilogie martienne*, recueil, France Loisirs, 2015 [F.02.2].

R.09. ***Antarctica***. New York : Bantam & London : HarperCollins/UK, 1997.
En français : ***S.O.S. Antartica*** (trad. de Dominique Haas).
1) Paris : Presses de la Cité, 1998.
2) Paris : Presses Pocket, 2022 (Science-fiction, n° 7317).

R.10. ***The Years of Rice & Salt***. New York : Bantam & London : HarperCollins/UK, 2002.
En français : ***Chroniques des années noires*** (trad. de Davis Camus & Dominique Haas).
1) Paris : Presses de la Cité, 2003.
2) Paris : Presses Pocket, 2006 (Science-fiction, n° 5850). Réimp. : 2020.

R.11. ***Forty Signs of Rain***. London : HarperCollins/UK, 2004. [Cycle : *Capital Code*].
En français : ***Les 40 signes de la pluie*** (trad. de Dominique Haas). [Cycle : *Capital Code*].
1) Paris : Presses de la Cité, 2006.
2) Paris : Presses Pocket, 2011 (Science-fiction, n° 5983). Réimp. : 2021.

R.12. ***Fifty Degrees Below***. London : HarperCollins/UK, 2005. [Cycle : *Science in the Capital*].
En français : ***50° au-dessous de zéro*** (trad. de Dominique Haas). [Cycle : *Capital Code*].
1) Paris : Presses de la Cité, 2007.
2) Paris : Presses Pocket, 2011 (Science-fiction, n° 7056). Réimp. : 2021.

R.13. ***Sixty Days & Counting***. New York : Bantam Spectra, 2007. [Cycle : *Science in the Capital*].

En français : ***60 jours & après*** (trad. de Dominique Haas). [Cycle : *Capital Code*].
1) Paris : Presses de la Cité, 2008.
2) Paris : Presses Pocket, 2011 (Science-fiction, n° 7057). Réimp. : 2021.

R.14. ***Galileo's Dream***. London : HarperVoyager/UK, 2009.
En français : ***Le rêve de Galilée*** (trad. de Davis Camus & Dominique Haas).
1) Paris : Presses de la Cité, 2011.
2) Paris : Presses Pocket, 2013 (Science-fiction, n° 7106).

R.15. ***2312***. New York : Orbit US & London : Orbit, 2012.
• Nebula 2012 (Roman)
En français : ***2312*** (trad. de Thierry Arson).
1) Arles : Actes Sud, 2017 (Exofictions).
2) Arles : Actes Sud, 2019 (Babel, n° 1612).

R.16. ***Shaman***. New York : Orbit US & London : Orbit, 2013.

R.17. ***Aurora***. New York : Orbit US & London : Orbit, 2015.
En français : ***Aurora*** (trad. de Florence Dolisi).
1) Paris : Bragelonne, 2019 (Science-fiction).
2) Paris : Bragelonne, 2021 (Poche).

R.18. ***Green Earth***. New York : Del Rey & London : HarperVoyager/UK, 2015. [Version révisée et unifiée de R11, R12 et R13]. [Cycle : *Science in the Capital*].

R.19. ***New York 2140***. New York : Orbit US & London : Orbit, 2017.
En français : ***New York 2140*** (trad. de Sylvie Denis).
1) Paris : Bragelonne, 2020 (Science-fiction).

R.20. ***Red Moon***. New York : Orbit US & London : Orbit, 2018.
En français : ***Lune rouge*** (trad. de Sylvie Denis).
1) Paris : Bragelonne, 2022 (Science-fiction).

R.21. ***The Ministry for the Future***. New York : Orbit US & London : Orbit, 2020.

Recueils originaux (y compris recueils de poèmes)

C.01. ***The Planet on the Table***. New York : Tor, 1986. [Recueil composé de N08, N16, N13, N04, N14, N01, N12 & N11].
En français : ***La planète sur la table*** (trad. de Michel Demuth).
1) Paris : J'ai Lu, 1988 (Science-fiction, n° 2389). Réimp. : 1997.

C.02. ***Escape from Kathmandu***. New York : Tor, 1989. [Recueil composé de N20, N25, N32 & N31].

C.03. ***Author's Choice Monthly #20***, périodique, mai 1991. [Recueil composé de N37, N38 & N36].

C.04. ***Remaking History***. New York : Tor, 1991. [Recueil composé de N30, N34, N29, N36, N28, N39, N24, N38, N27, N37, N18, N21, N19, N26 & N33].

C.05. ***Down & Out in the Year 2000***. London : Grafton, 1992. [Recueil composé de N35, N22, N26, N19, N18, N21, N24, N34, N27, N29 & N33].

C.06. ***Remaking History & Other Stories***. New York : Tor/Orb, 1994. [Recueil composé de N08, N16, N13, N04, N14, N01, N12, N11, N30, N34, N29, N36, N28, N39, N24, N38, N27, N37, N18, N21, N19, N26 & N33].

C.07. ***The Martians***. London : HarperCollins/Voyager, 1999. [Recueil composé de N41, N10, N42, N43, N44, N45, N46, N47, N17, N48, N49, N50, N51, N52, N53, N54, N55, N56, N57, N58, N59, N60, N61, N62, N63, N64, N65, N66, N67, N68, N69, N70, N71, N72, N73, N74, N75, N76, N77, N78, N79, N80, N81, N82 & N83]. [Cycle : *Mars*].
En français : ***Les Martiens*** (trad. de Dominique Haas). [Recueil composé de N41, N10, N42, N43, N44, N45, N46, N47, N17, N48, N49, N50, N51, N52, N53, N54, N55, N56, N57, N58, N59, N60, N61, N62, N63, N71, N78, N64, N66, N65, N67, N68, N69, N70, N72, N73, N74, N75, N76, N77, N79, N80, N81, N82 & N83].
1) Paris : Presses de la Cité, 2000.
2) Paris : France Loisirs, 2001.
3) Paris : Pocket, 2007 (Science-fiction, n° 5906). Réimp. : 2020.

C.08. ***Vinland the Dream & Other Stories***. London : HarperCollins/Voyager, 2002. [Recueil composé de N39, N36, N28, N14, N37, N84, N08, N04, N16, N01, N12, N13, N11 & N38].

C.09. ***The Lucky Strike, plus...*** Oakland, CA : PM Press, 2010. [Recueil composé de N14 & N37].

C.10. ***The Best of Kim Stanley Robinson***. San Francisco, CA : Night Shade Books, 2009. [Recueil composé de N08, N13, N29, N11, N14, N37, N48, N22, N21, N20, N28, N34, N27, N26, N33, N39,N36, N38, N59, N84, N86 & N87].

C.11. ***Stan's Kitchen: A Robinson Reader***. Framingham, MA : NESFA Press, 2020. [Recueil composé de N73, N30, N39, N74, N76, N77, N80, N79, N81, N84, N48, N86, N33, N89 & N87, ainsi que d'articles & de poèmes extraits de certains romans].

C.12. ***Three Californias***. New York : Tor, 2000. [Recueil composé de R.01, R.04 & R.05]. [Cycle : *Orange County*].

Recueil sans équivalent anglo-saxon

F.01. ***Le Géomètre aveugle***. [Recueil composé de N22, N19, N21, N26, N24, N18, N28 & N30].
1) Paris : J'ai Lu, 1991 (Science-fiction, n° 2922). Réimp. : 1995.

F.02. ***La Trilogie martienne***. [Recueil composé de R.06, R.07 & R.08]. [Cycle : *Mars*].
1) Paris : Omnibus, 2006. Réimp. : 2012.
2) Paris : France Loisirs, 2015.

Anthologies dirigées par Kim Stanley Robinson

A.01. ***Future Primitive:*** *The New Ecotopias*. New York : Tor, 1994.

A.02. ***Nebula Awards Showcase 2002***. New York : Penguin/Roc, 2002.

Essais & recueils d'articles

E.01. *The Novels of Philip K. Dick*. Ann Arbor, MI : UMI Research Press, 1984. [Révision de sa thèse de 1982].
En français : ***Les romans de Philip K. Dick*** (trad. de Laurent Queyssi).
1) Lyon : Les Moutons Electriques, 2005 (Etudes & Essais).

E.02. ***Green Planets:** Ecology & Science Fiction*. Middletown, CT : Wesleyan University Press, 2014. [En collaboration avec Gerry Canavan].

Quelques articles isolés ou préfaces traduits en français

ea. Discours prononcé lors du colloque "Intelligence artificielle & science-fiction", 1987, interprété par Marie-Christine Bonnefond. [Référence non vérifiée].
En français : « Colloque : "Intelligence artificielle & science-fiction" » (trad. de Marie-Christine Bonnefond)
1) In : *Rayon Ardent*, périodique, n° 4, 1987.

eb. « Me in a Mirror ». In : *Foundation #38*, hiver 1986/1987. [Autre titre : « The Man in the Mirror »].
En français : « L'Homme dans le miroir » (trad. de Patrick Lepetit)
1) In : *Proxima Spécial*, n° 14, périodique, novembre 1988.

ec. « I Go to Mars ». In : *Interzone*, n° 63, septembre 1992.
En français : « Je vais sur Mars » (trad. de Marc Lemosquet)
1) In : *Yellow Submarine*, périodique, n° 4, octobre 1993.

ed. « Dystopias Now ». In : *Commune #5*, hiver 2020. [Discours prononcé en 2014]. [Référence non vérifiée].
En français : « Nous voulons des utopies ! » (trad. de Cameron Morin & Philippe Vion-Dury)
1) In : *Socialter*, périodique, hors série 8, "Le réveil des imaginaires", avril 2020.

Principaux livres sur Kim Stanley Robinson

B.01. ***A Checklist of Kim Stanley Robinson,*** par Tom Joyce & Christopher P. Stevens. Hastings-on-Hudson, NY : Ultramarine Publishing Co, 1991.

B.02. ***Kim Stanley Robinson Maps the Unimaginable:** Critical Essays,* par William J. Burling. Jefferson, NC : McFarland & Co, 2009.

B.03. ***Kim Stanley Robinson***, par Robert Markley. Champaign, IL : University of Illinois Press, 2019.

Nouvelles & poèmes

N01. « Coming Back to Dixieland ». In anthologie composée par Damon Knight : *Orbit 18.* New York : Harper & Row, 1976.
En français : « Retour à Dixieland » (trad. de Michel Demuth)
1) In : *La planète sur la table*, recueil, J'ai Lu, 1988 [C.01].

N02. « In Pierson's Orchestra ». In anthologie composée par Damon Knight : *Orbit 18.* New York : Harper & Row, 1976.

N03. « The Thing Itself ». In anthologie composée par Kate Wilhelm : *Clarion SF.* New York : Berkley, 1977.

N04. « The Disguise ». In anthologie composée par Damon Knight : *Orbit 19.* New York : Harper & Row, 1977.
En français : « Le déguisement » (trad. de Michel Demuth)
1) In : *La Planète sur la table*, recueil, J'ai Lu, 1988 [C.01].

N05. « #4 ». In : *The Anthology of Speculative Poetry #3*, périodique, 1978. [Poème].

N06. « On the North Pole of Pluto ». In anthologie composée par Damon Knight : *Orbit 21.* New York : Harper & Row, 1980. [Voir R.02].

N07. « A Poem for Johannes ». In : *The Anthology of Speculative Poetry #4*, périodique, 1980. [Poème contenu dans R.03].

N08. « Venice Drowned ». In anthologie composée par Terry Carr : *Universe 11.* Garden City, NY : Doubleday, 1981.
En français : « Venise engloutie » (trad. de Pierre-Paul Durastanti)
1) In anthologie composée par Pierre K. Rey : *Univers 1986.* Paris : J'ai Lu, 1986 (Science-fiction, n° 2012).
3) In anthologie composée par Jacques Sadoul : *Une histoire de la science-fiction - 4 : 1982-2000 - Le renouveau.* Paris : EJL, 2000 (Librio, n° 437).
Sous le même titre (trad. de Michel Demuth)
2) In : *La Planète sur la table*, recueil, J'ai Lu, 1988 [C.01].
Sous le même titre (trad. de Pierre-Paul Durastanti, rév. par Olivier Girard)
4) In : *Bifrost*, n° 106, périodique, avril 2022.

N09. « To Leave a Mark ». In : *The Magazine of Fantasy & Science Fiction*, novembre 1982. [Voir R.02].

N10. « Exploring Fossil Canyon ». In anthologie composée par Terry Carr : *Universe 12.* Garden City, NY : Doubleday, 1982. [Cycle : *Mars*].
En français : « Exploration du canyon fossile » (trad. de Dominique Haas)
1) In : *Les Martiens*, recueil, Presses de la Cité, 2000 [C.07.1].
2) In : *Les Martiens*, recueil, France Loisirs, 2001 [C.07.2].
3) In : *Les Martiens*, recueil, Pocket, 2007 [C.07.3].

N11. « Black Air ». In : *The Magazine of Fantasy & Science Fiction*, mars 1983. En volume : Eugene, OR : Pulphouse, 1991.
• World Fantasy 1984 (Novella) & Science Fiction Chronicle 1984 (Novelette)
En français : « L'Air noir » (trad. de Michel Demuth)
1) In : *La Planète sur la table*, recueil, J'ai Lu, 1988 [C.01].

N12. « Stone Eggs ». In anthologie composée par Terry Carr : *Universe 13.* Garden City, NY : Doubleday, 1983.
En français : « Les œufs de pierre » (trad. de Michel Demuth)
1) In : *La Planète sur la table*, recueil, J'ai Lu, 1988 [C.01].

N13. « Ridge Running ». In : *The Magazine of Fantasy & Science Fiction*, janvier 1984.
En français : « Randonnée sur les crêtes » (trad. de Jean-Louis Pias)

1) In : *Fiction*, n° 376, périodique, juillet 1986.
Sous le titre : « Sur la ligne de crête » (trad. de Michel Demuth)
2) In : *La Planète sur la table*, recueil, J'ai Lu, 1988 [C.01].

N14. « The Lucky Strike ». In anthologie composée par Terry Carr : *Universe 14.* Garden City, NY : Doubleday, 1984.
En français : « Le Lucky Strike » (trad. de Michel Demuth)
1) In : *La Planète sur la table*, recueil, J'ai Lu, 1988 [C.01].

N15. « Sense & Science: Davis, March 1979 ». In : *Velocities #4*, été 1984. [Poème].

N16. « Mercurial ». In anthologie composée par Terry Carr : *Universe 15.* Garden City, NY : Doubleday, 1985.
En français : « Mercuriale » (trad. de Michel Demuth)
1) In : *La Planète sur la table*, recueil, J'ai Lu, 1988 [C.01].

N17. « Green Mars ». In : *Isaac Asimov's Science Fiction Magazine*, septembre 1985. [Cycle : *Mars*].
En français : « Mars la verte » (trad. de Dominique Haas)
1) In : *Les Martiens*, recueil, Presses de la Cité, 2000 [C.07.1].
2) In : *Les Martiens*, recueil, France Loisirs, 2001 [C.07.2].
3) In : *Les Martiens*, recueil, Pocket, 2007 [C.07.3].

N18. « Down & Out in the Year 2000 ». In : *Isaac Asimov's Science Fiction Magazine*, avril 1986.
En français : « Dans la dèche en l'an 2000 » (trad. de Pierre-Paul Durastanti)
1) In anthologie composée par Pierre K. Rey : *Univers 1988.* Paris : J'ai Lu, 1988 (Science-fiction, n° 2354).
Sous le titre : « Crève-la-faim en l'an 2000 » (trad. d'Anna Buresi)
2) In : *Le Géomètre aveugle*, recueil, J'ai Lu, 1991 [F.01].

N19. « A Transect ». In : *The Magazine of Fantasy & Science Fiction*, mai 1986.
En français : « Intersection » (trad. de Michel Demuth)
1) In : *Le Géomètre aveugle*, recueil, J'ai Lu, 1991 [F.01].

N20. « Escape from Kathmandu ». In : *Isaac Asimov's Science Fiction Magazine*, septembre 1986. [Cycle : *Freds*].

N21. « Our Town ». In : *Omni*, novembre 1986.
En français : « Notre cité » (trad. de Michel Demuth)
1) In : *Le Géomètre aveugle*, recueil, J'ai Lu, 1991 [F.01].

N22. « The Blind Geometer ». New Castle, VA : Cheap Street, 1986.
• Nebula 1987 (Novella)
En français : « Le Géomètre aveugle » (trad. de Michel Demuth)
1) In : *Le Géomètre aveugle*, recueil, J'ai Lu, 1991 [F.01].

N23. « The Memorial ». In anthologie composée par Jeanne Van Buren & Jack M. Dann : *In the Field of Fire.* New York : Tor, 1987.

N24. « The Return from Rainbow Bridge ». In : *The Magazine of Fantasy & Science Fiction*, août 1987. [Autre titre : « Rainbow Bridge »].
En français : « Excursion à Rainbow-Bridge » (trad. de Nathalie Mège)
1) In : *Fiction*, n° 400, périodique, septembre 1988.
Sous le titre : « Au retour de Rainbow Bridge » (trad. d'Anna Buresi)
2) In : *Le Géomètre aveugle*, recueil, J'ai Lu, 1988 [C.01].

N25. « Mother Goddess of the World ». In : *Isaac Asimov's Science Fiction Magazine*, octobre 1987. [Cycle : *Freds*].

N26. « The Lunatics ». In anthologie composée par Beth Meacham : *Terry's Universe.* New York : Tor, 1988.
En français : « Les Lunatiques » (trad. de Michel Demuth)
1) In : *Le géomètre aveugle*, recueil, J'ai Lu, 1991 [F.01].

N27. « Glacier ». In : *Isaac Asimov's Science Fiction Magazine*, septembre 1988.

N28. « Remaking History ». In anthologie composée par Christopher Evans & Robert Holdstock : *Other Edens II.* London : Unwin, 1988.
En français : « Leçon d'histoire » (trad. d'Anne Buresi)
1) In : *Le Géomètre aveugle*, recueil, J'ai Lu, 1991 [F.01].
2) In anthologie composée par Jacques Goimard & Denis Guiot : *Nouvelles des siècles futurs.* Paris : Omnibus, 2004.

N29. « Before I Wake ». In : *Interzone*, n° 27, janvier/février 1989.

N30. « The Part of Us That Loves ». In anthologie composée par Lou Aronica, Shawna McCarthy, Amy Stout & Patrick LoBrutto : *Full Spectrum 2.* Garden City, NY : Doubleday Foundation, 1989.
En français : « La Meilleure part de nous-mêmes » (trad. d'Anne Buresi)
1) In : *Le Géomètre aveugle*, recueil, J'ai Lu, 1991 [F.01].

N31. « The Kingdom Underground ». In : *Escape from Kathmandu*, recueil, Tor, 1989. [C.02]. [Cycle : *Freds*].

N32. « The True Nature of Shangri-La ». In : *Isaac Asimov's Science Fiction Magazine*, décembre 1989. [Cycle : *Freds*].

N33. « Zürich ». In : *The Magazine of Fantasy & Science Fiction*, mars 1990.

N34. « The Translator ». In anthologie composée par Robert Silverberg & Karen Haber : *Universe 1.* Garden City, NY : Doubleday Foundation, 1990.

N35. « A Short, Sharp Shock ». Shingletown, CA : Mark V. Ziesing, 1990.

N36. « A History of the Twentieth Century, with Illustrations ». In : *Isaac Asimov's Science Fiction Magazine*, avril 1991.
En français : « Histoire illustrée du XXe siècle » (trad. de Nathalie Mège)
1) In : *Galaxies*, n° 15, périodique, décembre 1999.

N37. « A Sensitive Dependence on Initial Conditions ». In : *Author's Choice Monthly #20*, recueil, mai 1991 [C.03].
En français : « L'Importance capitale des conditions initiales » (trad. de Laurence Le Maire)
1) In : *Galaxies*, n° 15, périodique, décembre 1999.

N38. « Muir on Shasta ». In : *Author's Choice Monthly #20*, recueil, 1991 [C.03].

N39. « Vinland the Dream ». In : *Isaac Asimov's Science Fiction Magazine*, novembre 1991.
• Science Fiction Chronicle 1992 (Nouvelle)

N40. « A Martian Childhood ». In : *Asimov's Science Fiction*, février 1994. [Extrait de R07]. [Cycle : *Mars*].
En français : « Une enfance martienne » (trad. de Michel Demuth)
1) In anthologie composée par Patrice Duvic : *Futurs bien frappés*. Paris : Pocket, 1995 (Science-fiction, n° 5547 (série : *Isaac Asimov présente*...)).

N41. « Michael in Antarctica ». In : *The Martians*, recueil, Voyager, 1999 [C.07]. [Cycle : *Mars*].
En français : « Michel dans l'Antarctique » (trad. de Dominique Haas)
1) In : *Les Martiens*, recueil, Presses de la Cité, 2000 [C.07.1].
2) In : *Les Martiens*, recueil, France Loisirs, 2001 [C.07.2].
3) In : *Les Martiens*, recueil, Pocket, 2007 [C.07.3].

N42. « The Archaea Plot ». In : *The Martians*, recueil, Voyager, 1999 [C.07]. [Cycle : *Mars*].
En français : « Le Complot archéobactérien » (trad. de Dominique Haas)
1) In : *Les Martiens*, recueil, Presses de la Cité, 2000 [C.07.1].
2) In : *Les Martiens*, recueil, France Loisirs, 2001 [C.07.2].
3) In : *Les Martiens*, recueil, Pocket, 2007 [C.07.3].

N43. « The Way the Land Spoke to Us ». In : *The Martians*, recueil, Voyager, 1999 [C.07]. [Regroupement de nouvelles comprenant : « The Great Escarpment » & « Flatness »]. [Cycle : *Mars*].
En français : « Comment le sol nous parlait » [comprenant les textes : « Le grand escarpement » & « Planéité »] (trad. de Dominique Haas)
1) In : *Les Martiens*, recueil, Presses de la Cité, 2000 [C.07.1].
2) In : *Les Martiens*, recueil, France Loisirs, 2001 [C.07.2].
3) In : *Les Martiens*, recueil, Pocket, 2007 [C.07.3].

N44. « Maya & Desmond ». In : *The Martians*, recueil, Voyager, 1999 [C.07]. [Cycle : *Mars*].
En français : « Maya & Desmond » (trad. de Dominique Haas)
1) In : *Les Martiens*, recueil, Presses de la Cité, 2000 [C.07.1].
2) In : *Les Martiens*, recueil, France Loisirs, 2001 [C.07.2].
3) In : *Les Martiens*, recueil, Pocket, 2007 [C.07.3].

N45. « Four Teleogical Trails ». In : *The Martians*, recueil, Voyager, 1999 [C.07]. [Regroupement de nouvelles comprenant : « Wrong Way », « Mistakes Can Be Good », « You Can't Lose the Trail » & « The Natural Genius »]. [Cycle : *Mars*].
En français : « Quatre pistes téléologiques » [comprenant les textes : « Fausse route », « Les erreurs ont parfois du bon », « On ne peut pas perdre la piste » & « Génie naturel »] (trad. de Dominique Haas)
1) In : *Les Martiens*, recueil, Presses de la Cité, 2000 [C.07.1].
2) In : *Les Martiens*, recueil, France Loisirs, 2001 [C.07.2].
3) In : *Les Martiens*, recueil, Pocket, 2007 [C.07.3].

N46. « Coyote Makes Trouble ». In : *The Martians*, recueil, Voyager, 1999 [C.07]. [Cycle : *Mars*].
En français : « Coyote fait des siennes » (trad. de Dominique Haas)
1) In : *Les Martiens*, recueil, Presses de la Cité, 2000 [C.07.1].
2) In : *Les Martiens*, recueil, France Loisirs, 2001 [C.07.2].
3) In : *Les Martiens*, recueil, Pocket, 2007 [C.07.3].

N47. « Michel in Provence ». In : *The Martians*, recueil, Voyager, 1999 [C.07]. [Cycle : *Mars*].
En français : « Michel en Provence » (trad. de Dominique Haas)
1) In : *Les Martiens*, recueil, Presses de la Cité, 2000 [C.07.1].
2) In : *Les Martiens*, recueil, France Loisirs, 2001 [C.07.2].
3) In : *Les Martiens*, recueil, Pocket, 2007 [C.07.3].

N48. « Arthur Sternbach Brings the Curveball to Mars ». In : *The Martians*, recueil, Voyager, 1999 [C.07]. [Cycle : *Mars*].
En français : « Comment Arthur Sternbach apporta la belle courbe sur Mars » (trad. de Dominique Haas)
1) In : *Les Martiens*, recueil, Presses de la Cité, 2000 [C.07.1].
2) In : *Les Martiens*, recueil, France Loisirs, 2001 [C.07.2].
3) In : *Les Martiens*, recueil, Pocket, 2007 [C.07.3].

N49. « Salt & Fresh ». In : *The Martians*, recueil, Voyager, 1999 [C.07]. [Cycle : *Mars*].
En français : « Le Doux & le salé » (trad. de Dominique Haas)
1) In : *Les Martiens*, recueil, Presses de la Cité, 2000 [C.07.1].
2) In : *Les Martiens*, recueil, France Loisirs, 2001 [C.07.2].
3) In : *Les Martiens*, recueil, Pocket, 2007 [C.07.3].

N50. « The Constitution of Mars ». In : *The Martians*, recueil, Voyager, 1999 [C.07]. [Cycle : *Mars*].
En français : « La Constitution de Mars » (trad. de Dominique Haas)
1) In : *Les Martiens*, recueil, Presses de la Cité, 2000 [C.07.1].
2) In : *Les Martiens*, recueil, France Loisirs, 2001 [C.07.2].
3) In : *Les Martiens*, recueil, Pocket, 2007 [C.07.3].

N51. « Some Worknotes & Commentary on the Constitution, by Charlotte Dorsa Brevia ». In : *The Martians*, recueil, Voyager, 1999 [C.07]. [Cycle : *Mars*].
En français : « Quelques notes & commentaires sur la Constitution, par Charlotte Dorsa Brevia » (trad. de Dominique Haas)
1) In : *Les Martiens*, recueil, Presses de la Cité, 2000 [C.07.1].
2) In : *Les Martiens*, recueil, France Loisirs, 2001 [C.07.2].
3) In : *Les Martiens*, recueil, Pocket, 2007 [C.07.3].

N52. « Jackie on Zo ». In : *The Martians*, recueil, Voyager, 1999 [C.07]. [Cycle : *Mars*].
En français : « Zo, par Jackie » (trad. de Dominique Haas)
1) In : *Les Martiens*, recueil, Presses de la Cité, 2000 [C.07.1].
2) In : *Les Martiens*, recueil, France Loisirs, 2001 [C.07.2].
3) In : *Les Martiens*, recueil, Pocket, 2007 [C.07.3].

N53. « Keeping the Flame ». In : *The Martians*, recueil, Voyager, 1999 [C.07]. [Cycle : *Mars*].
En français : « Entretenir la flamme » (trad. de Dominique Haas)
1) In : *Les Martiens*, recueil, Presses de la Cité, 2000 [C.07.1].
2) In : *Les Martiens*, recueil, France Loisirs, 2001 [C.07.2].
3) In : *Les Martiens*, recueil, Pocket, 2007 [C.07.3].

N54. « Saving Noctis Dam ». In : *The Martians*, recueil, Voyager, 1999 [C.07]. [Cycle : *Mars*].
En français : « Le sauvetage du barrage de Noctis » (trad. de Dominique Haas)
1) In : *Les Martiens*, recueil, Presses de la Cité, 2000 [C.07.1].
2) In : *Les Martiens*, recueil, France Loisirs, 2001 [C.07.2].
3) In : *Les Martiens*, recueil, Pocket, 2007 [C.07.3].

N55. « Big Man in Love ». In : *The Martians*, recueil, Voyager, 1999 [C.07]. [Cycle : *Mars*].
En français : « Grand homme amoureux » (trad. de Dominique Haas)
1) In : *Les Martiens*, recueil, Presses de la Cité, 2000 [C.07.1].
2) In : *Les Martiens*, recueil, France Loisirs, 2001 [C.07.2].
3) In : *Les Martiens*, recueil, Pocket, 2007 [C.07.3].

N56. « An Argument for the Deployment of All Safe Terraforming Technologies ». In : *The Martians*, recueil, Voyager, 1999 [C.07]. [Cycle : *Mars*].
En français : « Plaidoyer pour la mise en œuvre de techniques de terraforming sûres » (trad. de Dominique Haas)
1) In : *Les Martiens*, recueil, Presses de la Cité, 2000 [C.07.1].
2) In : *Les Martiens*, recueil, France Loisirs, 2001 [C.07.2].
3) In : *Les Martiens*, recueil, Pocket, 2007 [C.07.3].

N57. « Selected Abstracts from *the Journal of Areological Studio*, vols. 56-64 ». In : *The Martians*, recueil, Voyager, 1999 [C.07]. [Cycle : *Mars*].
En français : « Sélection d'extraits du *Journal d'études aréologiques* » (trad. de Dominique Haas)
1) In : *Les Martiens*, recueil, Presses de la Cité, 2000 [C.07.1].
2) In : *Les Martiens*, recueil, France Loisirs, 2001 [C.07.2].
3) In : *Les Martiens*, recueil, Pocket, 2007 [C.07.3].

N58. « Odessa ». In : *The Martians*, recueil, Voyager, 1999 [C.07]. [Cycle : *Mars*].
En français : « Odessa » (trad. de Dominique Haas)
1) In : *Les Martiens*, recueil, Presses de la Cité, 2000 [C.07.1].
2) In : *Les Martiens*, recueil, France Loisirs, 2001 [C.07.2].
3) In : *Les Martiens*, recueil, Pocket, 2007 [C.07.3].

N59. « Sexual Dimorphism ». In : *The Martians*, recueil, Voyager, 1999 [C.07]. [Cycle : *Mars*].
En français : « Dimorphisme sexuel » (trad. de Dominique Haas)
1) In : *Les Martiens*, recueil, Presses de la Cité, 2000 [C.07.1].
2) In : *Les Martiens*, recueil, France Loisirs, 2001 [C.07.2].
3) In : *Les Martiens*, recueil, Pocket, 2007 [C.07.3].

N60. « Enough Is as Good as a Feast ». In : *The Martians*, recueil, Voyager, 1999 [C.07]. [Cycle : *Mars*].
En français : « Assez est aussi bien qu'un festin » (trad. de Dominique Haas)
1) In : *Les Martiens*, recueil, Presses de la Cité, 2000 [C.07.1].
2) In : *Les Martiens*, recueil, France Loisirs, 2001 [C.07.2].
3) In : *Les Martiens*, recueil, Pocket, 2007 [C.07.3].

N61. « What Matters ». In : *The Martians*, recueil, Voyager, 1999 [C.07]. [Cycle : *Mars*].
En français : « Ce qui compte » (trad. de Dominique Haas)
1) In : *Les Martiens*, recueil, Presses de la Cité, 2000 [C.07.1].
2) In : *Les Martiens*, recueil, France Loisirs, 2001 [C.07.2].
3) In : *Les Martiens*, recueil, Pocket, 2007 [C.07.3].

N62. « Coyote Remembers ». In : *The Martians*, recueil, Voyager, 1999 [C.07]. [Cycle : *Mars*].
En français : « Coyote se souvient » (trad. de Dominique Haas)
1) In : *Les Martiens*, recueil, Presses de la Cité, 2000 [C.07.1].
2) In : *Les Martiens*, recueil, France Loisirs, 2001 [C.07.2].
3) In : *Les Martiens*, recueil, Pocket, 2007 [C.07.3].

N63. « Sax Moments ». In : *The Martians*, recueil, Voyager, 1999 [C.07]. [Cycle : *Mars*].
En français : « Sax, fragments » (trad. de Dominique Haas)
1) In : *Les Martiens*, recueil, Presses de la Cité, 2000 [C.07.1].
2) In : *Les Martiens*, recueil, France Loisirs, 2001 [C.07.2].
3) In : *Les Martiens*, recueil, Pocket, 2007 [C.07.3].

N64. « A Martian Romance ». In : *The Martians*, recueil, Voyager, 1999 [C.07]. [Cycle : *Mars*].
En français : « Une histoire d'amour martienne » (trad. de Dominique Haas)
1) In : *Les Martiens*, recueil, Presses de la Cité, 2000 [C.07.1].
2) In : *Les Martiens*, recueil, France Loisirs, 2001 [C.07.2].
3) In : *Les Martiens*, recueil, Pocket, 2007 [C.07.3].

N65. « Visiting ». In : *The Martians*, recueil, Voyager, 1999 [C.07]. [Poème]. [Cycle : *Mars*].
En français : « En visite » (trad. de Dominique Haas)
1) In : *Les Martiens*, recueil, Presses de la Cité, 2000 [C.07.1].
2) In : *Les Martiens*, recueil, France Loisirs, 2001 [C.07.2].
3) In : *Les Martiens*, recueil, Pocket, 2007 [C.07.3].

N66. « After a Move ». In : *The Martians*, recueil, Voyager, 1999 [C.07]. [Poème]. [Cycle : *Mars*].
En français : « Après un déménagement » (trad. de Dominique Haas)
1) In : *Les Martiens*, recueil, Presses de la Cité, 2000 [C.07.1].
2) In : *Les Martiens*, recueil, France Loisirs, 2001 [C.07.2].
3) In : *Les Martiens*, recueil, Pocket, 2007 [C.07.3].

N67. « Canyon Colour ». In : *The Martians*, recueil, Voyager, 1999 [C.07]. [Poème]. [Cycle : *Mars*].
En français : « Couleur canyon » (trad. de Dominique Haas)
1) In : *Les Martiens*, recueil, Presses de la Cité, 2000 [C.07.1].
2) In : *Les Martiens*, recueil, France Loisirs, 2001 [C.07.2].
3) In : *Les Martiens*, recueil, Pocket, 2007 [C.07.3].

N68. « Vasistas Borealis ». In : *The Martians*, recueil, Voyager, 1999 [C.07]. [Poème]. [Cycle : *Mars*].
En français : « Vasistas Borealis » (trad. de Dominique Haas)
1) In : *Les Martiens*, recueil, Presses de la Cité, 2000 [C.07.1].
2) In : *Les Martiens*, recueil, France Loisirs, 2001 [C.07.2].
3) In : *Les Martiens*, recueil, Pocket, 2007 [C.07.3].

N69. « Night Song ». In : *The Martians*, recueil, Voyager, 1999 [C.07]. [Poème]. [Cycle : *Mars*].
En français : « Chanson dans la nuit » (trad. de Dominique Haas)
1) In : *Les Martiens*, recueil, Presses de la Cité, 2000 [C.07.1].
2) In : *Les Martiens*, recueil, France Loisirs, 2001 [C.07.2].
3) In : *Les Martiens*, recueil, Pocket, 2007 [C.07.3].

N70. « Desolation ». In : *The Martians*, recueil, Voyager, 1999 [C.07]. [Poème]. [Cycle : *Mars*].
En français : « Désolation » (trad. de Dominique Haas)
1) In : *Les Martiens*, recueil, Presses de la Cité, 2000 [C.07.1].
2) In : *Les Martiens*, recueil, France Loisirs, 2001 [C.07.2].
3) In : *Les Martiens*, recueil, Pocket, 2007 [C.07.3].

N71. « The Name of the Canals ». In : *The Martians*, recueil, Voyager, 1999 [C.07]. [Poème]. [Cycle : *Mars*].
En français : « Les noms des canaux » (trad. de Dominique Haas)
1) In : *Les Martiens*, recueil, Presses de la Cité, 2000 [C.07.1].
2) In : *Les Martiens*, recueil, France Loisirs, 2001 [C.07.2].
3) In : *Les Martiens*, recueil, Pocket, 2007 [C.07.3].

N72. « Another Night Song ». In : *The Martians*, recueil, Voyager, 1999 [C.07]. [Poème]. [Cycle : *Mars*].
En français : « Autre chanson dans la nuit » (trad. de Dominique Haas)
1) In : *Les Martiens*, recueil, Presses de la Cité, 2000 [C.07.1].
2) In : *Les Martiens*, recueil, France Loisirs, 2001 [C.07.2].
3) In : *Les Martiens*, recueil, Pocket, 2007 [C.07.3].

N73. « Six Thoughts on the Uses of Art ». In : *The Martians*, recueil, Voyager, 1999 [C.07]. [Regroupement de poèmes comprenant : « What's in my Pocket », « In the Finale of Beethoven's Ninth », « Reading Emerson's Journal », « The Walkman », « Dreams Are Real » & « Seen While Running »]. [Poème]. [Cycle : *Mars*].
En français : « Six pensées sur l'art » [comprenant les poèmes : « Ce que j'ai dans la poche », « Dans le finale de la *Neuvième* de Beethoven », « En lisant le journal d'Emerson », « Le baladeur », « Les Rêves sont la réalité » & « Vu en courant »] (trad. de Dominique Haas)
1) In : *Les Martiens*, recueil, Presses de la Cité, 2000 [C.07.1].
2) In : *Les Martiens*, recueil, France Loisirs, 2001 [C.07.2].
3) In : *Les Martiens*, recueil, Pocket, 2007 [C.07.3].

N74. « Crossing Mather Pass ». In : *The Martians*, recueil, Voyager, 1999 [C.07]. [Poème]. [Cycle : *Mars*].
En français : « La traversée de Mather Pass » (trad. de Dominique Haas)
1) In : *Les Martiens*, recueil, Presses de la Cité, 2000 [C.07.1].
2) In : *Les Martiens*, recueil, France Loisirs, 2001 [C.07.2].
3) In : *Les Martiens*, recueil, Pocket, 2007 [C.07.3].

N75. « Night in the Mountains ». In : *The Martians*, recueil, Voyager, 1999 [C.07]. [Regroupement de poèmes comprenant : « Camp », « The Ground » & « Writing by Starlight »]. [Poèmes]. [Cycle : *Mars*].
En français : « La Nuit dans les montagnes » [comprenant les poèmes : « Campement », « Territoire » & « Écrit à la lueur des étoiles »] (trad. de Dominique Haas)
1) In : *Les Martiens*, recueil, Presses de la Cité, 2000 [C.07.1].
2) In : *Les Martiens*, recueil, France Loisirs, 2001 [C.07.2].
3) In : *Les Martiens*, recueil, Pocket, 2007 [C.07.3].

N76. « Invisible Owls ». In : *The Martians*, recueil, Voyager, 1999 [C.07]. [Poème]. [Cycle : *Mars*].
En français : « Chouettes invisibles » (trad. de Dominique Haas)
1) In : *Les Martiens*, recueil, Presses de la Cité, 2000 [C.07.1].
2) In : *Les Martiens*, recueil, France Loisirs, 2001 [C.07.2].
3) In : *Les Martiens*, recueil, Pocket, 2007 [C.07.3].

N77. « Tenzing ». In : *The Martians*, recueil, Voyager, 1999 [C.07]. [Poème]. [Cycle : *Mars*].

En français : « Tensing » (trad. de Dominique Haas)
1) In : *Les Martiens*, recueil, Presses de la Cité, 2000 [C.07.1].
2) In : *Les Martiens*, recueil, France Loisirs, 2001 [C.07.2].
3) In : *Les Martiens*, recueil, Pocket, 2007 [C.07.3].

N78. « The Soundtrack ». In : *The Martians*, recueil, Voyager, 1999 [C.07]. [Poème]. [Cycle : *Mars*].
En français : « Bandes-son » (trad. de Dominique Haas)
1) In : *Les Martiens*, recueil, Presses de la Cité, 2000 [C.07.1].
2) In : *Les Martiens*, recueil, France Loisirs, 2001 [C.07.2].
3) In : *Les Martiens*, recueil, Pocket, 2007 [C.07.3].

N79. « A Report on the First Recorded Case of Areophagy ». In : *The Martians*, recueil, Voyager, 1999 [C.07]. [Poème]. [Cycle : *Mars*].
En français : « Rapport sur le premier cas reconnu d'aréophagie » (trad. de Dominique Haas)
1) In : *Les Martiens*, recueil, Presses de la Cité, 2000 [C.07.1].
2) In : *Les Martiens*, recueil, France Loisirs, 2001 [C.07.2].
3) In : *Les Martiens*, recueil, Pocket, 2007 [C.07.3].

N80. « The Reds' Lament ». In : *The Martians*, recueil, Voyager, 1999 [C.07]. [Poème]. [Cycle : *Mars*].
En français : « Lamentation des rouges » (trad. de Dominique Haas)
1) In : *Les Martiens*, recueil, Presses de la Cité, 2000 [C.07.1].
2) In : *Les Martiens*, recueil, France Loisirs, 2001 [C.07.2].
3) In : *Les Martiens*, recueil, Pocket, 2007 [C.07.3].

N81. « Two Years ». In : *The Martians*, recueil, Voyager, 1999 [C.07]. [Poème]. [Cycle : *Mars*].
En français : « Deux ans » (trad. de Dominique Haas)
1) In : *Les Martiens*, recueil, Presses de la Cité, 2000 [C.07.1].
2) In : *Les Martiens*, recueil, France Loisirs, 2001 [C.07.2].
3) In : *Les Martiens*, recueil, Pocket, 2007 [C.07.3].

N82. « I Say Goodbye to Mars ». In : *The Martians*, recueil, Voyager, 1999 [C.07]. [Poème]. [Cycle : *Mars*].
En français : « Je dis au revoir à Mars » (trad. de Dominique Haas)
1) In : *Les Martiens*, recueil, Presses de la Cité, 2000 [C.07.1].
2) In : *Les Martiens*, recueil, France Loisirs, 2001 [C.07.2].
3) In : *Les Martiens*, recueil, Pocket, 2007 [C.07.3].

N83. « Purple Mars ». In : *The Martians*, recueil, Voyager, 1999 [C.07]. [Cycle : *Mars*].
En français : « Mars la violette » (trad. de Dominique Haas)
1) In : *Les Martiens*, recueil, Presses de la Cité, 2000 [C.07.1].
2) In : *Les Martiens*, recueil, France Loisirs, 2001 [C.07.2].
3) In : *Les Martiens*, recueil, Pocket, 2007 [C.07.3].

N84. « Discovering Life ». In anthologie anonyme : *Voyager 5: Collector's Edition*. London : Voyager, 2000. [Cycle : *Mars*].

N85. « How Science Saved the World ». In : *Nature*, 6 janvier 2000. [Autre titre : « Review: Science in the Third Millennium »].

N86. « Prometheus Unbound, at Last ». In : *Nature*, 11 août 2005.

N87. « The Timpanist of the Berlin Philharmonic, 1942 ». In : *The Best of Kim Stanley Robinson*, recueil, Night Shade, 2010 [C.10].

N88. « Exploring Location X ». In : *Popular Science*, périodique, août 2015.

N89. « Oral Argument ». In : *Tor.com*, périodique numérique, 7 décembre 2015.

Prix reçus par Kim Stanley Robinson sans rapport direct avec une œuvre en particulier

• Robert A. Heinlein Award 2016

Sources :

Les références anglo-saxonnes sont issues principalement des deux sites ISFDB et Locus. Le croisement de ces données devrait permettre d'atteindre l'exhaustivité et la justesse du résultat, objectifs de ce travail. Quant aux parutions françaises (livres & nouvelles), elles proviennent bien évidemment de la bibliothèque de Quarante-Deux, source majeure de toutes mes bibliographies de science-fiction que j'ai réalisées à ce jour. Les consultations de Noosfere et surtout de BDFI avec le concours éclairé de Christian Moulin sont aussi très utiles.

Retrouvez Kim Stanley Robinson sur internet :

Quarante-Deux/exlibris : http://q-d.fr/38z
https://fr.wikipedia.org/wiki/Kim_Stanley_Robinson
http://www.bdfi.net/auteurs/r/robinson_kim_stanley.php
https://www.noosfere.org/livres/auteur.asp?numauteur=208

… et son site non-officiel en anglais (États-Unis) : http://www.kimstanleyrobinson.info/

février 2022 (Version 1.2)

Scienti Fiction

Si, pour Victor Hugo, « regarder le ciel dans le télescope, c'est une indiscrétion », c'est aussi un bon moyen de dénicher ce qu'il s'y trouve, et par là-même éviter que ledit ciel ne nous tombe trop violemment sur la tête — on se souvient de la triste mésaventure de ces pauvres dinosaures. Pour rebattu qu'il soit en SF (de **L'Étoile** *de H. G. Wells, au* **Lucifer's Hammer** *de Larry Niven et Jerry Pournelle, en passant par l'inévitable* **Marteau de Dieu** *d'Arthur C. Clarke), le trope de la menace céleste n'en est pas moins désormais pris très au sérieux par la communauté scientifique mondiale. Prenant prétexte de la sortie sur nos écrans netflixés de* **Don't Look Up !**, *film d'Adam McKay, notre bon professeur Lehoucq fait ici le point sur le sujet, son traitement par la sphère culturelle autant qu'un état des lieux du domaine proprement scientifique et des différents moyens envisagés pour prévenir le pire…*

Don't look up : cailloux dans le ciel

[par Roland (31387) Lehoucq]

Un objet nouveau apparaît sur des photographies astronomiques : joie de la découverte ! Une série de calculs minutieux destinés à le caractériser conduit bientôt à une certitude : une comète de 9 kilomètres de diamètre va frapper la Terre dans six mois. Telle est l'information que deux astronomes, Randall Mindy (Leonardo DiCaprio) et sa doctorante Kate Dibiasky (Jennifer Lawrence) apportent au gouvernement américain. Et pendant 140 minutes, *Don't look up - Déni cosmique*, réalisé par Adam McKay et diffusé depuis décembre 2021 sur Netflix, met en scène l'incapacité des dirigeants politiques et des populations à être à la hauteur d'une apocalypse annoncée. Le film nous montre que peu de choses suffisent pour rayer l'espèce humaine de la surface terrestre : une comète visant notre planète et la bêtise ordinaire. Cette situation s'est déjà produite dans le passé. Le cratère Chicxulub, dans la péninsule du Yucatán (Mexique), est la trace enfouie d'un objet d'une dizaine de kilomètres de diamètre qui frappa la Terre il y a 66 millions d'années. Une reconstitution discutable mais intéressante de cet impact extraordinaire ouvre le film *Armaggedon* (Michael Bay, 1998) ; et une autre, tout aussi intéressante et moins discutable, le roman **Évolution** (Stephen Baxter, 2002). Outre ses conséquences directes, ce choc titanesque déclencha la perturbation climatique à l'origine de l'extinction massive du Crétacé-Paléogène, au cours de laquelle les trois quarts des espèces végétales et animales de la Terre disparurent, y compris tous les dinosaures non aviaires. S'il semble difficile de taxer les dinosaures de bêtise, on peut quand même estimer qu'ils auraient survécu s'ils avaient eu un meilleur programme spatial... Et nous, sommes-nous préparés ?

Une histoire ancienne

Dans la littérature, la possibilité d'une menace céleste matérielle, plutôt que divine, n'est pas nouvelle. Dans la première partie d'un roman futuriste inachevé (**The Year 4338: Petersburg Letters**), publié en 1835 par le prince Vladimir Odoevsky (1803-1869), la comète Biela, du nom de l'astronome autrichien qui détermina sa période en 1826, doit entrer en collision avec la Terre. En 1893, l'astronome et écrivain français Camille Flammarion (1842-1924) fait paraître dans la *Revue Illustrée* un roman d'anticipation en feuilleton. Il sera ensuite publié en 1894 sous le titre **La Fin du monde**. Dans sa première partie, il met en scène l'humanité du XXVe siècle face à la collision imminente d'une comète avec la Terre, dont l'arrivée n'est pas sans évoquer des scènes de *Don't look up* : « *La comète était descendue des profondeurs télescopiques et devenue visible à l'œil nu : elle était arrivée en vue de la Terre, et, comme une menace céleste, elle planait maintenant, gigantesque, toutes les nuits devant l'armée des étoiles. De nuit en nuit, elle allait en s'agrandissant. C'était la Terreur même suspendue au-dessus de toutes les têtes et s'avançant lentement, graduellement, épée formidable, inexorablement.* » La collision annoncée d'une comète avec la Terre est aussi au cœur de *La Fin du monde*, le premier film parlant d'Abel Gance (1889-1981) sorti en 1931 et inspiré du livre de Camille Flammarion. En 1958, le film franco-italien *Le Danger vient de l'espace*, réalisé par Paolo Heusch et Mario Bava, met aussi en scène la collision annoncée de la Terre avec un gros astéroïde plutôt qu'une comète, détourné de son orbite par l'explosion du moteur d'une fusée nucléaire. Toutes les nations joignent leurs forces et envoient dans l'espace un barrage de missiles nucléaires... Le procédé qui consiste à régler ses problèmes de voisinage interplanétaire à coup de grosses bombes eut une descendance, spectaculairement mise en scène dans les films *Meteor* (Ronald Neame, 1979), *Armaggedon* (Michael Bay, 1998) et *Deep Impact* (Mimi Leder, 1998).

D'où vient le danger ?

Depuis 1801 et la découverte du premier astéroïde — Cérès — par l'astronome italien Giuseppe Piazzi (1746-1826), plus d'un million de petits corps ont été catalogués, dont l'écrasante majorité orbite entre Mars et Jupiter. Parmi ceux-ci, les « géocroiseurs » possèdent une orbite autour du Soleil qui croise celle de la Terre. Étant susceptibles de heurter cette dernière, ils font l'objet d'une recherche permanente et d'un suivi particulier. En février 2022, le Center for Near Earth Objects Studies de la NASA estimait à 28 383 le nombre de géocroiseurs, dont seulement 117 noyaux cométaires. Parmi les astéroïdes, 2 263 étaient potentiellement dangereux, car suffisamment gros tout en passant un peu trop près de chez nous [1]. L'inventaire réalisé par la NASA est sans doute assez complet pour les plus

gros géocroiseurs, dont la taille dépasse 1 kilomètre. Normal, ces gros objets sont aussi les plus brillants, et donc les plus faciles à détecter. Ce sont aussi les plus dangereux : on en compte 163, dont le plus gros, (1036) Ganymède, a un diamètre de 38 kilomètres. Si l'un d'eux heurtait la Terre, c'en serait fini de l'humanité. En revanche, du travail reste à faire concernant les plus petits objets, très peu lumineux : on estime qu'environ un tiers des géocroiseurs de plus de 140 mètres de diamètre ont été détectés, fraction qui tombe à moins de 2 % pour ceux dont la taille est supérieure à 40 mètres. Cette recherche prend du temps et coûte de l'argent, comme ne manque pas de le rappeler un scientifique du film *Armaggedon*, répondant ainsi au président des États-Unis étonné de la détection tardive de l'astéroïde-de-tueur : « *Pour les risques spatiaux, notre budget est d'un million de dollars. Grâce à cela on surveille à peine 3 % du ciel et, excusez-moi, Monsieur le Président, mais le ciel est vaste.* » Il faut reconnaître une certaine dose de mauvaise foi chez ce scientifique de cinéma, car il annonçait quelques minutes plus tôt que cet astéroïde était « *[…] grand comme le Texas Monsieur le Président* », lui donnant ainsi un diamètre d'environ 1 000 kilomètres, équivalent à celui de Cérès : avec une telle taille, il aurait dû être identifié depuis fort longtemps !

Ce déficit dans l'inventaire des petits corps pose souci, car, sans être capable de provoquer une catastrophe globale, les plus petits astéroïdes pourraient être à l'origine de dégâts tout à fait considérables. L'un des exemples les plus récents date du 30 juin 1908, lorsqu'un bolide s'est abattu sur la Sibérie centrale, une région heureusement déserte. Une formidable explosion libéra une énergie estimée 1 000 fois supérieure à celle de la bombe d'Hiroshima, détruisant 2 000 kilomètres carrés de forêt et faisant des dégâts sur 100 kilomètres à la ronde. La déflagration fut audible dans un rayon de 1 500 kilomètres. La nature de cet objet est toujours discutée tant l'absence de cratère et de débris au sol interroge. Le candidat le plus probable est un corps rocheux de 50 à 80 mètres de diamètre, entrant dans l'atmosphère à une vitesse d'environ 15 kilomètres par seconde et explosant à une altitude comprise entre 10 et 14 kilomètres. Plus proche de nous, on se souvient des vidéos prises le matin du 15 février 2013 à Tchelyabinsk (Russie) lors du passage d'un impressionnant bolide. D'un diamètre estimé à une quinzaine de mètres, et d'une masse d'environ 12 000 tonnes, la météorite s'est fragmentée dans l'atmosphère en libérant une énergie de l'ordre de 30 fois celle de la bombe d'Hiroshima. L'onde de choc qui en résultat détruisit des milliers de vitres, blessant ainsi près d'un millier de personnes.

À y regarder de plus près, notre Terre est continuellement bombardée de débris météoritiques de tailles variées, allant pour l'essentiel du grain de sable à la grosse brique. L'atmosphère nous protège plutôt efficacement contre ces petits débris qui tombent au rythme moyen d'environ 10 000 tonnes par an. La planète Mercure et la Lune, toutes deux dépourvues d'atmosphère, ont une surface constellée de cratères d'impacts [2]. En traversant l'atmosphère terrestre à grande vitesse [3], le frottement de l'air échauffe considérablement la surface du bolide, qui perd de la matière et se fragmente. Cet échauffement est aussi la cause du phénomène lumineux associé, connu sous le nom d'« étoile filante ». C'est aussi à cause de ces frottements qu'il faut équiper nos vaisseaux spatiaux d'un bouclier thermique chargé d'absorber et de dissiper la chaleur produite par friction aérodynamique lors de la rentrée atmosphérique. Les plus petits projectiles ne résistent pas à un tel échauffement et sont complètement vaporisés. Mais des fragments des plus gros peuvent arriver au sol, sous forme de « cailloux », voire d'objets suffisamment imposants pour former un cratère : on en recense environ 190 à la surface de la Terre. Le plus célèbre d'entre eux est sans doute le « Meteor Crater », situé en Arizona. Profond de 170 mètres pour un diamètre de 1 200 mètres, il fut formé il y a environ 49 000 ans par la chute d'une météorite de plus de 50 mètres de diamètre qui dégagea une énergie équivalente à celle de la Tunguska.

Comment réagir ?

Une des premières tentatives d'éviter une collision avec un astéroïde de bonne taille date du projet Icarus. Au début de l'année 1967, Paul Sandorff, ingénieur chez Lockheed Corporation et enseignant au Massachusetts Institute of Technology, propose un curieux exercice à ses étudiants : comment empêcher que l'humanité disparaisse à cause de l'impact de l'astéroïde Icarus ? Quatorze ans plus tôt, Samuel Herrick, un astronome de l'université de Californie, avait prévu qu'un astéroïde d'environ 1,4 kilomètre de diamètre, (1566) Icarus, passerait à 16,5 distances lunaires de la Terre le 14 juin 1968. Sandorff utilisa ce prétexte, en forçant une collision imaginaire, pour proposer un travail collectif à ses étudiants. À la fin du semestre, ils présentèrent leurs recommandations à un public composé d'universitaires et d'ingénieurs du secteur aérospatial. Leur projet consistait à lancer quatre fusées Saturn V, tout juste mises au point par la NASA pour les missions lunaires de 1969, emportant chacune une bombe thermonucléaire de 100 mégatonnes [4] afin de dévier l'astéroïde. Elles seraient immédiatement suivies de deux autres visant à réduire l'astéroïde en miettes. Le film *Meteor* met très exactement en scène le scénario du projet Icarus.

En 1994, la possibilité d'une collision interplanétaire gagne en popularité : après s'être disloquée lors de son approche de Jupiter en juillet 1992, la comète Shoemaker-Levy 9 entre en collision avec la planète géante entre le 16 et le 22 juillet 1994. Cet extraordinaire événement fut pour beaucoup dans la prise de conscience de la menace constituée par les objets géocroiseurs. Les films *Armaggedon* et *Deep Impact* s'en firent l'écho, coup sur coup. Le Congrès américain demande alors à la NASA de lancer un programme de détection des géocroiseurs de plus d'un kilomètre de diamètre. Les moyens accordés à l'agence spatiale américaine sont renforcés au milieu des années 2000 pour étendre ses investigations aux géocroiseurs de plus de 140 mètres. C'est le début d'un programme de défense planétaire [5] visant à gérer les risques d'impact d'un géocroiseur avec la Terre. Elle comprend la détection de ces objets, l'estimation du risque, la caractérisation de l'objet, le déclenchement de l'alerte, la mise en œuvre des moyens de prévention de l'impact (déviation de l'objet) ou de limitation de ses conséquences (défense civile) ainsi que la planification et la coordination des actions. Mais comme dans *Armaggedon*, les restrictions budgétaires ont fait prendre du retard aux programmes américains de recensement des géocroiseurs… Dans l'espoir de mieux étudier les astéroïdes, la NASA doit lancer, en 2026, le Near-Earth Object Surveyor, un télescope spatial observant dans l'infrarouge, dont la mission sera de compléter l'inventaire des objets géocroiseurs susceptibles de menacer la Terre. De son côté, l'agence spatiale européenne (ESA) a commencé la construction du projet FlyEye (Œil de mouche), un réseau de télescopes terrestres ayant pour mission d'effectuer un relevé astronomique systématique des astéroïdes géocroiseurs.

On l'a vu, la détection des petits astéroïdes est plus difficile et plus tardive. Faute d'un repérage précoce, ils pourraient présenter le plus grand danger pour l'humanité. Afin de vérifier s'il était possible de réagir au dernier moment, une équipe de chercheurs de l'université Johns-Hopkins a tout récemment réalisé des simulations pour tester le scénario de déviation d'un astéroïde grâce à une explosion thermonucléaire. Pour cela, cinq orbites de collision différentes ont été modélisées pour un astéroïde d'environ 100 mètres de diamètre ayant une masse d'un million de tonnes. Les résultats de leur étude semblent plutôt rassurants : faire exploser une bombe nucléaire d'une mégatonne au voisinage de l'astéroïde au moins deux mois avant la date prévue de l'impact pourrait dévier de leur course vers la Terre l'astéroïde et ses fragments. L'un des défis de l'évaluation de cette perturbation par explosion est la nécessité de modéliser les orbites de tous les fragments, ce qui est beaucoup plus compliqué que de modéliser une simple déviation. Reste que si une pluie de petits astéroïdes est certainement moins dommageable qu'un astéroïde unique, elle peut néanmoins occasionner de sérieux dommages à l'humanité. Ce type de mission pose donc de nombreuses questions encore non résolues : quels sont les critères de décision d'une telle mission ? Qui la financera ? Qui prendra la responsabilité de la décider ? Quels sont les risques d'aggraver la situation ? Comment seront partagées les responsabilités en cas d'échec ?

Si la détection a été suffisamment précoce, on dispose de plus de temps pour se préparer et agir. Dans ce cas, il est préférable d'utiliser des impacteurs cinétiques pour dévier l'astéroïde. Cette stratégie consiste à provoquer une collision entre l'astéroïde et un artefact envoyé à grande vitesse. Bien calculé,

– Comment nomme-t-on les astéroïdes ? –

Lorsqu'un astéroïde est découvert, l'Union Astronomique Internationale (UAI) lui attribue un nom provisoire en fonction de la date de sa découverte. Ce nom indique l'année de découverte, suivie d'une lettre indiquant la quinzaine de l'année (la lettre A court du 1 au 15 janvier, B du 16 au 31 janvier, etc. jusqu'à la lettre Y pour la période du 16 au 31 décembre — la lettre I n'est pas utilisée, afin d'éviter qu'elle ne soit confondue avec le chiffre 1), puis d'une lettre indiquant l'ordre de découverte dans la quinzaine. Lorsque l'orbite de l'astéroïde est connue avec suffisamment de précision, on lui attribue un numéro permanent et le découvreur est invité à suggérer un nom soumis à l'approbation du Working Group for Small Bodies Nomenclature (WGSBN) de l'UAI. Par exemple l'astéroïde géocroiseur 1989 AC a été le 3e (lettre C) découvert durant la première moitié du mois de janvier (lettre A) de l'année 1989. Une fois son orbite confirmée, l'UAI lui a attribué le numéro 4179. Il fut ensuite baptisé « Toutatis » par ses découvreurs, Christian Pollas, Alain Maury et Derral Mulholland. Son nom officiel est désormais (4179) Toutatis.
L'UAI impose au nom d'être prononçable, en un seul mot (même s'il y a des exceptions, comme (9007) James Bond), et limité à 16 caractères, espaces et traits d'union compris. Les noms de chefs militaires et politiques ne sont pas acceptés, sauf s'ils sont morts depuis au moins 100 ans. Les noms de personnes, d'entreprises ou de produits liés au commerce ne sont pas non plus acceptés, pas plus que les citations publicitaires. Enfin, les géocroiseurs ne peuvent porter le nom d'un humain, mort ou vivant. Cette règle est clairement violée dans le film *Deep Impact* (Mimi Leder, 1998) où la comète tueuse se nomme Wolf-Biedermann, du nom de ses découvreurs.
L'astéroïde 31387 a été nommé Lehoucq par l'Union Astronomique Internationale, sur proposition de l'astronome Alain Maury, qui l'a découvert en 1998, pour rendre hommage à l'implication dans la diffusion et le partage des connaissances scientifiques dudit Lehoucq. Comme il porte le nom d'un humain, cet astéroïde ne risque pas de tomber sur Terre ! Il orbite quelque part dans la ceinture principale d'astéroïdes, entre Mars et Jupiter…

le choc provoque une déviation minime de l'astéroïde, mais susceptible de le faire dévier de sa trajectoire de collision si la perturbation initiale a le temps de s'amplifier suffisamment pour conduire à un évitement de la Terre. Anticiper les conséquences d'un tel impact requiert néanmoins d'avoir connaissance non seulement de la taille de l'astéroïde, mais aussi de sa course vers la Terre, de sa composition et de sa structure interne.

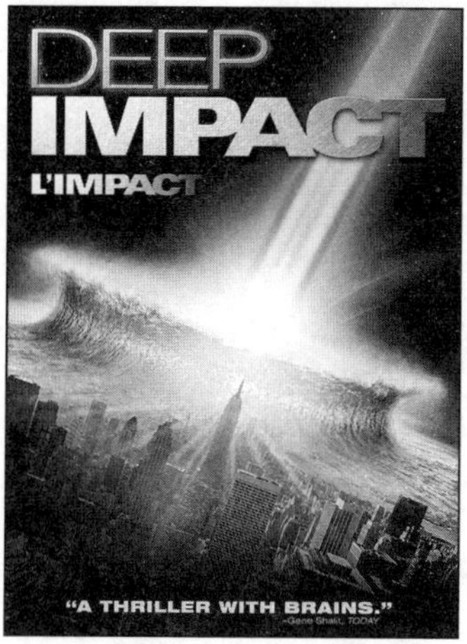

La NASA anticipe les moyens d'intervention directs, non nucléaires pour l'instant. Le 24 novembre 2021 a été lancée la mission Double Asteroid Redirection Test (DART), dont le but consiste à dévier la course d'un astéroïde en projetant une sonde sur ce dernier. Le 26 septembre 2022, il est prévu que cet engin spatial s'écrase sur l'astéroïde Dimorphos, petit (163 mètres de diamètre pour 4,8 millions de tonnes) satellite de l'astéroïde Didymos. Avec une masse de 500 kilogrammes et une vitesse relative de 6,6 kilomètres par seconde, on s'attend à ce que l'impact de DART ne produise qu'un changement minime de la vitesse orbitale de Dimorphos, de l'ordre de 0,4 millimètre par seconde ! L'impact devrait pourtant diminuer de 10 minutes la période orbitale de Dimorphos, actuellement un peu inférieure à 12 heures. Les données de la collision seront observées par le nano-satellite LICIACube, qui accompagne DART, ainsi que par des observatoires terrestres, et permettront de mesurer précisément les conséquences de l'impact sur l'orbite de Dimorphos autour de Didymos. En octobre 2024, l'agence spatiale européenne (ESA) lancera à son tour la mission Hera, dont l'objectif est de s'approcher de Didymos pour étudier *in situ* les conséquences de l'impact de DART sur Dimorphos 4 ans après la mission américaine.

Loin d'un « Ça passe ou ça casse » cher à Harry Stamper (joué par Bruce Willis) dans *Armageddon*, la NASA et l'ESA travaillent donc conjointement à la défense planétaire en tentant de circonscrire les menaces liées aux astéroïdes géocroiseurs. Et les deux agences sont formelles sur le sujet : aucun astéroïde connu ne mettra en péril notre planète avant plus d'un siècle. L'impact le plus probable, celui de l'astéroïde Bennu [6], calculé pour l'après-midi du 24 septembre 2182, n'a qu'une chance sur 2 700 de se produire. Un chiffre qui s'affinera, et se réduira sans doute, au fil du temps. Cela laisse aux agences spatiales un délai suffisant pour trouver un moyen de résoudre le problème.

Conclusion

On l'aura compris, la situation sur le front de la défense planétaire est loin d'être celle décrite par le film *Don't Look Up*. Deux agences, la NASA et l'ESA, prennent le sujet au sérieux et se dotent de moyens — encore perfectibles, certes — pour répondre à une éventuelle menace. Certains voient dans ce film une évocation de notre incapacité à réagir à la hauteur d'une autre catastrophe : le réchauffement climatique causé par l'action humaine. On peut pointer au moins deux différences d'importance. D'abord, l'arrivée d'une comète est d'origine extérieure et l'ampleur de la catastrophe est telle que les mesures ne concernent que les gouvernements et les agences spatiales. Rien de comparable dans la catastrophe climatique en cours : l'humanité, surtout occidentale, en est responsable, et les actions doivent être menées à toutes les échelles, de l'individu à l'ensemble des pays. De plus, à la différence d'une collision annoncée, la crise climatique ne se produira pas « dans six mois » ou tout autre délai : nous sommes en plein dedans. Cette différence n'est pas anodine car les actions à mettre en œuvre dépendent de ce que l'on croit être le délai pour le faire : inutile d'échafauder des plans dont la durée de réalisation est supérieure au délai imparti. *Don't Look Up* montre que l'imminence de la catastrophe, « gérée » par des dirigeants et des médias inconsistants et déconnectés du réel, incite à baisser les bras et à jouir du temps qui reste, aussi bref soit-il. En revanche, dans une crise permanente, il semble ne plus y avoir de date limite, de délai clair avant lequel agir, ce qui est aussi très démobilisateur. Dans cette situation, la hiérarchisation des actions passe par l'estimation des échelles de temps des phénomènes qui interviennent, et par une action menée opiniâtrement, en continu. Et là, de puissants lobbys, motivés par le profit, bloquent l'action lorsqu'elle déroge à leurs intérêts ou promeuvent de fausses solutions dont ils peuvent personnellement tirer profit. Or, en l'absence d'une date limite, ces manœuvres dilatoires font perdre du temps pour limiter l'aggravation de la situation : chaque dixième de degré compte pour améliorer notre avenir commun. Il faudrait donc que nos dirigeants, entre autres, retrouvent une pensée du temps long, sur des durées bien supérieures à notre espérance de vie. L'exploration menée par la science-fiction permet précisément d'élargir les temporalités pour réinterpréter le présent. La science-fiction montre aussi que le futur, notamment dans sa dimension écologique et environnementale, est forcément un futur commun, un futur dans lequel l'habitabilité de la planète relève d'une responsabilité collective et transgénérationnelle. En cette année d'élection présidentielle, on ne peut que souhaiter que les candidats lisent davantage de science-fiction…

Notes :

(1). Pour être compté comme potentiellement dangereux (Potentially Hazardous Asteroid ou PHA), un astéroïde doit pouvoir passer à moins de 20 distances lunaires de la Terre tout en ayant une taille supérieure à 140 mètres. À titre d'exemple, l'astéroïde 2015 RN_{35}, d'une taille estimée à au moins 100 mètres, passera à 1,8 distance lunaire de la Terre le 15 décembre 2022…

(2). Le 17 mars 2013, un astronome amateur a pu filmer la chute d'une météorite sur la Lune. On estime que cette météorite devait peser environ 40 kilogrammes pour un diamètre de 30 à 40 centimètres. Elle a percuté la Lune à une vitesse de 25 kilomètres par seconde, dégageant une énergie équivalente à cinq tonnes de TNT et provoquant la formation d'un cratère d'une vingtaine de mètres.

(3). La vitesse d'impact ne peut guère être inférieure à la vitesse de libération de la Terre, soit 11,2 kilomètres par seconde et pourrait, au maximum, atteindre 72 kilomètres par seconde, somme de la vitesse orbitale de la Terre et de la vitesse d'évasion du système solaire à la distance de la Terre.

(4). La plus grosse bombe thermonucléaire, la « Tsar Bomba », fut testée par l'Union soviétique le 30 octobre 1961 au-dessus de la Nouvelle Zemble. Son énergie était équivalente à celle de 50 mégatonnes de TNT. Dans le cadre de la célébration des 75 ans de l'industrie nucléaire russe, l'entreprise Rosatom a publié en août 2020 un documentaire vidéo déclassifié du test de la Tsar Bomba, visible à l'adresse suivante : https://www.youtube.com/watch?v=nbC7BxXtOlo

(5). Il ne faut pas confondre défense planétaire avec protection planétaire. Cette dernière désigne l'ensemble des recommandations portant sur les missions spatiales interplanétaires et destinées à empêcher la contamination d'autres planètes par des micro-organismes terrestres afin de ne pas compromettre l'étude scientifique de celles-ci.

(6). Bennu est un géocroiseur d'environ 500 mètres de diamètre. Il a été visité par la sonde américaine OSIRIS-REx qui a récolté des échantillons de sa surface le 20 octobre 2020. Les quelques centaines de grammes récupérés sont désormais en route vers la Terre, le retour étant prévu le 24 septembre 2023.

Bibliographie :

- P. King et al., « Late-time small body disruptions for planetary defense », *Acta Astronautica* 188, 367-386 (2021).
- S. Desch et al., « The Chicxulub impactor: comet or asteroid? », *Astronomy & Geophysics* 62 (3), 3.34–3.37 (2021).
- Le Center for Near Earth Objects Studies de la NASA : https://cneos.jpl.nasa.gov/
- https://fr.wikipedia.org/wiki/(31387)_Lehoucq
- Vidéo de la NASA présentant la chute d'une météorite sur la Lune survenue le 17 mars 2013 https://www.youtube.com/watch?v=IYloGuUZCFM
- Images sans commentaires de la chute de Tchelyabinsk (2014) : https://www.youtube.com/watch?v=4cNpmGkkwl0
- Un site web interactif permettant d'estimer les conséquences d'un impact d'astéroïde : https://impact.ese.ic.ac.uk/ImpactEarth/ImpactEffects/

Infodéfonce & Vracanews

Paroles de Nornes [par Org, Jean-Daniel Brèque & Pierre Charrel]

LE TAM-TAM de la brousse SF

▶Revues de genre

● Les lecteurs chevronnés de *Bifrost* n'auront pas oublié « Amazing Stories, une sensationnelle histoire », de **Mike Ashley**, publiée en six épisodes dans notre revue de décembre 2000 à janvier 2003. Ce qui apparaissait déjà comme une somme n'était en fait que la première pierre d'un édifice colossal, à savoir une histoire des magazines de science-fiction en langue anglaise des origines à nos jours. Sauf que… Vient de paraître — chez les Presses universitaires de Liverpool, comme les quatre volumes précédents — **The Rise of the Cyberzines**, l'histoire des magazines de SF couvrant la période allant de 1990 à 2020. Mais, jusqu'ici, l'auteur se contentait d'examiner l'évolution des grandes revues en langue anglaise, des débuts d'*Amazing Stories* sous l'égide d'Hugo Gernsback, à l'épanouissement de la SF moderne sous la houlette de Gardner Dozois, maître d'œuvre d'*Asimov's Science Fiction*. Or, voici qu'il nous annonce dans sa préface que l'avènement des supports en ligne a favorisé l'émergence d'auteurs issus de la diversité — c'est-à-dire, si l'on comprend bien, pas nécessairement anglo-américains — qui ont rendu nécessaire à ses yeux la rédaction d'un volume supplémentaire, intitulé pour l'instant **No Limits**. Inutile de dire que nous l'attendons avec impatience et que nous en reparlerons.

▶Volodineries

● Déjà hautement singulier, l'univers post-exotique de l'auteur des **Filles de Monroe** confirme encore son originalité avec ces **Variations Volodine** : ici, il ne s'agit pas de lire le post-exotisme, mais bien de l'*entendre*, par la grâce d'un coffret de six disques réunissant des déclinaisons orales et musicales de l'œuvre de l'écrivain. Lesdites **Variations** sont des plus bigarrées, à l'idéale image du monde chimérique d'Antoine Volodine. Le premier CD permet d'écouter la lecture par l'écrivain lui-même de sa poésie en prose. Accompagnée par une formation musicale emmenée par le musicien électroacoustique Denis Frajerman, l'auteur de **Kree** scande de son extraordinaire timbre slave ses visions, tel un chaman. Hypnotique, cette entrée en matière ouvre un véritable trip littéraro-musical prolongé par les autres disques. Quatre d'entre eux reprennent des pièces composées par Denis Frajerman entre 1998 et 2015, tirant de la matière volodinienne des « Suites », un « oratorio post-exotique » inspiré par **Des anges mineurs**, ou bien encore un « cantopera » tiré de **Terminus radieux**. Quant au dernier CD, il propose les inédites « Fugues Volodine » composées en 2020. S'y mêlent aux couleurs volodiniennes celles de poèmes russes des années 1940. Bien plus que la bande-son du post-exotisme, ces vertigineuses **Variations Volodine** en dessinent une nouvelle contrée dans laquelle ses aficionados s'abîmeront avec de frissonnants délices… [**Variations Volodine**, Denis Frajerman & Antoine Volodine, Éditions La Volte, coffret de 6 CDs + fascicule de 64 pp. bilingue français-anglais - 35 €)

▶Quelques dates

● Revoilà le printemps. Et avec lui sa cohorte de **festivals** plus ou moins genrés. Plutôt plus que moins, d'ailleurs, à en croire la…

– Disparition de Jean-Claude Mézières –

Jean-Claude Mézières nous a quittés le 23 janvier dernier à 83 ans. Avec Pierre Christin, scénariste, il avait créé l'une des plus belles séries françaises de bande dessinée de science-fiction, **Valérian et Laureline**, qui doit compter une trentaine d'albums. La coloriste était sa sœur, Évelyne Tranilé. C'était peut-être le plus imaginatif des dessinateurs français, ce qui n'avait pas échappé à George Lucas qui lui avait emprunté bien des images pour Star Wars sans jamais le reconnaître.

Il avait pris sa revanche avec Luc Besson par deux fois en dessinant les décors du film *Le Cinquième élément* (1997), puis avec *Valérian et la cité des mille planètes*, directement inspiré de la série, qui sortit en 2017.

Vous trouverez aisément sur Internet plus de détails sur sa vie et son œuvre considérable que je ne saurais en résumer ici. Mais je dois ajouter qu'il était l'un de mes amis les plus proches et qu'il venait souvent me rendre visite, la dernière fois il y a à peine deux mois, en novembre ou décembre 2021. Il semblait en pleine forme et rien ne laissait prévoir sa disparition. Il m'arrivait aussi d'aller le voir travailler dans son atelier. Il nous reste, avec son œuvre, son épouse Linda, rencontrée alors qu'il jouait au cow-boy dans l'Utah en compagnie de Jean Giraud et de Pierre Christin au cours des années 1960, et sa fille Émilie. Après la disparition de Joseph Altairac, un autre ami très proche sur qui je me sentis incapable d'écrire une ligne, et maintenant celle de Jean-Claude Mézières, je me sens bien seul. Chacun à sa manière était un pilier de la science-fiction française. Je partage la douleur de Pierre Christin et de la famille de Jean-Claude.

Gérard Klein

... cohorte de nouvelles manifestations spécialisées qui fleurissent çà et là (excepté à Paris et dans sa grande banlieue — l'Île de France, région la plus densément peuplée de l'Hexagone, qui ne possède plus le moindre festival SF/Fantasy d'envergure depuis la fin des Rencontres de l'Imaginaire de Sèvres, présidées par Jean-Luc Rivera pendant seize éditions — cherchez l'erreur...). Quelques dates, donc, au sein d'une programmation chargée, à l'heure où se déroulent les 10e Intergalactiques de Lyon (du 21 au 26 avril) :

• **L'Ouest Hurlant** ouvrira ses portes du **30 avril au 1er mai** dans la chouette ville de **Rennes**, une première qui promet, et remplit un vide incontestable dans ce vaste pôle estudiantin breton. (< www.unidivers.fr/ouest-hurlant-rennes-festival/ >)

• **ImaJn'ère**, 11e du nom, tiendra salon du **14 au 15 mai** à **Angers**. (< imajnere. fr/festival/ >)

• La 21e édition des **Imaginales**, incontournable rendez-vous pour tout amateur de *fantasy*, se déroulera du **19 au 22 mai** prochain, à **Épinal**. (< www.imaginales.fr >)

• Quant à **Nice Fictions**, ce sont ses 8e bougies que le festival soufflera du **3 au 5 juin** dans la capitale des Alpes-Maritimes. (< nice-fictions.fr >)

• Pas à proprement parler un festival, la **Convention Nationale de SF** n'en est pas moins un rendez-vous sympa pour qui veut passer quelques jours en bonne compagnie. La 49e édition devrait avoir lieu (notez le conditionnel, faute d'information à l'heure où nous bouclons) du **18 au 21 août** à **Bergerac**.

• **Hypermondes** a choisi, pour sa 2e année d'existence, le thème de l'utopie. Il se déroulera les **24 au 25 septembre** dans la ville de **Mérignac**. (< hypermondes.fr/ >)

• En même temps, donc, que les 8es **Aventuriales** à **Ménétrol**. (< www.aventuriales.fr >)

• En attendant les incontournables **Utopiales** de **Nantes**, dont la 23e édition (déjà !) se déroulera du **29 octobre au 1er novembre**, avec, n'en doutons pas, sa pléthore d'invités prestigieux. (< www.utopiales.org/ >)

Un joli programme, donc, pour peu que les pandémies et autres conflits nucléaires nous foutent la paix...

▶Droit insolite et science-fiction

● *Cher Raphaël, mon père aimerait terraformer la planète Mars pour que ses salariés puissent survivre une fois envoyés sur place, mais est-ce bien légal ? L'été dernier, il avait déjà tenté de vendre une planète à quelqu'un et je crois que c'est illicite…*

X Æ A-12, Californie

Cher X Æ A-12, merci pour votre message et pour votre inquiétude à propos de la légalité des activités de votre *pater familias* (j'aurai pu dire « père », mais étant juriste, j'aime me la raconter en latin).

Vos craintes sont fondées. En effet, même si nombre de personnes présument que l'espace est « zone de non-droit », dans laquelle tout peut être fait car elle n'appartient à personne, l'exploration et l'usage du cosmos sont en réalité réglementés par le droit international depuis 1967 ! 1967, l'année d'adoption du *Traité de l'espace*, auquel ont adhéré toutes les puissances spatiales et plus de 110 États à l'heure actuelle. Certes, cette focale étatique laisse à penser que les règles contenues dans le *corpus juris spatialis* international ne concernent pas les entreprises privées, comme celle de votre papa par exemple. Mais c'est oublier trop vite l'article VI de cet accord, signé et ratifié par les États-Unis : « *Les États parties au Traité ont la responsabilité internationale des activités nationales dans l'espace extra-atmosphérique, y compris la Lune et les autres corps célestes, qu'elles soient entreprises par des organismes gouvernementaux ou par des entités non gouvernementales, et de veiller à ce que les activités nationales soient poursuivies conformément aux dispositions énoncées dans le présent Traité.* »

Dès lors, toutes les règles qui vont suivre s'appliquent aussi bien aux activités d'agences spatiales d'État (telle la NASA) qu'aux programmes des entreprises privées américaines.

L'idée initiale de votre paternel afin de terraformer Mars était d'y faire exploser aux pôles une série de bombes nucléaires (3500 par jour durant sept semaines). Or, ces armes sont considérées, en droit, comme des armes de destruction massive. Pas de chance, l'Article IV du Traité interdit ce type d'arme « *autour de la Terre, installées sur des corps célestes et placées, de toute autre manière, dans l'espace extra-atmosphérique.* » Qui plus est : « *Sont interdits sur les corps célestes les essais d'armes de tous types.* »

Seconde idée : placer une série de miroirs sur des satellites afin de réchauffer une zone spécifique de la planète. Mais c'est à présent l'Article IX qui l'en empêche : « *Les États parties au Traité procéderont à l'exploration des corps célestes de manière à éviter les effets préjudiciables de leur contamination.* » Cette mesure se justifie par la nécessité d'effectuer l'étude scientifique du milieu spatial sans qu'il ait été modifié par d'autres États d'abord. Or, si l'article laisse à penser qu'une fois l'étude de la planète rouge terminée, cette mesure pourra être levée, les rédacteurs onusiens du Traité n'ont pas estimé utile de préciser comment se décrète la fin de cette étude… Néanmoins, puisque les Articles Ier et II interdisent aux États de s'approprier les corps célestes, et obligent à les utiliser « *pour le bien et dans l'intérêt de tous les pays* », on voit mal comment la modification définitive d'une zone martienne, dans le seul intérêt de réaliser le rêve d'adulescent de votre papa, peut remplir ces critères…

In fine, j'aimerai poser une question à laquelle vous devriez pouvoir répondre. Votre *mater* (maman) a déclaré finaliser les papiers d'achat d'une planète au profit d'un fameux rappeur… Mais qui s'apprêtait à la lui vendre ? Car pour pouvoir vendre quelque chose, encore faut-il en être le propriétaire, non ? Même âgé de deux ans, nul doute que vous comprendrez ce raisonnement juridique…

Raphaël Costa

This is the end...

La revue *Bifrost* est éditée par les éditions du Bélial', Sarl sise au 35 avenue de la Gare, F-77250 Moret-Loing-et-Orvanne
Tél : 01 64 69 53 00 - Fax (qui marche plus) : 01 64 69 53 02
email : *revuebifrost@gmail.com*
site : *www.revue-bifrost.fr* – blog : *http://blog.revue-bifrost.fr*
Directeur de publication : Philippe GADY
Rédacteur en chef : Olivier GIRARD
Secrétaire de rédaction : Pierre-Paul DURASTANTI
Comité littéraire :
Pierre-Paul DURASTANTI, Olivier GIRARD, Erwann PERCHOC

Ont collaboré à ce numéro :

Apophis, Lucas Bardoux, Terry Bisson, Estelle Blanquet, Philippe Boulier, Jean-Daniel Brèque, Arnaud Brunet, Stéphanie Chaptal, Raphaël Costa, Pierre Charrel, Thomas Day, DoctriZ, Pierre-Paul Durastanti, FeydRautha, Frasier, Nicolas Fructus, Philippe Gady, Raphaël Gaudin, Karine Gobled, Franck Goon, Johan Heliot, Éric Jentile, Gérard Klein, Rich Larson, Roland Lehoucq, Laurent Leleu, Sam Lermite, Jean-Pierre Lion, Florence Magnin, Manchu, Mathieu Masson, Org, Bruno Para, Erwann Perchoc, Éric Picholle, Quarante-Deux, Matthieu Ripoche, Kim Stanley Robinson, Aayla Secura, Éva Sinanian, Alain Sprauel, Pascal J. Thomas, Tade Thompson, Cid Vicious, Camille Vinau.

Impression :

Nouvelle Imprimerie Laballery - Clamecy (France) - 203159

Diffusion - Distribution :

CDE - Sodis

Remerciements :

Aux rares lecteurs courageux qui continuent de fréquenter les librairies en ces temps d'entre-Covid, de bruits de bottes et d'élection présidentielle ; à Nicolas Martin, qui fait le job et ça nous aide énormément ; à Ellen, qui a souffert sur ce numéro ; à Alain ~~Ted-Bundy~~ Sprauel, qui a lui aussi fait sa part ; à ceux qui résistent ; au grand ordonnateur du Culte d'Apophis, qui veille au grain ; à la redevance ; à la quête des runes ; aux vieux de la vieille qui ont tout fait péter pour nous, les Dionnet, Mœbius et autre Druillet : le temps qui file est une vraie merde ; à Manchu, parce que sans lui, qu'est-ce qu'on ferait ? ; à l'urgence et à la nécessité ; à Joël "Let There Be Rock" Houssin, qui va nous manquer ; et à tous ceux qui nous ont soutenus et nous soutiendront, à commencer par une main épaisse passant lentement sur un crâne perlé d'eau dans un clair-obscur d'apocalypse...

Dépôt légal : avril 2022 (ère Covid année 3)

Commission paritaire 0525K83171

ISSN 1252-9672 / ISBN 978-2-84344-999-4

Bifrost est une revue publiée avec l'aide du Centre National du Livre (à votre bon cœur m'sieurs dames !).

Les réalisations passées, présentes et à venir des éditions du Bélial' sont dédiées à la mémoire de notre Paladin et ami Christophe Potier qui, une rouge nuit de juillet, a pris un camion pour un dragon.

Quiconque lit la présente ligne s'engage à s'engager.